U0437706

草木志

老藤 著

天津出版传媒集团
百花文艺出版社
作家出版社

图书在版编目（CIP）数据

草木志 / 老藤著. -- 天津：百花文艺出版社；北京：作家出版社, 2024.2
ISBN 978-7-5306-8766-6

Ⅰ.①草… Ⅱ.①老… Ⅲ.①长篇小说-中国-当代 Ⅳ.①I247.5

中国国家版本馆 CIP 数据核字(2024)第 036510 号

草木志

CAO MU ZHI

老藤 著

出 版 人：薛印胜　选题策划：汪惠仁
责任编辑：徐福伟　齐红霞　王亚爽
特约编辑：宋辰辰　美术编辑：郭亚红
封面设计：末末美书
出版发行：百花文艺出版社
地　址：天津市和平区西康路 35 号　邮编：300051
电话传真：+86-22-23332651（发行部）
出版发行：作家出版社
地　址：北京农展馆南里 10 号　邮编：100125
电话传真：+86-10-65067186（发行部）
印　刷：山东临沂新华印刷物流集团有限责任公司
开　本：710 毫米×1000 毫米　1/16
字　数：268 千字
印　张：19
版　次：2024 年 2 月第 1 版
印　次：2024 年 2 月第 1 次印刷
定　价：58.00元

如有印装质量问题，请与山东临沂新华印刷物流集团有限责任公司联系调换
地　址：山东省临沂市高新技术产业开发区新华路 1 号
电　话：(0539)2925886　邮编：276017

版权所有　侵权必究

目 录

引子 /1

一、牵牛·彼岸花 /4

二、打碗花 /12

三、塔头花·大花杓兰 /23

四、谎花 /31

五、拉拉秧 /43

六、红菇茑·刺梅·道人头 /56

七、杨铁叶子 /73

八、四角菱 /87

九、狼毒草 /96

十、钢笔水花·杠板归 /105

十一、西天谷 /113

十二、桦树茸 /120

十三、薤白 /129

十四、香椿树 /138

十五、冻青 /146

十六、鬼蜡烛 /163

十七、鼠李 /173

十八、达子香 /183

十九、都柿 /195

二十、黄波椤 /206

二十一、毛地黄花 /214

二十二、老地榆 /224

二十三、扫帚梅 /233

二十四、马桑 /239

二十五、狗尿苔 /246

二十六、南蛇藤 /258

二十七、一把抓 /266

二十八、白桦 /275

二十九、美人松 /287

引 子

  从生物学的角度看，人与动物的关系或许要近一些，因为人属于灵长类动物，是从猿一点点进化成了现代人。但在我的中学生物老师白地看来，人与植物的关系要更近，植物在地球上比人类和其他生物出现得更早，无论是在远古还是在当下，人与植物的密切关系更近于动物，遗憾的是，很少有人对植物与人类的共生关系感兴趣。开始，我对这种说法不以为然，但当我考上大学就读生物专业后，我悟出白地老师实际上是在告诉学生另一条观察人的途径，从这条途径出发再看周围的人和事，你会有完全不同的发现。我这样说也许不具有普遍性，就我个人的观察体验来说，人与植物的关联微妙玄通，两者之间有许多看不见的牵连。许多人认为植物没有感官和神经系统，只能被动地接受来自外界的刺激，但是，现代科技已经证明植物具备口感、触感、嗅觉等感知机能，并能够以此做出反应。打个比方说吧，人喜欢听溢美之词，植物也是如此，家里养的花会因主人的咒骂而萎靡不振甚至死去，也会因主人的赞赏而生机勃勃、傲然绽放。

  白地老师说："与人的社会存在相类似，在植物世界里，每个物种都有其存在的意义和价值，打通两者间的关联，无疑为我们认识世界增添了一面棱镜。当然，这种打通最好是下意识的、自然而然的，如同脑海里有条鱼忽然跃出水面，如同云层中一缕阳光不经意间迎头照下来。全世界植物总数多达四十余万种，其中显花植物约占一半，而被人利用的也就几千种。那么地球上的人有多少呢？几十亿啊！从人与植物的比例看，花落头顶对一个人来说无异于中了头彩。"

我的中学生物老师白地是个周正得不能再周正的女人，大学毕业后被分配到我们中学任教。白老师的到来如同平静的池塘里忽然盛开了一朵白莲花，顿时吸引了全校师生的目光。当她一袭白裙走过长满高羊茅的操场时，原本喧闹的操场会瞬间安静下来，连篮球场正欲发球的男生都会侧目僵在那里。我所在的中学是一所农村中学，学生不多，许多学生连县城都没去过，白老师的到来让汗涔涔的学生们一下子惊愕起来，原来世界上还有这么干净的人！我们那里夸一个女人美喜欢用"干净"一词，干净是对女人最高档次的夸奖。白老师姓白，喜欢穿白色的衣裙，梳一头黑绸缎般的直发，亮晶晶的白牙能照出人的影子，"干净"一词非她莫属。白老师站在讲台上那种高雅的气质，让最淘气的学生都大气不敢出。我还记得白老师第一次给我们上课时的情景。她双手捧着生物教科书说："知道为什么一定要学好生物吗？同学们，我可以告诉你们，学好了生物你们会发现另一个奇妙的世界，在这个世界里，你们不再是一个个孩子，而是斑竹、金合欢、浣熊和梅花鹿。"下课后同学们相互交流，说："我们怎么就成了动植物？到底谁是斑竹，谁是浣熊？"大家想不明白。身为生物课代表的我，在送作业时怯怯地问了白老师。白老师歪着头说："想知道这个问题的答案吗？先把生物学好再说。"这句话让我对生物课产生了浓厚的兴趣，后来高考几乎未加思索就填报了生物专业。进入大学学习生物后，我明白了白老师当时不是开玩笑，因为随着专业课程的深入，我将看到的所有人和事与某种动物或植物联系起来，后来也不联系动物了，只联系植物。

毕业后参加公务员考试，我报考了自然资源厅并被录用，选择这个单位不能不说是因它与生物专业有关。我把这个消息告诉白老师，白老师说："你的选择是对的，当一个人爱上动物和植物时，灵魂就有了归宿。"

两年后,因为参与省里一项驻村工作计划,我到了小兴安岭东麓的沿江镇墟里村工作,做出这一选择的间接原因与植物有关:墟里有个北地植物王国——都柿滩。我的同事郑高说:"都柿滩因三面环山,一面朝阳,形成了难得的小气候,许多因寒冷无法存活的植物在那里能够自由生长。"他从一个摄影家那里得知,都柿滩的各类野生草本植物就达四十九种,涵盖三十余科属,是名副其实的北地植物王国。

我在墟里两年,便有了这部以植物分章节的小说。

一、牵牛·彼岸花

见到郑高的第一天,我仿佛看到一株意象非凡的牵牛花,一株浑身长满玫瑰色喇叭的牵牛花。

我奇怪自己怎么会想到牵牛花,由一个女孩想到花很正常,一个中年男人让我有这种联想,连我自己都觉得奇怪,尽管郑高喜欢穿紫色的衬衣,说话有点温柔,但在其他方面,郑高的男性特征还是很清晰的,比如他嘴唇发暗、眼袋鼓胀、总是烟不离嘴。几天后我想明白了,看到郑高我之所以会想到牵牛花,除了郑高好像浑身是嘴喜欢讲段子外,还有一个原因是我想到了牵牛花的种子。牵牛花的种子分黑丑、白丑、黑白丑,它们像摇奖机里旋转的双色球,这种变化与郑高讲段子时惟妙惟肖的表情十分相似,于是我便联想到了牵牛花。

郑高是我们厅有名的段子手,他讲述段子时可以一人扮演多种角色,绘声绘色,极具代入感。他人缘极好,走到哪里,哪里的人气就像火炉一样旺,尤其单位里的女士们,中午在食堂打了饭便端着餐盘满餐厅踅摸,想找一个靠近郑高的位置边吃边听他讲段子。

我在政策研究室负责文字综合工作。郑高是我们主任老雷的好友,常来我们处小坐,这让我有机会对郑高多了些了解。郑高是一级调研员兼地籍处处长,比老雷职级还要高半格,他本来有机会提副厅,考核程序基本走完,但因为他讲的一个段子让领导对号入座,结果可想而知,副厅实职变成了一级调研员。郑高工作自由度比较大,业务上的事上班后个把小时就派完了,他大部分时间是研究各地风土人情、奇闻逸事,当然,这些事与他的工作多少有些联系。郑高有两大嗜好:讲段子、嗑毛嗑。东北人似乎各个是段子手,讲起段子来天南地北、荤素俗雅,煞是得心应手。我深信东北的水土适宜生长各种段子,一个拙嘴笨舌的人在这种水土里浸润久了,也能侃出个四五六来。毛嗑即葵花子,嗑毛嗑曾经是东北男女老少的休闲标配,到市场上看看那些卖炒毛嗑的生意多么火爆,就知道这种标配是多么普及。午休时,厅接待室常常出现这样的场景:郑高端坐中央绘声绘色讲段子,周围呈扇形围着一群人一边嗑毛嗑、一边津津有味地听段子。对讲者和听者来说,嗑毛嗑这种极具治愈性的清脆开窍声简直妙不可言,是给段子的生动伴奏。

老雷是厅里少数不嗑毛嗑的人,他把嗑毛嗑的时间都用来吸电子烟。老雷让我联想不到任何一种植物,在我的印象里老雷几乎是化石般的存在。老雷话不多,却句句有哲理,他是厅里公认的智囊、"铁笔",他的调研报告或工作信息,每次都能获得厅领导大段的批示,有的批示甚至比老雷上报的信息字数都多,这让很多人赞叹不已。领导批示与绩效奖挂钩,批示领导的级别越高,奖金就越多。老雷算是厅里合法收入比较高的中层干部。

老雷不讲段子,却喜欢听,他是郑高的粉丝。我私下问过他如何看待讲段子、嗑毛嗑这两个嗜好。他的态度相当肯定:"讲段子、嗑毛嗑是生活有档次的体现。"看我目光狐疑,他进一步解释说:"段子的本质是幽默,幽默是温饱的衍生品,一个整天为生计而奔波的人是没有心思幽默的;而嗑毛嗑则是健康的脸部运动,是最经济、最适用的美容方式。"尽管我十分敬重老雷,但对老雷这个说法我只能赞同一半,幽默的确总是远离那些忙碌的人,这一点没错,但嗑毛嗑美容却说不通,因为我发现那些喜欢嗑毛嗑的女士,并没嗑出如花似玉的容貌来,倒是牙齿上磨出了难看的凹槽。我们政研室有位美女,本来一口珍珠牙煞是动人,却因为嗑毛嗑将两颗门牙各嗑出一个凹槽,颜值生生打了折扣。

　　我第一次听郑高讲段子就产生了生理反应,我感到这棵牵牛花上似乎爬满了红蚂蚁,这让我浑身极不舒服。我生性胆小,这是小时候听奶奶讲故事落下的"病根"。奶奶没文化,小时候常常给我讲鬼怪故事,什么长舌过胸的吊死鬼、红袄绿裤的女妖、手持锁魂绳的黑白无常,讲得我浑身汗毛直竖,拼命往奶奶怀里钻。我越是害怕,奶奶越是讲个不停,长大后我才明白,年迈的奶奶大概觉得她的故事会让孙子对她更加亲近才一直讲个不停,殊不知这些故事在我心里留下了无数暗影。白天听了奶奶的鬼怪故事,晚上就会做噩梦,而且噩梦十分逼真、清晰,次日还会在脑海中将情景复原。我深知自己这一缺点,长大后对带有恐怖色彩的故事一概敬而远之。

　　郑高对全省地块了然于胸,只要领导在地图上顺手一指,他张口就能说出这个地块的子午卯酉来。郑高虽然有眼袋,却不影响他眼睛的亮度,他深深的瞳孔里像是刷了一层漆,黑曜石一样亮中有光。郑高说话带有一点女性的特色,发音脆而高,在中型会议室发言根本不用麦克风。老雷说郑高是奇才,记忆力超群,尤其在策划上点子极多,很平常的工作经他一策划,立马就秃子头上戴假发——高出一截。郑高与老雷都喜欢抽烟、喝浓茶,与老雷抽电子烟不同,郑高专抽大重九,他抽烟只抽前半截,一个段子讲完,烟缸里就插秧般竖满了烟蒂。郑高没事的时候就来政研室找老雷闲聊。政研室开放式办公,老雷是主任,正处级干部,他的隔断按规定有十八平方米,配备了沙发茶几,这给郑高讲段子提供了便利。郑高每次来都会一屁股坐在沙发上,毫不客气地吩咐老雷:"想你的老茶头了。"老雷便会让我打一壶开水来,然后用一个大号白瓷杯给他泡上老茶头,茶泡好,人落座,老雷总是那句话:"今天讲啥?"这时,政研室所有人的耳朵就会立马竖起来,想听听郑高讲什么。政研室的干部对郑高的段子可谓爱有余、恨不够,心里矛盾得很,郑高的段子让人上瘾,他们明知其害人不浅,但忍不住还要听,因为倾听中确实能带来快感。政研室写材料乏味枯燥,郑高的段子正好可以缓解一下"爬格子"的寂寞,但他们听着听着就会耽误手头的工作,过后还得找时间把工作补回来。

一个周五的下午,政研室同事大都去了浴池,我因有个材料要修改晚走了一会儿。这时郑高来了,他说他给黑河一个搞生态农业的老板做了个企业策划,对方发来红包,他不想独享,这个项目老雷也出过力,想请老雷晚上去中央大街喝啤酒。老雷说:"喝啤酒就算了,你讲两个段子吧。"老雷招呼我过来泡茶,说:"你也坐下听郑处长讲段子吧,难得的小灶。"就这样,在老雷的隔断里我听了两个让人后背发凉的段子。

郑高用他特有的语调讲了两个段子。头一个段子听起来如同亲历。他有个收集民间故事的朋友去平房区同学家喝酒,同学家在郊外,不通公交车,需要走两里路才有公交站。喝酒至半夜,朋友有些过量,两腿开始发飘,摇摇晃晃往车站走。郊外路两旁的菜地里种着白菜萝卜,菜地里有不少土冢,朋友走路很慢,里倒外斜不走正道。明明是朗月当空,走着走着四周忽然变得漆黑一片,仿佛有一面黑色的幕布把他裹了起来。朋友是搞民间故事收集的,知道遭遇了鬼打墙,按照民间的说法遭遇鬼打墙时不能睁眼,要选准一个方向径直往前走才能走出去。朋友索性闭上眼睛深一脚浅一脚往前走,不承想,被一群小鬼拦住了去路。借着酒劲朋友想,小鬼有什么可怕的?鬼不是怕恶人吗?他壮着胆子与小鬼搏斗起来,一拳打翻一个,又一脚踢飞一个,就这样战斗了一夜,他把数不清的小鬼打得落花流水,然后疲惫不堪地靠着一个碉堡睡着了。早晨天一亮,朋友酒醒了,发现自己靠在一座土冢上睡了半夜,再看菜地,白菜萝卜被他践踏得一片狼藉。

另一个故事简短却让人感到恐怖。说他大学老师有一天因为夏夜暑热,回去也无法入睡,就在校园林荫道上散步到半夜。林学院里的绿化好,路灯明明暗暗,树影婆娑。走着走着,忽然发现前面有位穿白衣的女子,女子梳披肩长发,白裙拖地,走路两臂不摇。老师以为这位白衣女子是个学生,便说了声"同学该回去就寝了"。学校规定学生晚上十点半就寝,准时熄灯,这个学生明显违反了校规。这时,这位白衣女子转过身来,老师定睛一看,吓得大叫一声,魂魄出窍,站立不稳。原来前面转过身来的白衣女子没有脸！吓蒙了的老师缓过神来再看,哪里有什么白衣女子,眼前空旷不见半个人影。

讲完两个段子,郑高最后得出一个结论:"人呀,都是自己吓唬自己。"

郑高的段子给我留下了后遗症,此后再走夜路,我会下意识留心街旁的路灯,没有路灯的地方我宁可绕弯也不会走,因为担心遇到鬼打墙。同时我也会留心夜路上有没有长发白裙的女子,如果有,一定要远离,因为担心女子转过身来看到她没有脸。

老雷是个"老机关",自参加工作起就在政研室,二十几年没换过地方,从科员一直做到主任。老雷对什么工作都无师自通,比如他没有市县工作经历,但对市县的情况了如指掌,人不下去,调研报告却一篇篇像模像样地提交。老雷很瘦,嘴里衔着电子烟,看人或看材料时喜欢歪着头。他的发言讲话记下来就是一篇新闻稿,不用修改,不用润色。老雷和郑高性格差异很大,两人能成为好友很大程度上体现了交友上的互补性。郑高的爱好是讲段子,老雷的爱好是写报告,受两位前辈影响,我觉得自己也应该有点爱好,那么爱好什么呢？我自然就想起了白地老师的教诲,那就研究点植物吧。一次我问老雷:"我们省哪个地方植物最为丰富？"老雷说:"这个你要问郑处,郑处是地籍专家,全省的省情、市情、县情甚至乡情都在他肚子里攒着呢。"老雷抄起电话就把郑高叫了过来。郑高坐在沙发上跷着二郎腿说:"你怎么对植物感兴趣？"我说:"我是学生物的,我的中学生物老师让我多研究生物少琢磨人,我的毕业论文写的就是植物与人的共生关系。"郑高说:"你老师是个高人,这个看法我赞同,是植物养活了人类而不是人类养活了植物,植物在地球上的存在以亿年计,人类的存在不过以千年计,谁是老大一算就明白了。"我说:"郑处与我们白老师观点相似,你们算是知音了。"郑高说他没啥观点,实话实说而已。郑高讲,省内植物最丰富的地区当数伊春,但他知道一个地方,是一个很特别的存在,这个地方叫都柿滩,在小兴安岭东麓沿江镇墟里村。都柿滩地处森林与湿地过渡带,有利的地形构成了一个独特的小气候,让那里成了难得一见的植物王国。墟里是座古村,清末裁驿归邮时由驿站转化而来,雅克萨之战中著名的"奏捷之路"就经过这里。墟里民风淳朴,谱系传承有序,文化底蕴深厚。二十世纪二三十年代,一场突发山洪冲毁驿路,形成一个偌大的簸箕形滩地,这便是现在的都柿滩。都柿滩是北地的百草园,是一片没有被开垦的处女地,有个摄影家专门去都柿滩采风拍照半个月,回来出版了一本影集,取名《乐土》,让这个地方有了名气。都柿滩有植物五十余种,据说那里的都柿要比其他地方的都柿整整大出一圈,那里的芍药甚至有复色品种,那里的红蓼花高达两米,这可能是因为都柿滩土壤的矿物质成分比较特殊。郑高讲起都柿滩来如数家珍,但他承认自己并没去过,他所有的见解都来自那个摄影家的那本《乐土》。

我记住了都柿滩,也记住了都柿滩所在的区域——小兴安岭东麓沿江镇墟里村。

参加工作第三年的夏日,老雷叼着电子烟来到我办公桌前对我说,组织部门有明确规定,干部提职必须有基层工作经历,没有的要补课,问我怎么想。我说听领导的,我什么时候补课都成,反正我是单身,轻手利脚。老雷说你这样从家门、校门到机关门的"三门干部",这课非补不可,早补比晚补强。我说如果补课能自己选地方吗,老雷问我想选哪里。我说想选郑处说的沿江镇墟里村,上次他说的都柿滩对我特有吸引力。老雷说这事让郑处想办法。老雷给郑高打了电话,拜托他帮忙解决这个问题。很快,郑高回话说真是巧了,省直机关正在选派一批干部到农村担任驻村第一书记,打个电话联系一下,问题不大。我没想到事情会这么顺利,便专门到郑高办公室道谢。郑高说:"事情顺利说明什么?说明你和都柿滩有缘,缘起缘落都要好好珍惜!"我说:"我懂了,我去墟里是奔着都柿滩去的,人家摄影家出了本景物记,我去也不能白去,争取写点东西留下来。"郑高说:"墟里那条驿路不简单,那可是当年的奏捷之路,你去了最好把路和滩连起来做点文章。"

走前,我对老雷说真要下去了有点紧张。老雷说:"你要去的乡村早就今非昔比,城市化进程加快后,许多农民变成了市民,农村生活恬静而富有诗意,时间变慢,纠纷变少,鸡犬圈养,儿孙绕膝,菜园如油画一般碧绿,夜晚田野里的虫子会奏响小夜曲,那种炊烟袅袅、渔舟唱晚的景象是对一方乐土的最好诠释,美着呢!"老雷的话我一向深信不疑,这次我却觉得老雷是在宽慰我,因为我就是从农村出来的,农村是不是一方乐土我还是有发言权的,但我又想,老雷说的是墟里,墟里不属于贫困区,那里的老百姓很富裕,也许墟里是老雷说的那样吧。

我问:"去了之后我该做点什么呢?"

老雷沉吟片刻,然后用食指在电子烟上做着弹烟灰的动作说:"多做无形之事吧。"

我脑子里开始旋转"无形之事"这四个字,也猜出了老雷这句话的基本含义。无形之事看不见,摸不着,属于形而上。老雷又补充了一句:"比方说吧,见证者本身也是建设者,很多时候见证比建设重要,你就两年时间,多见证、多学习,不要下车伊始就哇啦哇啦个不停。"

我心里明白,老雷希望我去做一个乡村振兴的见证者,至于见证什么由我自己选择。

"您对村民怎么看?"这是我最关心的问题。

"村民最大的优点是跟着走。"老雷说。

"这话怎么理解?"我有些糊涂。

"你知道牵牛花吧,你把它的枝蔓引到电线上,它会沿着电线不断往上爬,一直爬到老。问题是别引偏了,村干部就是将牵牛花引领到树上的人,引领到灌木丛它只能在原地打转转,说白了,一切顺其自然,不要今天一个想法、明天一个主意地折腾。"

"引领不是有形之事吗?"

"思想引领属于无形之事,有形就变成了示范。"老雷的表达,逻辑十分清楚。

老雷在说这番话的时候,我忽然想到了郑高,郑高让我联想到的是牵牛花的种子,郑高是谁引领的呢?

我去向郑高告别,说了由他我联想到牵牛花,尤其是对牵牛花的种子的感受。郑高听后摇了摇头,很认真地对我说:"我不是牵牛花,因为我不是吹喇叭的人,我更像一朵彼岸花,是冥界的一束焰火。"

我马上就想到了彼岸花的形态,彼岸花又称魔术之花,它绽放时由一根长茎高高擎起来,一簇火苗般的花瓣艳丽夺目。这是一种有许多传说的花,我想,彼岸花的一个明显特征是绽放时只有花没有叶,郑高以此自喻,难道他讲的段子是彼岸世界?

二、打碗花

去资料室查阅资料,发现墟里村颇有些来头。该村前身是始建于一六八二年的驿站,旧时称北站,史书上有相关的记道。初始,北站有站丁三十人、站官一员,每个站丁拥地五垧、窝棚三楹,这个数字在驿站中属于富裕的。后来站丁眷属渐增,清末裁驿归邮,驿站全部改为民籍,北站正式更名墟里,墟里人被称为"站上人"。

沿江镇副镇长老毕和镇组织委员曹大姐陪我去墟里村报到。

老毕是个年逾五十的"地板干部",在副镇长职位上已经干了六年,用他的话说就是蜡烛头已经不高了。因为做过多年民政助理,老毕对全镇十三个自然村的情况了如指掌。四十岁出头的曹大姐是个热心肠,脸色黑红,不施粉黛,与别的女性总是喜欢挎个坤包不同,曹大姐下村空着两手啥都不带,显得格外洒脱。后来我才知道,空着手下乡对自己是种很好的保护。

墟里村到镇上的距离大约十五公里,因为多半是山路,皮卡车开不快。路上,老毕指着沿途的山峦和溪流一一进行介绍。什么牛乐屯、奇克特、罕达气,听起来怪怪的,搞不懂具体含义,一问,才知这些地名都是鄂伦春语、鄂温克语的音译。相比之下我觉得墟里名字还不错,至少听起来有文化,让人想到陶渊明那首家喻户晓的古诗。沿途皆是森林,树木密实,有天然林也有次生林,树种以落叶松、柞树和白桦居多,间或还有椴树和杨树。植被如此,一看就不缺雨水。老毕说这些树都是大路货,最好的树是红松,墟里小龙山有大片红松原始森林,出产优质松子。

小兴安岭的山大都是连绵的丘陵,少有险峻的山势,路上基本不见峭壁巉岩,皮卡车好像在绿色浪谷里穿行一般,车子开上一座山冈,眼前豁然开朗起来:前面是一个长长的缓坡,白色的混凝土路蜿蜒着通向下面一座炊烟袅袅的村庄。老毕让司机停车,说要下车给我介绍一下。老毕说这里叫望江台,是墟里最佳观景处,近可鸟瞰墟里全貌,远能望见平缓的中俄界河黑龙江。老毕指着坡下的村庄说:"瞧吧,这就是墟里,全村三百零八户,户籍人口九百三十三口,村民中方、石两姓占七成,其他三成是齐、邵、金三姓。墟里人多才艺,喜欢吹拉弹唱的人特别多。"我暗暗佩服老毕的记忆力,作为副镇长,能把一座村子的情况记到个位数,这是很不容易的事。在这方面我特别佩服老雷,只要老雷讲话,嘴里总是能冒出一串串精确到小数点后两位的数字,听起来特专业。我问老毕为什么墟里喜欢吹拉弹唱的人多。老毕说当年驿站流人中有吴三桂大周朝教坊司的一个乐官,乐官不善劳作,站官便让他给站丁教习音乐,便带出了许多会吹拉弹唱的站上人,吹拉弹唱逐渐成为这里的风俗。曹大姐插话说这是一个好风俗,鼓乐爱好者多,赌博酗酒者就少,鼓乐对当地民风的淳厚起到了很大的作用,邻近的新生村就不行了,新生村比墟里村富裕,但村民多喜欢打牌九、搓麻将。

"赌是闲出来的,没事干只能做两件事:喝酒、赌钱。"老毕说,"不过墟里还好,墟里人瞧不起耍钱鬼。"

望着山下这座将要朝夕相处的村庄,我嗅到了一股香甜的麦香,我问山上怎么会有麦香。曹大姐说:"这是村民蒸馒头、烙面饼的味道,味道顺烟走,我们在高处,自然就闻得到。"

正是早炊之时,墟里上空的炊烟格外别致,我细数一下,炊烟竟有五色之分。一般来说,炊烟呈青白、土黄、灰黑三色应算平常,金、蓝两色却难得一见,能看到五色炊烟我感到十分幸运。站在望江台上我俯瞰墟里上空交织融汇的五色炊烟,很想吟诵点什么,但无论怎么搜肠刮肚也找不到贴切的语句来描绘此情此景。我从没有见过如此密集的炊烟,村里几乎家家户户的烟囱都有炊烟升起,没有一缕黑烟,没有含硫的黑烟说明村民没有烧煤。由满目炊烟我忽然想起了那首《又见炊烟》。记得大学毕业晚会上我就唱了这首歌,唱到"愿你变作彩霞,飞到我梦里"一句时,我脑海里出现了一幅炊烟袅袅的画面,那画面是虚幻的,从来没有在实景中出现。现在,眼前浓绿的底色、朦胧的晨雾、金色的朝霞,把炊烟烘托得恰到好处,仿佛是当年梦境的再现。我忍不住给老雷发了条微信:"您知道炊烟有几种颜色吗?"半天,老雷才回了一句:"应该是黄、白、黑三色吧。"我暗自笑了,原来见多识广的老雷,知识也有盲区。我告诉老雷,炊烟还有金、蓝两色,很美,像童话里缠绕不绝的雾气,升腾缓慢,极富感染力。老雷很快就回复说:"那不是炊烟的颜色,是阳光的折射。"放下电话我心里琢磨:"老雷说得没错,世界上所有的色彩都来自太阳,这是不得不承认的事实。"

我问老毕:"这里叫望江台,要是有座亭子多好,亭台一体才是。"

老毕说:"以前确实有座亭子,叫望江亭,后来毁掉了,齐大牙说亭子毁于一场大风。"

"齐大牙是谁?"我问得有些不礼貌。

老毕和曹大姐对视了一眼,曹大姐说:"他是墟里'一金三老'之首,是位很有想法的老人。"

我不便多问,看了看手表自言自语:"都早上八点了才开始生火做饭。"

老毕笑了笑道:"村民一不用打卡上班,二不用下地出工,起来那么早也没事做。"

曹大姐靠近我耳边说:"人老病多,村老事多,你可要有点思想准备,这村子不让人省心呢。"

我心里咯噔一下,抬头看了老毕一眼,老毕粗粝的模样让人产生一种信任感。我反感男人过于精致,精致的男人溜光水滑,靠不住。老毕说：“农村嘛，哪能没有事，农村工作最重要的一条就是协调关系，人与人的关系、人与地的关系、人与庄稼的关系，至于其他，顺其自然就行。”他停顿了一下指着远处道：“你看村东面那块大草甸子了吧，只要不动镰不动锄，那里的草会长得跟谷子一样好，要是胡乱折腾，草甸子就成了疤瘌头。”

"那个草甸子是不是都柿滩？"我脱口问道。

"都柿滩在江边古驿路上。"老毕说，"古驿路原本通向塔溪，后来被都柿滩隔断成了断头路。"

"塔溪是什么地方？"我对这个地名十分陌生。

老毕说："塔溪过去也是驿站，后来变成林场，林场转型后发展成特色小镇，是全省小城镇建设的示范镇，在发展上扣了沿江一圈还不止。"

我上学时知道"扣圈"这个概念，就是领先的运动员在圆形跑道上超越其他运动员一圈以上。对被扣圈的运动员来说这是莫大的耻辱。老毕能这样说，足见塔溪的发展有多么快、多么好。

曹大姐接着她刚才的话说："墟里村支书叫齐满囤，外号'打碗花'，自上任始就没过好日子，原本是两个职务一身兼，没想到村委会换届落选了村主任，便心灰意冷不想再干，几次向镇里提出辞职，镇里也研究了，强扭的瓜不甜，正物色村支书呢，这当口你来了，你一来，镇里上下都松了一口气呢。"

"他怎么叫打碗花？"

"我也不知道，反正墟里村民都这么叫他。"曹大姐笑着说。

"我会努力的。"我嘴上这么说，心里却开始打鼓，我一个年纪轻轻的外来者能比土生土长的齐满囤强多少？

车开到村委会，村委会的铁艺大门被一条铁链子锁着。从齐胸高的红砖围墙望进去，可以看到村委会一排八成新的红砖瓦房，因为是办公用，房子比其他民宅要高大一些，房脊上有四只不同朝向的大广播喇叭。院门口有个硬覆盖小广场，广场周边有村务公开栏，广场东边有三棵枝叶稠密的老柞树，看上去有点像福禄寿三星。

老毕打了电话,不一会儿,齐满囤一路小跑赶过来,一边道歉一边打开铁锁,把我们让到屋里。齐满囤是个像受气包一样的中年汉子,背有些驼,额头和眼角的皱纹已经固化。老毕说:"满囤,把那三个人叫来开个会吧,我要宣布县里、镇里的决定。"齐满囤马上打了一通电话,过了十几分钟,老毕说的"那三个人"陆续来到村委会。这三个人其实是三个村委,有妇女主任方慧、会计石小东和治保主任石大奎。老毕宣布了镇里的决定,齐满囤不再担任村支书,其他人职务不变。让我感到奇怪的是,镇里的决定宣布完,齐满囤微驼的背忽然变直了,他笑着说:"谢谢,谢谢,我终于可以睡个囫囵觉了。"老毕让齐满囤表个态,齐满囤说他自己没本事,这些年像背着个碾盘,直不起腰,抬不起头,睡不着觉,隔三岔五尿黄尿,这下子好了,新书记年轻,又是省里来的,轻手利脚,没有七拐八绕的关系,一定能把墟里搞上去。老毕让齐满囤和我做好工作交接,同时强调当下最要紧的是换届,要选出一个让镇里放心、村民满意的村主任。

其他三人也都做了简短表态。老毕说:"墟里有个传统,那就是不欺生,你们要全心全意地支持新书记的工作,谁要是藏奸耍滑,丢的可是全墟里的人。"

老毕又交代了些生活上的事情,说吃饭的事就交给满囤负责,月月交伙食费,然后和曹大姐上车回去了。

村委会办公室最西边一间就是我的宿舍,这一点齐满囤做得不错,接到镇里通知后,他就为我安顿好了床铺和生活用品。方慧说我可以在他们四家轮着吃,当然满囤会做菜,他家的饭好吃,以前来的驻村干部都在他家吃饭。满囤也表态说,支书他当不好,当厨子肯定不差啥。我说一个人的饭好办,在厅里工作时也常常一个人煮面吃。

住在墟里当夜,听着窗外的虫鸣鸟叫,我一时无法入睡,便给老雷打了个电话,我说:"雷主任啊,欢迎您有时间来呼吸一下田野清新的空气,墟里很美,人也热情。"老雷说:"我不用去,农村那点事都在我脑子里呢。"我说:"您不来怎么知道?"他说:"你忘了有这样一句话吗?叫秀才不出门,便知天下事。"

放下电话我有些疑惑:老雷的自信来自哪里呢?

来墟里前,老雷叮嘱我要先当学生后当先生,不要下车伊始就指手画脚,要先找些村里有影响力的人谈谈话。报到的第二天,我让方慧列个谈话名单,找几个有头有脸的人来谈谈话。后来我才知道,方慧为了不让我难堪,只找了四个性格平和的村民来谈话。其实,墟里真正有话语权的是"一金三老"。关于墟里的"一金三老",有个顺口溜很能说明问题:"一金三老,墟里四宝。春夏秋冬,镇守四角。"这个顺口溜暗指四人是古村的压舱石,镇守着村之四方。"三老"是齐大牙、石国库和方大珍这三位年过七旬的老人。"一金"是金子,曾是扎根边疆的哈尔滨知青,也已经年近七十。很可惜,这次"一金三老"皆在谈话名单之外。那天我跟四个村民谈了话,前三个给我的印象是打不起精神来,虽然他们都介绍了一些情况,说了各自对墟里的期许,但哀叹之声太多。要知道,世上最耗精神的劳动就是与萎靡不振的人谈话,因为颓废会腐蚀人的神经。

让我注意力集中起来的是最后谈话的邵震天。

邵震天是十里八乡有名的喇叭匠,绰号叫"哨花吹"。方慧特意解释说这个"哨"可不是召耳"邵",是"能哨"的"哨"。我一看到邵震天顿时就愣住了,此人太像郑高了,两人简直如孪生兄弟一般。邵震天穿件褐色夹克,两个眼袋托着两只黑曜石般的眼睛,亮晶晶的不输年轻人。他腰间横挎一只黄色旅行登山腰包,腰包精致,应该是个很潮的牌子。与我握手间他顺口撂出一句歇后语:"哎哎呀,被领导找来谈话,我简直喇叭倒着吹——乐掉腔了。"我被他的话逗笑了,心里琢磨"哨花吹"这个绰号,"花吹"是对喇叭匠功夫好的赞誉,"哨"在当地是能说会道的意思,比如鸟叫得好听,人们就说鸟会哨。一般来说,在农村有两种人多有绰号,一种是冒尖的人,另一种是窝囊的人。冒尖人的绰号大都与职业有关,比如"吴大拿""冯快手""宋一刀"等,说明专长在身,靠手艺吃饭;窝囊人的绰号则多戏谑,比如"白吃饱""鼻涕虫""懒汉腰"等。邵震天属于前者。后来与邵震天共事,我感觉到他被称为哨花吹算是实至名归,他天生带有幽默感,平淡无奇的一件事经他的嘴说出来,就像普通食材经过了名厨烹饪,变得色香味俱全。他还是歇后语天才,三句话不过就带上一句歇后语,若去电视台说脱口秀肯定圈粉无数。邵震天唢呐吹得出神入化,堪比专业演奏家。墟里人管唢呐叫喇叭,他不仅会用嘴吹,两只鼻孔也能各吹一支小喇叭。墟里周边各村谁家办红白喜事,都愿意花钱请邵震天去助兴。有人说,红白喜事人客旺不旺,就看哨花吹的喇叭响不响,很多人是为了欣赏哨花吹的喇叭才去的。

那天我和邵震天谈了很多,他有个离奇的观点让我印象深刻。他瞪着一双目光炯炯的眼睛说:"你知道吗?人人心里都盘着一条蛇,这蛇是活的,有时蜷成一团蛰伏不动,有时扭动腰身吐出血红的芯子来,这蛇靠人的心血养着,伺候好了,它呼呼大睡,伺候不好,它就会出来作妖,想做事,先遣蛇。"他讲这段话时,我下意识地揉了揉胸口,感觉心头有些不自在,好像真盘着一条小蛇似的。

我不愿意听他讲蛇,就问他在哪里学的唢呐,该不会是无师自通吧。邵震天说他师父是金爷,早已过世。金爷祖上是大周乐官,是站上人的鼓乐教师爷。可惜金爷好色,五十几岁就被掏空了身子,早早上西天极乐世界吹喇叭去了。邵震天说吹喇叭的人有点花心不是啥毛病,鼓捣锣鼓镲的人谁没有几根花花肠子。金爷活着的时候,镇上、县里文艺会演,墟里宣传队每次都能捧回奖状来,墟里最辉煌的荣誉是拿过地区文艺会演一等奖,导演就是金爷。墟里敲鼓、拉胡琴、吹笛子、玩手风琴的有几十个,只要有人张罗,组织个戏班子那是老太太甩鼻涕——手拿把掐。

墟里有这么好的音乐基础,这是一个好消息。

那天邵震天说的话可谓佳句迭出。比如他在谈到村民的欲望时说,百姓讨厌鸡飞狗跳,小人物只关心小日子;在谈到吹喇叭时他说,不靠谱的人吹不了喇叭;在讲到墟里的未来时他说,墟里就像一条没有名字的小河,只要一代一代流淌就中,别憋坝、不挖坑。我一向认为哲学只属于精英阶层,是庙堂之上的学问,与邵震天谈话后我觉得这个认识有误,其实,精英们只是概括和归纳了民众的发现而已,真正的哲学遁形于民间。老雷曾告诉我要像听郑高讲段子那样去认真听村民意见,哪怕有些意见胡诌八扯也无妨。老雷这个建议真好,我跟四个村民谈过话后,似乎摸到了墟里的门闩。交谈中,四个村民都谈到了方、石两大姓氏的世仇,这是墟里被撕裂的主要原因。墟里两大家族之间存在着难以调和的矛盾,这让墟里村民很难拧成一股绳,因此这也成了周围许多村的负面参照。邻村经常拿墟里说事,说墟里一筐木头砍不出个楔子来。

哨花吹的幽默表现在对事物的描述上,他对墟里村情的描述让我心头一震。他说墟里是大酱缸丢了杵子——无法鼓捣。我问杵子是什么,他拍了腰包说,杵子就是家什。我问腰包是手机吗,他打开腰包,拿出一支小唢呐。他的小唢呐堪称古董级,哨、气盘、芯子、杆和碗都完好无损,包浆油亮。他说这喇叭就是家什,吃饭的家什。腰包里除了小唢呐,还有个白钢扁酒壶,他说那是在黑河买的,俄罗斯货,容量不大,可插在上衣口袋里,方便。他还说自己并无酒瘾,但吹喇叭起兴时,不时会摸出酒壶抿几口润润嗓子。

邵震天提了个建议,他郑重地说:"你年轻,又是新官上任,一定要有个管用的抓手,有了抓手,再大的疙瘩头也能一脚踢开。"我问:"疙瘩头是什么东西?"他瞪着眼睛说:"卜留克呀!似萝卜又像甜菜,家家用来渍咸菜,用大粒盐渍,渍得越久疙瘩头越齁人。"

"那应该有个什么抓手呢?"我对这个问题很感兴趣。

"每个人的抓手都不一样,这事得你自己想辙,没抓手你使不上劲。"邵震天没有给出具体答案,他接着说,"墟里的事还得靠墟里人来解决,外来人充其量是助力,墟里身上长的疖子只能从里往外挤,外人只会往里按,越按越成问题。"

我说:"邵师傅这么有见地,为啥这次换届不参选村主任?当了主任也好把墟里发展好,这么一座古村,成了全镇后进,不应该。"在镇里报到后我了解了十三个村的情况,尤其了解了邻近的新生村,因为这个邻村引进了个油脂厂,发展很快,成了后起之秀。

"我没官瘾,"邵震天说,"吹喇叭多自在,不管谁家红白喜事我都吹,可以西瓜地里溜达——左右逢源(圆)。"

我笑了,知道人各有志,并不是谁都想当官。我问:"在墟里工作该注意点什么?"

邵震天不假思索就回答说:"当干部一是动脑,二是动手。"

也许怕我听不懂,邵震天又进一步做了解释:"动手离不开抓手,动脑需要天分,满囤是好人,就是天分不够,结果弄得猪八戒照镜子——里外不是人。"邵震天抚摸着手里的小喇叭说:"其实也没啥深奥的,就像吹喇叭一样,先要脑子里有谱,有谱了吹起来才不跑调,满囤的问题是和村民喇叭配笛子——想(响)不到一块。"

谈话结束时,邵震天说:"你初来乍到,有啥大事小情需要我做尽管吩咐,我肯定哑巴坐席——二话不说。"

我有些小感动,说真心话,我很想听邵震天吹上一曲,高亢奔放的唢呐肯定荡气回肠,但我不能提这个要求,找人来是为了谈话,不是为了吹喇叭。

如果不到墟里,无论如何我也不会把打碗花与某个人联系起来。打碗花是乡村的常见花之一,很多人将它误认为牵牛花。它与牵牛花确实相似,两者的区别在于,打碗花全株无毛,而牵牛花茎部和叶片上有柔毛;打碗花花冠为淡红色或者淡紫色,而牵牛花花冠为紫红色或者蓝紫色。通过观察我还发现两者的一个区别:即使把打碗花架到高枝上,它也不善攀缘,只喜欢蜷缩在低处;而牵牛花只要搭一把手,就会蹿着高往上爬。

送走了哨花吹,我看到院墙边有一丛熟悉的花,它在砖地上像地瓜秧一样蔓延着,我走过去蹲下准备拨弄它一下。

"不要碰它。"方慧的声音从身后传来。

我站起身,问:"为什么?这又不是什么名贵的花卉。"

"这是打碗花,摘了不吉利。"方慧很认真地说,"齐满囤当年上任铲了它,结果工作干一样砸一样,村民就给他起了个外号叫打碗花。后来这花再长出来,谁也不去碰它,我上次不小心踩上了它,晚上刷碗真就打碎了一只碗。这花长在墙角反正不碍事,让它自生自灭吧。"

我吃了一惊,这家伙长在村委会院子里难道是来考验干部的吗?

方慧说:"您别不信,不光墟里人这么看,从南到北、从东到西的村民们都这么看,要不它怎么叫打碗花?"

我摇摇头道:"我不是怀疑你的说法,我是觉得它长在村委会院子里好奇怪。齐满囤天天上班下班看着它会有何感想,他知道村民叫他打碗花吗?"

方慧愣了一下,道:"知道,他对这个外号挺无奈的。"

"打碗花这个名字确实晦气。"

"为了让满囤书记不上火,我给他讲过打碗花的故事,他听了这个故事后,再看打碗花就平静多了。"

"什么故事?我也想听听。"

"其实也不是什么故事,就是一篇课文。我上学时语文书里有一篇写打碗花的课文,我印象很深刻。说有个穷人家的小姑娘在财主家当丫鬟,她看见一个老太太乞丐快要饿死了,就偷偷拿了半碗冷饭给老太太吃,但不幸被财主发现了,狠心的财主用那只盛冷饭的碗把小姑娘打死了,人们把小姑娘埋在路边,一年后,埋葬小姑娘的地方长出一丛好看的花来。有一天财主路过这里看到了花,感到奇怪,就摘了一朵花来闻,结果七窍流血而死,于是这花就被人们称为打碗花。"

方慧讲完这个故事,我感觉自己得到了某种共鸣,看来谁心里都不缺植物,缺的只是表达,一旦有了契机,人人都会讲一番关于植物的故事。我告诉方慧我是生物专业毕业的,对东北湿地的植物特有兴趣,之所以来墟里,很大程度上是因为墟里有个都柿滩,听说那里是北地的植物宝库。方慧说她每年都去都柿滩采都柿,但对滩上的植物了解不多,墟里能说明白这些植物的是金子,她说哪天她陪我去拜访金子。

当天夜里,天空有星无月,屋内灯光投射到院子里,恰好照亮了那丛打碗花。我站在院子里低头端详这丛打碗花,这些花朵似乎在张大嘴巴向天空讨要什么。我抬头望望星空,墟里的星空格外澄澈,每一颗星星都像用清水洗过一样明亮。这时,墙角传来一阵蟋蟀的叫声,我知道,这是小邻居在催促我熄灯睡觉,因为只有我熄了灯,屋里屋外才是它们的天下。

这天夜里我做了一个梦,梦到院子里那丛打碗花疯长,不仅铺满了院子,而且把院外那三棵老柞树也缠绕起来,让大树浑身长满了喇叭。

三、塔头花·大花杓兰

塔头俗称塔头墩子,是北地沼泽一种高出水面的草墩,它们像一个个相像的小矮人站在水中,在空旷的原野中讲述着各自的故事。据说它们寿命长达十万岁,看似普通的塔头,上面站过谁、落过什么飞鸟、经历过几多风吹雨淋,一概无法知晓,但可以肯定地说,秦时明月照过它,汉时秋风拂过它,肃慎、女真的马蹄踏过它,历经千年万年,它们依然生机不减,越长越高,柔软的躯体充满了钟乳石般的坚毅。塔头的生成是时间沉淀与积累的结果。沼泽地里各种薹草的根系死亡后又生长,再腐烂,再生长,周而复始,长年累月便形成了腐殖质层,如果连片,就是恐怖的漂筏;如果独立,就长成了塔头。塔头具有防沙固草、蓄水保土、平衡生态等功效,而且还是多种水禽的栖息和繁衍之所。

我亲近塔头,是在心心念念的都柿滩。

来到墟里第三天,我就迫不及待想去都柿滩。自从郑高和我讲了都柿滩这个北地植物王国之后,我满脑子都在想象都柿滩的图景,我从不否认考察都柿滩是我来墟里的目的之一,我向往那里的一草一木,想深入探究那里的每一种植物,为此我特意带了那本彩色影集《乐土》,我想按图索骥,按照植物分类一株一株加以比照。我背上双肩包,带上单反相机,由年轻的大奎做向导,信心满满地踏上了驿路。这是一场心动已久的奔赴,我仿佛看到了野花竞放的百花园。

出墟里,往东北方向走上一里半路就到了那条废弃的古驿路。驿路路口有块半米高的青石碑,上面阴刻着模模糊糊四个魏碑体大字:奏捷之路。我问大奎石碑是何时立的,大奎支支吾吾回答不上来。我说立碑也不标明时间,有偷工减料之嫌。大奎说正因为没有标明时间,这石碑才得以留下来,要是刻上"康熙""乾隆"字样,早就被砸掉了。我一听觉得也是,没有时间、没有署名,自然就没有毁掉的理由了。驿路路基矮平,高出地面五六十厘米,宽三米许,路中间多是矮草,以车前子、灰菜和蒲公英居多。进入山林之前,路旁是大豆田,大豆长势喜人,已经开始结荚。进到山里,驿路便甩开了农田,扑入野草和灌木的怀抱。虽然已废弃百年,但驿路还算平坦,路上没有积水,这是因为没有机动车碾轧。机动车是乡路的梦魇,沙土路面一旦有车辆行驶,深深的车辙就会积雨,久而久之便会导致路面翻浆。在东北,路面翻浆常常令旅行者叫苦不迭,好好的沥青路面因为翻浆变成了一条脓疖满身的苍龙,人和车只能在泥泞中跋涉。

驿路蜿蜒,左手是山林,右手是大江,这是一条相当有看点的景观路。从路口到都柿滩大约十公里,中间有三道湾,两道凹湾、一道凸湾,三道江湾让驿路有了山重水复的韵味。行走在驿路,恍若行走在一条朝晖夕阴的时光隧道,滔滔的江水声似密实细碎的马蹄声由远而近传来,这是大江录制的历史回声在重播;当年有多少驿路传奇被郁郁葱葱的林谷收藏,化作黑土,孕育着新的草木。这是一条有故事的驿路,着实不该断头,那场无情的山洪可能不知道,它冲毁的不仅仅是一条驿路,它还割断了一段本应连续的历史。走出来的路轻易不要废弃,废弃一条路,就等于放弃了一种行走的选择,都拥挤在一条路上,哪怕这条路再宽、再平、再通达,也会使人产生审美疲劳。脚下这条驿路遭到冷落,最直接的损失是浪费了一路美景。

驿路经过的第一道湾是内凹湾,湾呈半月形,江水平缓,江湾中有一处长满柳丛的沙洲,对这湾江水起到了画龙点睛的作用,让人不由得想起"白银盘里一青螺"的诗句。头道湾山坡多灌木,大部分是苕条。

苕条是落叶灌木，耐阴、耐寒、耐旱、耐瘠薄，在东北，无论多么严酷的环境它都能茁壮生长。苕条不仅能用来编筐编篓，它还是绝佳的烧柴，把苕条打成捆带回家垛好，无须劈截，只要一把把续进灶坑烧火即可。在头道湾，我第一次发现紫色的苕条花竟然这么美，它花形似鸢尾，有三角梅的艳丽，像极了灯笼花或蟹爪兰。山野中随处可见的一种灌木花朵都有这般颜值，这应该是对驿路最好的加持了。

　　继续前行便是第二道湾。二道湾是一个外凸的半岛，这种半岛叫湾有些不妥，在南方，这种地方应该叫渚或洲，但在墟里人们还是称之为湾。如果站在江的立场上可以叫渚或洲，而站在路的立场上，这确实是一个湾，因为驿路在此呈现出一个大大的"弓"形。二道湾地势平缓，行人可以拨开草丛直接走到江边。这里植被格外茂盛，除了柳树毛子，还有成片的红蓼花、白头翁和紫苜蓿。大奎说这里的柳树叫柳树毛子，因为柳条细软，常常被江水淹没，长不大，与江心岛的柳丛比起来长势差了不少。二道湾的好处是有沙滩，沙子白且细，给半岛镶了一道耀眼的银边。大奎说这里的沙滩适合钓沙胡鲈子，运气好的话一个人一天能钓一篓。沙胡鲈子是一种分布较为广泛的鱼，体形修长，嘴巴凸出，味道十分鲜美。但因为它体形小，一般只有十一二厘米，难入渔民法眼，这倒促进了它的繁衍生长。沙胡鲈子喜欢匍匐在流水沙床上觅食，它活跃的地方江水不能混浊，二道湾湍急的水流让江中腐殖质无法积淀，保证了水质的清澈。

　　紧接着二道湾的是最为陡峭的三道湾。三道湾陡峭的地势让驿路有了滨海路的感觉。因为没有护栏，居高临下的视野让经过者感到此路惊险而有气势。站在悬崖边，背倚青山，俯瞰滔滔江水，脚下传来隐隐的水流拍岸声。三道湾崖壁上除了不老松，全是茂盛的达子香，春天，整个崖壁就是一个半球形画廊。大奎说省电视台播放的宣传片里就有三道湾的镜头，很可惜，这个景观需要在船上回看。我问这个崖壁是否有名字，大奎说当地人叫它杜鹃山。我一听笑了，这个名字够大气，应该是受了京剧《杜鹃山》的启发。

　　走过三道湾，眼前豁然开朗便到了都柿滩。

都柿滩前窄后宽,呈喇叭状朝向大江,地势西高东低,总体平缓,没有大的起伏。滩中央有条水势细弱的溪流,两岸便是花园般的湿地。虽说叫湿地,其实干爽的地方很多,植被也相当丰富。我一边细心辨识,一边用相机拍照,一直拍到溪水旁。溪水极清,水中的石头不生绿苔,有成群的柳根鱼和湖罗子鱼在水中畅游。溪水虽不宽,却需要蹚水过去。大奎说:"这是山泉水,冰凉刺骨,齐大牙曾说轻易不要蹚这种山泉水,容易得攻心翻。"我听到"攻心翻"三个字心里一惊,急忙从溪水旁退了回来。攻心翻又叫臭翻,是过去湿地居民容易感染的地方病,现在虽然少见,但当年可是死亡率极高的地方病。我说:"过去走驿路的人不蹚水过河吗?"大奎说:"过去也不蹚水,驿路被冲毁前,这里有座木桥,桥虽小,却是官桥,年年朝廷都要出银子维修。后来驿路废弃,木桥没有人修,加上一场山洪冲毁驿路,就成了现在这个样子。"他还说:"别看这是一条小溪,发作起来可了不得,二十世纪七十年代,有一年县里组织民兵拉练,一辆后勤卡车在这里过河,遭遇山洪,愣是被冲到了江里。押车民兵及时跳车才没有牺牲。因为这个,很多司机认为都柿滩是不祥之地,所以没人会驾车走这条道。"

我在小溪这侧继续辨识植物,郑高说的没错,这里的确是个植物王国,不算木本植物,小兴安岭地区的草本植物这里几乎应有尽有,有些花草教科书里根本找不到。我拍了三十余种植物,这里的托盘儿、高粱果和石头上的地衣,让我兴奋不已。这里不愧叫都柿滩,这里的都柿像驿路口的豆地一样郁郁葱葱。这里的都柿丛中夹杂着些榛棵子。都柿果已经过季,榛子却长势正好,一簇簇榛子像绿色的烧卖,看上去格外喜人。大奎说都柿滩的都柿和榛子颗粒饱满,正是因为有了这两样宝贝,这条路还有人偶尔走走。都柿对墟里人来说是不能少的浆果,因为家家都要酿都柿酒,谁家缺了都柿酒就没法过年。我问:"为什么缺了都柿酒没法过年?""墟里看重祭祖,过年祭祖和去小龙山上坟一定要用都柿酒,用别的酒是对先人不敬。"大奎还说,"来都柿滩采都柿是有说道的,采的第一捧都柿要撒到小溪里,算是敬山敬水。据说有一次方世铎来采都柿,不知怎么忘了这个说道,第一捧都柿先自己吃了,结果不一会儿嘴唇就肿胀起来,同来采都柿的石国库问他是不是第一捧都柿没敬山敬水。方世铎说他嘴一馋给忘了。石国库说你到小溪边反复洗洗嘴巴,念叨念叨就好了。方世铎说我是医生,知道这是过敏。石国库说你不过是个赤脚医生,比我这个兽医还差一截子,我知道羊误食了狼毒该怎么治,你照我说的办没错。方世铎尽管不情愿,但还是照办了。说来奇怪,用小溪的水洗了几遍后,肿胀的嘴唇开始消肿。"我心里暗自发笑,这无疑是石国库在调理方世铎,不过,冰凉的山泉水也确实能起到消肿作用。这个故事让我明白,对站上人来说都柿已经不单单是一种浆果,它被赋予了独特的情感,这情感是不容亵渎的。

我站在都柿丛中,用手拂了拂都柿圆圆的叶子,叶子很光滑,有种毛茸茸的感觉。我想大自然是有公正心的,赐予苦寒之地这样一种美味浆果,这是对谁的奖赏呢?站上人用这种浆果酿制的酒来祭祖是最好的感恩之举,祭祖,从某种意义上说就是祭天。

我走得有点累,找了块石头想坐下来小憩。大奎指了指右前方说:"转过前面那片山丁子林有一个泡子,也就是池塘,过去看看不?"我说:"当然要看,池塘是植物多样化的最佳载体,说不定会有白莲花盛开呢。"我俩穿过那片山丁子林,转过一个低矮的山包,面前果然是个泡子。泡子不大,大约百米见方,水里布满密密麻麻大小不一的塔头。让我惊讶的是,每个塔头上都开满白色的小花,小白花看不清花瓣,像棉桃一样柔软洁白。作为生物专业的毕业生,我被这满泡子白花考住了:"这是什么花呢?"

大奎道:"塔头花,有文化的人叫它兴安雪绒。"

我张大了嘴巴,半天没说出话来。塔头花对我来说是个新发现,这么美的花竟然没有引起学界的注意,在来到都柿滩之前我对它一无所知,而且《乐土》中也没有关于它的图片。

"这里的塔头没人来打过吗?"我知道过去冬天只要河套一封冻,当地人就会赶上马车成群结队到甸子里打塔头。打塔头用的是硕大的木榔头,只要抡起榔头敲一下,塔头就会滚落下来。塔头是缺砖少瓦年代优质的轻体建材,偌大一个干透的塔头,孩子都搬得动,这无疑减轻了地基压力。塔头可以当砖做坯,用锹刀切规矩,然后砌成墙,这样的塔头墙保温性能极好。因为塔头中含有一些水分,有时新建的塔头墙会长出一层小草来,让整座房屋成为绿房子。塔头建房虽然保温,但也有缺点,一个是老鼠容易掏洞做窝,另一个是容易引发火灾,所以塔头房屋的一个共同特征是烟囱远离房子,有的烟囱建在房屋十步开外的地方,中间靠一条烟道连接。开始,我不明就里,问过懂行的人才知道这样设计是为了防火。

"没有人来这里打塔头,这个泡子对墟里人来说有说道。"

我觉得墟里很多事都讲究一个说道,"说道"这个词在墟里含义很丰富,甚至有了哲学的味道。既然有说道,我就必须问清楚,免得有违风俗。我问:"这个泡子有什么说道?"

大奎说:"这个说道是齐大牙讲的,齐大牙说这个泡子在都柿滩形成之前就有,同治年间,驿站里有个名叫方子玉的站丁娶了个叫白英的好媳妇。白英是流人之后,肤白貌美,在驿路二十四站中小有名气。那时候女眷不裹脚,经常参与狩猎等劳作,性格开朗的白英历练成一名出色的女猎手。腊月二十三这天,朝廷有一份官文要送往塔溪,轮到方子玉去送,不巧方子玉生病无法值班,遇到这种情况可以往下轮值,但这天是小年,驿站人把小年看得很重,觉得从这天开始就已正式过年,家家都在忙年。白英主动要求替丈夫去送,站官知道白英身手好,就点头默许。白英骑白马,穿白羊皮袄,戴白狐帽,将官文准时送达塔溪,但没想到回返时遭遇了暴风雪,白英不幸在驿路走失。人们在驿路两边找了个遍也未能找到。方子玉不死心,每天都上山寻找,从腊月找到正月,再找到开春。人们不理解为什么连块碎布片都找不到,即使遇到狼群,马镫、马鞍和皮袄不会被吃掉吧?春天开化后,方子玉在这个泡子里发现了白英和她的白马,估计当时人和马被冻僵后遭到暴风雪的雪藏,那个时候雪大,低洼处积雪会深达四五米。白英死后,每年春天方子玉都会来这个泡子祭奠亡妻,他祭奠亡妻的方式是往泡子里投放白面馒头,因为白英生前最爱吃白面馒头。有一年方子玉带着馒头来到泡子,忽然发现泡子里的塔头都成了一个个白面大馒头。细看,原来是塔头上开满了白色的花,这花一开就再没断过,一代一代一直开到现在。墟里没人采这种白花,因为看到塔头花就会想起白英和方子玉。"

"这真是一个感人的故事,泡子里的塔头花也许叫望妻花更为贴切。这个故事怎么没有人写出来呢?"我话语中带着遗憾。

"墟里故事多,能写的人却少。再说小地方的故事没人在意。"

"故事不分大地方、小地方,关键是感不感人。"我纠正大奎的同时,也理解了老雷为什么强调让我做见证者,要知道,存在通过见证而呈现。

我的目光从泡子中央慢慢往右前方扫描,一个个塔头真的像馒头,似乎带着麦香。目光扫描到水边时我忽然看到了几朵奇怪的大花。我走过去,蹲下身仔细看了看:天哪,这不是珍稀的大花杓兰吗?几株大花杓兰相依相偎,构成了一束花簇,像一窝绿色的大鸟。大花杓兰叶子较宽,花色紫红,花瓣呈兜状,看上去富态十足。

大花杓兰原本是生长在高原湿地的花卉,怎么会出现在小兴安岭的泡子边?都柿滩真是个神奇的地方!我问大奎知不知道这花的名字,大奎摇摇头。我说:"这是大花杓兰,又叫大口袋兰,是野生兰花中的极品,被列为国家一级濒危保护植物。"我和大奎沿着泡子转了一圈,一共发现七株大花杓兰。

"一定要保护好这些花,"我对大奎交代,"要把住路口,看好进都柿滩的人。"

大奎笑了,说:"除了都柿成熟的季节,来这里的人很少,这个泡子更不会有人来,这里死过人不说,你看泡子里的水,颜色是不是有些吓人,没事谁来这里呢?"

我注意看了看泡子里的水,因为泡子不与大江相连,这潭水基本上是陈年积水,水已经变成了碧绿色,无法目测水深。我说:"泡子里不会有鱼吧?"大奎说:"这个不知道,因为没人来打鱼。"

我拍了几张大花杓兰的照片,发给了白老师。白老师回微信:"你去了青藏高原?"

我回复道:"我在黑龙江边的都柿滩。"

白老师回了一句:"拍照可以,采花万万不可。"

四、谎花

谎花是不结果的花,开得灿烂耀眼,最后却颗粒无收。村民菜园里种的黄瓜、葫芦、倭瓜、西葫芦,都有开谎花的时候,勤快的人会摘掉谎花,大部分人则对其视而不见。我没有将谎花和某些职位联系起来,但老毕做到了,老毕说自己就是一朵谎花。我不理解,说:"你做了那么多事,工作成果数不过来,怎么能是谎花呢?"老毕说:"在基层,能结果的只有正职,副职是跑龙套的,不是谎花又是什么?"这显然是自谦,我也由此知道了老毕说的谎花其实就是陪衬。我把老毕关于谎花的理论说给老雷听,没想到老雷对此大加赞赏,说:"每个人都要学会开谎花,心甘情愿当陪衬、做绿叶。"我说:"做结果子的花岂不更好?"老雷说:"花只有一样,果子就不好说了,有好果、赖果、恶果。"老雷的话让我多了一层思考,我从谎花的角度再看老毕,觉得老毕身上的闪光点不但没减少,反而越来越多。老毕从不因为自己是谎花就不严肃认真地"开",正职交给他的任何工作,他都不折不扣地做实做好,哪怕是面对他不理解、不认可的工作也毫无怨言。

我对墟里历史与当下的了解,主要来自老毕这朵谎花。

墟里状如簸箕,西面有山峦,北、东、南三方是湿地和平冈,东南有小龙山,小龙山头在墟里,身子和尾巴则延伸到了伊春林区。旭日东升时，会先照亮江水和小龙山，然后是湿地和江汊子，再然后便是绿油油的大豆田和睡不醒的村庄。小龙山因为偏东南，对墟里没有围挡之势，倒成了恰到好处的点缀。村子西面地势最为突兀，尤其是树木林立的望江台，是墟里当之无愧的绿色屏障。有一次我站在望江台上遥望黑龙江，心里甚觉奇怪，明明是一条白练般的大江，怎么会带着个"黑"字？而且被古人称为黑水。这种谬误应该与视角和季节有关，如果命名者当年站在望江台上，断不会起这样一个名字。村子北翼是那条废弃的江畔古驿路，驿路因都柿滩断为两截，车不能驶，除了赶山人和垂钓者几乎没人行走。村子南翼原本也是沿江古驿路，二十世纪六十年代冒出一个新生村，生生截断了南翼，墟里变成了一只不能飞翔的海东青。齐大牙将墟里不太平的原因归咎于新生村，说新生村破了墟里风水，让因路而生的墟里无路可走。齐大牙是墟里说话有"号"的人，开始我搞不清楚这个"号"是什么意思，问方慧，方慧解释"号"可以理解为"管事"。我明白了，想办好墟里的事，齐大牙的"号"与哨花吹的喇叭都不能忽视。

历史上的驿路一直延伸到漠河老金沟。因为沿江，驿路可谓一步一景。当年吴三桂兵败之后，不计其数的大周五品以上的官员行走在这条驿路上，但他们的身份已经成了流人，发配至此是给驿站人为奴的，想必这般风景多少会冲淡一些他们的颓丧。我查阅过相关史料，没有找到任何描述这段驿路的诗文。清代确实有不少文人被发配到驿站生活，但不知何种原因，遗存下来的文章少之又少，除了吴兆骞之子写的那本《宁古塔纪略》，再找不到有价值的文献，这是个不小的遗憾。想想江南，却因为有历代文人墨客到访留痕，结果处处留下名胜。

墟里由驿站变为村屯的过程十分顺利，没有任何鼓噪，不存在体制编制问题，因为站丁俸禄相对微薄，早就靠耕种自给自足。变村后无论是坐地户还是外来户，都以站上人自称，相处也比较融洽。墟里坐地户多姓方，是当初三十户驿丁的后裔。方姓在雅克萨大捷前奉旨来墟里建站，是老资格的站上人，如今人口占全村三成多一点。石姓则是清末至民国年间闯关东来此的登州府人。石姓本来是去漠河淘金，行至墟里,发现这里地肥水美,有鱼米之利,一干人便留下成了第二茬儿村民。胶东人重情尚义,扑奔而来的乡党不断增加,石姓便日渐成了大姓,如今人口也占了全村三成。村里另外齐、邵、金三姓氏均属外来户,来墟里时间不等,五大姓氏把墟里经营成了远近闻名的"好汉窝"。

墟里无论坐地户还是外来户,一直承续着驿站传统——乐善好施,好斗仗义。二十世纪三四十年代的一个夏天,有支日伪讨伐队到墟里追讨六名落单的抗联战士,墟里百姓安排这六名抗联战士躲进小龙山山坳里,同时故意设置路引把讨伐队引进小龙山另一道山沟。讨伐队没抓到人,他们十几个人却被一种俗称野鸡脖子的蛇咬伤,因为讨伐队进入的是有蛇窝之称的卧龙沟。

尽管后来方、石两大姓氏间出现了矛盾,但在对外上,墟里五个姓氏还能像五根指头一样攥起来,每每到了关键时刻,村里总有人出头扛事,让墟里"好汉窝"的旗帜没有跌落风尘。当年,受墟里人救助的一位抗联战士在中华人民共和国成立后官至副省长,他来沿江镇视察工作时感慨地说:"墟里是名副其实的'好汉窝',对抗联是做出过贡献的。"这个评价让站上人颇感荣耀。

在听到方、石两姓矛盾的缘由时,我脑子里总会想起伊甸园里那棵苹果树,苹果树是无辜的,作孽的是蛇,没想到墟里两大姓氏的世仇也是因为蛇,我猜测,哨花吹说的"抓手"会不会就是他说的"遣蛇"呢?

到墟里后我参加的第一次家宴是在老毕家。

老毕在镇里分管民政,是镇里资格最老、年龄最大的副职干部。书记、镇长是县里派来的年轻人,家都在县城,上下班通勤,晚上镇里有事都由老毕顶着。老毕约我到他家里吃饭,专门用他的皮卡车到村里接我。依老毕的级别是不能配车的,但老毕分管民政、林业,需要经常往各村跑,镇长就给他安排了一辆旧皮卡,车门上有"护林防火"四个大字,这样老毕也算有了座驾。为了招待我,老毕媳妇头一天就去市场买了猪头,已经炖了小半天。安排家宴这是老毕赏我脸,在当地,到家里吃饭是关系铁的表现。老毕是我领导,用不着巴结我,他请我很大程度上是看我年轻。老毕说我和他儿子年龄相仿,他儿子还在外地读研究生呢。

镇政府家属房都是带院子的平房,与老百姓院子里全部种菜不同,干部家院子里除了种菜,大多还种有花草。老毕家的院子里种着不少鸡冠花和土豆花,这是我很喜欢的两种花。鸡冠花和土豆花大气富态,颇有北国牡丹的风姿。看我驻足欣赏花卉,老毕走过来说:"这花没啥好看的,很平常。"我摇摇头说:"平常不一定就不好,对于我来说,看起来令人心情愉悦的就是好花。"在硕大的土豆花边,有一棵长势喜人的西葫芦,瓜秧上开着不少橘黄色的花,但不见哪一朵结瓜纽。我问老毕,老毕说爬蔓的瓜秧不愿意结瓜,开的都是谎花。我心里纳闷,不结瓜的西葫芦留着有什么用呢?老毕戏谑地说自己就是谎花,种的西葫芦也开谎花,谎花配谎花,半斤八两。

毕大嫂烹饪的扒猪脸十分考究,一个白钢托盘盛着半只焦糖色的猪脸往桌子中央一放,餐桌顿时有了主题。老毕说现在禁止公款吃喝,县里出了个文件,叫"八吃八不吃",他记不住,索性就不出去吃了,要出去也是自己花钱,一把一利索,省得犯毛病。老毕说请我是因为他在班子里分工包墟里,有些事希望和我往深里聊聊。我表达了谢意,说:"领导这是给我面子,没把我当外人。"老毕说:"以前沿江一带酒文化盛行,干部下乡不喝透不行,现在不中了,公务接待一律不得碰酒,因为喝酒背个处分很丢人!"

老毕说话喜欢打比方,他的话像画笔一样,简单几句就能把事情的轮廓勾勒出来。他说:"若是把全镇十三个村子比成十三张牌,墟里就是最后那张不能和牌的单吊么鸡,为啥?因为另外三张么鸡已经打出去了,没法和牌了。墟里啥工作也上不去,是打狼专业户。""打狼"是北地方言,意思就是最后一名。我说:"墟里给您添麻烦了,也拖了全镇后腿。"老毕摇摇头说:"我无所谓,反正我就是一朵谎花,怎么开也结不了瓜,我是觉得墟里村可惜,弄不好这座三百岁的古村会被新生村吃掉,你知道,现在全县搞合村并屯,如果墟里的工作总是不见起色,离合并就不远了。"

"镇里有这个考虑?"我大吃一惊。

"还没最后定,就看墟里工作怎么样了。"老毕说,"我也不想自己包的村被合并,估计你也不愿意,你虽然是挂职,但成了村里的'末代支书',好说不好听。"

我脸有些热,发现托盘中那半只猪头像活了一样,猪耳朵忽然动了一下,我揉揉眼,再看,猪脸上那只原本闭着的眼睛似乎睁开了。我赶紧把目光投向别处,知道自己走神了。"末代支书",这是一个什么样的称呼?一旦在厅里叫出来,说不准会成郑高调侃的段子。

我想当务之急是要把墟里工作搞上去,工作上去了,书记、镇长就不会起"杀心",墟里老命就能保住。我问老毕:"墟里的症结到底在哪里?是方、石两姓的矛盾吗?"

"墟里有三个梗:一是世仇难平,二是发展没有载体,三是'一金三老'人老心不老。"

老毕这么一说,我觉得喝下的烧酒有些上头,没想到小小的墟里问题会这么多。世仇是什么?顾名思义就是世世代代存在的仇恨,要是好解决,就成不了世仇;发展载体说白了就是项目,没有项目谈何发展;"一金三老"是墟里的台风眼,没事也会平地起浪,他们四人要是和村里唱对台戏,村干部自然难当,齐满囤工作受挫就是个例子。

老毕说墟里当下最紧要的事是通过换届选个好搭档,有个村主任在前面挡子弹,村支书工作才有回旋余地。墟里这次换届村主任有两个人选,一个是方世乾,另一个是石洪兵,这俩卜留克都有两把刷子,相互不服气。

老毕还介绍了两个候选人的情况。方世乾是方家的代表性人物,因为擅长搞林下经济和打松塔而出名,家里开有山林特产购销部。他敢在几十米高的红松上打松塔。打松塔的时候身边常有松鼠跳来跳去,有人说他会松鼠语,真假不晓。方世乾对墟里有个设想,那就是把墟里建成国家级红松之乡,通过培育红松苗,开发红松子,让墟里名气大起来。应该说这个主意不错,也符合墟里村情,但石姓人家对此不屑一顾,卖几棵松树苗、几袋松子就能把墟里搞上去?墟里有养殖,有大豆、葵花子,哪一样不比树苗、松子值钱?石洪兵是建筑商,人脉广泛,实力不弱,他人住在县城,心却在墟里,墟里的大事小情他都不放过。他的思路是学新生村,在村里建厂,搞大豆深加工,这个想法自然也得不到方姓支持。方世乾和石洪兵都找过老毕,表达了想当村主任的想法。老毕说:"你俩谁干我都没意见,关键看选民支不支持,只要能选上镇里肯定支持。"

我问:"他俩怎么叫卜留克?"

老毕笑了,说:"方世乾和石洪兵各有外号,方世乾叫'桦树茸',石洪兵叫什么没记住,叫他俩卜留克是哨花吹的调侃,大概意思是说他俩像疙瘩头一样难缠。"

我明白了,卜留克就是没腌渍的疙瘩头。

我端杯敬了老毕一杯,又问:"刚才您说自己是一朵谎花,为啥?"

老毕苦笑了一下,放下酒盅说:"这扯淡的事和你说说也无妨。这么说吧,我这人生之路,走一路开了一路谎花,没啥成就。上中学时我想做边贸生意,那时候边贸挺赚钱,小黑河有人用一船西瓜从对岸换回一辆伏尔加轿车,我觉得这个买卖可以做。谁知天不遂人愿,中学毕业我只考上了农机校,毕业后被分回沿江农机站当技术员。后来我又想搞工程,承包了镇里的建筑公司,没干上几天,公司改制被别人买走了。我当了副镇长后想停薪留职去办林场,和领导谈,领导说工作上的事只有工作选择你,你不能选择工作。就这样,眼看船到码头车到站了,想做的事一事无成,这和门口那棵开满谎花的西葫芦有啥区别?"

"您不是谎花,毕竟还结出了副镇长这么一个大瓜。"我带着酒劲开了个玩笑。

老毕摆摆手:"我这算啥瓜,要算也是个苦瓜。"

吃完饭,老毕让司机送我回村,让他媳妇把另外半只猪脸打包给我带着,并开玩笑说:"记住,丢啥也不能丢脸。"

第二天,我和方慧说起方世乾和石洪兵,方慧说齐大牙已经做过预测,这俩卜留克哪个也腌不成疙瘩头,言外之意是他俩都选不上。我说齐大牙凭啥这么说。方慧说齐大牙能掐会算,预测的事十分灵验。我想起那天谈话哨花吹也说过,齐大牙这人是吕洞宾放屁——带股仙气。我说能不能腌渍成疙瘩头齐大牙说了不算,老毕到场的话,应该能压住阵脚。

换届大会是在闲置的村小学召开的。现在农村流行合并,存续了七十多年的村小学被合并到了镇中心小学,孩子一年级就开始住校,八成新的校舍便闲置下来。村里原本要出租办养鸡场,但村民代表意见不统一,时任领导齐满囤干脆就把校舍一封了之。与其他村召开换届大会氛围不同,墟里的换届大会没有彩旗,也没有标语,大会是静悄悄召开的。方慧曾建议贴点标语,齐满囤悄悄对我说:"别鼓捣那玩意儿,动静闹大了不好收场。"我也觉得情况不明,结局难料,还是别刺激大伙为好。标语这种东西,贴得好是正向激励,贴不好容易丢人现眼。

换届结果不幸被齐大牙言中,尽管有老毕现场坐镇,方慧、石小东和石大奎也分头找了些村民做工作,但结果是方世乾和石洪兵得票谁也没过半数,换届流产。方世乾在工作人员唱完票后起身与老毕和我握了握手——他脸色有些发青——然后扭头走了,我明显感觉他的手有些湿冷。石洪兵走过来对我和老毕说:"我本将心向明月,奈何明月照沟渠,我也走了。"

老毕紧咬下唇,捏着那张计票报告单气呼呼地说:"没治了,一筐木头砍不出个楔子来!"

散会后大家回到村委会,我对老毕说:"实在不行就矬子里拔将军吧。"话音刚落,哨花吹便推开门带着一脸绯红走进来,他和在座的每个人都点了点头,然后对老毕道:"别茄子见霜——打蔫啦,走,到我家吃饭去。"

方慧起身给他拽了把椅子,小声说:"出了这么大的事,哪里有心思吃饭。"

"多大点事,再说结果齐大牙早就预测了,不新鲜。"哨花吹一脸的不在乎。

"你是不是喝酒了?"老毕斜着眼问。

哨花吹说才喝了几口,心里放不下好兄弟,加上老伴儿做了茄子炖鲇鱼,他觉得这道好菜应该和老毕分享,就来叫老毕去家里喝杯酒消消火。老伴儿说人家是镇长,镇长还能没饭吃?村里开会肯定会安排饭,不要瞎操心。他说村里安排饭也不会有茄子炖鲇鱼,顶多去齐满囤家吃小鸡炖蘑菇,所以就一路小跑来叫老毕。

能看出来哨花吹和老毕关系不错,私下能以兄弟相称,说明彼此不隔心。

后来我才知道,老毕一个远亲办喜事,想请哨花吹捧场,哨花吹扁桃体发炎,就一口回绝了。亲戚没辙只好央求老毕出面,老毕从镇里坐着皮卡车来到墟里找哨花吹。镇领导登门是稀客,哨花吹家晚饭刚好上桌,他就请老毕坐下来喝几盅。老毕说:"我下乡转了一天,正好肚子饿,就在你这儿蹭顿饭吧。"哨花吹让老伴儿加菜,恰好老伴儿买了活鲇鱼准备第二天吃,就做了一道茄子炖鲇鱼。老毕说:"鱼吃你的,酒喝我的。"他让司机从车上搬下一箱都柿酒。老毕酒量大,哨花吹虽然酒壶不离身,但酒量不行,结果把哨花吹喝高了。哨花吹舌头打着卷说:"从今往后咱俩就扫帚作揖——拜把子了,有用得着我的地方尽管说。"老毕便说了请他给亲戚办喜事吹喇叭的事,哨花吹说出的话无法收回,只能应允下来。说来奇怪,一顿大酒把哨花吹的扁桃体炎喝好了。老毕亲戚办喜事那天,他吹喇叭格外卖力,以至于宾客冷落了花枝招展的新娘子,都围上来听他吹喇叭。哨花吹吹喇叭特别在意现场氛围,观众越捧场,他就吹得越来劲,那天婚礼现场一连吹了几支喜庆的曲子,《抬花轿》《步步高》《百鸟朝凤》等一首接一首吹下来,把婚礼气氛顶上了天花板。事后,老毕请哨花吹又喝了一次酒,两人越喝感情越厚,彼此成了好兄弟。

老毕说:"你别说炖鲇鱼,就是炖甲鱼我也没心思吃,快回家该干吗干吗去吧,别在这里添乱了。"

哨花吹笑了笑说:"反正我也吃了半饱,就在这里陪陪你吧,你实在想不开,我这个卧龙岗上散淡人就给你们吹上一段,泻泻火。"哨花吹这么一说,老毕眼睛圆睁起来,死死盯住哨花吹那张带有两抹酒红的脸,眼睛半天没有眨一下。哨花吹见老毕死死地盯着自己,心里有点发毛,问:"你咋这么看我,是不是今天的事把你气魔怔了?你千万别魔怔,齐大牙说了墟里的事要找靠谱的人,急不得。"

我插话问:"啥叫靠谱的人?"

"靠谱就是着调不跑调嘛。"

老毕一拍大腿:"我怎么忘了你这个卧龙岗上散淡人呢,得!今天你是愿者上钩,新的村主任候选人就你啦!"

我一听心里就笑了,这是个好主意,那时和哨花吹谈话时我就有这个想法,只是他不愿意干,现在老毕说话了,看他还怎么说。

哨花吹两眼顿时像冻住了一样,连连摆手:"不中不中不中,老兄不能这么开玩笑,你可是副镇长,我一个喇叭匠当啥主任?"

"你咋不能干?"老毕问。

"当官就像驴子上套拉磨,太不自在,我这个人屁打流星,报纸都念不成趟,没法当官,再说我也不是个随帮唱影的人,吹喇叭多逍遥。"

"当官可不是念报纸,"老毕说,"尤其当村干部,其实就是为村民服务,虽说有时候费力不讨好,可老百姓心里有数,会记着你的好。"

"我没那本事,隔行如隔山,我怕当上后会光腚拉磨——砢碜一圈。"

"砢碜就砢碜呗,我一朵谎花都砢碜这么多年了,有啥?"老毕拿自己这朵谎花说事。

"我连拉架都不会,墟里纠纷这么多,这不是难为我吗?"哨花吹一百个不愿意,我能看出他额头渗出细密的汗珠来。

"你处理石谷、石坚纠纷时说的一句话我没忘,叫老虎吃蚂蚱——小菜一碟。"

老毕给大家讲了哨花吹在镇政府大院处理石谷、石坚承包地纠纷一事。

那是去年的事。墟里村民石谷、石坚因为耕地纠纷到镇里上访,点名叫老毕断理。老毕站在镇政府楼前劝解了半天,两人像斗鸡一样就是互不相让,三人让日头晒得浑身是汗,直挺挺僵在那里。赶巧,这一幕被到镇里找老毕办事的哨花吹碰见了,石谷、石坚来自墟里,哨花吹与他俩都熟,就过去问:"大热天你俩缠着毕镇长干啥?"石谷抢着说明了事由，石坚没反驳。两家承包的黄豆地因为开排水沟出现了地界分歧。哨花吹劝说道："毕镇长的话你们不听，老天爷的裁决总该听吧。"石谷、石坚一齐看着哨花吹，石谷问："老天爷咋裁决？"哨花吹说："你俩公说公有理，婆说婆有理，干脆来个钉杠锤，三局两胜，谁赢了谁的说法就算数。"石谷、石坚谁也不服谁，当着老毕和哨花吹的面开始钉杠锤，结果石谷输了，耷拉着脑袋话也没说就扭头离开。哨花吹对石坚说："快去拉人家到小店喝几盅，我和毕镇长也借个光。"就这样，地界纠纷化成了小酒馆一席酒，两个村民都喝高了，走出饭店时开始相互扳脖搂腰亲热起来，说："一笔写不出两个石，咱这样闹纠纷，岂不让方姓人家看热闹？"老毕看着走远的两人对哨花吹说："还是你有办法，不但息了事，还赚了一顿酒。"哨花吹把一张发票在手上抖了抖说："单我买的，无非吹一场喇叭。"老毕竖起大拇指，说："觉悟，这就是觉悟啊。"哨花吹很不谦虚地说："这算啥，这不过是老虎吃蚂蚱——小菜一碟！"

老毕讲完，哨花吹说："此一时，彼一时，真要是当上主任，说话倒不灵了。"

我在一边插话道："我觉得邵师傅能行，只要办事公平，说话会灵的。"

但无论怎么劝，哨花吹就是不同意，老毕有些急，站起身走到哨花吹面前，一只手按住他的肩膀道："你说过咱俩是扫帚作揖——拜把子的兄弟，现在我遇到这么大的事，你能不能替我想想？"

"你遇到啥大事了？"哨花吹抬起头望着老毕。

"现在干部考核相当严格，实行包保责任制，谁包的村出了问题谁就要被问责，我包墟里，墟里这次再出么蛾子，会有两个结果，一个是我被撤职，另一个是墟里被新生合并，你是墟里人，你说咋办吧？"

哨花吹本是来安慰老毕的，没想到会惹火上身，呆坐在那里不出声。他没想到墟里选不出村主任会有这么两个后果，看来问题相当严重。但他很清楚村主任的收入无法与吹喇叭相比，而一旦当选就不能到处吹喇叭了。他和齐满囤平时走得很近，齐满囤是个老实人，当村干部前自家开了个苗圃，专门培育红松树苗。当村干部后苗圃兑给了方世乾,一门心思想把工作做好,最后却落了个里外不是人,石姓不满意,方姓有意见,每次和齐满囤喝酒,齐满囤都哭哭啼啼,看着十分可怜。齐满囤辞职后状态马上不一样了,多年的驼背也变直了。但真正打动哨花吹的是老毕刚才说的第二个结果,墟里要是被新生吃掉,自己出去吹喇叭该怎么介绍呢?能说是新生村的吗?邵家几代人的祖坟就在小龙山上,小龙山也要归新生了。墟里人家的祖坟都朝着墟里方向,意思是列祖列宗时时刻刻望着子孙后代。墟里要是被新生吞并,难道还能把祖坟转过脸去?

"想好没?我眼巴巴看着你呢。"老毕站在他身边逼问。

哨花吹苦着脸说:"村主任是公鸡头上的肉——大小是个官(冠),一个村主任到处给红白喜事吹喇叭算啥事!"

老毕道:"吹喇叭的事我可以和镇里汇报,特批,行吧?"

我在一边说道:"邵师傅,和你谈话后我就觉得你看问题有深度,处理问题有办法,暂且不说大道理,就是为了保住墟里,你也该出山当这个主任。"

哨花吹眉头蹙了蹙,下意识地摸了摸腰包。

老毕说:"都怪我犯了灯下黑的错误,守着红牡丹却只看到两朵芍药花,真是有眼无珠。"

"你这是往火上架我呢。"哨花吹酒气已散,额头上出现了两道蚯蚓般的青筋。

"邵兄呀,一个人的价值在于舞台,村主任官虽然不大,却是九百三十三个村民的主心骨,你就别推托了,再说你攒了一肚子籽,总该有个地方哨吧。"老毕改变了称呼,以兄相称,这等于又将了哨花吹一军。

哨花吹沉默片刻,站起身说:"得了,你们这么看重我,我总要识点抬举,我可以干,但我先声明,最多干一届,不许沾包赖。"

老毕笑了,拍着他的肩膀说:"一届就一届,你以后就是朝着灶坑吹喇叭——神气起来啦!"

"神气不敢,但既然接了这个活,就得一门心思干好,不能只开谎花不结纽。"

"好家伙,在这儿等着我呢!"老毕并不恼,哈哈大笑起来,拉着哨花吹道,"走,去你家吃饭去。"又对我们几个说:"你们就别去了,去了影响不好。"

我想到了上午选举的情况,小声问:"在选举上要做些什么工作?"

老毕瞄了一眼哨花吹,问:"咋样?"

哨花吹道:"我不敢打包票,但世上没有不透风的墙,不选我的人让我知道了,等他家有了红白喜事我罢吹就是。"

我暗暗笑了,谁家不会有红白喜事呢?当地办红白喜事都要吹吹打打,而吹吹打打缺谁也缺不了哨花吹。

老毕说:"快走吧,我真有点饿了。"

哨花吹说:"现在吃饭不重要了,重要的是你要做通你嫂子的工作,哄不好你嫂子我这个主任不好当。"

老毕说:"有什么不是就往我身上推吧,谁让咱俩是兄弟呢。"

望着老毕和哨花吹走出院门,我对自己说:"老毕可不是一朵谎花。"

五、拉拉秧

拉拉秧又称酸木浆,是一种蔓生的葎草,茎、枝、叶柄都长着倒刺。一般长在谷地、豆地和草丛里,叶子可以吃,酸酸的,是小孩子们的最爱。但拉拉秧实在是绊腿的障碍,若是穿着短裤与它遭遇,会将小腿拉出道道血印子来。

拉拉秧是我对会计石小东的印象。

我之所以由石小东想到拉拉秧,还要感谢齐满囤的提示,他说石小东是村里任期最长的委员,他干村会计已经干了八届,是一株扯不断的拉拉秧。我觉得这个比喻好,符合我对石小东的看法。石小东从不多言多嘴,从眼神看,他是个有主意的人,村里研究什么事,如果他这棵拉拉秧一横,肯定无法通过。不是他故意捣乱,毕竟他经历得多,有许多过去的经验教训值得吸取。在对待石锁上访一事上,我看见了他这棵拉拉秧的作用。

我见识了村委会选举的全过程。

对墟里来说,村民自由选举村委会有极大的坏处也有极大的好处,坏处是两届换届选不出个主任来,好处是让哨花吹一夜之间脱胎换骨,成了墟里的"掌门人"。我听石小东私下和石大奎嘀咕:"哨花吹这个主任是用喇叭吹出来的。"我不认为石小东这是发牢骚,这是一句实话,哨花吹如果不是喇叭匠,村民不会把票投给他。这让我想起了一句话:一个民族的所有苦难都是这个民族的民众自己选择的结果。这句话如果成立,那么是不是可以这样说:一座村庄的所有未来都是这座村庄的村民自己选择的结果。

在墟里村民委员会换届这件事上,我认为这句话是成立的。

哨花吹没有吹牛,在第二次选举中,方、石两大阵营第一次出现了高度统一,"一金三老"也没有过多聒噪,哨花吹高票当选。另外选出的三个委员是连任的石小东、方慧和石大奎。石小东继续兼任会计。石小东平时像老猫一样安静,脸上云淡风轻,肚子里却装满墟里的风风雨雨。石小东的长处是不贪不占,账目管理得清清楚楚,有一年镇里组织村级财务审计,墟里得了第一名,这是最近十年来墟里唯一能拿出手的荣誉。方慧依然做妇女工作。农村婆婆妈妈的事多,需要她这种性格泼辣、热心帮人的女委员,方慧与金子、方大珍和齐大牙的女儿齐琴交往甚密,是三个委员中消息最灵通的人。石大奎是个退伍军人,脸庞黑红,一身肌肉块,很像某部电视剧中长工的形象。他负责治保和青年工作,工作踏实,对方姓的人没有成见。三个委员看上去都很顺眼,至少我没发现有什么不妥的地方。

唱票后本来还有一个上报批复的环节,但老毕高兴过了头,给书记、镇长打了电话后就让哨花吹发表当选感言。

因为事先没安排,哨花吹对讲话准备不足,但这难不倒他,他特别会说话,歇后语也用得恰到好处。他在感谢父老乡亲的信任后,当场做出两条承诺:一是自今日起墟里谁家有红白喜事,他吹喇叭分文不取,权当为村民服务;二是他在职期间,要化解历史积怨,发展村级经济,保住老祖宗留下来的墟里。最后他说,作为村主任,他一定和大伙冰糖煮黄连——同甘共苦!

哨花吹的讲话赢得了热烈的掌声,掌声持续了很久。石国库说墟里好久没有听过掌声了。人群前面一个头发花白的老妪静静地站着,刚才投票时我就注意到了她的动作。我问方慧此人是谁,方慧靠近我的耳旁说:"这就是'一金三老'中的金子,当年哈尔滨下乡来的知青。"

我仔细看了看这个叫金子的女人,感觉她目光坚定,有种拒人于千里之外的冷峻。我问:"'一金'来了,'三老'呢?"方慧一个个示意给我看。齐大牙让我感觉有点名不副实,也许是因为他嘴唇紧抿,我并没有发现他的牙有多么大。石国库明显发胖了,两腮泛红,看上去气色不错。方大珍看上去身体不是很好,是儿子搀扶来的,开会时她高昂着下颌,两只鼻孔朝天。从他们这么大年纪能来现场投票来看,"三老"确实关心墟里。村里设了流动票箱,由大奎抱着到腿脚不便的人家去,令人难以置信的是,没有一个村民用流动票箱投票,所有能投票的村民都来到了会议现场。

哨花吹上任后分别给方世乾和石洪兵打了电话。电话是当着我的面打的。他说自己不过是个吹喇叭的,当主任是赶鸭子上架,他只是个过渡,将来主任这把交椅还会让出来。方世乾说:"老邵你干主任我没意见,换了别人肯定不行。"石洪兵说:"你当主任我支持,因为你不姓方也不姓石,你是谁家也离不开的哨花吹。"

我和哨花吹交流了老毕说的三个梗,当前最主要的是合村并屯这一难题。这件事已经不是秘密,新生村早就有人放出风来,说墟里村要划归给他们。更让人生气的是,已经有新生村的村民来墟里村打探有没有闲置民房出售。我对哨花吹说:"咱俩必须打好墟里保卫战,墟里不保,没脸见江东父老。"

其实,我到墟里报到前去拜见镇长时,就感到了新生村是墟里村最大的威胁。镇长是个高学历的年轻干部,在县发改委任过副职,见识不少。他和我谈话不谈墟里,而是大谈墟里的邻村新生。新生村距墟里村很近,地处古驿路南端,紧靠着一个江湾。新生村地理环境不如墟里村,人口刚及墟里村一半,这几年的经济发展却像放了二踢脚,不仅修建了码头,还引进资金建了一个油脂厂,专门加工大豆油。最近他们又报了个计划,准备搞村级开发区。镇长说:"新生村历史不过五十年,没啥文化底蕴,为啥能发展起来?就是靠一股子干劲。他们人团结,思路清,工作环环相扣,先是建了码头,解决了船运大豆问题,能运来大豆就可以建油脂厂,油脂厂做大了就办村级开发区。"镇长说话语速很快,像打机枪一样。他还说:"你看看你看看,全省哪里有村级开发区?新生村却敢为天下先,这是气魄,是创新。新生村上半年经济一路高歌,有五拨市县领导来视察。老毕抓了两个点,一个是新生,抓到了天花板;一个是墟里,陷进了涝洼塘,功过相抵。"他建议我有时间去新生村学习一下,借鉴一下新生村的工作经验。当时在镇里有三天培训,我和曹大姐说想找个时间去新生村,悄悄去,悄悄回,谁也不打扰。曹大姐说:"我开车拉你去,兜一圈就回来。"曹大姐路熟,车技也不错,很快就拉着我来到了新生村。

新生村的油脂厂是引进的国企,厂区内很现代化,八台职工通勤大客车一字排开,十分亮眼。我问:"大型国企为何能选在新生建厂?"曹大姐说:"原因很简单,就是加工对岸的大豆方便,从口岸用船直接运过来,免了陆运,节省成本。"在村里转了转,我发现了一个问题,那就是新生村村域狭窄。因为有大山阻挡,村子没有纵深,老百姓的房子都是临江而建,将来几乎没有发展空间。新生村委会办公地点是栋不错的小二层楼,外墙刷着白、蓝两色。曹大姐说:"这里原来是个边防检查站,后来检查站撤并,小楼给了村里。"我问:"村里要是建开发区选址在哪里呢?"曹大姐摇摇头道:"估计只能劈山了,向大山要地。"我没有说什么,心里却在想,劈山造地环保上不可取不说,单就成本来看也太高了,新生村难道开有银行?

哨花吹同意我打墟里保卫战的看法,同时又说:"打仗打的是人心,一定要让方、石两姓化干戈为玉帛,把散了的人心拢起来。"我们商定,先摸几天底,然后再确定从哪里下手来打这场保卫战。

我们在办公室召开第一次村委会,特邀齐满囤列席,但齐满囤婉拒了,说有啥活他可以干,开会这等事他是万万不会来的,这些年开会开出了痔疮,一落座屁股就难受。我说:"不来就不来吧,我在满囤家吃饭,天天在一块,有啥事可以随时说。"

我们正在开会,哐当一声,门被推开,村民石锁黑着一张长脸闯进来,把条死鱼往地上一掼:"我的三道鳞都让蛇头吃了,几万斤,就剩了个零头,我忍了两年,今年说啥也不忍了,村里给个说法吧!"

"你这是干啥？我们开会呢。"石大奎说。

"开会不就是研究事吗？不研究事开会那是闲磨牙，你们现在就研究研究我这事咋办吧！"石锁一副不讲理的架势。

石锁是来告方世坤的。

石锁和方世坤都在江边养鱼。方世坤承包了江汊子，用三层尼龙网把江汊子与主江拦了起来，在里面养蛇头。江汊子是大江的胡须，虽短促，却是活水，适合养蛇头。蛇头又叫黑鱼，生命力极其旺盛，肉细味美，加上又是活水放养，卖价一直居高不下。石锁也养鱼，他在离江汊子不远的蓝湖养鱼，养的是镜鲤，俗称三道鳞，收入也不错。石锁看不惯方世坤养蛇头，在他看来，三层网把江汊子一拦，江里的野生鱼类洄游不进江汊子，江汊子的鱼虾也入不了江，这等于把江汊子隔死了。石锁曾找过齐满囤，说："江汊子不能这样拦，这么拦是造孽。"齐满囤说："人家承包了江汊子，交了十年承包金，现在承包期没到，我也没办法。"石锁说："承包也不能把江汊子拦死呀，用网箱也可以养。"齐满囤是个唯唯诺诺的人，被石锁问得哑口无言。石锁撂下话，承包不等于私有，江汊子是墟里的，不是他方世坤的。这些话传到方世坤耳朵里，方世坤很不屑，说："他闹吧，四角菱的本事只能在蓝湖泡里，还能跑到江汊子里兴风作浪？"如果仅仅是对养鱼方式有看法还不至于撕破脸皮，问题是石锁鱼塘里的三道鳞被黑鱼吃了，这个问题就复杂起来。前年秋天石锁鱼塘起鱼，没想到却遇到了怪事，左一网、右一网、拉上网的三道鳞稀稀拉拉。石锁蒙了，池塘里明明投了四万尾三道鳞，怎么像水遁一样不见了呢？鱼塘不是江汊子，没有活水与大江相通，三道鳞想跑也跑不了，再说三道鳞个头大，涉禽吞不下，被鱼鹰吃掉的可能性也不存在。石锁站在鱼塘边发愣，直到网里兜上来几条黑乎乎的蛇头，石锁这才明白，原来是蛇头吃掉了他的三道鳞！蛇头就是黑鱼，因为鱼头似蛇，在浅水里会像蛇一样爬行，人们给它起名蛇头。养鱼人最怕蛇头，无论养鲤鱼、鲫鱼还是草鱼，只要鱼塘里混进蛇头那就惨了，因为凶猛的蛇头会把其他鱼类吞噬干净。石锁当时就怀疑是方世坤搞鬼，但又疑心是当初自己放鱼苗时混进了蛇头，因为鱼苗里零星掺入其他鱼类也很正常。第二年再投苗时,石锁做了防范,对鱼苗仔细做了遴选,确保投放的都是三道鳞才放心。谁知秋天起鱼时又出现了上年的状况,石锁不干了,来村委会把齐满囤拉到鱼塘,要齐满囤管管这事。齐满囤说他没枪没刀,这事管不了,石锁就去镇里找老毕,老毕让齐满囤认真处理此事,万万不可激化矛盾,事情就一直这样压着,但压着只能是权宜之计,这件事如同湿煤压炉火,底火还在,只要捅几下,又会蹿出火苗来。

方慧起身拉石锁坐下,给他倒了一杯水,说:"气大伤身,你对条死鱼发这么大火干啥?"

石锁显然正在气头上,脸色因充血变得黑紫,歪着头躲过方慧,朝着我说:"你是省里下来的大领导,你给评评理,我家鱼塘与江水不相连,蛇头不会从天上掉下来吧?蛇头出现在鱼塘里,来路只有一个——方世坤的江汊子!这事村里管不管吧?"

具体情况不明,我不便表态,又不好不说话,便问:"我不是什么大领导,就是个普通驻村干部,我想知道墟里有几家养蛇头的。"

石锁鼻子哼了一下道:"除了方世坤这个狼毒,别人谁会养?蛇头是孝鱼,打鱼人打到蛇头都会放生,不忍心吃它。"狼毒是方世坤的外号,这个外号很少有人在公开场合叫,石锁这样叫,可见两人矛盾处于激化边缘。石锁气呼呼地接着说:"狼毒不但不认账,还到处埋汰我无事生非,这笔账不算不行!"

这时石小东说话了:"墟里一共有七家养鱼户,方世坤养蛇头,石锁养三道鳞,另外五家都养草鱼、鲤鱼和鲢鱼。石锁你没问问,那五家鱼塘里有没有蛇头?如果有,也是方世坤在搞鬼?"

"这个、这个我没问。"石锁摇了摇头。

"可是我问了,去年我就去他们五家鱼塘问过,每家鱼塘都打上来了蛇头,只是数量不等而已。"

不得不说,拉拉秧一出手就把石锁绊住了,方世坤没有理由给那五家投放蛇头。

哨花吹说:"石锁呀,捉贼捉赃,怀疑不能成为证据,凭一条死蛇头给方世坤定罪,那是唱戏敲铜盆——不着调。"

石锁说:"邵大哥你当主任我投了赞成票,你可别像齐满囤那样只会和稀泥,这蛇头至少是个证据吧。"

哨花吹哈哈大笑:"石锁呀,我姓邵,不姓方也不姓石,书记是省里下来的,我俩没理由拉偏架,你容个空,村里会搞清楚这件事,给你个满意的说法。"

"我已经容了两年空。"石锁梗着脖子说,"有再一再二,不能有再三再四。"

石小东问:"石锁咱是哪天选举的?"

"昨天呀!"石锁被问得莫名其妙。

"这不得了,邵主任才上任一天,你怎么说容了他两年空?"

石锁张了张嘴,没有再说什么,的确,齐满囤任上的事不该算到哨花吹头上。

石小东的机智令我刮目相看。我说:"石锁同志,你先回去吧,邵主任不是答应要给你个说法吗?"

石锁站起身道:"那我就等着村里给我答复,希望你们别像齐满囤那样拖着不办。"

石锁对齐满囤意见不小。前年初秋,鱼塘起鱼时发现里面有蛇头,他就把这件事对齐满囤说了,齐满囤说:"你今天鱼塘里有蛇头来找我,明天鱼塘里有狗鱼也来找我,我成了管鱼的村干部啦。"齐满囤觉得这事没法管,也管不了,还埋怨石锁大惊小怪。

大奎说:"回去吧石锁,这事村里不会不管。"

石锁走后,与会的几个人都说这事蹊跷,石锁鱼塘以前没出现过这种现象,从前年起蛇头开始入侵鱼塘,这已经是第三年了,三年来石锁损失很大,心有怨恨也是难免。但大家都认为方世坤不会把自己江汉子里的蛇头偷偷放到别人鱼塘里,这样起鱼的时候肯定露馅,方世坤不傻,不会干这种蠢事。可是石锁鱼塘里的蛇头是哪里来的呢?难道是江鱼跳龙门飞过来的?

我问:"当地有野生的蛇头吗?"

"当然有。"哨花吹说,"黑龙江之所以叫黑龙江,其实与龙无关,倒是与黑鱼和七粒浮子密不可分,因为旧时江里黑鱼和七粒浮子很多,鱼群宛若黑龙游动,故有黑龙之说,有史可查的是,辽代耶律阿保机在江里射杀了一条黑龙,并将黑龙视为祥兆。现在来看,世上本无龙,耶律阿保机射杀的可能是一条大型的七粒浮子或大黑鱼,因不知其名,凭外形判断,称其为黑龙。"

"七粒浮子是一种有水中活化石之称的鲟鱼,外形看起来确实与传说中的龙有些相像。与比较温驯的七粒浮子相比,蛇头则是凶猛的水中霸王,只需几条就能把一个不错的人工鱼塘吃得一塌糊涂。"石小东在一旁解释说。

"黑鱼确实能吃三道鳞。"作为生物专业的毕业生,这点常识我还是懂的。

哨花吹道:"蛇头有九条命,生命力堪比泥鳅,鱼塘干涸的时候,它能钻到淤泥里藏起来,水一多,又钻出来横行霸道。石锁去年起鱼后没清塘,要是撒些生石灰清一下,也许就不会出这种事了。当然,也不排除其他因素,需要调查清楚,现在关键是让石锁搂住火,别找方世坤打架,他俩要是打起来,会引发大规模的械斗事件。"

我心里震动了一下,墟里若是发生群体械斗事件,正好给镇里并村提供了理由。

我觉得老雷对农村的判断有问题,农村可不是老雷描绘的那个样子,高高在上的老雷对基层的情况就是想当然,矛盾重重的墟里,哪里有什么诗意乐土?

"要找到问题的症结,"哨花吹说,"只要是一道题,就总有解题的办法。蛇头和三道鳞之争,根子在方、石两家的猜忌上,这一点是秃子头上的虱子——明摆着。看来不把根子挖出来解决掉,将来还会出别的麻烦事。"

哨花吹弯腰拨弄着地上那条死蛇头,这是一条重约两斤的好鱼,虽然沾了草屑和泥土,但鱼眼黑亮,鱼鳍坚挺,黑蟒般的鱼头和黑白相间的花纹看上去确实像蛇。蛇头的鲜度还在,他让方慧将鱼放入冰箱冷冻起来,算是固定证据。我说:"是不是请镇派出所介入一下？"哨花吹说:"这种事不够立案标准,不能因为打捞到了蛇头就说这事是方世坤干的,草甸子里水耗子和各种大型水禽不少,都会到鱼塘偷鱼吃,三道鳞减少,蛇头只是怀疑对象,不一定就是肇事者。派出所来人了也是狗咬刺猬——无从下口。"见我眉头紧蹙,哨花吹笑了笑道:"这事我来办吧,咱别让四角菱搅黄了会议。"

这次会议,基本捋清了方、石两姓交恶的缘由。

两家的世仇缘于小龙山上的蛇,这一点千真万确,因为哨花吹的爷爷是事件的亲历者。

会上,哨花吹转述了他爷爷当年的话,这种转述虽然增加了故事的可信度,却少了哨花吹一贯爱用的歇后语。我理解哨花吹的讲述方式,在复述长辈的话语时,用幽默和调侃就成了大不敬。我认为哨花吹的讲述在逻辑上没有问题,如果把哨花吹讲的故事当成一部小说,从读者的角度来审视,几乎找不到什么硬伤。哨花吹的讲述虽然少了歇后语,却多了些评论金句,这让他的讲述有了跌宕感。由哨花吹,我联想到了老雷,老雷讲话本来有生动的潜质,但开会总是照本宣科,连一句话也不多说,我就想,老雷从郑高嘴里听到了那么多奇闻逸事,为什么不懂得运用呢？如果像哨花吹这样生动地讲故事,入耳入脑入心并不难。

哨花吹说:"事要从头捋,就像一条河,如果源头不清,河水会越蹚越浑。我祖父是个盲人,外号叫老鼓寿,喇叭吹得比我好,他吹喇叭完全凭感觉,不管什么曲子,只要听一遍就能吹下来。有人不相信盲人阿炳拉二胡那么神,但只要听过我祖父吹喇叭,那就会知道这种音乐天才真的会在盲人中出现。我总觉得盲人身上有另一只眼,这只眼能透过皮毛看到骨头。我祖父有很多语录现在还在村里流传,比如人没啥了不起的,鼻子不如狗,胃肠不如猪,要是再不会听喇叭就连动物都不如。这话听起来糙,但用意不错,是劝诫人学会欣赏音乐,至少会欣赏喇叭。比如爷爷还说,蛇有七寸,喇叭有七孔,按住七寸蛇不动,按准七孔不跑调。当然,爷爷的话也不全对,喇叭实际有八个孔,不知道爷爷为何忽略了下面那个孔。"

我很清楚哨花吹不紧不慢的讲述主要是为了我这个外来者,他希望我了解墟里的历史,了解方、石两姓纠纷的来龙去脉。

方世坤的祖父叫方四平,石锁的祖父叫石栏山,都是墟里有头有脸的人物。那时候方、石两家关系好着呢,每逢过年都要互请杀猪菜,大事小情两家从没落过。石栏山开烧锅,一边卖小烧,一边泡制三蛇酒出售。石栏山在一种阔口白玻璃罐里,放三条绞成一团的活蛇,灌满烧酒,然后封好窖藏,五年后再起窖出售,价钱自然就打了几个滚。江边生活的人湿气重,风湿病患者多,蛇酒专对此症,生意自然不愁。石家现在还有一个地窖,里面封着些石栏山在世时泡制的蛇酒,有人愿意出大价钱收购,被石锁拒绝了,石锁说:"爷爷留下的宝贝要传下去,给多少钱也不卖。"

方四平的职业也与蛇有关,作为站官传人,方四平医术奇特,会用偏方治疗七十二翻症。但真正让方四平出名的却是医治蛇伤。墟里人称他为蛇医,叫蛇医,不是给蛇治病,而是专治毒蛇咬伤。墟里小龙山有蛇山之称,大草甸子里蛇也很多,卧龙沟里的野鸡脖子成球滚,常有人遭到蛇咬,大量病例成就了方家祖传的医治蛇伤绝技。医治蛇伤少不了蛇毒,让人感到不可思议的是,方四平会呼蛇,他能一个人在山上将群蛇呼来,用活蛇取毒。方四平呼蛇会择一处避风、草密的地方,将草踩倒,用石灰撒成圆圈,留出三十多厘米宽的豁口,然后端坐在圆圈中心,用火镰点燃一根夹着火绒的草绳,草绳不着明火,却有袅袅的青烟升起,他则嘴中念念有词,闭目祷告。半袋烟工夫,奇迹出现了,周边草丛开始摇摆,接着便有大大小小的蛇从四面八方爬过来。这些蛇围着灰圈绕圈,绕几个圈后便会从豁口处爬进去,纠缠在方四平身上。这些蛇大都是当地那种叫野鸡脖子的蛇,也有乌苏里蝮蛇,它们并不袭击方四平,只是在他身上缠来绕去。这个时候,方四平会选择大一些的蛇,捏住蛇头,让蛇咬住小瓶取毒,取过毒后再将蛇放回。如此这般,一直忙碌一两个钟头才能结束。之后,方四平学几声鹅叫,这些蛇便会像得令一样遁入草丛快速离开。这种作法般的呼蛇让村民惊悚不已,很多年后,当村民从电视里看到印度人能靠一支短笛让眼镜蛇翩翩起舞时,还有人说这算什么,比起方四平呼蛇差远了。

方四平呼蛇取毒如同巫术,谁也弄不明白这些野生的毒蛇为什么会乖乖听他的话。江边那座小龙山上红松多,桦树也不少,桦树树干上的桦树茸是道地中药材,尽管山上多蝮蛇,但还是有人冒险上山采桦树茸。有采桦树茸的人亲眼见过方四平呼蛇,这情景便被描述了出来。除了给人看病,方四平的癖好是听喇叭,由此也就和老鼓寿成为好友。闲来无事之时,方四平就找老鼓寿聊天,聊出兴致后,方四平会牵着老鼓寿到江边闲坐,给老鼓寿讲眼前风景,讲小龙山的蛇,讲对岸的人。作为回报,老鼓寿会取下插在腰间的喇叭,吹上几段给方四平听。柳树成荫的江边,两位老人赏风景、吹喇叭的一幕深深烙在村民心里,没有人知道他们为什么要到江边去吹,对盲人来说在哪里吹喇叭都一样。方四平去世前,老鼓寿去看他,问他呼蛇绝技为啥不传给儿子,难道要带到阴曹地府去不成。方四平回答说地狱里蛇更多,带着呼蛇绝技,能让阎王给封个好差事。其实,老鼓寿是希望方家呼蛇不要失传,但方四平不干,老鼓寿说方四平之所以不传给儿子,与石栏山有关。

哨花吹说他祖父和方四平、石栏山各自身怀绝技,但三人谁也没把绝技传给儿子,自己的父亲不会吹唢呐,石锁的父亲不会烧酒,方世坤的父亲不会呼蛇,第二代整个是塌腰的一代。到了第三代,除了自己吹喇叭外,蛇酒、蛇医都已失传,太可惜了。他小时候问过祖父,方、石两家为啥不将绝活传给后代,祖父说蛇成全了他俩也害了他俩,不把这绝活传下去,自然有不传的道理。哨花吹说他特崇拜祖父,祖父虽说是盲人,却极有本事,喇叭吹得出神入化不说,还有奇特的感应能力,用今天的话说是有点特异功能。比方说他能嗅出周边味道里的玄机,到了一个新环境,只要他抽几下鼻子,就能说出是喜庆、欢乐,还是忧虑、凶险。祖父说他之所以能闻出杀气,不是鼻子有多灵,是物体自带性格,比如带血的刀腥、新磨的刀咸、藏在腰和衣袖里的刀冷,只要屋子里没有烟酒之气干扰,他十有八九能嗅准。

祖父说石栏山加工蛇酒,意见最大的是方四平。

石栏山在村里也不乏传说。石家开烧锅,但因当地高粱少,烧酒产量并不高,烧出的酒都用来泡了三蛇酒,从今天来看这实际是拉长了产业链。石栏山泡三蛇酒用蛇量大,一般一个玻璃罐泡三条蛇,要趁蛇活着时洗净、灌酒封口。传说石栏山泡蛇酒很神奇,酒瓶里的蛇多年不死,有人买了一瓶五年的三蛇酒回家治老寒腿,开封时发现酒里的蛇还会动。这个传说真假没人考证,但石栏山的蛇酒畅销是真事。附近十里八乡都来石家买蛇酒,蛇酒甚至被纳入了祝寿、定亲的四合礼。

方四平对石栏山泡制蛇酒有意见,因为一瓶酒就要用三条蛇,这让爱蛇的方四平无法接受。方四平上门劝过石栏山,说:"东北天寒地冻,蛇类生长缓慢,你这么捕蛇泡酒,银子是赚了,可蛇会越来越少。"方四平这么说也是有原因的,他呼蛇时看到了一条颜色发蓝的蛇,那是他第一次在小龙山看到这种蛇,他想弄明白蝮蛇为什么会变异成这般颜色。但不久他在石栏山家中的酒瓶里又看到了这条蛇,当时他靠近酒瓶仔细看了看,发现这条蓝蛇的眼睛还亮晶晶的,似乎在注视着他。他心里很难过,眼泪差点流出来,这条珍贵的蓝蛇已经被杀死了,不知小龙山上还有没有第二条。那个时期方四平去小龙山呼蛇,闻香而至的蛇比原来要少得多,他当然知道原因是什么,石栏山如此捕蛇,小龙山的蛇总有一天会绝根。

石栏山自然不会听方四平的劝告,说:"你呼蛇取毒可以,我捕蛇泡酒怎么就不行?再说,山上的蛇是捕不尽的,鹰抓、獾吃,我石栏山一个夏天能捕多少?你也知道蛇就能活六七年,我不泡酒它也会死,与其让它老死洞中,不如我来泡酒利用。"方四平说:"蛇绝根了老鼠就会泛滥,说不准孙吴热就会回来。"孙吴热是一种可怕的鼠疫。二十世纪三四十年代,黑河一带曾经暴发过孙吴热,这是一种因黑线鼠污染人类食物引发的鼠疫,死亡率极高,日本关东军偷偷搞实验,没想到害人也害己,当年驻孙吴的鬼子兵也没躲过这场鼠疫,死亡达两成以上。石栏山说:"你别吓唬我,我逮几条蛇泡酒就能引发孙吴热,谁信?"方四平见劝不动他,索性撂下一句气话:"你不听劝,再叫蛇咬了我可不医。"之前,石栏山多次被蛇咬过,都是方四平治愈的。石栏山笑着道:"你不医,我就死到你家去给你看。"石栏山知道方四平是吓唬他。方四平长叹一声,摇摇头走了。

　　方四平劝告不成,就去找老鼓寿来劝。方四平、石栏山和老鼓寿三人彼此关系不错,受方四平所托,老鼓寿去劝石栏山,到了石家却不进门,用竹竿开始敲杖子。迎出门的石栏山见状,问老鼓寿为啥敲杖子。老鼓寿说:"是吓唬蛇,别人是打草惊蛇,我这是敲杖子吓蛇。"石栏山说:"院子里哪里有蛇?再说有蛇你也看不见。"老鼓寿说:"我闻到蛇味了,有点臊。"石栏山问老鼓寿是不是想买蛇酒。老鼓寿说:"不买酒,是来劝你别再杀蛇。"石栏山问为啥。老鼓寿说:"《白蛇传》里法海逮蛇,把白娘子压在雷峰塔下,遭了无数人骂,法海死后变成了螃蟹。你要是这么杀蛇泡酒,怕也会落个法海的下场。"石栏山听后哈哈大笑,说:"老鼓寿你吹喇叭吹晕乎了吧?《白蛇传》那是戏,现实里你见哪条白蛇变成女人啦?"老鼓寿说:"我虽然看不见,但我耳朵、鼻子、舌头都好使,我隐隐地能听见有凉风往你家里刮,你小心就是了。"石栏山用葫芦装了两斤小烧塞给老鼓寿,连推带搡把老鼓寿送走了。他知道是方四平在背后撺弄老鼓寿来当说客,心里埋怨方四平多事。

　　老鼓寿说他们最后一次饭局是石栏山张罗的。一九四五年,石栏山在江里下滚钩,钓到一条七百斤的鳇鱼,卖了不少钱。别人家有钱盖宅子,石家有钱修地窖,石栏山用卖鳇鱼的钱在自己屋里修了个挺阔气的地窖,说是地窖,其实是个酒窖,主要用途是存蛇酒。地窖完工那天,石栏山找了村里几个亲近的人吃饭。酒桌上,方四平提了个倡议,说想把小龙山卧龙沟坍塌的小龙庙修葺一下。这个倡议遭到了石栏山的反对,石栏山说:"你修个庙在那儿,我逮蛇会有忌讳,是供蛇还是抓蛇,我左右不是。"这次聚会之后,方、石两姓的头面人物变得生分起来。

　　哨花吹认为他祖父本来能摆平方、石两家的事,可惜石栏山走得太早了,人一死,矛盾就成了死结。

六、红菇茑·刺梅·道人头

三位老人所对应的三种植物并不是我的联想,命名权应该属于他们自己。三种植物是红菇茑、刺梅和道人头。

我给老雷打电话,问:"墟里'三老'在村民中颇有影响力,我想去拜会一下,这样的事该注意点什么?"

老雷说:"这种事要找由头,比如重阳节、中秋节这样的节点去家里走走更稳妥,不失身份,也不会有什么闲言碎语。"老雷的话有道理,贸然去拜会"三老"确实有点唐突,赶上节日去,拜会就成了慰问。我问老雷:"你从没在农村工作过,怎么对农村的事总能戳在点子上?"老雷说:"天下之事,大同小异,只要循道而行,条条道路通罗马。"我说:"来墟里后我发现农村水挺深,有些事比机关还复杂,过去把农村的事想简单了。"老雷说:"村民想复杂也复杂不到哪里去,追求上的单一性决定了幸福感容易获得满足。"我心里不同意老雷这种说法,嘴上却没有反驳,站的角度不同,看法不同也正常。

当我说要在重阳节前去走访"三老"时,哨花吹竖起了大拇指,说"三老"很在乎这种事,去看望一下尽个礼数对以后工作有益,"三老"高兴,墟里才有晴天。哨花吹要陪我去,我说不用陪,由方慧引路就行。哨花吹说他不陪齐大牙也许会挑理。我说若是挑理我给他解释。哨花吹上任后正着手处理方、石两姓间的矛盾,整天找村民了解情况,我不想耽误他的时间。

"三老"中年纪最小的是方大珍。

方大珍七十岁出头,年轻时当过大队宣传队的队长,会唱样板戏。三年前患上了怪病,没事的时候喜欢坐在炕上数手指头,问她数啥,她说数奖状,这辈子得了多少奖状她记不清,数起来总觉得少了几张。方大珍年过七十还梳着两条辫子,辫子松散如麻,黑白相间,不见一丝油光。

方慧说方大珍过去做事处处掐尖要强,对村里工作喜欢指指点点,啥事都觉得今不如昔。墟里喜欢吹拉弹唱的人多,方大珍是这些人公认的领袖。方大珍的传播力比村委会屋顶上那四只不同朝向的大广播喇叭还厉害,往往上午一句话,晚上就会成为家家户户饭桌上的谈资。她家的炕头是墟里所有小道消息之源,也是小道消息发酵的地方。让方大珍引以为傲的是她的老公金力。金力会拉京胡,在村里开了家商店,店名很大,叫墟里百货。墟里百货是全村唯一的日用品商店,没有顾客的时候金力就在店里拉京胡,京胡响起,便陆续会有村妇来买什么油盐酱醋、针头线脑。金力有个村民皆知的毛病,就是犯桃花,据说金力这辈子骗过的女人他自己都数不清,但没有一个女人来挠过他的脸,都死心塌地维护他,不能不说他确实本事不一般。进入晚年,墟里师奶级的人物方大珍吃了只苍蝇,这只苍蝇便是人见人爱的金力栽了跟头。墟里百货独家销售一种中老年妇女保健品,一时大受女人欢迎,当然其中很多人是看金力的面子才来买的。保健品是一个南方女人上门推销的,保健品的商标恰好也是"金力",这便激发了金力的兴致。女人来自南方,肤色如雪,看不出实际年龄,一口吴侬软语听起来很甜,这是金力原来不曾见过的一道风景。两人很快谈拢了生意,签了销售协议。不久,女人希望金力扩大销售范围,做全镇总代理。金力没有多想就同意了,用所有积蓄进了大量金力保健品,准备大赚一把。货进来了,除了墟里的女人给他面子买之外,金力牌在其他村根本就卖不动。产品积压在仓库里,他和这南方女人的关系也就掰了。但协议写得清楚,货款两讫,这事无法打官司。金力吃了大亏,看着满仓库保健品,急火攻心,导致大病不治。临终前金力悔恨交加地对方大珍说:"玩了一辈子鹰,谁想还被鹰啄了眼,这是聪明反被聪明误啊!"此后,方大珍变得沉默寡言起来,常常盯着一个地方发呆,去县医院看过,没看出啥病来。

  方大珍的儿子很有孝心,他坚信自己母亲没病,是沉浸在过去的日子里出不来。他对我说:"人老了靠回忆活着,母亲要回忆的事能用火车拉,进到火车里就出不来,不算啥抑郁症。"为了证明他的说法,他从一本旧式影集里拿出一张黑白照片给我看。照片约六寸,剪着花边,照片上的方大珍穿花袄、戴胸花,双手紧握一支半自动步枪,一条粗黑的辫子半垂在胸前,神态庄严,英姿飒爽,这是当年女民兵的经典造型。他说:"母亲当年不仅唱戏有名,而且还是神枪手,以民兵代表的身份参加过黑河地区大比武,还受到军分区领导接见。"照片上的方大珍与现在炕上坐着的方大珍反差很大,是截然不同的两个人。岁月饶过谁呢?我想,荣光总会像云像雾又像风一般消失殆尽。

  方大珍盘腿坐在炕上数手指头,目光无神,脖子下的肉猩红疲软。

  和方大珍交流并不难,我觉得每个抑郁症患者都是思想家,与其交流往往会有意外收获。在与方大珍的谈话中,她有几句话像碎玻璃一般扎疼了我。

  关于墟里的发展,方大珍冒出这样一句话:"鼓乐响,人气旺。"

  我问她墟里的未来,她说:"齐大牙说过,万事成于乐,礼乐传承,方有未来。"

  当我问她如何解决墟里历史遗留下来的旧账时,她的回答很直接,好像早就准备好了一样,数着手指头说:"这根是大儿子,这根是二儿子,这根是三儿子,这根是四儿子,五根手指头都是掌上的肉,握不成拳头不能只怪指头不怪手掌。"

  我觉得方大珍这是对村里有意见,为了确定我的判断,我问:"您说的手掌是指村上吗?"

  方大珍说:"啥也不指,就是手掌。"

我直接问她:"方姓和石姓间有矛盾这不是秘密,您看该如何化解?"

"齐大牙说乐者天地之和也,连天地的矛盾都能用音乐来弥合,方、石两姓的矛盾算什么?这是齐老三都明白的道理,你们却不想法子用。"

"书记刚从省里来。"方慧觉得方大珍话说得难听,急忙打圆场。

我问方慧:"齐老三是谁?"方慧靠近我的耳边说:"齐老三是墟里的守村人,住在村东头。"我似乎明白了一些,齐老三肯定智力有问题,否则方大珍不会这么打比方。我觉得方大珍真是本性难改,这带刺的话让人听着实在不舒服。

方大珍说话多次引用齐大牙的说法,可见"三老"头羊是齐大牙无疑,而齐大牙的文化储备不可小看,方大珍引用他说的那些话,在古典文献里皆有出处。又客套了几句,我决定起身告辞。我从方大珍的话里感受到了某种芒刺的存在,这种芒刺是方大珍思考的角质物,让我无法消化。

离开方家时,我发现屋檐下挂着许多红菇茑。这种像红灯笼一样的浆果被线穿起来,一串串挂在屋檐下,对民居是一种绝佳的装饰。我忍不住伸手抚摸了一下。方大珍的儿子说他妈妈最喜爱红菇茑,常年用红菇茑泡水喝,他们家大概是全村喝五味子茶最少的人家,因为全家都喝红菇茑水。

拜会的另一位老人是七十三岁的石国库。石国库读过高中,做过兽医,有口才,有表现欲。哨花吹说过,正因为有齐大牙镇着,石国库才不得不夹着尾巴做人,石国库早就放出话来,只要齐大牙那颗牙掉了,墟里说了算的人非他莫属。方慧说:"石国库这人极能白话,用哨花吹的话说是老母猪嚼碗碴子——净甩词(瓷)儿。曾经有一段时间,石国库和方大珍两人像说对口相声一样,对村里的大事小情一唱一和加以评论,在这两人眼里,村里做什么、怎么做都不对,弄得齐满囤嘴角总是水疱不断。"在去石国库家的路上方慧讲了个段子,说:"当年海湾战争爆发,石国库在街上跟村民瞎白话,说你们知道吗,中东那个地方打起来了。村民问谁和谁打起来了。他睁大眼睛道,是萨达姆和侯赛因打起来了。谁知萨达姆·侯赛因是一个人,这事便成了笑谈。"

与方大珍相比,石国库显得极活泛,我们进来的时候,他正坐在炕沿上戴着花镜看手机。石国库的平头剃得有些毛糙,但面部饱满,两眼有神。

方慧做了介绍,石国库放下手机,起身与我握手,他的手很有力,没有劳作形成的粗糙感。他说:"上级能给我们派干部来,说明没忘了墟里。"

炕上有个柳条编成的烟笸箩,里面有旱烟、卷烟纸和打火机。

"上炕坐。"石国库说。

我俩脱掉鞋子,在炕上盘腿围着烟笸箩而坐,方慧侧着身子坐在炕沿上。石国库很麻利地卷起一根喇叭筒递给我,我摆摆手。石国库自己抽起来,说来奇怪,石国库这烟和郑高抽的烟味道不一样,郑高抽的烟会把人熏得嗓子发痒、鼻子发干,石国库抽的旱烟却带有一股独特的香味,让我忍不住也想卷一根来抽,但这只是一闪念而已。我说:"好奇怪,您这旱烟不呛人。"石国库说:"这烟叶是加了东西的,那些化学加工出来的烟卷没法和我这个比。"我问加了什么。石国库颇为得意地说,他春夏之际会上都柿滩采集刺梅花,晒干后碾碎掺到旱烟里,这样抽起来就有了刺梅花香。我第一次听说旱烟里可以加刺梅花,问他从哪里得来的灵感。石国库挺直了胸脯道:"别忘了我当过大夫,对养生学还是有些研究的。我觉得荒地里最好的东西就是刺梅,刺梅花、刺梅果都是养生佳品,我查过资料,烟丝里可以加蜂蜜、酒,也可以加桂皮、沉香,那么可不可以加刺梅花呢?试过几次,只要加的适量,效果就出来了,不仅烟味妙不可言,而且抽了还不喘、不咳嗽,我还准备申请专利呢。"

说完,石国库起身从炕梢柜子顶部抱下一个纸箱,打开给我看,里面全是野生刺梅的蓓蕾,蓓蕾已经晒干,形态完好,散发出淡淡的幽香,那种紫罗兰般的颜色很是养眼。

"这都是都柿滩上的刺梅花,我亲自去采的。"石国库在展示收获时，颇有成就感，还自己掬起一把放在鼻子下闻了闻。

"看来您对刺梅情有独钟。"

"就因为我喜爱刺梅，齐大牙叫我刺梅大侠，我挺喜欢这个外号的，但这个外号少有人叫，即使叫，也省略了'大侠'这两个关键字。人们大概考虑我是'三老'之一，叫外号不太尊重吧，其实无所谓，齐大牙不也是外号吗？大人小孩都这么叫。"

来之前方慧介绍过，石国库当兽医时曾经用特制的磁铁在黄牛胃里吸出过好几枚铁钉，这成了他骄傲一辈子的资本。但石国库名声不好，糗事有一箩筐，最出名的糗事有两件。一件是有一次骟马割错了肠子，导致一匹好马死掉，被生产队的大喇叭点了名。哨花吹为此发明了一句歇后语：骟马割错肠——便宜了蛋子。另一件糗事是给一个"五保户"灭虱子，结果把人和虱子一起灭了。村里有个"五保户"老人，棉袄棉裤缝里长满了虱子，有个知青家访看到老人浑身发痒，来找石国库想办法，年轻的石国库说这事好办，弄点六六粉浑身擦擦，就把虱子药死了。知青如法炮制，虱子是药死了，可是老人也中毒了，往公社卫生院送的路上就没了。这件事哨花吹也发明了一句歇后语：六六粉灭虱子——死不见尸（虱）。

我登门拜访让石国库很是感动，他说省里来的干部能亲顾茅庐，就是明天咽气也值了。这话让我心里一震，"亲顾茅庐"与"三顾茅庐"很相近，我马上就想到诸葛亮，看来石国库有点自信，而且把自己看得不低。我客套了几句，见他总是无意间揉肚子，就问他肚子是不是不舒服。石国库说无大碍，他虽是兽医，但也给人看过病，毕竟人兽同源，病因没啥两样。我又心里一震，兽医给人看病？看来石国库还没吸取六六粉灭虱子的教训。石国库说他肚子疼是黄皮子在作法折磨他。石国库的老伴儿从外面进来，听到了他的话插话说："别听国库白话，哪里来的黄皮子？"石国库来了犟劲："我这是实话实说嘛。我好几次看到有黄皮子在咱家杖子边打滚。"

我笑着说："我们不谈黄皮子了，我这次登门是来讨教墟里发展良策的，您是墟里'三老'之一，不仅德高望重，而且一直关心墟里发展，现在墟里面临一些难题,怎么办才好呢?"

"真想听我的意见?"石国库问。

我点点头,说:"墟里的事就是大家的事,大家的事大家办,您有什么好建议就说出来。"

石国库面色有些潮红,也许我的话让他意识到了自己的价值所在,他看了一眼老伴儿,指了指炕上的手机说:"我每天都看新闻,国内国外的都看,我去年就对中美关系走向做过分析,现在看我没走眼。还有南美经济,我早就预料没有后劲,现在看怎么样?南美发展遇到问题了吧?还有俄罗斯与乌克兰兄弟俩打架,哪里是突发的,多年前祸根就埋下了,只不过今年长出了瓜秧。说实话,我看不起有些人说话不过脑子,都是嚼别人嚼过的馍,我不是,我有我自己的看法。"

石国库一番话又一次让我心里一震,这些事哪里是一个老农该想的问题。中美关系、南美发展、俄乌冲突,这些国际问题话语权属于专家,但石国库却有自己独到的看法。我夸赞他说:"没想到您还关心国际局势,而且有自己的观点。"

"做人可以没钱,可以没地位,但不能没有格局和境界,自己的脑子自己做主,不要让别人替你想问题。"石国库一脸严肃的神情如同冻梨返霜,看上去有些高冷。

这一刻,我觉得眼前这个生活在乡下的老汉绝非等闲之辈,更不是老雷说的那种"跟着走"的村民,至少他思考问题的方式值得肯定。我问他思考问题有没有一些规律遵循,或者有没有什么理论支持。

"因果!"石国库不假思索就回答说,"不是有这样一句话嘛,万事皆空因果不空,比如说我肚子疼,为什么疼?拍片没事,做肠镜没事,B超肝胆脾都正常,怎么肚子老是拧着劲疼呢?想想看,我骟了多少马,劁了多少猪,连我自己都记不住,天天在牲畜肚皮上白刀子进红刀子出,当时没当回事,现在看报应来了,人啊!制造的所有痛苦,都像扔出去的回旋飞刀一样,会转回来落到自己的身上,我肚子疼就是因果报应。"

方慧插话说:"石大爷,听说你还下膛线打过黄皮子,被打中的黄皮子会疼得满地滚,最后疼死了,是这样吧?"

石国库点点头:"我确实下膛线打过黄皮子,打黄皮子用枪和夹子都会损坏皮筒,一条皮筒几十块钱呢,下膛线最安全,不会伤着皮子。我打了几年,齐大牙来找我,说黄皮子不能打,你知道老方家和老石家为啥有那么大的仇?那是蛇在作怪。蛇和黄皮子属于狐黄白柳灰五大仙,你打黄皮子,黄皮子不会放过你。齐大牙的话我不能不听,从此我就收手不下膛线了。"

石国库很健谈,不过我不想听什么怪力乱神之类的东西,就拉回话题问:"您对墟里发展有什么建议?"

石国库摇了摇手机道:"放过猪的人都明白,一群猪若是里头有几头闹事的泡卵子,这猪没法放,墟里现在就是泡卵子多。"

我知道泡卵子就是未劁的公猪,这种猪活力十足,是猪群里的不安定分子。我问:"那怎么办?"

"就一个办法,解决泡卵子问题。"石国库说。

人又不是猪,怎么解决呢?

"解决泡卵子问题,就是像劁猪一样把疙瘩切了去,这就需要动真碰硬。"石国库自己做了解释。

我觉得这话有道理,回避矛盾解决不了根本问题。

"当领导的,不能当和事佬,像齐满囤那样只知道和稀泥,那不是领导,是个泥瓦匠。"

没有想到石国库也对齐满囤有意见,老实巴交的齐满囤是个好人,凭感觉村民都应该说他好才是,可就我了解的情况来看显然不是,大家不但不看他的人品,而且普遍认为他是一个窝囊废。看来好人不一定就是好干部,一旦你在某个位置上,人们评价你的标准就与这个职位上的履职有关了。

接下来,石国库开始历数墟里十茬儿村干部,对每一茬儿都有一番批评,他说到的"茬儿"其实就是届,村委会已经到了十二届,石国库批评了十届,最初的两届他没做评论,也许年代久远已经记不清楚。石国库的批评是真正的批评,没有表扬,没有一分为二,整体是否定。他说到的十茬儿干部我只知道齐满囤,方慧也只接触过三四茬儿。让我感到惊讶的是石国库记忆力不一般,在提到三十多年前那茬儿村干部时,他还记得当时的村主任是个酒蒙子,直到卸任还赊欠墟里百货的酒钱,是方大珍碍于面子把这笔账抹了。

出门时,我发现石国库家院子里堆放着许多石磨,一看就是收集来的。我问他为啥喜欢这些老物件。他说这是替金子收的,金子想在都柿滩铺一条磨盘小道,他和齐大牙都要出点力。

离开石家,方慧小声说:"石国库是个做酒不成做醋酸的主,他一心想扶持个姓石的当村主任,方世乾没当选石国库是使了反劲的。"我说:"他这么做可以理解,因为他本人姓石。"方慧说:"问题是任何时候他都以公正无私的面孔出现,好像墟里最讲道理的人就是他,一个自诩公正的人却私下里搞圈子,这就不让人佩服了。"

方慧这话不无道理,石国库在评价十茬儿村干部时,给人的感觉确实是站在公正的立场上。

最后一位拜访的是最年长的齐大牙。来到齐家的时候,齐大牙已经开始吃晚饭。

齐大牙的儿子在县城工作,他的日常生活由女儿齐琴照顾。齐琴快言快语,说话时眼珠滴溜溜转个不停,一看就是个精神头十足的女人。我看看表,下午四点不到,问:"怎么这个时间吃饭?"齐琴说:"老爷子喜欢早睡早起,四点吃晚饭,不到六点就上炕睡觉。"方慧说:"墟里自古就有这个习惯,跟着日头起床睡觉,夏天日头勤,三点多就开始放亮,别看老人睡得早,其实算起来也没睡多长时间。"

齐大牙吃的是煎饼,他用干巴巴的煎饼卷着一根大葱,不紧不慢地嚼着。齐大牙上齿只有一颗牙,每吃一口,都要先上下齿对准,然后再用力咬下,慢慢咀嚼。我觉得齐大牙这颗牙像点什么,想了好一会儿才觉得像土拨鼠的门齿。齐琴说:"老爷子一天只吃两顿饭,每顿饭却要吃上一个钟头。"齐大牙很客气,说:"你俩先坐,等我吃完饭再唠。"这个空闲,我观察了一下齐大牙的屋子。

这是一间南北各有一面火炕的普通房间,南炕住人、吃饭,北炕则摞放着一些很旧的唱戏行头,有单面鼓、铜锣和成串的铜铃铛、铜镜等,不用问,这些是跳神的道具。据我所知齐大牙并不跳神,不知他收集这些东西有何用。北墙没有开窗,挂着一幅八卦图,还有一些写着"七煞是凶神,安敢入我户"的道家符咒,因为没有裱,有的地方已经破损。这些物件给屋子增添了神秘的气氛,坐在炕沿上面对着北炕,仿佛正在观看一幕鬼神剧,让人头皮有些绷紧。

齐大牙吃饭不是很讲究,炕桌上一碟子大酱、几根大葱,还有一碗玉米糊糊,除此再无其他。我问齐琴:"老爷子这么爱吃煎饼,老家一定是山东的了?"齐琴说老辈是哪里人她也不知道,从家谱上看,齐家六代以前就在驿站当差,后来驿站取消,就留在墟里种田打猎。老爷子爱吃煎饼,是为了锻炼那颗唯一的牙,老爷子自有一套理论,说牙是因为不用才掉的,总是咀嚼食物的牙不会掉。十年前老爷子开始吃煎饼,就用这颗唯一的门牙,结果一直到现在,这颗牙还没下岗。方慧扑哧一声笑了,我不知道方慧因何发笑。我没有笑,对面毕竟是位年逾七旬的老人,玩笑开不得。齐大牙吃了煎饼,又喝了那碗糊糊,让女儿收拾了碗筷,向我拱拱手道:"慢待了,我吃饭中途不能停,一停肚子就不舒服,吃东西就像铁锅焖饭,柴火续不好容易夹生。"这话称得上是经验之谈了,因为孔夫子也有食不言寝不语的告诫。在与齐大牙对视的那一刻,我心头一紧,齐大牙的目光明显与年龄不符,黄眼中一孔黑洞,是典型的狼睛。"狼睛"这个词我是听郑高说的,郑高讲过一个故事,说有个边境县的农委主任长着双狼睛,他看上了一位女同事,有事无事总是盯着人家看,女同事是一位本本分分的小媳妇,模样俊俏,性格内向,被一双狼睛骚扰得不胜其烦,天天晚上梦到主任对她动手动脚,时间一长就患上了抑郁症,后来跳楼自杀了。自杀后人们在她抽屉里发现了一封遗书,遗书上只有四个字"狼睛瘆人"。齐大牙的眼睛与郑高描述的狼睛大体一致,这个发现让我心里打了个寒战。

"你是墟里最大的官,常言说无事不登三宝殿,来找我肯定有事喽。"齐大牙开门见山。

"您是墟里德高望重的长者,明天是重阳节,作为晚辈理应来看望您。"我客气了几句。

"哨花吹咋没来？他是我家炕沿上的常客，是不是去谁家吹喇叭了？"齐大牙无意中暴露了哨花吹的底细，原来哨花吹的军师在这里。

"邵主任本来要过来，是我让他忙别的事，他让我给您带好呢。"我急忙做了解释。

方慧补充道："邵主任当选后基本不外出吹喇叭了，也没时间吹，村里大事小情太多。"

齐大牙点点头："人当了官都会变，有人官升脾气长，有人六亲不认，还有人会忘记自己几斤几两，不过哨花吹不会这样，我看不错。对了，找我啥事？说吧。"

齐大牙如此痛快出乎我的预料，登门之前，我听说齐大牙是个有话只说上半句的人。既然老人不需要铺垫，我也就直话直说。我说了墟里当下面临的问题，各项工作在全镇都处于末位，这样下去墟里很可能被合并掉，这种情况应该怎么办才好。

齐大牙想了想，吐出仨字："先正名。"

我问："怎样理解先正名。"齐大牙说："墟里需要一个名分，一百多年前裁驿归邮后，墟里名分不再，名不正则言不顺，言不顺则事不成，村有村幌，酒有酒旗，这个幌子就是名分，名分是笼络人心的，有了名分人心才不会散。"

"怎样正名呢？"

齐大牙清了清嗓子接着说："墟里当年是朝廷给挂了牌子的，驿站再小，也是敕建，是名正言顺的公家单位，喂马住店、吃喝拉撒尽是公差，驿站上下，不论坐地户、外来户，在三十里驿路上跑得欢实，浑身有使不完的劲。现在不一样了，家家都为了自己忙活，不关心别人，只想着自己，主心骨没了。应该给墟里搞个名分、挂个幌子，人嘛，都在意有个幌子，宋江为啥要在水泊梁山竖一面杏黄旗？就是为了拉拢人心。"

"幌子？"我重复了一句，在我的词库里，幌子应该是贬义词，"应该是旗子吧。"

"用你们当干部的话讲，就是旗子。"

齐大牙这一解释我马上就通了,是啊,过去驿站有驿幌,酒馆有酒幌,就是寺庙道观也会有一根高高的旗杆挂面旗子,因为幌子是魂魄的具象化,代表着正宗合法地位。宋江主政梁山,马上就挂出了"替天行道"的杏黄旗,其实想要的也就是存在的合理性,在朝廷不认可的情况下,他只能选择符合天理。可是小小的墟里能挂什么旗子呢?老雷一再告诫不要搞别出心裁的东西,这一点我不敢遗忘。

"我不是让你学水泊梁山挂杏黄旗,是让你们给墟里整个名分,过去一个人有了名,还要有个字号,当下的墟里缺个字号。"

我听明白了,齐大牙说的挂幌其实是做概念,用一个人人都能接受的概念来聚拢人心。

"那么,正名之后呢?"我接着问。

"胜灾妖。"齐大牙把这三个字的字音拉得很开,几乎是一个字一个字蹦出来的。

我如听天书:"灾妖指什么?"

"灾,是天降灾异,非人力所为,比如说驿路原本通塔溪,后来山洪冲垮路基,驿路就成了断头路。金子年年走驿路,有一次她对我说,你看塔溪现在发展多好,和墟里简直是两个世界,如果驿路不断,墟里和塔溪相互流通,墟里一定会有活泛气。"

我同意齐大牙的分析,如果墟里和塔溪相通,墟里就由封闭走向了开放,塔溪对墟里的带动作用就会体现出来。

齐大牙接着说:"妖,是地生妖孽,说白了是人为的,比如说蛇祸、土豆窖的不幸、蛇头吃三道鳞,这些事本来可以避免,之所以发生是人的因素在起作用。胜灾妖,就是把灾妖制造的影响消化掉,抱成一团往前看。"

齐大牙说得太好了,我几乎要为他鼓掌。

"墟里本来有两翼,被都柿滩折断一翼,叫新生压住一翼,新生搬不走,都柿滩却可以建桥,墟里从驿路来,也该从驿路去,像塔溪那样活起来。"齐大牙说话虽然有些漏风,但吐字还算清晰,意思表达也相当完整。

"您说的是开发驿路？"

"就是,驿路是墟里的根。比如说乾卦有六爻,每一爻都代表事物发展的一个阶段,你中间断了,就变得不三不四了,所以要前后上下连起来。"

我觉得齐大牙的话很深奥,具有哲人意味,与哲人交流是一种享受。齐大牙的意思很明显,就是打通驿路把墟里和塔溪连接起来。这个建议有新意但很难操作。齐大牙见我不说话,用手背擦了一下嘴角说:"这只是个大致方向,至于具体到方、石两家的矛盾,这么说吧,拎起来就蛇祸、土豆窖、三道鳞三件事,冤有头,债有主,估计哨花吹能忙活好这些事。"

我心里一颤,这三件事正是困扰我的三个结。

接着,齐大牙摇了摇头道:"这里面土豆窖的事恐怕不好摊开,方小茹和石云来在土豆窖里寻短见属于个人隐私,不能公开抖搂。说来也是,冬天下窖要以烛火来试,烛火灭人下去必死,两个成人不能不晓,下窖肯定是寻短见,因为活着没路可走。"

"现在两家还在各说各的理,互相指责。"方慧说。

"当时公安没下结论吗？"我问。

"问题是谁家也不想把事说破。"齐大牙说,"当时有个年纪大的公安人员说,死者为大,别给死者脸上抹黑了,留个囫囵尸首下葬吧。如果解剖尸体,方小茹未婚先孕一事就会暴露,那样做就难看了。好在两家都听了那位老公安的话,把两具囫囵尸体下葬了。"

方慧悄声对我说此事说来话长,等有时间她会详细和我说。

我问齐大牙除了方、石两家的世仇,墟里还有哪些当务之急要办。齐大牙说:"墟里还有一个难题是聚拢人气,去数数村里有多少大门上锁就知道了,人都走光了,墟里还怎么发展？真到了那个时候,连个吵架的人都找不到。"齐大牙的狼睛望向窗外,窗子玻璃上贴了张已经褪色的红窗花。他目光专注,窗花的图案很复杂,像是由一粒粒苍耳排列成的八卦图。

"现在城市化进程在加快,农村人口流失是普遍现象,如何留人确实是个难题。"我轻轻叹了口气,留住村民是我到墟里后一直在思考的问题。我与老雷探讨过此事,老雷的看法很明确,就是顺其自然。郑高对此却忧心忡忡,他说:"一城兴起万村空,乡村凄零闹市荣,这样下去不是个办法,别忘了中国是个农业大国。"

"难题也总要有人解,保住墟里,先要保住人。"

事实上齐大牙说得没错,许多村子面临的困境不是经济,而是人,人心散了,人走光了,钱包再鼓也没有盼头,这是农村一系列现实问题的根源所在。我问过老雷,老雷说:"对农民的引导不要过度依赖经济手段,经济手段短期还可以见效,但不能持续,解放战争时期农民参军上前线,没有一分钱赏金,为啥还能前仆后继?那是精神引导起了作用。"

"您对我们这届村委会有什么建议?"我不想错过这个讨教的机会。

齐大牙微微笑了笑,那颗孤独的门牙在笑容里暴露无遗,能看到发黑的牙根。"做人做事靠谱就中。"齐大牙用手帕擦了擦嘴,眯起一双狼睛道,"墟里几任村干部了,问题就出在不靠谱上。"

"怎样才能靠谱呢?"

"你知道'二十四孝'里有个鹿乳奉亲的故事吧,郯子为什么能得到野鹿的奶?是因为他和野鹿打成了一片,身上都是野鹿的味道。"

我听懂了齐大牙的意思,把他的话翻译成官话就是"从群众中来,到群众中去"。看来,齐大牙与前几届村委会关系紧张,双方都有责任,村干部把"一金三老"当成了消极因素,而"一金三老"认为村干部高高在上,唱高调、不靠谱。我说:"鹿乳奉亲故事的主人公可了不得,他还是孔子的老师呢。"

齐大牙说:"越是有学问的人越不咋呼,身段放低的人不跌大跟头。"

我觉得这话很到位,生活中的确是这样,举得越高,跌得越惨,狂风刮不走小草,却能把大树拦腰折断,国人的处世哲学中也包含这样一种普遍认识。"邵主任是个靠谱的人,为人也好,希望您多点拨他。"我说。

齐大牙点点头。"不靠谱就吹跑调了。红白喜事他若是吹跑调,人家还不得大棒子把他打出来？"他停顿了一下又接着说,"你听过他吹《抬花轿》了？那曲子让他吹得鬼神都会抻着脖子听。"

《抬花轿》是喜事标配喇叭曲,这支曲子通过电影《红高粱》被人们熟知,影片中这支唢呐曲配上甩膀子、炝蹶子的夸张动作,简直吹疯了。

齐琴在一旁说:"爹呀,人家领导来一趟不容易,你给看看有没有啥沟啊坎啊的,来点实诚的。"

方慧跟着道:"是啊,书记不像有的挂职干部来村里就是点点卯。书记是真驻、长驻,咱墟里挺复杂的,看看书记该防着点啥。"

齐大牙没有马上答复,伸出右手用拇指逐个按了按指关节,然后道:"放心,你在墟里不犯小人,有贵人相助。"

"贵人是谁？"齐琴问。

齐大牙摇摇头说:"谁是贵人要靠你自己品,这个是算不出来的,不过,有这样一句话说得好,总有流水绕过山。"

我笑了,觉得齐大牙很有智慧,这个说法很妙,谁听了都会舒服。我好奇地问:"村里传您能掐会算,而且特别准,我想知道您掐算的依据是什么。"

"别人都在意结果,你却在意依据。"齐大牙看了我一眼,狼睛犀利。

"我是学生物的,我觉得人与生物之间的关系很神秘,尤其人与植物之间肯定有关联,比如孔子演绎八卦为什么手拿蓍草,而不拿别的。"

"这有什么奇怪的,人生即草木,人生一世,草木一秋嘛。"

"您的神机妙算确实叫人佩服。"

"哪里有神机妙算,就我这个老头子来说,无非是经历多的缘故。这个世界上前天和昨天演的戏,今天和明天都会再演一遍,因为我看过,所以我知道结果,你们到了我这个年龄,要是脑子不糊涂,也会看个八九不离十。"

"您谦虚了,占卜在萨满文化中是一门学问,有许多人类学学者专门研究，它不仅仅是经验的积累，而且还需要许多知识和推理。"我觉得眼前的齐大牙是位可爱的老人，观点明晰，不闪烁其词，如果换成一位喜欢装神弄鬼的老者，我不会在炕沿上坐这么久。

"像学生做题有公式一样，算法是有的，掌握也不难，难的是怎样下断词。"

我点了点头，齐大牙说的断词应该是《易经》里的象辞，也就是掐算的结论。从唯物的角度讲，齐大牙这一套肯定说不通，但我隐隐觉得不能简单地否定齐大牙对事物的判断，经验与经验主义本身不是一码事。墟里真是藏龙卧虎，一个村民有如此见识，这说明什么？说明老雷对村民的判断并不是放之四海而皆准，像齐大牙这样靠经验和头脑做判断的人，永远不会遇事随大流、跟着走。

我夸赞了齐大牙一通，他却很谦虚，说自己没啥出奇的，是个咸吃萝卜淡操心的老人。在我起身告辞时，齐大牙从炕上下来，一直送我到门口，临别握着我的手说："一定要保住墟里，小龙山上的列祖列宗瞧着后人呢。墟里没了，没法向祖宗交代呀！"

我深深点了点头，说："我会尽力说服镇领导，让这座三百岁的古村活下去。"

齐大牙表情严肃地说："实在不行，我就带着村里老人去上访，我可是有名的道人头，三个老家伙去衙门击鼓鸣冤，不怕没人出来接访。"

不得不说，齐大牙是位狡黠而又智慧的老农，与他这次谈话，完全颠覆了我对老农民的认识，在齐大牙面前，我真的就如一位小学生。

从齐大牙家回来，正在擦拭小喇叭的哨花吹对我说："'三老'是墟里三块牌位，只要戳在那儿就管事。方大珍就得多出去走走，墟里不像县城，县城的老太太有地方跳广场舞，墟里咋跳？人一闲就闹病。石国库是操心事太多，一个老农民，却天天想着国内外大事，做着农民政治家的梦。齐大牙神神道道，绝对不白给，他有几把刷子谁也说不清，但年轻时给人批八字遭过批斗，在公社大院后面挖了半个月的排水渠，因为这个，齐大牙说的话都不是一种答案。"

我问:"齐大牙说他是道人头,道人头是什么意思?"

"道人头就是乡间随处可见的苍耳子。"哨花吹说,"齐大牙在多个场合说过,说自己就是墟里的道人头。"

我当然知道苍耳子,这种植物有毒,亦可入药,粘到衣服或头发上很难摘,可用它煮水治病,大多数人对它敬而远之。细想一下,齐大牙这个比喻挺神的。

我说了齐大牙提到的正名一事。哨花吹说这件事他也想过了,墟里以后要打驿路牌。驿路之乡本身就挺带劲。

七、杨铁叶子

实话实说,虽然我是生物专业毕业,但从来没留意过杨铁叶子,我所接触的教材里也没有这种在北方司空见惯的植物。这次在金子家里,我开始重新认识这种普通的植物。金子以杨铁叶子自喻,我觉得这个自喻其实是一种自谦。不得不说,大自然中任何一种植物呈现出来的精神气质,都足以让人肃然起敬,关键是你是否发现。

杨铁叶子是一种多年生草本植物。在北方,杨铁叶子是春天最早长出绿叶的植物。初始形似菠菜,不经意间就会蹿至齐腰高,然后开花,花为顶生或腋生,呈圆锥花序,花谢后结出像榆钱一样的瘦果,果呈褐色,像蘸过糖稀。杨铁叶子是春天真正的使者,它早早迎来春天,在盛夏到来之前完成使命无声地隐身而退。我在知晓了杨铁叶子的生命循环之后,更加明白了古人讲的"格物致知"和"万物一理",回头再看金子,觉得她这个自喻颇有些悲壮的成分。

拜访过"三老"后,有"一金"之称的金子自然不能落下,重阳节当天,我一个人去拜会了金子。

见金子之前,我从几个村干部嘴里知道了金子的一些情况。金子是哈尔滨知青,十七岁下乡来到墟里,不知是谁的操作,她申请下乡的决心书被刊登在报纸上,让她一夜之间成了全省家喻户晓的人物。金子是顶着圣女的光环来到墟里的,她下乡第二年就入了党,很快成为墟里大队党支部副书记,第三年,被结合为沿江公社革委会副主任,后来提干当了公社文化站站长。虽然当了干部,但她一直在墟里居住,自己骑着一辆永久牌自行车上下班。知青返城风刮起后,公社领导征求她的意见,她说自己已经离不开墟里的好空气,回城总是咳嗽不止。金子留在当地工作,并嫁给了一个姓莫的鄂伦春族干部。金子的丈夫老莫在县民委工作,退休后在县城搞了个民俗博物馆。金子不常住县城,两个女儿均在省城工作,她一个人在墟里的老宅生活,也算逍遥自在。金子与村民关系融洽,无论方姓还是石姓,没人说她不好,这当然与她能和"三老"并列有关。如果说墟里是一个江湖,那么"一金三老"就是江湖的风眼,这种地位是自然形成的,别人无法替代。在墟里,金子和方大珍虽然都是妇女领袖,但方大珍功夫在嘴上,金子功夫则在脑子上,两人各有各的气场,各有各的拥趸。金子对齐大牙很尊重,经常登门讨教萨满文化,齐大牙北炕上的那些行头,其实是给金子丈夫老莫收集的。在了解了金子的一些情况后,我觉得金子是本传奇之书,我一定要打开这本书读个究竟。在此之前,我对知青生活的了解基本来自知青文学,文学作品中那代人的付出和牺牲曾令我唏嘘不已,没想到在我工作的墟里,还有金子这样一个知青活化石存在。

我和金子已经有过一面之缘。选举那天,我看到一个目光犀利的老年妇女,觉得此人与众不同,就问方慧这人是谁。方慧说这就是大名鼎鼎的金子,"一金三老"中的"一金",当年墟里唯一吃供应粮的村民。吃供应粮是墟里人对公职人员的称谓。当时金子给我的印象是花白短发、眼神专注、看上去像肩负使命的修女。我发现金子是全村唯一用双手把选票投入票箱的人。

金子家用板杖子围起的院落简洁干净,整齐的板子垛在房后,恰好能遮挡冬季的北风。三间红砖瓦房地基下沉,看上去特敦实,方方正正的玻璃窗纤尘不染,院子没有种植花草菜蔬,四周种满向日葵,向日葵十分茁壮,花盘饱满,葵花子已经成熟。院子整体铺着平整的红砖,偌大的院子里除了一口手动压井和一根高高的旗杆,再无他物。我知道这旗杆的用处,这是索伦杆,也是灯笼杆,说是旗杆,其实并不挂旗子。

因为方慧事先打过电话,金子见到我浅浅一笑,道:"来了。"我说:"早就该来,我俩还是省城老乡呢。"

金子又浅笑了一下,伸出手与我握手。金子的手好硬,我有种握着藤条的感觉。金子将我让进东屋。东屋的设计与其他村民南北两面炕不同,只有靠北墙一面炕,炕上铺着亮晶晶的苇席。南面本来应该盘炕,却放了一张方桌、两把红色折叠椅、一张单人床,看来金子依然保持着城市人睡床的习惯。方桌为木本色,连清漆都没有刷,从木质看应该是木纹缜密的水曲柳。屋子三面白墙,墙上挂着些鄂伦春族的民俗用品当装饰,有桦树皮制作的画,有小孩子戴的猞猁帽,还有马镫、马鞭、刀鞘、弓和跳神用的铜铃铛等。我去过黑河鄂伦春民俗村,这些物件大都似曾相识。听郑高说,民俗老物件上带有某种肉眼看不见的信息,这些信息会在人的大脑里液化,并形成一层雾障,让人产生时空上的穿越感。这个说法虽玄,但绝不是没有理由的,比如我看到旧马镫,就仿佛看到雪原上骏马在驰骋;看到断了弦的弯弓,就想象到猎人射出的利箭正飞向狼群。可以这么说,老物件是保留记忆的最佳方式,每一个老物件上都凝结着说不完的故事。

方桌上有一白色搪瓷托盘,上面放着不锈钢保温瓶和四只骨瓷茶杯。骨瓷杯很别致,不带任何彩绘。墟里家家户户喜欢喝五味子茶,金子沏上茶,将茶杯推到我这边,说了声:"请!"

我听说当年金子来墟里,在村民欢迎她的大会上有个气冲霄汉的讲话,大概意思是要虚心接受贫下中农再教育,当好小学生;要扎根墟里,建设边疆一辈子;再就是要不怕牺牲,做"反修防修"的战士。她的这次讲话给村民留下了难忘的印象。哨花吹提到过发生在金子身上的一件事,据说她和一个叫叶洲的上海男知青下江起网,捕到一条数百斤的大鳇鱼,鳇鱼肚子圆鼓鼓的,正在产卵期,大鳇鱼已经挂在船舷上,金子开始准备往岸边划船,那个叫叶洲的上海知青不知怎么说服了金子,两人把捕获的大鳇鱼放生了。后来叶洲因为跳进洪水抢救电线杆而牺牲。叶洲墓就在驿路尽头塔溪的烈士陵园。金子在公社当副主任,在副主任的位置上一直原地踏步,革委会取消后,她改任文化站站长,文化站站长也就成了她最后的职务。

我坐下来,金子问:"你是来走访的吧,走了几家了?"

我笑了笑说:"不是走访,是拜访几位有影响的村民。昨天拜访了'三老',今天特意来看望您。"

"我有什么好看的,"金子拢了拢头发说,"你下来挂职多长时间?"

"不是挂职,这次是任职,规定是两年。"

"挂职、任职都是一回事,两年一眨眼的时间。"金子表情平淡地说。

我望着金子道:"我上大学时读过不少知青题材的小说,有一篇《今夜有暴风雪》,那个农场离墟里不算远。"

"那是锦河。"金子说。

"知青按规定可以回城,您为什么选择留在墟里?"

"留在墟里不好吗?"金子说,"回去没意思。"

我一时不知怎么接话,金子这句反问一榔头把我敲傻了,是啊,留下来自然是喜欢墟里,这还用多问?于是,我没话找话又说:"听说您在做鄂伦春民俗研究,准备出专著吗?"

"我不搞研究,"金子说,"我只是想见证一些东西而已。"

我心里一震,见证?这不是老雷对我的交代吗?难道在二十世纪七十年代,金子就有了做见证者的想法?

我说:"好想听听您下乡时的故事,我感到好奇。"

"有什么可好奇的呢?那是一段见仁见智的历史。"

我又一次被敲了一榔头,是啊,用好奇来说别人刻骨铭心的往事真的不妥,我急忙道歉道:"怪我用词不当,不过,我对您的那段经历真的很感兴趣,我觉得每个知青都好像是走过雪山草地的英雄。"

"可我不是英雄,我就是草甸子里的一棵杨铁叶子。"

我笑了笑,这话我接不起来,因为金子说这句话时表情很严肃。

"墟里是个好地方,历史悠久,村民也比较富裕。"我转换了话题,言外之意是金子选择留下来也有合理性,不是个错误的选择。

"墟里是个有意思的地方。"金子说。

"有意思?"

"是的,有意思。"

我知道和阅历丰富的人交往应该慢慢来,不能着急,便说:"我们两个省城的人,都来到了一个有意思的地方。"金子点了点头,没有反对我的说法。见金子话语不多,客套了几句我便起身告辞,说过两天再来看她。

隔了三天,我再次来到金子家。我想和金子好好聊聊,凭直觉,我觉得金子有种自我屏蔽的心态。这一次金子似乎还是有意避开了某些话题,只是讲了不少鄂伦春民俗,讲了她丈夫老莫和老莫的民俗博物馆,讲了鄂伦春人古老的风葬、树葬风俗。我不是郑高,对这些事情不仅没有兴趣,而且有种如芒在背的感觉。金子讲了大约一个小时,正好哨花吹来电话找我,我便起身告辞了。

第三次来金子家是一个月以后,回省城时我特意去秋林公司买了两个俄式大列巴,因为双肩包装不下大列巴,我只好用粗纱布袋装,一手拎一个,这看上去有点搞笑。我希望通过这种具有符号性的省城的面包来唤起金子的记忆,使她敞开心扉。有两种东西最能唤醒乡愁,一种是食物,另一种是乡音,而效果最好的是食物,因为味道的记忆一旦种下,一辈子都不会改变。我和金子应该成为忘年交,她说自己是一棵杨铁叶子,而我是一个对植物入迷的人。如果和金子相处融洽,我俩可以一起去都柿滩考察植物,那个植物王国是我选择来墟里的真正动机。然而几个月过去,我还没能走完驿路全程。我是在午后三点左右来到金子家的,西边的太阳给金家的红瓦房镀上了一层金粉,远远看去有一种庙宇般的庄严,院子四周的向日葵也都低头扮沉思状。向日葵一旦成熟,就不再跟着太阳转动,它们会将头颅低向养育自己的大地。墟里的空气是通透的,阳光穿过这种空气照在房舍、草木,甚至村民的脸上,让一切都变得明亮起来。因为方慧打过电话,金子早已站在门口等候,她家大门两侧有两丛茂盛的龙葵,上面果实累累,金子并没有采摘。我猜测这龙葵是自然而生,因为墟里人不会去种这种植物。

金子接过粗纱布袋装的大列巴,低头合眼闻了闻,抬起头说:"香、甜、酸、煳四种味道绕在一起,喜欢!"

香、甜、酸、煳绕在一起?我头一次听到有人给秋林大列巴这种评价。别说,除却这四个字,还真找不到更好的词汇来形容这种大列巴。

进到屋内,在靠窗的方桌前坐下,金子为我倒上一杯五味子茶,她自言自语道:"上次吃列巴还是寒寒上大学放暑假带回来的,老莫吃不惯,整个都让我吃了。"寒寒是金子的小女儿,她自己在省城开了一家旅游公司,有自己的旅行社。

"现在物流方便,随时可以买。"我笑着说,"我回来时也可以带,不过下次要用拉杆箱,拎着两个大列巴坐火车特像个二道贩子。"

"这么辛苦带回来,我要回赠你一样东西,我可不想欠人情。"墟里人特别看重礼尚往来,金子也是入乡随俗。我听哨花吹说过,在墟里串门一定要带点礼物,多少无所谓,但空手则是失礼,你带着礼物来,主人少不了有回赠,赠与回赠,是几百年前站上人传下来的风俗。今天,哪怕方、石两大姓氏间必要的交往也没有破坏这种传统,这种换礼目的无非是拉近彼此的距离。

"您不要费心,您可以用故事回赠我,故事是精神礼物。"我故意开了个玩笑,当然也是心里话。

"我想起来了,有件礼物可以给你。"

说完,金子走到炕琴前,拉开底部一个抽屉,翻出一个牛皮纸档案袋,从中抽出一本旧杂志。她翻开封面将杂志递给我:"这篇散文您看看,别笑我就行。"金子指着目录中的一篇文章说:"这是我担任文化站站长时写的一篇散文,是对那条驿路的真实感受。"

我接过杂志,这是一本二十世纪七十年代末县文化馆主办的《边疆文艺》,属于内部交流刊物,上面有金子写的一篇散文《驿路达子香》。文章不到五千字,我快速浏览了一遍,从中似乎嗅到了沁人心脾的达子香。这是一篇值得细读的好作品。作品中写了从墟里到塔溪三十里的驿路风光,没有大开大合,笔触细腻地记录了沿途的景物,文风质朴，情感真挚，遣词造句带有明显的时代烙印。我看出来该文在结构上有点模仿名作《驿路梨花》，对达子香的描述用了许多排比句，读来朗朗上口。这些句式让我联想起了另一篇散文名作《我们爱韶山的红杜鹃》。金子原来喜欢文学。喜欢文学，我们就有了共同语言。

"这篇散文很质朴，情感也真挚。"

"我不是作家，写的不过是驿路景物和情感的流水账而已。"

我倒觉得景物和情感的流水账未必就不好，这种流水账本身就是自然倾泻的意识流。我问："您走过这条驿路？"

"当然，"金子说，"我到墟里的第三天就去了，因为我听村干部说塔溪有个烈士陵园，那里长眠着十几名烈士，有抗联的英雄，有剿匪牺牲的解放军战士，还有十万官兵开发北大荒时的劳动模范。那是一个崇拜英雄的年代，我们每个人心里都有强烈的英雄情结，放下行李的第三天我就一个人走了三十里驿路，去瞻仰了塔溪烈士陵园。"

我有些惊奇，我也是来墟里第三天去的驿路，可惜我止步于都柿滩，没有走完全程。我觉得驿路废弃太可惜，驿路不仅是墟里之根，是墟里的来处，更主要的是路上积淀着许多没有挖掘的历史文化。我和哨花吹谈起此事，哨花吹说二十世纪六十年代因战备需要，驿路有几段低洼处铺过河沙，这是驿路唯一一次维修，但因为都柿滩是湿地，有流淌的溪流，要把驿路接上就必须在滩上建桥，建桥成本高，经济效益不大，何况驿路的作用已被别的沿江公路取代，驿路便失去了改造升级的价值，所以依然保持着原生态的模样。

"您为什么如此看重这条驿路？"我问金子。

"没有理由，就是觉得有意思。"

"不瞒您说，我也很喜欢驿路，驿路上的都柿滩是北地植物王国。"

"我给您这篇小文，就是想让您知道驿路上有许多植物，分辨这些植物，看它们走过四季，对我来说是一件很开心的事。从植物的角度看，古驿路未开发也不是坏事，因为土路是活的，你走，它是路；你不走，它就是地，地可以长草开花。一旦铺上沥青，问题就来了，沥青是一切植物的死敌，铺上它，驿路就会寸草不生。"

我愣了一下，没想到金子对驿路开发会持这种态度。我问："难道您不希望这条路恢复？"

"当然希望，不仅我，我女儿、我老公都希望驿路能早日得到开发。"

我心里的石头倏然落地，原来金子担心的是开发方式的问题，而不是想维持驿路断头的现状。

"我这个人喜欢动植物，尤其是野生动物，我从它们身上学到了很多东西，比如山里的动物习惯走自己走过的老路，野兔、野猪、猞猁，无论草食动物还是肉食动物都喜欢这样，人有人道，兽有兽路，动物大都循味而行，味道指引方向。"

"人与动物不同，人不喜欢走老路，因为老路不可能有新的抵达。"我说出了自己的观点。

"如果抵达的是个陷阱呢？"金子反问了一句。

我一时语塞，片刻后才说："不排除这种可能。"

"我曾在驿路上发现了一处毛毛虫长蛇阵，上百条毛毛虫头尾相接在蜿蜒前行，它们也许在走一条没走过的新路。我很好奇，用一根树枝从中间将虫阵挑开，给后面的毛毛虫拨转了方向，结果后面的虫子开始原地转圈，阵形马上就乱了。这说明什么？说明后面的毛毛虫没了引领和遵循，如果这条路它们爬过，就不会出现这个状况，哪怕是掉队，也不会迷路。"

"毛毛虫有六只眼睛，还看不清要走的路。"我觉得这个毛毛虫的例子很有意思，也许对其他高维生命来说，人不过也是一只毛毛虫。

"它不知道要去哪里，所以只能在困惑中转圈圈，是不是很有意思？"

我点了点头，金子娓娓道来的话语中埋着许多思想的绳索，需要慢慢捋直。

"我每年都去驿路走一趟，三十里，带上面包和水，慢悠悠走上一天，看山看水看花看草看树，多有意思啊！驿路有三道湾，每道湾都是好去处，江河美丽的一面往往体现在有湾的地方，这三道湾用我女儿寒寒的话说就是三个网红打卡地。驿路景色不仅四季不同，而且月月不同、日日不同,我走驿路,从来不重复走过的日期,每次都选个新日子来走。唯一不可心的就是那个都柿滩,因为它,驿路成了断头路,那是一场特大山洪的杰作,毁了路,也等于切断了墟里的脐带。"

驿路被毁令人可惜,但山洪又创造出都柿滩这个新景观,对我来说,对都柿滩的渴望大于对驿路的失望,因为那里是大自然的百草园,郑高先人为主的介绍让我对都柿滩充满好感。

"荒郊野外,您一个人行走不怕危险?会不会遇到狼?"

金子摇摇头:"其实,在野外最可怕的不是狼,狼会远远地躲开你,最可怕的是人。"

"为什么?"

"这不是我的看法,许多山里讨生活的人都这么看,山上独行的猎人也多持这个观点。记得一九八三年夏天,我走驿路时就遇到了一个穿着灰衣服的陌生人,我觉得此人可疑,因为他看到我时突然停下了脚步。我没有停,哼着歌曲就走过去了。我之所以哼着歌曲,是想造成后面还有人的假象。与他擦肩而过时,我瞥见他的目光像两把刀子在剜我。我走过去,他并没有追我,而是像獾子一样钻进白桦林不见了。下午我回来,看到嘉荫县一份协查通报,说他们的一个严打对象跑了,此人水性极好,身上带有凶器,去江边可能想泗水偷渡。"

"好险。"我听得心跳有些加速。

"我身上有攮子,他想害我也没那么容易。冬天修水利抡镐头,我不比男劳力差。"

"您还带着攮子?"攮子就是匕首,看来金子走驿路并不是没有防备。

"带攮子是为了壮胆,几十年了一次也没用上。"金子兀自笑了,好像做错了什么,"也许正因为我没有一试身手的机会,才被齐大牙嘲笑是银样镴枪头。"

"还是不要有试身手的机会为好,"我摇摇头说,"您是个女子,别说黑瞎子,就是遇到一头大野猪也够要命的。"

"其实因为驿路临江,江上常有轮船通过,大型猛兽不会像人一样当游客。它们会选择人迹罕至的大山深处活动。"

"驿路总是老样子,为什么要年复一年坚持走?"

金子用十分肯定的语气说:"这是墟里给我的福利,我不能不领。"

"这福利我也要领一份。"我会心地笑了。很明显金子是个自然主义者,她给我的感觉已经由女知青变成了自然之子。她迷恋大自然,也许是为了避开城市的喧嚣,也许是放不下墟里的山山水水,也许是离不开这里的人们,她最终选择了留下。为了确认我的判断,我忍不住问:"您是真的不愿意回城,还是出于无奈不能回?"话一出口我就后悔了,怎么能这样提问呢?一旦触及人家的隐私,交流就无法继续了。

"回城没意思。"金子没有不高兴,回答也极其简洁。

一个"没意思"恰恰说明了很多意思,我觉得事情不会那么简单,就像树木花草,只有在断枝的地方,新的枝芽才会发生方向性改变。

"人人都有选择的权利,我选择留下是因为留下确实有意思。有人说留下来是受罪,我不敢苟同,墟里人在这里生活了几百年,难道是在受罪吗?村民生活挺好,二十世纪六十年代初很多地方挨饿,墟里却能吃饱肚子,这样的好地方不多。齐大牙说过,在出现蛇祸之前,墟里是个和睦相处、其乐融融的大家庭,换成我的话说,这里就是《伐檀》里说的乐土。城市生活固然优越,但人也容易变得冷漠、麻木,不像墟里,一家有事,大家帮忙,在城里,你有大事小情连对门的邻居都不会关心。"

"您什么时候有了这种想法?"

"说实话,我们当初来的时候就没想到将来要回城,十七八岁的孩子,火一般的热情能把冰水烧开。后来国家政策调整,大家先后回去了,像毛毛虫一样首尾衔接跟着往回爬。我不想那么做,我要走自己的路,更何况墟里有我喜欢的驿路,有我放生的大鳇鱼,有值得我爱的人,我干吗还要走呢?"

"是啊,其实城市生活压力蛮大的。"我望着墙壁上一面跳神用的单面鼓说。金子的话让我产生了某种共鸣,细想,城市生活到底有什么意思呢?每天同样的节奏、同样的模式,重复同样的动作,连话语都大致相同。有一段时间我甚至得出这样一个结论:"单位除却郑高的段子富有新意外,其他事情都是简单的重复。"去年,老雷让我执笔写单位工作总结,我怕写不好,请老雷指点一二。老雷悄悄提示我可以找出前年的总结,在思路上做些参考。为了高质量完成这个起草任务,我索性找出了前五年的工作总结,比照之后真想摔茶杯,这不是老百姓说的"糊弄洋鬼子"吗?同样的结构、不变的套路、固定的词句,更换的只是数字和几个口号,这样的总结一个钟头就可以搞定。细想,重复做这样的无用功意思在哪里?

"当然,城市有城市的好处。"金子谈问题还是比较客观,不攻乎异端。

"城里生活条件要比农村好,比如教育、医疗,还有文化生活。"我接上她的话说,毕竟农村人都向往城市生活,像金子这样甘心做陶公的并不多。

"人各有志,各取所需吧,有人是花园里的丁香,有人是花盆里的月季,而我就是大地上随处可见的杨铁叶子,贱命一条。"

"您更是一个信守诺言的人,说要扎根边疆,就真的留下了,这个世界上食言而肥的人不在少数。"

"说出的话怎么能咽回去呢?社会是有记忆的。"金子说,"我信奉这样一个道理:你欺骗不了别人,能欺骗的只有你自己。"

"您的战友回城后生活得怎样?"

金子转过头看了看我,目光忽然变得柔软了许多:"不算上海知青,我们省城当年来墟里的知青有六个,五个回城后,一个考上师专,毕业当了老师,生活还算稳定,其他四个在街道大集体企业就业,他们经历了下岗再就业,其中的艰辛你可以想象。有部电视剧叫《雪城》,就讲了返城知青的辛苦,我看了几集就不看了,催泪。"

这个话题有点沉重,我不得不再次转换话题:"您刚才说放生了大鳇鱼,这事我听说过,很传奇。"

金子道:"是的,我们捕到了一条几百斤的大鳇鱼,其实也不算大,鳇鱼大的要上千斤。同船的上海知青叶洲说现在鳇鱼太少了,一夏天也打不到几条,看这条鳇鱼肚子圆滚滚的,估计要产卵了,要是产卵,江里会生出无数小鳡鱼。我觉得叶洲说得有道理，一狠心，就把鳡鱼放生了。这件事我回来向支部做了检讨，现在想起来一点不后悔，鳡鱼长寿，说不定我放生的鳡鱼后代正在大江里游弋呢。"

我竖起了大拇指，金子在二十世纪七十年代就有了这种意识，多么难得！

"其实当时也没多想，是叶洲一句话触动了我，他说放了它，它会产出几百万颗鱼子，吃了它，就等于吃掉几百万条小鳡鱼。"

我们又聊了一会儿都柿滩的植物，金子的话语明显比上两次多了起来，并且还不乏幽默。我抓住机会抛出了正题："您对墟里发展有什么好建议？"

金子微微笑了笑道："一个桃花源中人，哪里有什么好建议。"

"您在墟里生活了半个多世纪，有些事您一定看得透、看得准，比如墟里的顽症，怎么才能把它解开？"

金子点点头道："墟里的事归根结底要靠墟里人来解决，外来者是外因，外因只是变化的条件，内因才是变化的根据。天下之事，事在人为，选对了人，其他问题就会迎刃而解。不得不说你选了个好搭档，化解顽症的事就让邵震天去做吧，一个能吹好唢呐的人，办事不会离谱。"

我心里很高兴。不过金子凭什么说哨花吹有办法呢？吹喇叭和调解民事纠纷是两码事。迄今为止，我还没发现哨花吹有什么锦囊妙计。金子接着说："估计邵震天正在谱一支不为人知的新曲，妥当了自然就会用腰里那支小唢呐吹出来。"

我心里踏实了一些，哨花吹在做什么能瞒住我，却瞒不过金子，金子有自己的消息来源，墟里大事小情尽在掌握之中，更何况金子背后还有神机妙算的齐大牙。金子接着说："县里组织过一次农民文艺会演，我推荐哨花吹参加，那次会演是以'庆丰收'为主题，主办方担心演出走偏，列了一个曲目单。哨花吹拿到曲目单发现上面的曲子自己大多不熟悉，问我怎么办，我说那就别去了，别砸了你哨花吹的牌子。他说不行，给墟里争光机会难得，一定要去，说自己回去练练。就三天时间,哨花吹鼓捣出一支与《庆丰收》相似的曲子,名叫《新庆丰收》,结果征服了所有评委获了金奖。"

"邵主任点子多,口碑也好。"我说。

"用人不疑,疑人不用,你既然选了他做搭档,怎么吹唢呐就由着他去吧。"

"这是村民选的,哨花吹出山符合民意。"我接着问,"墟里面临被新生合并的危险,您有什么保护墟里的好办法吗?"

金子没有马上回答,又走到炕琴前拉开抽屉,找出一张十字绣,展开铺在桌面上给我看。十字绣面幅很大,长近两米,宽一米,颜色鲜艳,内容丰富,主体画面有点像《清明上河图》,有盛装的男女载歌载舞,较为醒目的是驿路断头的都柿滩,被绣出了一座彩虹般的拱桥。"退休那年,我用一个夏天的时间绣了这幅作品,完成后从没示人,除了我女儿寒寒,你是头一个看到这幅《驿路欢歌》的人。"

我心里涌上一股热流,这不是一幅普通的十字绣,是金子对墟里明天美好愿景的描绘,画面已经把要说的话都表达清楚了,此时语言变得多余。金子并没有对画面做任何解释,她把十字绣折叠起来,郑重地递给我:"这幅十字绣送给你,今天我忽然感觉这幅画就是为你而绣的。"

"谢谢,对我来说这就是一幅咱墟里的《清明上河图》!"

"这幅十字绣一直在等待它的主人,今天终于等到了。说实话,在完成这幅作品的当晚,我做了一个奇怪的梦,梦到这幅作品在拍卖市场上流拍,黑压压的现场连个举牌的人都没有。我从来就没有想过出售《驿路欢歌》,它怎么就进入拍卖市场了呢?我和齐大牙交谈提到此事,齐大牙说,世上万物有缘则聚,无缘则散,缘起缘落皆在于人,把这幅画收好,它会等到有缘人,今天来看齐大牙果然料事如神。"

"投之以木桃,报之以琼瑶。两个大列巴,换来一件如此珍贵的礼物,我十分过意不去,不知该怎样回报您。"

"还是回报墟里吧,保卫墟里,保卫古村的那条出路。"

金子的话让我想到了老雷当时的忠告,看来仅仅做一个见证者是不行的,我必须做一个建设者!当然,建设本身也是见证,因为见证是历史存在的另一种方式,无人见证的历史容易被时间的尘埃湮没。见天色已晚,我知道该告辞了。金子送我到院门口,我看着干干净净的院子问她为何如此空旷,连鸡鸭都不养。金子说她不希望院子里堆放东西,多年来她一直保持敞亮的心境,院子里堆满杂物,就会给心里添堵,所以该清理的东西一定要清理。索伦杆带有图腾性质,便留在了院子里,只此一物,再无其他。

走到院门口,我想起了什么,停下脚步问:"方大珍挺怪的,总是掰着手指头数数。"

"她没病,是闲的。"

"没病为什么总掰着手指头数数呢?"

"当一个人从高山掉到沟底的时候,会自己舔舐伤口,你不知道,方大珍当年是像白天鹅一样高傲的女人,走路从来都是仰脸向天。"

我恍然大悟,看来方大珍的病不难治,把她重新拉到高处就会治愈。

金子说:"方大珍是个有本事的人,哨花吹很清楚,哨花吹的师父老金连齐大牙都不放在眼里,唯独佩服方大珍。"

八、四角菱

　　四角菱是北方的一种菱角，墟里的蓝湖就生长着成片的四角菱。蓝湖里的四角菱叶子呈菱形，开白花，比南方的菱角果实要小、外壳要硬。四角菱绝非有害之物，生熟皆可食，许多老年人喜欢食用。四角菱那四个角恰似缩小版的水牛角，看上去像黑檀文玩，有人干脆用线穿起来当装饰。我听说过石锁外号叫四角菱，而且这个绰号是齐大牙所封。

　　我要去看看四角菱。

　　到墟里后通过与村民交流，我知道了许多过去闻所未闻的物件，比如滚钩，这种大如秤钩的鱼钩，成排系在主纲上，看上去令人毛骨悚然，用来钓鱼多少有些残忍，鱼有多大罪孽才要遭此摧残。

　　一天上午，路过齐大牙家门前，齐琴忽然叫住了我。她隔着杖子朝隔壁努努嘴，然后悄悄告诉我，说："石锁正在家里磨滚钩，一边磨还一边自言自语，像得了魔怔。"

　　我说："磨鱼钩不是很正常吗？"他本身就是渔夫。齐琴摇摇头小声说："我家老爷子说了，石锁磨滚钩不是为了钓鱼。"

　　我听后一惊，齐大牙这话有潜台词，便问齐琴："磨滚钩不是为了钓鱼，会是钓什么？""肯定是钓人了。"我表扬了齐琴，说："墟里乡亲谁也不希望村里出事,有啥苗头要立马告诉我或者邵主任。"齐琴说:"我才不愿意管这些闲事呢,是老爷子让我传的话。"我心里一热,齐大牙对墟里的事还是很上心的。

回到村委会我将这个消息告诉了哨花吹。哨花吹说他现在就出去转转,有些事光听不行,一定要亲自过过目。哨花吹出去转了一遭,回来说消息准确,石锁真在磨滚钩,不仅磨,而且放出话要把祖上留下的一千把滚钩都磨出来。

我问哨花吹:"墟里有用滚钩捕鱼的传统吗?干吗用那么大的钩?"哨花吹说:"滚钩是二十世纪五十年代以前捕鱼的钓具,说白了就是鱼钩长阵,专门用来捕获大型鳇鱼的。鳇鱼个头大,个别的可达千斤以上,单钩无法钓住,必须用滚钩。滚钩一旦挂住鳇鱼,鳇鱼越是挣扎,裹上身的鱼钩就越多,最终会筋疲力尽乖乖被拖上岸来。石锁的祖父石栏山钓过鳇鱼,据说是在江汊子里用滚钩钓到一条八百斤的鳇鱼。石家像切豆腐一样,将鳇鱼肉一家一块分给村民,此事在村里传为佳话。因为石家有分鳇鱼肉的先例,村里人对金子当年放生鳇鱼的事至今有议论,说是错过了一次鳇鱼大餐。你别看村民在江边居住,其实很少有人吃过鳇鱼。"

"齐大牙说的钓人应该是指方世坤,方世坤不是鱼,怎么钓呢?"

哨花吹捏着下颌道:"这是个问题,难道说石锁会到方世坤承包的江汊子里下滚钩?江汊子里不会有鳇鱼,有三层网拦着,鳇鱼想进也进不来。"

"应该是冲着江汊子去的,"我说,"蛇头的事有进展吗?"

"我去方世坤那里要来一条蛇头,与石锁那条做了比较,应该是同一种,石小东也认为两条蛇头一模一样,石小东少有走眼的时候。"

"你去弄蛇头,方世坤没起疑心?"

"问题就在这里呢,方世坤问我买蛇头干吗,我说有大用途,想把野生蛇头和养殖蛇头做个比较。方世坤说我给你捞一条回去做水煮鱼吧,不要钱。我说你不收钱我就成了索贿,钱还是要给的。方世坤说你当主任给村民吹喇叭都不要钱,吃一条蛇头我收钱像话吗。我便没有再推辞,拎着鱼回来了。照理说,这事要是方世坤干的,他对我买蛇头应该有警觉,但他像没事人一样。"

"那你是怎么断定两条蛇头都是养殖的呢?"我很好奇,我看所有的蛇头都一样,分不清野生的还是养殖的。

哨花吹道:"其实我也不懂,我去请教了懂的人,他们告诉我区分野生蛇头与养殖蛇头,一看肚皮,颜色发白的是养殖蛇头,而肚皮泛黄的则是野生蛇头;二看体形,养殖蛇头因为食物充沛,吃得像棒槌一样圆滚滚的,体形短粗,而野生的需要辛苦觅食,体形修长。"

我暗暗佩服哨花吹心细,调查蛇头来处,说明哨花吹一直没忘这件事,只是没找到切口。两条蛇头一致,并不能断定就是方世坤作案,我不知道哨花吹下一步会如何推进。

哨花吹从腰包里掏出那支小唢呐在嘴唇上比画了一下,开始习惯性擦拭。擦拭小唢呐的鹿皮很柔软,因为用得久,已经破损,哨花吹没有更换,他认为用来擦拭的鹿皮越破越好。"我了解世坤,他虽然叫狼毒,但不会干这种事,墟里人最看不上的就是用下三烂手段整人的人,有本事真刀真枪对着干。"

方世坤到底是个什么样的人我无法下结论,尽管我和方世坤谈过话,但总体印象不佳。方世坤留黄胡须,戴太阳镜,穿一身牛仔装,脖子上还挂着一条黄澄澄的金链子,穿衣打扮很"社会",这种装束我不喜欢。

"与石锁一样,方世坤也是个狠人这不假,"哨花吹说,"不是狠人也承包不了江汉子,江汉子本来是垂钓者最喜欢去的钓鱼场,他承包后和钓鱼的打了三架,把人家渔竿撅了,人们知道他敢下死手后就不去江汉子钓鱼了,毕竟黑龙江那么长,能钓鱼的地方有的是。方世坤虽然像黑社会,但是他充其量只是有一套黑社会的行头,他没有马仔,没有磕头兄弟,也从不惹是生非。"

我说:"两个狠人角力,就像两只公鸡不斗出个胜败不会罢休。"

"石锁的要求就俩字:赔钱!四万条三道鳞,平均一条二斤,按出塘价算,方世坤至少要赔七成。"

"这样的要求方世坤肯定不答应,除非有证据证明蛇头是方世坤投放的。"我有些担心,仅仅因为一条死蛇头就让方世坤认罪赔钱这说不通,"要不要和方世坤谈谈?"

"不能去找方世坤,一找,肯定炸锅。"

"实在没辙,就让派出所来办吧。"我感觉到了哨花吹的为难。

"不行。"哨花吹很肯定地说,"矛盾上交我还当这个主任干吗?那不和齐满囤一个档次啦!既然揽下这个瓷器活,我头拱地也要找到金刚钻,否则全墟里都会笑话我,我一辈子的声望就毁了。"

"接下来该怎么做呢?这件事应尽快有个结论,消除隐患。"

哨花吹没有回答,自言自语道:"明明是那么一回事,偏偏就不是那么一回事,这事有点离谱。"

我说:"石锁起鱼并没有外人看见,到底起了多少是个未知数。"

哨花吹摇摇头:"石锁不是个撒谎的人,要求赔偿七成,说明他没狮子大开口。"

我心想要是老雷在此会有何感想呢?老雷真该下来看看,农村哪里是他想象中的一方乐土,有人的地方就会有纠纷。老雷材料写累的时候喜欢背着手在窗前眺望。政研室窗外是一个广场,广场周边栽植了许多名贵树木,地面上铺着红色大理石,中间是个舞池,一群老大妈不分白天黑夜在那里跳广场舞,音乐声很大。老雷对此却不反感,说这才是生活应有的样子。我想是这般景色入眼过多,老雷自然将其投射到了农村。

石锁的举动不可能瞒住方世坤,尽管方世坤不知道石锁怎么用滚钩,但有一点他心里清楚,滚钩是为他而磨。作为应对,方世坤在江汉子边大张旗鼓建起个蛇屋。很快,墟里人都知道方世坤开始养蛇,蛇头再厉害不会伤人,而蛇就不一样了,村里人大都闻蛇色变,而且方、石两家结仇就是因为蛇。方世坤对外面说他专养乌苏里蝮蛇,给辽南一家蛇毒制药厂提供原料。方家祖上会呼蛇取毒,专治蛇伤,作为方家后人的方世坤养蛇取毒顺理成章,没人怀疑。方世坤的江边蛇屋建得极简单,四四方方坐北朝南一栋平房,外面不刷灰,南墙开一扇门,一把铁锁锁着,看上去像碉堡一样神秘。方世坤蛇屋里的乌苏里蝮蛇长啥样没人知晓,但江汉子每隔几十步远便立着一个警示牌,上面写着:有蛇禁入,咬伤自负。这个牌子很管用,江汉子自从立起这个牌子,村民连牛羊都不敢去放,谁都知道乌苏里蝮蛇是要命的毒蛇。

　　石锁多次来村委会催问结果,一次比一次情绪激动,好在哨花吹总是不温不火,在嘻嘻哈哈中泻掉石锁的火气。我觉得泻火是一门领导艺术,当对方裹着电光石火而来时,需要虚与委蛇,不能硬碰硬。老雷说过当干部要学点太极拳,这只是理论层面的观点,在哨花吹身上我却看到了实际操作。哨花吹就是一个喇叭匠,没进修过什么领导科学、领导艺术,打太极的本领似乎与生俱来。

　　一次,来上访的石锁嘴里不干不净,说村里这是在拖延,想大事化小小事化了,他想好了,村里不解决他就自己解决。哨花吹倒了杯五味子茶给他,问:"石锁呀,你要是自己解决了这件事,我该给你吹支啥曲子,你说吧。"石锁愣了一下,嘀咕说:"大不了吹支发丧曲呗。"哨花吹拍了拍他的肩膀说:"这些年你养三道鳞赚了多少我知道,你算是墟里的富裕户,有句老话叫光脚的不怕穿鞋的,说明啥?说明斗气的都是穷光蛋,你是富人,富人要有富人的城府和富人解决问题的方法。"

　　"我算啥富人,这几年让蛇头祸害毁了,四角菱就剩俩角了。"

　　"俩角也是菱角,你到南方看看,菱角都是俩角。"哨花吹说。

　　石锁和哨花吹的对话让我十分好奇,石锁"四角菱"这个绰号是怎么来的呢?我忍不住插话问石锁:"老石你说自己是四角菱,是自己起的?"石锁看了我一眼说:"我吃饱了撑的给自己起外号!这个外号是齐大牙给封的。有一段时间我喜欢喝大酒,喝来喝去,身体出现了状况,去找齐大牙,齐大牙说蓝湖里不是长菱角吗,你采了吃,戒酒一段日子,身体就好了。齐大牙这个方子很有效,我真就靠吃菱角治好了病。从此,我逢人就讲四角菱的好处,齐大牙知道后说,大伙以后就叫石锁四角菱好了,四角菱的外号就这样叫开了。谁想到这外号叫方世坤给传走了样,他说我四面长角,谁碰扎谁,这不是埋汰我吗?四角菱是治病良方,对人没害处,不像狼毒草,人吃药人,羊吃毒羊。"

"狼毒是方世坤的外号。"哨花吹补充道。

我着实有些意外,本来将人与植物相联系是我的特长,没想到在墟里这种联系如此普遍,几乎人人张口即来。狼毒是湿地里常见的植物,顾名思义,这种植物有毒,当然,有毒的植物也大都可以入药。

"狼毒这个外号谁给起的?"我问。

"不知道,反正不是我,我虽然对他有气,但不会背后给他起外号。"石锁倒是很坦荡,说的应该不是假话。

哨花吹笑着说:"他俩原本一个叫蛇头,一个叫三道鳞,谁知自从石锁有了四角菱的外号后,方世坤也有了个狼毒的外号,这两人在起外号上也比着起。"

石锁走后,哨花吹倒掉茶根,泡了一壶五味子新茶。哨花吹每次遇到难缠的事都会起身泡一壶新茶,他泡的五味子茶是自己加工的。小龙山上五味子多,墟里家家户户都自制五味子茶,什么龙井、铁观音在墟里没有市场,人们都喝惯了五味子茶的苦香味,我来墟里后也慢慢习惯了这种茶。五味子茶汤很淡,入口略苦,有回甘,这种茶对睡眠大有益处,我来墟里从没失眠过,应该归功于这种五味子茶。我向老雷推荐这种茶,老雷马上就说五味子当然好了,李时珍说它除烦热、解酒毒,适合机关工作的同志喝。我要给老雷邮寄一点,老雷婉拒了,老雷说自己只喝老茶头,五味子茶虽好,但他不想喝。我由此明白了一个道理,很多名人推荐的东西,名人自己往往不用。

"这件事你如何打算?"我问。

"遣蛇。"哨花吹说,"只有遣走他俩心头之蛇,方能化掉中间那层魔障。"

我和哨花吹第一次谈话就听他说过人人心头都盘着一条蛇,有蛇当然要遣蛇,看来哨花吹做事颇有章法,不是想一出是一出。

"你多次提到遣蛇,心里的蛇看不见摸不到,如何遣?"

"遣蛇难,遣蛇难,找准七寸,运气丹田,蛇不遣走不算完。"哨花吹说出一串顺口溜。

我哭笑不得,这是哪儿跟哪儿的道理啊!

哨花吹的目光像蝴蝶一样落在窗台一瓶插花上。我顺着他的目光望过去,那是个旧酒罐,灌了清水后被方慧用来当花瓶,酒罐里插着一枝月季,月季底端已经生出白根,像猫须一样细且硬。酒罐上有个模模糊糊的商标,上面写着"三蛇酒"三个红字。哨花吹一直在看这三个字。

"这是我好不容易找来的一个空罐,让方慧保存,她却用来当花瓶了。"哨花吹轻叹一口气,"我当宝贝,别人当破烂。"

方慧家里有事没在村委会。我倒是觉得把酒罐当花瓶用是一种不错的保存方式,要是放在一边,说不定会被当成废品扔了。

"当花瓶就当花瓶吧,这样我天天能看见,也是一个提醒。"

我看着那个酒罐,猜测奥秘就在"三蛇酒"三个字上。哨花吹在一个酒罐上能做什么文章呢?与哨花吹共事以来,我发现他有一个特点,那就是事情没有十足的把握时他从不泄露什么,平常的事他会嘻嘻哈哈、口无遮拦,但对于要紧之事,他非常吝啬自己的歇后语。这尺度不是一般人能把握的,我相信他正在心里暗暗写谱子,一旦谱子写好就会甩开膀子吹喇叭。

"墟里虽然内部有纠纷,但对外还能抱团,至少石锁没有越级上访,找到老毕那里就算到了尽头。越级上访是有考核指标的,石锁真要是去了县里、省里,毕镇长这个包村领导可就难看了。"我颇为感慨地说。

"这叫吃家饭拉野屎——只顾外头。"

墟里人内外分得清,这也是站上人特有的文化。驿站多在偏远之地,与外界联系主要靠过往客旅,向外界显示驿站人光彩一面便成了共识,客旅一来,墟里的家事就要先放一放,有事等客旅走了再掰扯。金子总结墟里人这个特点,说:"有事关起门来吵,门一开你我他都是笑脸。当然也有例外的时候,比如换届,说明矛盾已经白热化,没人压得住了。"

当天夜里,我躺在床上一时无法入睡。墟里的秋天十分沉寂,除了有山鸡偶尔咕咕叫上几声,再无虫鸣鸟啁,有时候入眠是需要点声音的,太静了反而不好,因为静到极致,你甚至会听到自己的心跳声和体内血管里血液流淌的声音。我下午喝的是五味子茶,应该有利于安神入睡,怎么忽然间就眼睛发亮了呢?又一想,我这不是失眠,是因为两种植物而激动,那就是白天说的四角菱和狼毒。我索性起身,看看表,估计这个时间郑高肯定不会睡,郑高入睡时间固定在子夜之后,便给他打了个电话。电话振铃三声后,我挂了电话,我想,假若郑高没入睡一定会打回来,如果入睡了,三声振铃也不至于吵醒他。果然,郑高打回电话问有什么事。我说:"我白天听到两种植物很有感触,一种是四角菱,另一种是狼毒,我对这两种植物没有研究,想知道这两种植物在民间有没有传说。"郑高一听就笑了,说:"这事你算问对人了,我连腹稿都不用打,张口就来。"

郑高讲了两个传说。第一个是关于菱角的故事,这个故事出自《聊斋志异》,名字叫《菱角》。这个故事虽然有趣,但与石锁这样的农民联系不起来,因为石锁和故事中的大成没有必然联系。

郑高讲的第二个传说是关于狼毒的。狼毒草的传说很多,其根茎花叶都有大毒,马可·波罗曾在书中记载,成吉思汗就是死于涂有此毒的暗箭。郑高说有个堪舆大师教了三个弟子,没想到三个弟子都是不忠不孝的小人,他们沆瀣一气,诈人钱财,大师传授到一半时不再传授堪舆绝技,并把三人逐出师门。大师也不想把自己的独门绝技带到坟墓里,就选了老实的书童来继承自己的衣钵。大师在垂暮之年,亲自上山采集枝叶回来捣碎制成草纸,然后把毕生所学记在上面,订成《堪舆秘籍》。他共计订写了四册,书童藏有一册,另外三册用来殉葬。大师临终前写了一张符咒交给书童,说自己死后入殓时将三册秘籍置于棺椁之间,将符咒覆在秘籍之上。书童一一照做。大师死后三日,坟墓便遭到盗掘,盗墓者就是被他逐出师门的三个不肖弟子。三人打开棺材时,看到棺椁之间的秘籍和符咒,符咒上写着:造访者可取秘籍,不得扰我清梦,破椁者必死无疑。三个弟子相顾一笑,师父就是师父,已经料到他们会来盗墓,三本秘籍已经备好,就没有必要再破椁扬尸,他们知道师父也不是个藏宝之人。三人盖上棺材,回填好封土,心满意足地打道回府。几天后,三个弟子皆不明不白死于非命。原来,除了书童那册秘籍是普通宣纸写成外，其他三册都是用狼毒茎叶所造之纸，人在翻阅秘籍时，难免会以指蘸唾液，阅过几遍，毒已入口，自然性命不保。大师用这种狼毒纸，既保全了自己遗体，又惩治了不肖弟子，这也说明狼毒草是双刃剑，关键看谁用、怎么用。

  狼毒的故事让我思绪纷飞，脑海里种种植物幻灯片般闪过，闪过时变成了一张张不同的人脸，这些脸都朝向我，似乎要和我对话。人活一世，草木一秋，古人总结得多好！狼毒草人畜皆恶之，其花朵红白，茎叶壮实，这是一种对草原毫无益处的植物，因为根茎发达，在地下会把原本属于其他植物的水分掠夺殆尽，让其他植物无法存活，"狼毒"这个名字可谓名副其实。狼毒草对其他植物的吞噬是隐形的，是不动声色的，在沙漠与草原过渡带常常看到这样一种情景，一丛丛狼毒郁郁葱葱、花色艳丽，如同有园丁浇灌一般，它周边却是一片枯萎。狼毒似乎有这样一种理念：我活你死，绝不共生。我没想到在堪舆大师手上，这种毒草却成了清理门户、抑恶扬善的利器。

  狼毒纸，我深深记住了这一概念。古人用狼毒纸书写秘籍或许是为了防止虫蛀，制造这种带有毒性的纸本身不算投毒，就是堪舆大师从坟墓中活过来，法律也不会追究他的责任，那三个心存险恶的弟子只能是自食其果。

九、狼毒草

　　方世坤与狼毒的确有一拼,尽管没有事例佐证,但感觉不会骗我,方世坤的"独"与狼毒的"毒"两者有同一种味道,看到他在江汉子边建的蛇屋我马上就会想到狼毒,并想起一句成语——无毒不丈夫。在知道方世坤叫狼毒的那天,我专门去了一趟都柿滩。金子说都柿滩有狼毒草,虽然不连片,但看上去很显眼。我说不连片好,说明都柿滩有自我修复能力,都柿滩一旦被狼毒草独占了,这个百草园就变成了单一植物的天下。奇怪的是我在都柿滩没有找到狼毒草,因为狼毒草花期已过,难寻花踪。都柿滩上到处都是秋季开放的萱草、野百合和万寿菊,我想,不会有人来铲除了狼毒草吧?

　　我刚刚洗漱完,哨花吹就湿着两条裤腿走进来。秋天露水重,不进草甸子或庄稼地裤腿不会这么湿。果然,哨花吹说大清早碰见石锁用推车推着一大捆麻绳出了村子,他远远跟着走了一段,看见石锁去了鱼塘他才转头回来。他皱着眉头分析说:"那团麻绳估计不下百米,应该是做滚钩主纲用的,但我想不明白他为啥用麻绳,做主纲完全可以用尼龙绳,脑线用丝线,用麻绳有什么道道呢?"

　　我不知道麻绳和尼龙绳有啥区别,只觉得百米主纲太长了,足以拦断半条江,就问:"滚钩主纲要这么长?"

哨花吹解释说:"捕鳇鱼滚钩主纲几百米长也不奇怪,问题是现在无鳇鱼可捕,石锁把像古董一样的滚钩都磨成带刃的刀钩,不知葫芦里卖啥药。"

"刀钩?"我脑子里闪过一种兵器,记得十八般武器里好像有这么一种带钩的兵器,看上去锋利无比。

"刀钩就是钩刀一体,一般来说把鱼钩磨尖即可,但刀钩不仅要把鱼钩磨尖,钩的内侧也要磨出刀刃来,让钩具有了割的功能。"

"带刃就失去了摩擦力,割出豁口钓到鳇鱼也会跑掉。"我觉得刀钩违背常识。

哨花吹道:"哪里来的鳇鱼?这个江段和江汊子出鳇鱼是老皇历,想钓到鳇鱼那是裤裆里拉胡琴——扯淡(蛋)!"

我被哨花吹的歇后语逗笑了,说:"石锁是渔夫,肯定也懂这个道理。"

"我想,他只能把滚钩下到江汊子里钓蛇头。"

"钓蛇头?"我吃了一惊。

哨花吹说:"可是他如何下钩呢?下滚钩需要划船,借助水流来下,江汊子水流舒缓,又被三道渔网拦住,根本下不成滚钩。"

我说:"去拜访一下方世坤吧,也许他清楚。"

不大一会儿,石小东、方慧、石大奎都来了,他们三人不用坐班,但每天早晨要来点点卯。方慧和石大奎点了卯便回了,石小东打开账本在算账。我和哨花吹商量一会儿去方世坤那里该怎么提示,不能把话说得太直接,因为还不能确定石锁到底要怎样下滚钩。我的意思是最好不要激怒他。石小东在一边插话说:"别担心,方世坤不会做傻事。"

哨花吹问:"为啥?"

石小东说:"方世坤喜欢摆谱,喜欢摆谱的人都是属螃蟹的,骨头在外面。"

"方世坤可是打麻将甩扑克——不按套路出牌。"哨花吹说。

"不信你们去找他吧,肯定谈不崩。"石小东说完又开始拨打算盘。现在已经进入电子计算机时代,但石小东还是喜欢用算盘,说拨打算盘的声音听起来过瘾。

"我倒想见识一下这棵狼毒草是怎么摆谱的。"我笑着说。

"好吧,到方世坤那里走走也好,有必要提醒他一下,小东说得没错,别看这老小子装出一副黑老大的样子,其实骨头都在外面,驿站人的后代想坏也坏不到哪儿去,有族规管着呢。"

"但愿吧,对一个与毒蛇打交道的人,还是要防患于未然,否则没法向老毕交代。"

我俩走出村委会院子,哨花吹说:"有些事上火也没用,柴火烧到一定程度,水自然就会冒泡。放心,我不会让老毕坐蜡,抛开他是镇领导不说,我俩还是兄弟嘛。"说完,他摸了摸腰包,做了一个拔枪的动作,我知道腰包里是那支小唢呐。

通过这段时间与哨花吹的接触,我知道,一旦他说话联系到喇叭或者做出摸喇叭的动作,说明他心里已经有点谱了,事情不会搞砸。

关于如何处理方世坤和石锁的纠纷,我专门给老雷打过电话,问老雷要是遇到这种事该怎么处理。老雷回答得很干脆:"有规依规,没规依法,行政手段解决不了的问题交给法律去解决。"老雷的话没毛病,但无法操作,交给法律就是让派出所来处理,那样的话,方、石两家的仇会越结越深。

去江汉子的路上,哨花吹忽然说:"你是不是觉得我有点磨叽?"

我心里一震,自己潜意识里的东西哨花吹怎么会知道?既然被问到了,我也不隐瞒自己的看法,就说:"我觉得你在处理蛇头一事上采取了拖延战术,依我看,有些事是拖不黄的,早晚要解决。"

"处理村民纠纷就像大夫看病,快和慢要看病症,不是啥病都要开刀切去一块,病根没找准就不能轻易动刀,我吹喇叭也是这样,心里没谱就上嘴吹,会跑调的。"

我点了点头。哨花吹一心想把墟里的事办好,我懂,他说过,办好当下几件要紧的事墟里才能保住,墟里保卫战的第一轮战斗在外围,外围清理干净才可以发起主攻。哨花吹讲过一件事,那时他还没当主任,新生村有户人家办喜事请他吹喇叭。酒席上一个汉子当着他的面就说墟里如何如何不好,村民窝里斗,换届搞得鸡飞狗跳,一筐木头砍不出个楔子来。哨花吹心里不悦,回说:"你们村好,怎么连个吹喇叭的都找不出来?是不是嘴巴都用来埋汰别人了?墟里有三百岁,墟里是驿站的时候你们新生在哪里?恐怕还是荒草甸子吧。"不乏幽默感的哨花吹能这样回复,说明心里容不得别人看低墟里。

我说:"凭直觉,我认为石锁鱼塘的蛇头来自方家。"

"我的直觉告诉我方世坤不是肇事者。"哨花吹说,"捉奸捉双,捉贼见赃,方世坤不会认账,怀疑和推断成不了证据。"

"这是个难题,没有证据链条无法形成闭环。"

"所以强调遣蛇,归根结底还是因为心头有条蛇。"

"你多次提过遣蛇,这话从何而来?"

哨花吹讲了他祖父当年亲身经历的一件事。祖父虽是瞽目之人,但能看开事,村里的大事小情喜欢上心过问。祖父去看望病在炕上的方四平,劝他把呼蛇绝技传给儿子,因为村里对方四平不肯将呼蛇绝技传下去颇为不解。但方四平不答应。祖父说:"你的儿子有了呼蛇绝技,一来可保技艺传承,二来也有谋生的本事,这等好事你为啥不干呢?"方四平说:"老兄啊,没听说呼蛇容易遣蛇难吗?你只看到呼蛇的好处,却不知遣蛇的难处,呼蛇是把双刃剑,还是不传为好。"祖父寻思片刻,说:"要是这样的话,不传就不传吧。咱老哥儿仨都不传了,石栏山不传蛇酒,你不传呼蛇,我也不传吹喇叭,后代若有悟性,就自己上道吧。"哨花吹说当时自己还小,对遣蛇的"遣"字疑惑不解,就问祖父为啥是遣蛇而不是赶蛇。祖父说遣是送,赶是撵,当然不一样。祖父的话哨花吹琢磨了几十年,直到石锁和方世坤出现这起纠纷,他才明白,遣与赶的学问大了。自己处理就是遣,交给派出所就是赶。赶,又会多系一个死结。

我长舒一口气,原来如此!

哨花吹拍了拍腰包说:"急则缓之,我心里有数。"

我有些歉疚地说:"可惜我有劲使不上,无法帮你。"

哨花吹摆摆手说:"这本来就是墟里的事,怎么能甩给你们这些城里人？我在这里土生土长，我不做谁做？我对老毕说我上任后要做的头件大事就是化解方、石两姓世仇。老毕说你别哨了，方、石两姓世仇都变成癌症了，放疗化疗都不管用。我心里明白老毕这使的是激将法，我说，毕镇长你听着，我哨花吹从不哨人，墟里不是人为地画出一条楚河汉界吗？我头拱地也要把它填平喽。老毕说这可是你说的，你填平了楚河汉界我请你吃全鱼宴。我说那你就准备出血吧，全鱼宴不算，还要两瓶老白干。"

"填平楚河汉界的前提是遣蛇，有蛇盘在心头不行。"我复述了哨花吹的观点。我的心总是悬着，觉得墟里时刻就会爆雷，在这个特殊时期，墟里如果爆雷，被新生合并的命运将不可逆转。

哨花吹说："我祖父说过，遣蛇虽难，摸到七寸就不难，无非是对症下药呗。"

草甸子里有条窄而弯曲的沙石路直通江汉子，小路勉强可以通过一辆小车，这是方世坤自己出资修的路，为了方便皮卡车进来拉鱼。路旁种着扫帚梅，形成了一个花带，这让草甸子里的小路充满诗情画意。我想，知道美化劳动环境的人真的坏不到哪里去，因为心里多了美和善，就会少一些丑和恶。小路的尽头是江汉子边的鱼窝棚，鱼窝棚是简易的木板房，冬天不用，屋顶覆着铡齐的苫房草，与鱼窝棚相比，五十余米远的那个蛇屋却是结实的砖石结构。从窝棚通往蛇屋是一条一步宽的土路，路口刻意多立着一块木牌，上面写着"外人止步，小心有蛇"八个字。看到这八个字，我下意识地站到哨花吹身后，感觉头皮有些麻酥酥的。方世坤像一只猞猁伏在草丛里，正躬身朝江面张望。听到脚步声，他回头嘘了一声，朝水里努了努嘴。我和哨花吹蹑手蹑脚走过去，透过稀疏的芦苇望向江面，发现浅水处有两只叫不出名的大鸟立在水中。

我问："是鹤还是白鹭？"方世坤道："是长脖老等。"

长脖老等？我听过这个名字，见到真鸟还是第一次。这是一种很奇怪的鸟，它们静静站在浅水处，一动不动盯着水面。"它们在等什么？"我轻声问。方世坤说："等鱼呗，要不怎么叫老等呢？"我正想再问，忽然一条小野鸡脖子吐着芯子从身旁爬过去,我触电般跳开了。我跳起的声音惊到了江面上的长脖老等,两只涉禽扑棱棱振翅飞走了。再看那条小野鸡脖子,像精灵一样钻进草丛不见了。方世坤叹了口气站起身道:"两位窝棚里坐吧,外面小咬多。"

方世坤唇上留一道棕黄色横髭,目光冷硬,这让他看上去很像个二毛子。"二毛子"是黑龙江边中俄混血儿的别称,在当地较为多见。但方世坤不是二毛子,其祖上是驻守驿站的站官,家谱传承有序。据哨花吹说方世坤酒量不一般。有一年,哈尔滨来了一个收黄豆的大肚子老板,齐满囤招待客商吃饭,因为酒量小,没喝几杯就被这个大肚子老板灌趴在炕上。老板很不屑地说:"你们墟里真尿,我连个喝酒的对手都没有。"齐满囤想到了方世坤,第二天吃饭前到方家求援,方世坤二话没说就来到了齐满囤家。大肚子老板看他一副精瘦的模样有些鄙视,道:"来陪我可以,要是被我喝倒,我收豆子每斤落二分钱。"方世坤问:"要是把你喝倒呢?"大肚子老板说:"那就每斤涨二分!"两人开始对饮,喝到半夜也没分出输赢。大肚子老板说:"我收粮喝遍北大荒,你是能和我打平手的第一人。"第二天收黄豆价格没涨也没落,方世坤的酒量从此出名。

窝棚里是一铺连着灶台的土炕,里面有几只绿色塑料凳和一个能当饭桌用的地平柜,虽简单,却干净。比较讲究的是窝棚里有个小茶台,茶壶、茶杯、茶罐很全,茶台上还有一个鱼形的茶宠。凭这个摆设,我觉得方世坤是个讲究人。我们在地平柜前坐下,方世坤很麻利地泡茶,将两个青瓷茶盏端过来,然后问:"四角菱找村里告状了?"

哨花吹感到奇怪,方世坤怎么知道石锁去告状了?便装作没事的样子说:"就是反映一些情况,我俩来想找你核实一下。"

方世坤道:"想一出是一出,疑神疑鬼。"

"他家的三道鳞都叫蛇头吃了,这事不容他不想,换了你我也得找原因。"哨花吹为石锁做解释。

"鹰抓兔子狼吃鹿,这是老天爷定的规矩,要怨就去怨老天爷吧。"方世坤一脸不在乎的神态。

从敞开的窝棚门望出去,往南不到一里路就是石锁的鱼塘,葫芦形的鱼塘四周长满蒲草,远远看去许多鬼蜡烛如矛一般竖着。鱼塘边是石锁的鱼窝棚,建筑样式与这边大致相同,不同的是石锁的窝棚上安装了一个接收卫星电视的"小锅"。越过鱼塘不远,便是郁郁葱葱的小龙山。我眼看外面的景色,耳朵却在细听两人对话。

哨花吹道:"石锁鱼塘的蛇头是从哪里来的呢?"

方世坤道:"他是湖我是江,江水不犯湖水。不过我挺可怜他的,三年了,损失不小。"

哨花吹道:"蛇头够狠,石锁快要疯掉了。"

"蛇头确实很神,会在雾天腾云驾雾。你看看,我墙上还挂着一幅蛇头拓片,收鱼前我要上香的,不然蛇头就会顺着云雾跑到江里去,那我就白养了。"

我看到窝棚墙上真有一幅蛇头拓片,拓片镶在玻璃框里,下面是只青瓷香炉,里面尽是香灰。我觉得方世坤刚才的话太不靠谱,蛇头没有翅膀怎么飞?

果然,哨花吹提出了疑问:"等等,世坤你刚才说蛇头会顺着云雾跑?什么意思,难道蛇头会飞?"

方世坤点了点头说:"我养蛇头多年,蛇头会些什么我心里最清楚,蛇头不仅会腾云驾雾,还会说话、唱歌,不养蛇头的人永远不会懂。"

我用怀疑的目光看了方世坤一眼,看来此人比我厉害,我不过是由人联想到植物,方世坤却直接把蛇头当人和龙来对待了。哨花吹说:"咱先不说蛇头会不会飞,现在的问题是你们两家这个误会怎么消除。能不能坐下来聊聊呢?有话摆到桌面上,咱们打着灯笼走亲戚——明来明去。"

"聊个蛤蟆!"方世坤愤愤地说,"我宁可和他家大鹅唠嗑,也决不和石锁说话,石家坏我爷爷名声,又害我小姑性命,这些账还没算呢!"

方四平当年呼蛇杀人之说在村里妇孺皆知,方家一直背负恶名,这些舆论当然是石姓人家传播的,后代想忘却前仇谈何容易。

"祖辈和父辈那些疙瘩早晚要化解,饭要一口口吃,事要一件件办,我当主任那天就对毕镇长许诺过,要把方、石两家间的楚河汉界填平了,这是保住墟里的重要一环,对方、石两家也没坏处。"

方世坤起身续茶,我注意到方世坤没有泡五味子茶,泡的是上档次的铁观音。方世坤知道哨花吹不抽烟,便抽出一支香烟问我吸不吸。我摆摆手,他点燃一支烟,抽了两口道:"不是我打击你的积极性,邵主任,我们两姓间的矛盾不是吹一场喇叭就能化解的,因为旧恨新仇一直未断,你知道不知道石锁在干什么?石锁在磨滚钩!磨滚钩显然是冲着我来的,不过他小看了我,也忘记他爷爷当年是咋死的了,我不用呼蛇,我现在养蛇,江汉子有毒蛇部队拱卫,入侵者必定有来无回。"

我恍然大悟,原来方世坤建蛇屋目的在此。

"咋的?你想和他硬碰硬?"哨花吹两个眼袋深垂着,眉心蹙成一个肉疙瘩,方世坤的话他不能不担心,站上人虽然乐善好施,但也民风彪悍,好勇斗狠,两家真要是硬碰硬,后果不堪设想。

"现在是法治社会,违法的事傻子才会干。"方世坤很平静。

"有法律观念就好,网上不是有这样一句话吗?打架,打赢了进监狱,打输了进医院,两败俱伤没有赢家。"哨花吹舒了口气,端起茶盏啜了口茶。

方世坤道:"我是守城一方,你们要劝的是四角菱,是他在找碴。"

哨花吹看了我一眼,对方世坤说:"我们今天来找你是想告诉你,你和石锁的矛盾要冷处理,相信村里明年会把这件事处理好,蛇头若是与你无关,村里自会证明你的清白。"

"不管石锁怎么不冷静,世坤同志你都要冷静,他是受损失一方,心里憋着火。"我补充了一句。

"火气大是他的事,人不犯我我不犯人。"方世坤冷冷地说,"两位领导放心,我不会主动出手,我这个人一向以静制动,以不变应万变。"

方世坤这番话,让我和哨花吹心里的一块石头落了地,只要有一方不出手,巴掌就拍不响。

离开方家窝棚时,哨花吹忽然回头提醒了一句:"世坤,在草甸子怎么养蛇都成,但别养在心里头,心里有蛇,早晚会被反咬一口。"

方世坤转身朝着江面说:"得得得,两位领导不送了,长脖老等又落回来了,我要去掐表。"

"你给长脖老等掐啥表?"哨花吹有些不解。

方世坤神秘地一笑:"别看你吹喇叭厉害,研究鸟你不如我,鸟类中最有礼貌、最有耐性的就是长脖老等,它站在水里有时候会两个小时一动不动,像是在修行一样,我给它掐了表呢,最长的一次它站在原地两个半小时,因要啄食一条游过的小鱼,它才迈了两步。"

"傻站着守株待兔算啥本事。"哨花吹有点不屑。

"不悟不透,"方世坤说,"别的职业我不知道,单就养蛇头来说,要学长脖老等,不能整天玩花样,只要耐心等待,江水自然会把蛇头喂大,你要是投喂五花八门的饲料,蛇头可能长得快,但肉味就变了,不信你吃石锁的三道鳞试试,保不齐能吃出一股尿素味来。"

"你在学长脖老等?"我惊讶地问。

"对,向动物学习比向人学习牢靠,动物不会变,人却多变。"方世坤说完,蹑手蹑脚走向江边,在一丛蒲草后面蹲下身来。

回去的路上我说:"方世坤养鱼的理念是对的,他向长脖老等学习,突出了自然性。"

哨花吹点点头,道:"有了网络,现在的农民不得了,各个鬼精鬼精,'纯朴''憨厚'这些词过时了,知道这叫什么吗?这叫百灵鸟变鹦鹉——秃噜嘴了。"

十、钢笔水花·杠板归

去了江汉子,就不能不去蓝湖,蓝湖是石锁的鱼塘。

"蓝湖"这个名字与钢笔水花不无关系,钢笔水花学名鸢尾花,盛开时会绽放出一种极致的蓝,似浓浓的蓝墨水,又像一束束蓝色的火焰,观看湿地里盛开的钢笔水花,会让你的想象力飘忽不定,随着蓝色的火焰起舞。

蓝湖靠近小龙山,距黑龙江不足百米,周围都是乌拉草齐腰的大草甸子。因为乌拉淡出了人们的生活,没有人再打乌拉草,让这种被称为"东北三宝"之一的草得以疯长。蓝湖周边长满蒲草和钢笔水花。蓝湖原本没人在意,湖里多是老头鱼和黄泥鳅。墟里人嘴刁,因为临江有鱼米之利,一般的破烂鱼看不上眼,也就没有人来蓝湖捕鱼。村里允许承包后,石锁承包蓝湖开始养鱼。石锁承包蓝湖并不被村民看好,都说包蓝湖还不如包一片山,包山收入稳定,包蓝湖简直就是开玩笑,一旦江里发大水,蓝湖就会被灌包,养多少鱼都会白白送给大江。石锁不信邪,他说自己观察了十几年,蓝湖从来没被江水灌包过。村里只有齐大牙看好石锁承包蓝湖,他说石锁承包蓝湖养鱼是一手,还有一手是为了那一湖菱角,蓝湖盛产菱角,菱角也很有赚头。

石锁承包蓝湖后,扩大了水面,面江的一侧抬高了土围堰,把一个原生态的蓝湖生生变成了一个葫芦形的小水库。石锁开挖蓝湖后,湖边成片的钢笔水花一度不见了,替代的是茂盛的菱角和蒲草,蓝湖开始变得名不副实。村里人都说蓝湖要是不被承包,现在一定是个赏花的好景点,齐满囤鼠目寸光,生生把一个好景观毁了。当然,后来遁形的钢笔水花又被石锁请了回来,村民这才少了议论。

  我问过哨花吹,蓝湖一度绝迹的钢笔水花怎么又会出现?哨花吹说这事要感谢金子,是金子找到石锁,说:"钢笔水花在蓝湖开了成千上万年,蓝湖是它的家,你把它的家给毁了,这事不好。要知道,这些花三百年前就在陪伴着墟里的先人,本来还可以陪伴墟里的后人,到了你这里生生给剁断了,你说这是好事吗?"石锁说:"花又不是人,哪里来这些说道。"金子说:"万物皆有灵,你祸害花,花总有报复你的时候。"石锁说:"你这么说不是迷信吗?"金子说:"这不是迷信,这是革命导师恩格斯说的,他说我们不要过分陶醉于对自然界的胜利,对于每一次这样的胜利,自然界都报复了我们。"金子搬出伟人来,石锁不说话了,悄悄去找齐大牙,问钢笔水花有啥说道。齐大牙说:"钢笔水花是大草甸子的魂,大草甸子没了钢笔水花,就像人丢了魂,没有魂的大草甸子喜怒哀乐不会正常。"石锁害怕了,蓝湖之所以没有被江水灌包过,是因为喜怒哀乐正常,一旦不正常了,大喜大怒对于他养鱼都是灾难。他不再犹豫,去江边湿地挖回不少钢笔水花栽到蓝湖四周。钢笔水花分株繁殖,串根,几年光景,蓝湖周围又长满了这种其蓝如靛的钢笔水花。

  蓝湖呈葫芦形,大块水面养三道鳞,小块水面养老头鱼,中间有一道渔网隔着。村民不解石锁为什么要养老头鱼,石锁解释既然是鱼塘,一年四季都不能少了鱼,老头鱼可以在浅水鱼塘越冬,养它是图个吉利。谁知石锁无心插柳柳成荫,这两年在大水面三道鳞受损时,小水面老头鱼却意外热销,而且价格比三道鳞还高,弥补了一些损失。

  石锁在窝棚边新支了一顶蓝色帐篷,帐篷有门有窗,四角还固定了拉线,看上去颇有英式露营范儿。胡子拉碴的石锁坐在帐篷前抽烟,面前是一块垫高的磨刀石,磨刀石旁是大把待磨的滚钩。滚钩由细钢筋弯成，像秤钩一样。天边挂着如幕布一般的火烧云，小龙山苍翠的倒影映在鱼塘里。山坡上不时传来山鸡咕咕的叫声，叫声仿佛从水中发出，有带着水泡上冒的感觉。鱼塘波澜不起，连只水鸟都不见，与方世坤活跃的江汊子比起来有些落寞。

"来啦！"石锁听到脚步声，转过头来打了声招呼。石锁看上去没什么城府，但心机并不差，眼神里画满问号，眉头也总是蹙着。他起身递过两个军用小马扎，面无表情地问："见两位去江汊子了，方世坤招了没？"

"你看见我们去江汊子了？"哨花吹问。

"这地方平时除了狍子和跳猫，再看不见能走的。"石锁嘴角撇了撇。

我问哨花吹跳猫是什么，哨花吹说是野兔。我哦了一声，在马扎上坐下来，一股浓重的旱烟味直冲脑门。我用手扇了扇道："这烟味真冲。"哨花吹说："抽烟是养鱼人的无奈之举，草甸子小咬蚊子多，还有蛇和草爬子，烟能驱虫。"我说："当年士兵在吕宋岛征战就是靠烟来除瘴驱虫，所以烟草在中国又称吕宋烟，不想在墟里，烟草又恢复了原本的功能。"

"方世坤招了吗？"石锁显然对烟的话题不感兴趣，又重复了一遍提问。

哨花吹没有回答石锁的提问，他问："石锁你是养鱼的，我想问你蛇头会不会腾云驾雾？"

"蛇头又不是龙，怎么会腾云驾雾？"石锁一脸狐疑。

方世坤说蛇头会腾云驾雾，石锁却否定了这种说法，到底谁说的对呢？我心里一紧，凭常识，方世坤的说法靠不住。

哨花吹道："滚钩是你爷爷留下的老古董吧，你磨它干啥？"

石锁吸了口烟，说出了一句富有哲理的话："新问题要用老办法解决。"

哨花吹笑了笑："老办法好，老办法就是经验。不过咱墟里上次见鳇鱼，还是金子当知青的时候，此后再没有人见到过。"

"电视报道抚远渔民捕到一条千斤重的鳇鱼呢,江汉子千年万年前就是鳇鱼的家园,鳇鱼回家理所当然,方世坤霸占鳇鱼的家园,在道理上说不通。"石锁三句话不离方世坤。

哨花吹和我交换了一下眼神,抚远捕获鳇鱼的新闻不假,但那是乌苏里江,黑龙江流经墟里这一段根本没有鳇鱼,石锁说的恢复鳇鱼家园显然是冲着方世坤去的。

哨花吹弯腰拿起一把滚钩,弯钩被磨出了利刃,用拇指试试刀刃,极锋利。哨花吹问:"滚钩有尖即可,为啥还要磨出刃来?有刀刃容易豁开鱼皮。"

石锁目光诡异地瞅了哨花吹手里的滚钩一眼,道:"鳇鱼皮厚,像牲口皮,有刃更能上手。"

哨花吹把滚钩递给我,我惊诧这鱼钩之大,这样的钩,钓老牛、大象都足够了,钓鱼岂不是大材小用?我望着石锁说:"这钩越看越像秤钩。"

"像秤钩就对了,秤钩才能钓出公平来。"

哨花吹道:"我得提醒你石锁,你损失的三道鳞与方世坤有没有必然联系还不确定,按理说方世坤投放蛇头到你家鱼塘这事说不通,那样他不也有损失吗?等于他养的蛇头白白给了你。"

石锁冷笑一声:"狼毒的外号咋来的?就是固动(东北方言,坏的意思),杀敌一千自损八百的事也会干,他看我三道鳞好卖,心里不服,就用这下三烂的手段来使绊子,别看他心眼都藏在黄胡子后面,他一撅腚我就知道他拉几个粪蛋。"

"你这是怀疑,"哨花吹说,"说话要有证据。"

"蛇头就是证据,"石锁说,"我调查过,江里的野生蛇头没有这样的,蓝湖里祸害三道鳞的就是江汉子里养的蛇头,方世坤想赖也赖不掉。"

"我们也采样了,两种鱼确实一样,但不能证明就是方世坤投放的呀。"哨花吹说,"这件事会搞清楚的,不过你要给村里时间。"

"以命抵命,以鱼抵鱼,村里不管我就自己管。"石锁两只手搓着虎口说,"齐大牙不是叫我四角菱吗?我这四个角也不是白给的,想拿捏我?不把他的贼爪子扎出血来才怪!"

"你不能这么多心。"哨花吹劝他,"等事情搞清楚了再下结论。"

"我心里早就清楚了,前年塘里就有蛇头,我以为是野生的,没当回事,谁承想这两年越来越多,再不还手,我这个四角菱就成了软柿子。"

我想,石锁以命抵命虽然还不至于,以鱼抵鱼却完全有可能,估计石锁磨滚钩是要对江汉子里的蛇头下手。

"我俩来找你就是想告诉你,给村里宽限点时间,不要急于搞什么以命抵命、以鱼抵鱼,那样解决不了根本问题。"哨花吹很有耐心,说话不急不缓。

"宽限多久?"

"最晚明年夏天。"我赶紧说了出来。

"这么简单的事还用等到明年?这明显就是拖延。"石锁有些不满。

"这你就不懂了,石锁,你看法院判案,很简单的一起案子一审就一年两年,有的好几年也审不完,为啥?就是要找证据,打官司不能靠推断、猜想,只有证据才能让原告被告都心服口服。你放心,这件事总有水落石出的那一天,到时再算账谁也没话说。"

"我可不想等那么久。"石锁说,"我看见方世坤就来气,我昨晚还做了一个梦,梦到这小子又偷偷往我家鱼塘里放毒蛇,早晨起来早饭都没吃,我知道他养蛇不是为了取什么蛇毒,就是为了祸害人。"

哨花吹笑了:"梦里的事你也信?"

"当然信,祖宗托梦,谁敢不信。"石锁一脸严肃,"但他没放成,为啥?我鱼塘边不仅栽了钢笔水花,还天生长一种老虎刺,蛇见了老虎刺会绕着走,想放毒蛇来咬我,不灵了。他是狼毒草,我有老虎刺,这叫一物降一物。"

"老虎刺是一种什么植物?"我忍不住问了一句。

"就是这个带秧的草。"石锁指了指身边一棵结满小黑果的蔓草说。

我起身过去,弯腰仔细看了看这种被石锁称为老虎刺的植物,问他:"你种的?"

"老天爷种的。"石锁不无得意地说,"方圆几十里,就蓝湖有老虎刺,过去蓝湖也没有,应该是我移植钢笔水花时夹带过来的,因为老虎刺刺人,我想把它铲了去,恰好金子来鱼塘看我,说老虎刺不会无缘无故落脚蓝湖,来了总有来的道理,你就让它生长好了,咱墟里连外来人都容得下,还容不下几棵外来的小草?"

金子是个对植物有悲悯情怀的人,她善待每一种植物,给身边每一种植物都赋予了神性。

"我问金子,有钢笔水花就行了,这种带刺的草有啥用?你知道金子咋说的?金子说有花就有护花使者,上苍对一切都有最好的安排,你就让老虎刺做钢笔水花的护花使者吧。金子这样说,我就没有除它。我想,老虎刺留就留吧,要是狼毒,金子说了也不行,我非一镰刀砍了去,省得它祸害人和牲畜。"

"别把狼毒说得那么不好,据说那东西还是中药材呢。"哨花吹说。

"狼毒草也不难看,"我说,"植物需要多样性,你这里景色不错,尤其是这一圈钢笔水花,像给蓝湖安了一个镶满蓝宝石的镜框,是少见的美景。"

"明年我多栽些钢笔水花和鸡冠花,连成片,成规模,毕镇长一直鼓励我搞渔家乐,我觉得这主意挺好,让城里人来蓝湖吃鱼赏花,肯定生意不错。"

哨花吹站起身,拍了拍石锁的肩膀道:"渔家乐是正路,前提是你要把窝在心里的那条蛇遣走,心头盘着蛇,啥也做不好。"

石锁冷着一张脸说:"那不成,凭啥吃亏的总是我家?当年我爷爷被他家呼蛇害死,我三叔被他家狐狸精迷住丢了命,我家三道鳞又被他家蛇头吃光,这口气换了你能咽得下?你说我心头盘着一条蛇,我承认这不假,我想说我心头还不是条小蛇呢,是一条过山风,恨不得一口将方世坤这老小子吞进肚子里!"

"你吞了方世坤又能咋样?"哨花吹说,"大不了我吹一曲《秦雪梅吊孝》也就过去了,可你吞下去消化得了吗?轻了吃一辈子窝头,重了肯定吹灯拔蜡卷炕席。要我说仇不过三代,灭不能满门,不能让死人拖累活人,你爷爷、你三叔,说不定和方四平、方小茹在阴间成了好友呢。要学会放下才行。"

"骑到脖颈拉屎了,你让我放下?"

"事情弄清楚了再下结论,你现在只看到了屎,没见到拉屎的人,咱不能卖豆芽的不带秤——乱抓。"

"我就是咽不下这口气!"石锁接着点上一支烟,用力抽着。哨花吹的话很赶劲,听起来无懈可击。

"石锁,你养老头鱼是好把式,我问你,老头鱼最大的本事是啥?是忍耐,再长的冬天它也能忍过去,哪怕冻成冰棍、冰坨,春天一开化,脑子里那条还阳虫就会把它唤醒。你想想看,它要是不会忍耐,见到诱饵就咬,早就被钓上来熬成鱼汤了。"

"我已经忍了两年。"石锁站起身,一只脚踩在磨刀石上,身体前倾,眼睛望向江汉子那边的鱼窝棚,古铜色的脸庞泛出油渍,像熏过的腊肉,"不过,你既然这么说了,我知道你为我好,我就听你的再忍些时日,咱可说好了,这事不能拖黄了,村里一定要有个说法。"

"我这个人办事就像吹喇叭,十根指头堵八个眼——没漏洞。"

石锁降低了声调:"这个我信。"

回村路上,我问哨花吹:"你真要把这件事拖到明年?"

"有什么办法呢?"哨花吹说,"秋天了,大甸子里不会刮龙卷风,天上不会下泥鳅雨。"

我知道哨花吹话里隐含一个故事。春夏之交,墟里的大草甸子里常刮龙卷风,看上去像一条条乌龙在沼泽地里翻滚上升,一直引入云端。村民说这是在草甸子里蛰伏一冬的黑龙复活升天。听村民说,三十多年前小龙山下的草甸子里刮过一场龙卷风,风从小龙山那边旋过来,把柴垛、鸡鸭都刮到了半空,龙卷风过去,村民发现路上、院子里,出现了数不尽的泥鳅鱼,人们称之为泥鳅雨。

"你在等待一个机会?"我问。

哨花吹说:"齐大牙告诉我,潜龙勿用之时不能做飞龙在天之事,做了,只有一个结果——凶!"

我点了点头,是啊,现在让哨花吹出手,怎么出呢?

回到住处,我在网上查阅老虎刺,在石锁说到老虎刺之前,我对这种植物一无所知。搜索后我知道,有多种植物被称为老虎刺,有木本也有草本,而蓝湖周边这种带蔓的植物学名叫杠板归,因为浑身带刺,蛇类见了便会避开。这真是一件有趣的事,方世坤养蛇,蓝湖边却生长老虎刺,生活中的矛盾竟然体现在了自然中的对立上,这说明了什么呢?

十一、西天谷

在墟里,我知道了不少有趣的植物,这些植物在专业课上根本接触不到,比如名不见经传的西天谷。

西天谷是一种野菜,茎叶呈绿色或紫红色,西天谷嫩的时候可以吃,味道说不上鲜美,但填饱肚子没有问题。国内很多地方种植它,有的用来采籽,有的做青饲料,还有的用它美化环境。在墟里长期被人当作猪饲料来种植。

让我对西天谷产生兴趣的是哨花吹保留的一张照片。

这是一张六寸黑白照。照片中一位戴着墨镜的老人,站在一片作物低矮的田野前,侧着身在投入地吹喇叭。老人两腮滚圆,喇叭口朝天,两只肩膀平端着,缅裆黑裤露出一截白裤腰。哨花吹说照片上的老人是他祖父,祖父身后那片低矮的农作物是西天谷,祖父一直以西天谷自称,说自己的命稀烂贱。照片是省里一个记者来墟里拍的,发表在报纸上,照片下还配了一段文字,照片的题目是"北国红苋"。配发文字中,记者将祖父与江南无锡的盲人阿炳相联系,夸祖父的唢呐演奏如何如何受欢迎,同时还介绍了祖父与阿炳堪有一比的辛酸身世。记者冲洗了一张照片送祖父留念,这张照片便传到了哨花吹手上。照片背面用圆珠笔写了一行很娟秀的小字:"唢呐魂归西天谷——邵红苋同志存正。"

原来哨花吹的祖父有个很大气的名字——邵红苋。

哨花吹讲述了祖父的故事。

"永远不要小觑盲人,"哨花吹用不容置疑的口吻说,"有些事,盲人看得比我们透彻,我们只能看表皮,盲人看到的却是筋骨。"

祖父命运不济。因为生下来双目失明,太爷太奶不想要这个孩子,过了百日,太爷就把他包好放到驿路边一片西天谷地里。那时驿路还通,常有旅客行走,走过那片地时,很多人会采一些西天谷带回家食用。也该祖父命大,一个走街串巷的喇叭匠经过驿路时听到了西天谷地里有婴儿哭声,便下到地里去看究竟,发现是个弃婴,便把祖父捡了回去。喇叭匠是个鳏夫,年过五旬,膝下也需要有个人做伴,他给祖父取名红苋,视为义子兼弟子,正式收养了祖父。红苋是西天谷的学名,取名红苋表明这孩子来自西天谷地。祖父十三四岁时喇叭已经学成,十六岁时能单独接活赚钱。祖父十八岁时,养父患病去世,去世前对祖父说:"你是我在西天谷地里拾来的,根据位置看肯定是墟里某户人家遗弃,我死后你回墟里寻亲吧。"他一再嘱咐祖父,找到父母不要埋怨,他们要是不把你放到西天谷地,你也学不成这喇叭技艺,有了这身技艺,养活自己不成问题,不会拖累父母。安葬了养父后,祖父回到墟里,一打听,村里老人都知道当年这件事,把他领到了太爷太奶家。太爷太奶看到已经长大成人的儿子喜泪涟涟,说当年白天把他放到西天谷地,晚上就开始后悔,太爷提着灯笼去找,发现孩子已经不见,以为喂了张三,没想到孩子还活着,活成了一个喇叭匠。

哨花吹说祖父和方四平、石栏山年纪相仿,彼此是好友,三人经常在一起唠嗑,祖父见证了方四平与石栏山交恶的全过程。

受方四平之托,当年祖父去石家烧锅劝说过石栏山不要捕蛇,但石栏山不听,不久石家就遭遇了蛇祸。

说来蹊跷,那天夜里,石家莫名其妙遭到群蛇攻击,无数毒蛇从门槛下、从窗子、从猫洞爬进屋里,满屋子乱窜。进入石家的净是野鸡脖子,此蛇遇到人时会把黑绿色带有红环的蛇头高高昂起来,像眼镜蛇一样吓人。群蛇侵入石家是在夜半时分,石家人都已入睡。七月盛夏时节,因为湿热,睡觉窗子都要开着,石栏山觉轻,恍惚中感到有冷风飕飕刮进来,便下地点着灯准备关窗。灯一亮,他发现了地下炕上乱爬的蛇,大呼不好,让家人赶快起来。家人被叫醒后,看到眼前的景象顿时惊叫起来,再看,不只是炕上地下,连房梁、灶台上都爬满了蛇。石栏山毕竟天天与毒蛇打交道,懂得一些防蛇驱蛇之道,他让家人用被褥裹住身子,自己抄起炕梢的烟笸箩一把把扬旱烟。蛇怕烟油,闻到烟味就会躲避。但这些蛇很顽固,竟然在地窖盖处聚成一个蛇球。地窖里窖藏着大量蛇酒,这些蛇似乎想找个缝隙钻进去。为了保护家人,石栏山豁出去了,他扯下床单,蒙上蛇球抱起来就从窗子扔了出去。但扔出去的蛇又从窗子爬回来,一条条昂着头示威一般冲向石栏山。石栏山见撒烟不行,就从炕梢扯过一袋石灰,石灰是用来给地窖除湿的,石栏山知道石灰能防蛇,他撕开石灰袋子四处开撒,这招果然奏效,群蛇慢慢开始退去。这时天色已近黎明,邻院几只大鹅受到惊吓开始嘎嘎叫起来,群蛇仿佛得令一样纷纷退走了。石栏山检查了惊魂未定的家人,好在蜷缩成团用床单和褥子裹紧的家人没有受伤,再看自己,小腿、胳膊上竟有好几处两两并列的出血点。看到伤口的一刹那,石栏山腿酥了,让家人快去找方四平,说再晚就没救了。

  石家人急急忙忙来到方家,敲开门,却发现方四平睡得跟死人一样,怎么也叫不醒。原来白天方家二儿子定亲换盅,亲家颇有些酒量,方四平陪着亲家喝酒至半夜,醉得死沉,自然无法叫醒。石家人急得直哭,说再晚就要出人命了。方四平老伴儿无奈用凉水浸了毛巾敷在方四平额头,方四平这才慢慢醒过来。石家人说了缘由,方四平蹬上裤子埋怨老伴儿怎么不早点叫他,治疗蛇伤拖不得,有黄金期,一旦蛇毒入血攻心,血将不行,神药也不能发挥作用。方四平带着药箱一路小跑赶到石家,石栏山躺在炕上浑身肿胀,已经陷入昏迷。方四平用刀子在伤口处割开,发现皮下之血已经不再流淌,他摇了摇头,说治晚了,早半个时辰也许还能治,现在出现了血凝,药力不起作用了。石栏山死于这场蛇祸。

石家人认为是方四平故意拖延时间才导致石栏山不治,一个大夫喝酒再多也不至于叫不醒,觉得方四平就是因为劝告不成才不愿意出手相救。石栏山下葬时,墟里石、方两姓人家去了不少人,作为墟里有身份的人,方四平自然也去送葬,但石家人对他很冷淡。祖父说他虽然看不到石家人的目光,但他能闻出一股咸味,那可是磨刀霍霍的味道。祖父的感觉没错,据说葬礼结束后,石栏山的老伴儿就将儿女、近亲召集到跟前,咬牙切齿地说:"见死不救,无异于杀人,石家后人忘记什么也不要忘记这个茬儿!"方、石两家由此结下梁子。

　　石栏山死后,方四平和祖父关系没有疏远。闲着没事的时候,方四平就领着祖父到江边闲坐,给祖父讲周边的风景,讲对岸的人,讲石栏山的宿命。很多时候两位老人会回忆石栏山的好,说着说着便会流下眼泪。每到这种动情之时,祖父便取下插在腰间的喇叭吹上几段舒缓的曲子。柳树成荫的江边,两位老人赏风景、吹喇叭的一幕深深烙在村民心里。没有人知道他俩为什么要到江边去吹,更没有人理解祖父这个喇叭匠到江边看什么,对盲人来说在哪里吹喇叭都一样。祖父说与方四平喜欢舒缓的曲子不同,石栏山活着的时候更喜欢奔放的曲子,无论悲喜,只要是大开大合、荡气回肠的喇叭曲,石栏山都喜欢。石栏山想听唢呐时会把祖父接到家里,吹几支曲子后,会送两斤小烧给祖父。祖父说石栏山仗义,仗义的人多煞气。

　　方四平去世前,祖父去看他,再次建议他将呼蛇绝技传给儿子。方四平则说地狱里蛇更多,带着呼蛇绝技能让阎王封个一官半职。方四平之所以不将呼蛇绝技传给儿子,是与石栏山有关,毕竟就是因为蛇,方、石两家才由交好到结仇。

　　听完哨花吹的讲述,我想,墟里发生的蛇祸有点不可思议,会不会在传说中被添枝加叶了?邵红苋是个盲人,盲人描述看不见的事有多高的可信度呢?

　　我打电话将此事说与郑高,并说了我的怀疑,郑高说你别不信,这事不稀奇,他从媒体上至少三次看到群蛇入侵农家的报道。我还是将信将疑,小龙山与墟里有一段距离,蛇从山上爬过来要经过一片大草甸子,对蛇来说这无异于长征。再说,群蛇靠什么指引找到石家?为什么要攻击石家?如果是因为石家抓蛇做蛇酒,那就更说不通了,因为所有的动物都对屠宰同类的地方避之唯恐不及,比如牛经过屠宰场会绕行,狗遇到狗屠会瑟瑟发抖,连凶猛的狼群嗅到猎手的气味也会逃之夭夭,小龙山上的群蛇又怎么会主动往石家这个蛇的坟场聚集呢?就不怕变成酒瓶里的标本?

怀疑归怀疑,但我也觉得邵红苋作为事件亲历者不会打诳语。不管怎么说,这件事情已经过去多年,后人再纠结已经没有意义。我觉得应该找方世坤和石锁好好谈谈,把这笔历史旧账翻过去。我向哨花吹说了自己的想法,建议哨花吹把两人叫到村委会,像解决石谷、石坚地界纠纷那样,快刀斩乱麻了结此事。哨花吹摇摇头,说一个狼毒,一个四角菱,尿不到一个壶里,还是等等再说。

我觉得哨花吹有回避的嫌疑,以哨花吹的声望,摆平这件事还是有可能的,不知他还要等什么。我想自己试试,当地有句话叫说破无毒,抖开总比闷着好。我想找个机会把石锁、方世坤叫到一块,将旧事新事都摆到桌面上,摊开了说和说和。我对哨花吹说:"你当初说卜留克不能总是在大粒盐里腌着,越渍越躯人,应该一脚卷开才是。"

"时候不到,一脚卷到石头上就坏菜了。"

我被逗笑了,哨花吹实话实说这一点挺可爱。

但我不死心,想试试调解村民纠纷这件难事。之所以想试,是老雷给了我勇气。我给老雷打电话,说了方、石两家世仇需要化解一事,问自己如果主动做做工作是不是可取。老雷说你下去就是去积累经验的,经历也是一种见证。我问该怎样做。老雷说世仇如同人体内的结节,也有个生成、发展和老化的过程,仇不过三代,灭不能满门,现在都第三代了,可以打开天窗说亮话,以手术的方式解决掉。仇这个东西是悬在头顶的一盆水,没人总想顶着它生活,但需要体面的台阶。我说,他们真能放下?老雷说傻子才会顶着一盆水不放。

老雷的话给了我鼓舞,我想做一个搭台阶的人。的确,生活中许多事本来没有什么大不了的,时过境迁,针尖麦芒已经钝化,就因为面子

117

都架在那里,无台阶可下,弄得彼此疲惫不堪。如果真能见证石锁和方世坤握手言和,对我来说意义不一般。

赶上哨花吹到镇里办事,我对他说想找方世坤和石锁聊聊。哨花吹犹豫了一下,眼珠在眼眶里转了好几圈,说好吧,大奎一定要在场,防止他俩屁股头子绑扁担——来横的。哨花吹走后,我让大奎给方世坤和石锁打电话,请两人一起到村委会来。头天晚上我做了些功课,劝说的话也打好了腹稿。我想举国内、国外两个例子,国内例子是"将相和",用廉颇、蔺相如的和好来晓之以理;国外例子是法、德百年世仇的化解,法、德两国恩怨纠缠百年,现在携手成了欧盟的核心,连国与国之间的仇恨都能放下,家与家之间还有什么放不下的呢?

让我没有想到的是两人都拒绝了邀请。方世坤的回答只有一个字:忙。石锁则说他要到江心岛会朋友。我想自己去请,正拨打算盘的石小东头也不抬地说:"还是别去了,老辈人说判案不离公堂,公事最好在办公室办。"有拉拉秧之称的石小东一句话就把我绊住了。我又坐了回去,呆呆地看石小东打算盘。石小东打算盘不是算账,而是在练习一种指法,黑色的算盘珠在他五指下噼里啪啦上下翻飞。我明白了,事情不是我想的那么简单。

哨花吹回来,大奎和他说了方世坤和石锁不给面子的事。哨花吹说他们没来不见得是坏事,至少没上演龙斗虎伤,苦了小獐一台戏。

我问:"为什么叫龙斗虎伤,苦了小獐?"哨花吹说:"你想想啊,他俩打架正缺擂台呢,你给他俩搭了台子,到时候怎么表演就不是你能决定的了,人脑子打出狗脑子也不是没可能。"

我倒吸一口凉气,台阶不是那么好搭的,弄不好就搭成了擂台。

我给老雷打电话,说:"方、石两家世仇很复杂,彼此不接受调解。"老雷说:"君子之德风,小人之德草,草上之风必偃。"放下电话,我琢磨了好一会儿也不明白老雷这话什么意思,我思想开了小差,西天谷算小人之德吗?对墟里来说,风从哪里来?

我让大奎领我去找西天谷,我想见识一下大田里的西天谷是什么模样。大奎说:"墟里多年没人种了。"我说:"怎么会没人种呢?过去驿路两侧的田地里不是很常见吗?"

一旁的石小东说:"想种西天谷很容易,让村民放开养猪就有人种了,种它,是为了给猪吃。"

石小东的话让我愣了一下。想改变一种生活其实很简单,只要阻断需求即可,需求是存在的意义。方、石两姓为何不肯放下头顶的那盆水,他们的需求到底是什么?

十二、桦树茸

桦树茸是一种真菌,它能像水蛭一样贴附在白桦树干上,慢慢吸吮树的精髓,一棵茁壮的白桦树如果长了桦树茸,十年八年,就会被吸干榨尽而枯死。桦树茸虽然相貌丑陋、形状怪异,却是难得的药材,据说对糖尿病有一定疗效。方世乾被称作桦树茸与药材作用无关,而是因为他在树上打松塔时,能像桦树茸一样锔在树干上,这可是比猴子还厉害的本事。

好像冥冥之中有一双手在墟里上空扭转魔方,所有该来的纠纷都会不期而至。

我和老雷通电话,说:"农村的事挺复杂,不是我们想象的那么简单。"老雷说:"有些事你看它就复杂,你不看它就简单,置身乱麻之中,当然难找头绪,上升到白云里,自然会摆脱羁绊,变得超脱,这就是当初我叫你多做无形之事的原因。"我觉得老雷是典型的眼不见心不烦,他高高在上天天看着高楼大厦、捷报喜讯,自然觉得农村这些家长里短都是微不足道的小事,可我天天在村委会坐着,总不能把眼睛蒙起来。我越来越觉得屁股决定脑袋这句话是颠扑不破的真理,坐在什么椅子上说什么话,老雷在十八平方米的隔断里喝老茶头,与我在拥挤逼仄的村委会喝五味子,味道肯定不同。

过去，我对老雷近乎崇拜，觉得老雷巨笔如椽，写任何材料都行云流水，逻辑缜密，材料如果正式出版他早就著作等身、声名大显了。作为厅长的智囊，老雷操刀的每一篇文章都堪称经典，三任厅长谁都离不开他。过去我一直以为老雷有今天是笔力所致，现在我忽然明白，这一切还要归功于老雷不做有形之事，不做有形之事就不会授人把柄，自然也就挑剔不出缺点。我承认，到墟里后再看老雷，他头顶上的光环开始由耀眼夺目变得恬淡自然。不得不说，现实让老雷的材料无法自洽，就好比齐大牙的嘴，上牙如果合不上下牙，口腔只能空转。

墟里发生了一起震惊全网的小龙山气球事件，老雷给我的建议是四个字：管控舆情。

气球事件我是从六子嘴里得知详情的。

小龙山多年前被石洪兵承包，一包三十年。村里把小龙山包给石洪兵主要是为了平衡方、石两姓关系。齐满囤说过，方姓承包了江汉子，石姓就要承包小龙山，这样扁担才会两头一般沉。小龙山虽然被承包了，但国家实行严格的天然林禁伐令，山上的树木谁也动不了。好在石洪兵不是个见钱眼开的暴发户，他说自己承包小龙山是为了保护小龙山，不图回报。小龙山盛产优质松子，松子好销，但采集松子困难，山上许多优质松子就成了松鼠的美食。石洪兵平日在县城搞建筑，顾不上小龙山的事，派了一个叫六子的外地人看山。六子长得尖嘴猴腮，是个典型的轻腚子，墟里人将坐不住板凳的人叫轻腚子，这个称号带有贬义。六子弹弓打得好，弹弓不属于狩猎工具，派出所也懒得管，这就给了六子打野兔野鸡的机会。小龙山的野兔野鸡多，六子打着打着就动了歪脑筋，想神不知鬼不觉打几只飞龙。六子对山里动物路数不明，根本找不到飞龙，他便想到了方世乾。

见缝就能钻的六子早就知道有桦树茸之称的方世乾。

方世乾是墟里有名的打松塔专业户。小龙山被承包前，他一直在小龙山打松塔，小龙山被承包后，他转移到了望江台西面的山里搞木耳养殖。在国家没有禁猎的年代，方世乾还擅长狩猎，靠打飞龙赚了不少钱。六子登门去请教方世乾，方世乾一听打飞龙当场就拒绝了，说：

"飞龙属于国家保护动物,为了打几只飞龙去蹲大牢犯不上。"六子说:"我打野兔野鸡警察都睁一只眼闭一只眼懒得管。"方世乾说:"兔子野鸡稀烂贱,警察当然懒得管了,打飞龙就不一样了,肯定受处罚。"六子眼珠一转说:"那你去小龙山打松塔吧,卖松塔的收入咱俩对半分。"打松塔是个危险活,需要爬到高高的松树梢去打,红松不同于柞树和油松,树枝发脆,人上去容易折断,一旦掉落下来轻则骨折,重则丧命。石洪兵承包小龙山后,宁可松子烂在树上也不雇人打,主要是怕摔死人。禁不住六子劝说,方世乾同意受雇打松塔。这是他和六子的私下交易,外人不知道,但方世坤知情。方世坤给他打电话说,不能因为挣钱丢了脸面,咱方家怎么能给石家打工呢?方世乾不这么看,说,小龙山过去是驿产,方家世世代代在小龙山上打松塔、采蛇毒,过去能打现在怎么就打不得?再说石洪兵也不是小龙山的主人,他连一棵树都不能砍算啥主人?顶多就是个护林员。方世乾说他上小龙山打松塔还有个目的,就是想看看山上有没有监守自盗的问题,比如六子想盗猎飞龙,一旦被他发现他会毫不留情地举报。方世乾这样一说,方世坤便松了口:"那就干吧,不过要防着点,免得吃亏。"

方世乾要求六子和他签个协议,打松塔的价格、数量、安全等问题都写清楚。六子答应了,说两条腿走路,一边起草协议,一边抓紧打松塔,过两天就在协议上签字画押。其实六子心里在打小九九,他想用协议作砝码,落雪后让方世乾领他去打飞龙。飞龙是群居走禽,有固定栖息地,方世乾一定有办法找到。

方世乾打松塔有独家绝活,他用氢气球将自己升至三十米高的树冠,然后用钩镰一枚枚打松塔,因为地上有厚厚一层松针,松塔落下如同落在海绵上一样,不用担心会摔碎,打完相邻的几棵红松后,把氢气球降下来,然后捡拾装袋,这样工作效率极高。用方世乾的话说,乘着氢气球打松塔是一件神仙也比不了的逍遥活,人像鹰一样在空中悬停,有时候可以望见墟里一道道白色的炊烟,看见江汊子上成群的野鸭和缀满蓝色钢笔水花的蓝湖,如果带上望远镜,可以清楚地看到江对面异国的村庄。令他感到奇怪的是,对岸的村庄从来没有炊烟升起,也不见人影走动,像是无人村一样。方世乾感到欣慰的是小龙山红松保护得极好,大山深处完全是原生态的样子。站在吊篮里,方世乾有时会从高处搜寻当年祖辈呼蛇取毒的地方,那地方在卧龙沟,有许多白石砬子,蛇喜阴,嗅觉敏感,不会在松香味极大的红松林栖息。

　　方世乾打松塔的头一天就遇到了一件有趣的事,一只红毛松鼠跳进了他的吊篮。松鼠不怕人,一样样嗅遍了吊篮里的装备,甚至想咬开一瓶矿泉水。方世乾用钩镰轻轻拨弄了它一下,松鼠才不情愿地跳回了树上。用氢气球打松塔应该两人合作,一人负责在地面拽着安全绳,以便稳定气球,另一人在吊篮里作业。但艺高人胆大的方世乾独自一人就完成了这些操作。他用麻绳将吊篮系在树干上,然后爬树上下。那只红毛松鼠大概觉得这个大家伙有点奇怪,便围着吊篮在树枝上跳来跳去,最后才跃到另一棵红松上不见了。

　　方世乾出事后,他说自己白叫了几十年桦树茸,没想到被一只松鼠算计了,深山老林都闯荡过,小河沟里翻船实属不该。

　　那天上山时方世乾就觉得林中之风有些异常,只听远近松涛隐隐在响,却不见树枝摇动。方世乾估计风不会很大,撼动不了固定好的气球,便找到一棵粗壮的红松,照例升起氢气球,系好吊篮。为了安全绳能牢靠一些,他选择了树干上一处有树瘤的地方拴紧了麻绳,拉了拉,感觉很牢,便爬树上到离地二十余米的吊篮,开始打松塔。打了一会儿,他感觉到氢气球有一种向上拉动的力量,猜想是风有点大,应无大碍,因为吊篮系得很牢。系安全绳的时候,他发现树瘤下端有个碗口大小的树洞,好奇地往里看了看,树洞不深,里面藏满松子。他笑了,这一定是松鼠的家,松鼠和自己一样也忙着收获松子。

　　这棵树上松塔很多,足以打下几百斤。打得正欢时,吊篮倾斜了一下,他抬头看了看高高在上的气球,没有问题,低头往下看,发现一只红色的松鼠正在啃噬系吊篮的麻绳。麻绳已经被啃断一绺,刚才的颤抖就是绳断的缘故。他吓坏了,麻绳一旦断了,气球就会被大风吹走,他吃喝了一声,用手中的钩镰去赶松鼠,由于紧张,钩镰被松枝挡了一下,失手落到了树下。再看下面,树洞里又钻出一只松鼠,两只红毛松鼠合力啃噬细细的麻绳。他拿起一瓶矿泉水砸下去,没有砸中,再拿起一瓶,还没出手,麻绳咔嚓一下断了,气球仿佛被一只大手猛地揪起来,一直揪到云端,摇摇晃晃飘离了小龙山。望着脚下绵延不绝的红松林,方世乾知道自己这回玩大了。安全绳被咬断那一刻,他想到了几种结果:坠入山涧摔死、落入江中淹死、刮到对岸无人区被狼群吃掉。他不敢再想,用手机打了求救电话,110的警察告诉他打开手机定位,时刻保持联系,会通知当地林业派出所想办法救他。他知道救援难度很大,因为不知道风会把气球刮到哪里。方世乾没有恐高症,但气球失控后,他觉得世界上最可怕的就是高空,在高空无所依附,人就像一片羽毛,飘向何处无法预料。他痛恨那两只红毛松鼠,自己没有伤害它们,它们为什么要下死手咬断麻绳?他有点后悔,系吊篮的绳子要是换成铁链就好了,那样松鼠就是咬断门牙也没有办法。他想应该是自己系安全绳的地方靠近树洞,让松鼠感觉到了危险。松鼠领地意识很强,发现入侵者会奋起反击,松鼠的机智超乎人的想象,它有时会像蜥蜴那般自断尾巴躲过老鹰的利爪。

  方世乾在四五百米的空中飘荡着,多次用手机报警,直到手机电池将要耗尽之时,才不得已关掉手机。山里生活的经验告诉他,一定要保留最后一线对外联系的希望,如果手机没有电,定位就无法发出,搜寻人员就无法找到自己。其间,他试图通过排气来降低高度,但效果不明显,他不敢多排,一旦操作失当,球坠人亡的惨剧就会发生。他索性闭上眼睛,脑子里乱糟糟地开始胡思乱想,他甚至想到了方、石两家上一代在土豆窖殉情的长辈,觉得高尚的殉情不应该选择太土的方式,如果两人手里有氢气球,说不定会乘着气球融化在蓝天里。他还想到了六子意图盗猎飞龙的事,其实在小龙山西南十里左右有一条桦树沟,那里就是鲜有人知的飞龙栖息地。无论如何不能让六子知道桦树沟,六子知道了,将是飞龙的灾难。黄昏渐渐降临,他感觉气球正在飘向一片黑茫茫的山区。因为是山区,气球高度不像平原那么恐怖,吊篮接近山顶的时候,离树梢也就几十米的样子,能看到有白色的飞鸟落在树上。他决定在山顶自救,因为高度有限,自救活命的机会比较大。

他放下了吊篮里的绳子,这是一根三十多米长的麻绳,在山上作业,他不愿意用尼龙绳,觉得麻绳更顺手,因此,吊篮里的许多牵引绳他用了麻绳。放下绳子后,绳子底端离树梢还有一段距离,他只好等待机会。突然,他看到一棵红松,红松的树冠像绿伞一样,他决定在这棵树的树冠上自救。当吊篮摇摇晃晃飘过树冠的时候,他爬出吊篮,顺着绳子就秃噜下去,两腿悬空时他跳了下去。红松树冠的枝杈噼里啪啦被纷纷砸断,他掉在地面上失去了知觉。不知过了多久,他醒了,发现自己还活着,但浑身像散了架一般疼。他掏出手机向家人发了一个定位后便昏睡过去。

搜寻人员是清晨在一个林场找到方世乾的,尽管伤势很重,但没有生命危险。

在方世乾被气球带走失联的这段时间里,我和哨花吹一直在村委会焦急地等待。镇政府和县林业局、应急局、公安局的领导也都连夜赶来。哨花吹联系石洪兵,石洪兵电话不通,找到公司,公司的人说石总陪客户在洗浴中心打五十开。五十开是当地流行的一种扑克玩法,一旦迷上会让人上瘾。墟里村委会成了临时指挥部,森工总局还派出无人机进行搜寻,因为是晚上,没有搜寻到那只失踪的气球。县里上上下下动员了数百人进行拉网式搜寻,互联网上关于工人打松塔被氢气球带走的消息也在急速发酵,网民开始关注松塔、松子、氢气球,打松塔这个原本名不见经传的职业,一下子上了热搜。老雷给我打来电话,说:"一定要控制舆情,不能让舆论发酵。"我说:"找不到失踪的方世乾,网上舆论就不会平息,舆论没法控制。"老雷说:"舆论是催化剂,会把一个气球发酵成TNT炸弹,一定要高度重视。"我放下电话,没有把控制舆情的事向县领导汇报,我心里很清楚,网上的焦虑是对一个普通人生命的关注,与其他事情无关。

事情发生后,方家人开始发难。方世坤带着十几个人找到村里,要求石洪兵对方世乾进行补偿。方世坤说:"经济补偿肯定要有,精神补偿也不能少。"方世乾整个人都吓傻了,听到"松鼠"两字就浑身发抖,会不会精神失常都不好说。

石洪兵觉得冤枉,因此事受到林业局处罚不说,方家人又不肯善罢甘休,他把一肚子气撒在六子身上,把六子骂了个狗血喷头,说:"桦树茸是你雇的吗?让他铘上不是破裤子缠腿吗?"六子惹了大祸,就琢磨怎么和方世乾私了,他带着弹弓进山,来到方世乾打松塔的那棵树下找松鼠报仇。六子弹弓打得准,真就打下了那两只肇事的松鼠。为了取悦方世乾,六子用塑料袋拎着两只死松鼠去了医院,一进病房就说:"我给你报仇了方大哥,把这两只可恶的松鼠灭了。"说完拎出死松鼠给方世乾看。恰巧林业派出所的人来找方世乾核实情况,六子打松鼠可谓人赃俱获,六子取悦方世乾不成,还被林业派出所拘留。这件事让石洪兵更加没了面子,便花大价钱雇了市里的律师处理此事,自己则躲起来不再露面。

石洪兵不露面,方家人的火气便越拱越大,方世坤嚷嚷着要带人去县政府上访。老毕打来电话告诫哨花吹,说:"无论如何不能发生群访事件,只要有一起群访事件,镇里年底就无法评优,你们墟里一把火,会把整个镇里的荣誉燎了。"老毕也给我打来电话,说:"镇长十分恼火,下决心要把墟里给合并了,从根本上解决这个落后村问题。"我把老毕的话告诉了哨花吹,哨花吹说:"镇长上火可以理解,出这么大的事能不上火吗? 当务之急是不能让方世坤去县里上访,方世坤不是当事人,没资格炸庙儿!"哨花吹"炸庙儿"这个词用得极好,我心想,庙一炸,自然就会跑出小鬼来。

哨花吹让大奎去叫方世坤。方世坤来到村委会,站在屋中央问找他来何事。哨花吹让他坐下,很严肃地说:"世坤呀,气球这件事双方都有责任,各退一步妥善处理为好,有必要兴师动众去县里上访吗?"

方世坤一口气抛出三问:"第一,所有用气球打松塔的,地上应有一人拽安全绳,这是基本常识,为啥要违反? 第二,用人要有协议,为啥协议没签就上树作业? 第三,出了这么大事,作为雇主却在洗澡打牌,难道一条人命还没有一场牌局重要?"

"三问"像三块板砖,要是换了别人恐怕会被砸晕,我不知道接下来哨花吹会怎样应对,暗中为他捏了一把汗。但哨花吹应变能力极强,他依然一脸严肃地说:"你说的问题我承认确实存在,镇上、县上都会对此做出处理,这一点要相信组织,我找你是想问你,你挑头组织人搞群访想干什么?哪一级政府说此事不管了?在事情有结论之前,你作为非当事人带头闹事,你想过结果吗?退一万步说,难道政府还怕你要挟吗?"哨花吹一口气抛回去"四问"。

"谁要挟政府了?"方世坤鼻子下的黄胡子似乎要飞起来,脸有些泛白,"我是替方世乾讨公道,你知道世乾是我没出五服的哥哥。"

哨花吹冷笑一声:"你比方世乾学问大还是威信高?方世乾曾经是镇里考核通过的村主任候选人,他这个身份还需要你出头?再说人家在医院,嘴巴、大脑好好的,只是腿和肋骨受了伤,昨天还有报社记者采访他呢,你得到人家授权了吗就替他出头?"

"我没想出啥头,我们老方家从驿站成立那天起,几十家站丁就拧成一股绳,为啥?就是怕被人欺负,现在方世乾受欺负了,石洪兵连个面都不露,我们不能不管。"

我觉得这个时候该说话了,便微笑着对方世坤道:"世坤同志,你不能说石洪兵不管,现在企业间发生纠纷都由法律顾问出面处理,这是行规,企业聘请法律顾问就是干这个事的,这很正常,这种事情先走调解,调解不成走劳动仲裁,劳动仲裁不成最后走诉讼,这是惯例。"

方世坤愣了一下,点点头。"你是省里来的,几句话就把事说明白了。"他扭头朝着哨花吹说,"我回去等结果,要是处理不公,会有地方说理。"

哨花吹起身拍了拍他的肩膀说:"谁都知道你叫狼毒,狼毒毒别人却不会毒自己。"

"我怎么毒自己了?"

"和你说句实话,这一回咱墟里成了镇政府的一大包袱,镇长已经开始研究怎样把墟里合并,这个当口你去上访不是给人家递刀子吗?把墟里整没了你我向全村父老怎么交代?"

"谁敢合并墟里我就带人去上访。"方世坤的黄胡子几乎要翘起来。

"那个时候上访有啥用?就像一个人被判了死刑枪毙掉,再怎么平反也活不过来了。墟里不能没啊,墟里没了,那叫砍树吃柿子——自断根本。"

方世坤愣了一会儿,一句话不说,起身走了。

十三、薤白

薤白在墟里叫小根蒜。我对这种野菜做过一些研究，觉得它是野菜中的翘楚，不仅古老的《诗经》里有写它的诗，大诗人杜甫也为它作过诗，其中"束比青刍色，圆齐玉箸头"一句最为传神。

来到墟里后，我下意识地将村委会几个人与植物相关联，其中方慧让我想到的是薤白。方慧个子不高，脸圆圆的，眼睛、鼻头、嘴巴和耳朵都呈圆形，特像杜甫笔下的薤白。方慧人极善良，每每方、石两姓出现大的分歧，她总是机智地避开，不会参与其中。石小东告诉我，方慧看上去是个乐天派，其实生活也挺坎坷的，她原本在村小学当民办老师，因为无法转正被辞退，后来到村里当妇女主任。方慧老公在省城一家偌大的洗浴中心给人搓澡，长年不回来，传说在城里和一个做足疗的小姐又组建了一个家。方慧悄悄去城里找过一次，当她发现这对野鸳鸯租住的房子与狗窝不相上下时，火气大减，没打没闹就回来了。齐满囤问她，她叹了口气说由他去吧，活成那个样子还有人看上，说明他有那个福分。这样也好，至少家里干净，死鬼回来一次，家里那股味三天不散。方慧把精力都放在了孩子身上，基本上忽略了那个负心男人。石小东这样一说，我觉得自己将方慧与薤白相联系还真有点道理，薤白虽然命苦，但生命力比大蒜顽强许多，苦辣之味也更猛烈。

老雷早上打来电话,说政研室主编的《新农村》杂志封三封四想发一组照片,觉得墟里景色应该不错,让我用手机拍几张发过去。老雷特别嘱咐我多拍几张晨昏炊烟的照片,最好有个穿鲜艳衣裳的村姑当模特,这样看起来更有诗意。我问老雷:"为啥对炊烟这么感兴趣,江畔湿地和森林不是更好吗?"老雷说:"这叫未雨绸缪,再过几年炊烟在农村就绝迹了,那时候想拍只能用特效,而特效说白了就是造假。"我觉得老雷有点杞人忧天,炊烟在农村怎么会绝迹?炊烟象征着人间烟火,没有炊烟的村屯还是乡村吗?虽然我心里这么想,但老雷给的任务还是要完成。我把老雷的要求对方慧说了,方慧说她有件红风衣,多年没有穿了,可以穿上试试看。方慧比我大十几岁,已经不是小丫头,正面做模特肯定不行。方慧见我没吭声就说:"村里已经没有年轻女孩子了,难道你想让方大珍和金子这些老大妈去当模特?"见她这样说,我急忙解释道:"你是妇女主任,有代表性,明早你陪我去望江台吧。"

次日一早,我和方慧步行去望江台。天气很凉,墟里霜下得早,很多草已经泛黄。秋天空气凛冽,透明度极佳,适合拍风景照。路上我问:"老邵在村里口碑这么好,为啥不早些出山?"

方慧说:"我要是老邵我也不会当这个破主任。"

"为什么?"我觉得这个说法有点奇怪。

"你知道老邵当村主任少挣多少钱吗?至少一巴掌,其实老邵有点傻,村主任又不是干部,一年就那么点补贴,烦心事多不说,还耽误吹喇叭赚钱,何苦呢?"

"当主任有当主任的感觉,要不方世乾和石洪兵怎么争着要当?"

"他俩当主任是为了争口气,老邵图啥?"

"其实他也不想当,是毕镇长熊他,他磨不开面子才当的。"我替哨花吹做了解释。

"面子算一条,还有一条他没说,我听齐琴说他去找过齐大牙,齐大牙给他爻了一卦,得出的结论是燃木煮食、化生为熟。齐大牙对他说,到了你上灶主厨的时候了,墟里能不能出菜就靠你这支喇叭了。我觉得这是他愿意当这个主任的另一条原因。"

这是一个新说法,我不怀疑哨花吹去找过齐大牙,也相信齐大牙会爻卦,毕竟齐大牙在墟里有着教师爷一样的身份,应该说齐大牙看问题蛮深刻的,墟里面临被合并的风险他已经有预感。

"有关于墟里被新生合并的传闻吗?"

"当然有,是金子对齐大牙说的,金子是怎么知道的我就不清楚了。"

我明白了,以金子的身份,她要知道一些镇里的情况并不难。

"老邵吹喇叭怎么收费?"我问。

"明码实价,一支曲子两百块,还不包括烟酒糖茶,谁家办事只吹一支曲子呢?有钱的人家吹个十支八支是常有的事。有一次镇人大主席的小舅子结婚,老邵被请去吹喇叭,老邵说分文不要,谁知婚礼结束,人家硬是塞给他三千块,人大主席说你收钱我百病不犯,要是白吹,有人告到纪委我就不清楚了。你说老邵这钱挣得多舒服!当了村主任老邵就不多接活了,一般的活都会婉拒,他对来请的人说,村主任大小也是个官,当官有当官的规矩,不端着点怎么行?你看看,他还真拿自己当个干部了。"说到这儿,方慧忍不住笑了。

我很清楚,站在方慧的角度看,哨花吹确实损失不小,但站在哨花吹的角度结论就不一样了,有些东西毕竟不是金钱所能衡量的,每个人的追求不一样。我当时看不惯郑高讲段子,斗胆建议老雷劝劝郑高,别让他总讲那些新聊斋八卦,听起来怪吓人的。老雷说:"郑高在做自己喜欢的事,让他做好了,干预别人的爱好是一件不道德的事。"老雷的话让我明白了一个道理,看清一个人而不揭穿是释然,讨厌一个人而不翻脸叫格局,为什么非要去改变郑高呢?讲新聊斋是郑高最大的癖好,不讲新聊斋还是郑高吗?

方慧说:"别看老邵当主任尽心尽责,其实心里还是放不下那支喇叭,他经常一个人上望江台,不是看风景而是上来吹喇叭,每次都吹上个把钟头。他冲着西面群山吹,墟里听不到。有一天早晨我遇到他骑摩托车从山上下来,知道他去吹喇叭,就说邵主任你在村委会吹多好,门窗一关,爱咋吹咋吹。他说不中,在办公室吹喇叭找不到感觉,喇叭和胡琴不一样,喇叭这种乐器只有在开阔的地方才能放得开。我就说你都当主任了,不用再练了。他说当主任是一阵子,吹喇叭才是一辈子,将来自己卸任后还要靠吹喇叭吃饭。"

我问方慧望江台这个名字是怎么来的。方慧说望江台原来不叫望江台而是叫望乡台,早年间台上还有座望乡亭,亭子是六角亭,牌匾朝着西面的来路,应该是遥望故乡的意思。方家族谱里附着一张同治年间的地图,地图上标着小龙山和望乡亭,图上画着座六角亭,是墟里八景之一。

"墟里有八景?是哪八景?"我来了兴致。

"这个你考不住我,过去村小学为了让孩子们了解家乡、热爱家乡,把墟里八景写在学校围墙上,八景有'古亭望乡''龙山春晓''蓝湖倒影''葵花望日''松荫龙庙''驿路红花''鹰翔草雪''江畔晨钓'。'古亭望乡'就是指望江台上的六角望乡亭,当年的亭子重檐攒尖,大红柱子琉璃瓦,是观景的最高处,所以位列八景之首。'龙山春晓'是指小龙山春日盛景,满山盛开的达子香,百鸟争鸣,红松蔽日,称得上人间佳境。'龙山春晓'作为墟里八景之一,现在也名副其实。'蓝湖倒影'是指小龙山倒映在蓝湖中的影子,花蓝、水碧、倒影如墨,是墟里独有景致。'葵花望日'现在也能找到感觉,墟里人冬天喜欢嗑毛嗑,过去望江台下是大片葵花地,葵花盛开的季节,朵朵葵花向阳开,像千百张笑脸望着太阳微笑,看上去特别壮观,此景因此进了八景。'松荫龙庙'是指卧龙沟里一棵几百年的油松,此松枝繁叶茂,浓荫遮蔽着树下的小龙庙,如今古松还在,小庙已经毁弃。'驿路红花'现在不见了,据说过去驿路两侧长满野百合,野百合盛开的花季,骑马行走在驿路,如同在红色的火焰里穿行,心情自然畅快。'鹰翔草雪'是驿路冬季一景。驿路在靠近下一站的美人松林处,有一个形状不规则的草甸子,冬天,草甸子里的野兔、田鼠、沙鸡没有了隐蔽物,觅食时容易暴露在雪原上,此时,老鹰在空中盘旋,不时俯冲下来抓捕猎物,这也成了难得一见的活景。'江畔晨钓'是指村民清晨在江汊子里钓鱼的情景,夏季墟里人只要早起,大都去江边垂钓,钓上一个时辰,早上就有了鲜鱼下饭。因为是早起,朝晖渐现,雾气未散,风波不起,人影朦胧,看上去颇有江南味道。这八景怎么样?"

"非常好。"我不由得赞叹说,"八景各有特色,而且囊括四季。"我头一次听方慧说话这么富有文采,忍不住扭过头打量了她一眼,看来在村里工作也是历练,她经常与金子交流,应该从金子身上学到了不少东西。"你记忆力也好,介绍很全面。"

"我在村小学当民办教师那几年还算没白当,加上我爷爷有文化,他老人家也给我讲过一些。"

"他老人家说过望乡亭吗?"

"说过,爷爷说望乡亭是流人所建。流人就是犯了罪被朝廷发配来边疆的人。爷爷说亭子上还有一副楹联,内容是什么我没记住。我爷爷说流人从关内发配而来,一路吃尽苦头,到了边关难免眼含热泪回头遥望故乡,望乡亭大概就是这么来的。后来亭子坏掉了,牌匾丢失,人们叫着叫着就叫成了望江台。叫望江台也不错,因为站在高坡上正好可以望见黑龙江。"

我觉得望乡台比望江台更有历史感,流人回头,望的是遥远的故乡和亲人;游子归来,望的是思念的家乡墟里,无论朝西还是朝东,这个"乡"字都说得通。地名就像一根长长的绳索,顺着绳索能找到源头。清代有不少江南士子被发配到北疆,有的去了宁古塔,有的来到黑龙江给驿站人为奴。被发配到驿站算是幸运的,因为驿站不同于一般意义上的兵营,主奴之别并不明显,基本上不分流人不流人的,冬季一块上山打围,夏天一同下水捕鱼,严酷的大自然让他们不得不抱团取暖。

望江台虽高,因上山是盘山道,坡势被放缓,登山不算吃力。上山后我开始用单反相机拍照。拍了几张后,我呆呆地望着山下出神,墟里清晨的景色堪称大美,绿甸镶嵌的江水环抱着村庄,村庄里的房屋排列整齐,大都是红瓦或蓝色彩钢瓦,让墟里的农舍有了青岛八大关的味道。因为无风,家家户户生火做饭的炊烟直线上升,如同巨大的松蘑快速生长,生长到两三丈高时,伞面会缓慢地散开,无数伞面织成一片巨大的薄纱,轻笼着房舍,似乎要留住村民的睡梦。朝阳恰到好处地给这层薄纱镀上了不同的颜色,让原本单调的炊烟变得斑斓起来。

"这的确是一个观景的好地方,应该把望乡亭恢复起来。"

方慧说:"这事好办,只要镇里批准,方世乾就愿意做,反正建亭子也不需要几个钱。"

"方世乾为啥愿意出资修建?"

方慧笑了,道:"他是想建个摆摊卖山货的地方,这两天他还给我打过电话呢,说石洪兵赔了他一些钱,他想用在公益上,让我给他想想辙。"

看来方世乾不是一个讹人钱财的小人,把石洪兵赔的钱做公益,一下子就站在了道德制高点上。我问:"方家出资建亭子,石姓人家会不会有意见?"

方慧说:"是啊,如果方家出资修亭,石家人心里肯定不痛快。我和老邵提起过此事,老邵说等等再说。"

我明白了,望乡亭之所以没重建,不是历届村干部没想到,主要障碍是方、石两姓存在不可调和的矛盾。我忽然想:要是找老雷拉点赞助把这座亭子建起来,不就是做了一件有形之事吗?

望江台往白桦林中岔出两条小路,一条通新立林场,另一条通新鄂屯。这两个地方的人想外出,只能穿过森林到这里搭乘班车,所以说望江台算是三村集散地,难怪方世乾想建座亭子售货。

我拍了不少照片,因为居高临下拍照,山势又陡,方慧这个模特没用上。下山时方慧说:"你让我来又不拍我,我不是白穿这件红风衣了?"我说:"别急,下去到谷子地再拍,山下路边有块不大的谷子地,成熟的谷子尚未收割,以此为背景拍一张照片会不错。"但走过谷子地时方慧却不同意拍了,直催我回去吃饭。我明白方慧的意思,这里靠近村子,让人们看到两人一大早在谷子地拍照会说闲话的。

吃过早饭,我拨通老雷的手机说了望乡亭的事,问他能不能找个赞助商,帮忙把这座古亭恢复起来。老雷说:"这事使不得,我提醒过你,多做无形之事,建亭子属于有形之事,而且还不是小事,建亭与立碑一样,要层层报批,改名字的事也很麻烦,要县级政府的地名办来发文。"我说:"班车在那里有一站,建座亭子让等车的人避避雨也好。"老雷说:"你还年轻,考虑问题缺少高度,望乡亭是驿站的产物,驿站是封建王朝的基层单位,你修亭子想纪念什么？师出无名嘛,你非要做点有形之事,可以查查史料,看看当地有没有抗联遗址,做点红色旅游的文章。"

放下电话我觉得老雷把简单的问题复杂化了,高高在上的老雷总是按自己的臆想决策问题,换言之,老雷习惯了上纲上线。但冷静地想一想,老雷每句话都没错,容不得你辩驳。

哨花吹来上班,一进门就笑眯眯地说:"你俩上山干啥去了？"我吃了一惊,我和方慧两人起早上山的事哨花吹怎么会知道,便问:"你咋知道我们上山了？"哨花吹说:"你看方慧穿了啥,往望江台一站,就像一面红旗,抓人眼球。"我和哨花吹说了老雷编杂志要照片的事,说这也是宣传墟里,老雷说这是不花钱的广告,应该好好拍。我又说了想重建望乡亭的事,也说了老雷对此事的质疑。哨花吹想了想,问:"你真想建那座亭子？"我点点头。哨花吹说:"来墟里工作一场,是该留下点东西,再说那里确实需要一座亭子。事情不像你领导说的那么严重,我来想办法试试。"哨花吹起身走出办公室。方慧对我小声说:"老邵答应的事,从来没有二八扣。"

"什么是二八扣？"我问。

方慧笑着说:"就是不靠谱,老邵不是这样的人。"

不一会儿,哨花吹握着手机回来了,对我说:"望乡亭的事咱们干,马上就动手,资金我来负责,亭子碑记你负责,咋样？"

我没想到哨花吹在建亭这事上决断得如此迅速,心里有些惊讶。说实话,哨花吹给我留下了办事有点拖沓的印象,这件事却来了个急转弯。我问:"审批的事怎么办？"

"农村不像城里那么讲究,民不举,官不究,闷头做就是了。"

"那么,镇里干预怎么办？"

"让人家审批,就等于让人家负责,负责就容易沾包赖,这种事去审批,那叫没嘴子的喇叭——多此一举。"

我掩上嘴笑了,哨花吹的语言总是那么生动。沾包赖是当地方言,有的基层官员不失圆滑,很多事之所以睁一只眼闭一只眼,就怕沾包赖。我笑着说:"别建好了被强拆就好,毕镇长很讲原则的。"

哨花吹诡谲地一笑:"我是在望江台汽车站建公厕,亭子只是乘客避雨的附属设施,没啥毛病,强拆了茅房,让等车的乘客去随地大小便?"

哨花吹果然厉害,在老雷看来一个严肃的麻烦事,哨花吹用一个公厕就化解了。望江台确实需要一个公厕,没有公厕,上车下车的旅客只能往树林里钻。我说:"建亭子后直接把望乡台的名字改回来,望乡比望江更有情感。"哨花吹点点头道:"文化上的事你说了算,我只负责建。"

哨花吹让方慧分别去找"一金三老"通报一声,说明重建亭子不花村民一分钱,是新来的书记拉的赞助。我说:"我没拉不能贪天功。"哨花吹说:"提你的好处是避嫌,如果是本地人拉的赞助,容易被人往歪了想。"我说:"那好吧,这事本来也是我提议的。"

傍晚,我和方慧再去望江台拍炊烟。因为老雷交代过,早炊、晚炊都要拍。

傍晚的望江台像一头睡眠中的巨大驯鹿,似乎能听到均匀的呼吸声。公路边发黄的草地软绵绵一如驯鹿的皮毛。因为禁猎,山上的飞禽走兽日益多起来,尤其山鸡数量陡增,它们把望江台当成了自己的乐园,不时发出突兀的叫声,颇有些虚张声势的意味。与清晨相比,晚炊生成的白烟不太成形,百十条炊烟没有一缕是直的,东摇西摆毫无力道可言。这些懒散的炊烟刚从烟囱里露出头来,便分道扬镳四散而去,没了清晨时的轻盈和执着。早晨和傍晚的炊烟为什么会有两种形态?我端着相机迟迟不按动快门。炊烟如此涣散不能归罪于风,那么会与什么有关呢?山鸡的叫声改变不了四周的安静,我仿佛能听到秋叶落地时轻轻的叹息,叹息成为晚炊的伴奏不好,我想,此时此刻要是哨花吹吹一曲《渔舟唱晚》才称得上音画相配。

我拍了些照片,觉得老雷很了不起,晚炊的照片的确有味道。晚炊的照片会让人寻找夕阳,夕阳是傍晚炊烟的灵魂。老雷没有农村生活经验,但能透过现象发现本质,这是大学问。我没有拍到夕阳,但夕阳不在并不影响黄昏之美,因为我用了方慧当模特。在我最满意的几张照片中,方慧像红菇茑一样被炊烟托着,成了另一轮夕阳。遗憾的是方慧不是红菇茑,在我的人与植物相对应的名册里,她是薤白。

晚上,电视里在播放一部关于知青的电视剧,这一集很感人,一对男女知青出于种种原因不得不分手。那个女知青失去了活下去的勇气,几次欲寻短见,都被一个暗中关心她的农民所救。次日上班,方慧说她也看了这部电视剧,觉得当年方小茹要是遇到这样的人就不会死了。

"有时间把方小茹的故事讲给我听听。"我说。

"这个故事邵主任知道的比我多,尽管方小茹是我的本家姑姑。"

我向哨花吹问起方小茹的事,哨花吹说:"想了解方小茹,得先了解我师父,我师父对方小茹和石云来的事太清楚了。方小茹当年下葬时我师父拒绝吹喇叭,不是师父不想吹,是因为他没法吹,腮帮子一鼓,眼泪就会冒出来。"

哨花吹说他师父对他说过,一定要给这两个可怜的年轻人一个交代。

"交代什么?"我问。

"应该是让他们死得其所吧。"哨花吹的口气带着探讨的意味。

"你和方小茹熟悉吧?"我又问。

"岂止是熟悉,我和她还有个约定呢,那是个没解开的结。"哨花吹欲言又止,不再往下说,看来想解开的结还没有头绪,"到时候我会说给你,不,是会说给大家听。"

"那好,我们就且听下回分解了。"我也开了个玩笑。

十四、香椿树

哨花吹没让我等很久。

哨花吹在谈起方小茹和石云来时突然冒出这样一句话:"嘱托不会变老,事情要从一棵死树谈起。"

哨花吹约我到家里吃饭,进门时我看到他家石头院墙外有一棵死树,树不高,但枝干嶙峋枯萎,有点有碍观瞻。我问哨花吹为啥不清掉,哨花吹摇摇头道:"这是香椿树,香椿树会假死,过几年又会发芽活过来。"他还解释说这棵树原本是活的,因为去年冬天极寒,冻着了。他每次看到这棵树都会有愧疚感。哨花吹说他很清楚,在北方冬天香椿树如果不做保温处理,会被冻死,但他还是掉以轻心了。

一般来说,一棵死树清理掉很正常,哨花吹却希望它死而复生,这里面是不是有故事呢?

哨花吹虽然喜欢调侃,但也不是说起话来就喋喋不休的那种人,大体上有所节制。他说喜欢乐器的人大多话少,因为能吹拉弹的,就不会再劳驾舌头,乐器更能表达心声。这个观点我赞成,有时候音乐比语言更能表达情感。古代的俞伯牙、钟子期就是例子,伯牙要是不弹琴,只靠一张嘴来倾诉,就是说得天花乱坠也不会把钟子期说成知音,之所以能成就千古佳话,得益于那把古琴。

我俩一边吃饭,一边聊起方小茹和石云来的事。

蛇祸之后,方、石两家第二代各出了一个有影响力的人物,一个是方小茹,另一个是石云来。这对金童玉女原本各自都有美好的前程,问题是他们相爱了,爱,有时候是伤害。两个家族都无法接受他们的爱,结果搭上了两条生命,加剧了两姓仇恨。

方小茹是方四平的小女儿,石云来是石栏山的小儿子,在一个鼓乐盛行的村庄,两人都有一副好嗓子,用方大珍的话说,这两人是百灵鸟托生的,墟里天地太小,留不住他俩。方大珍是墟里最懂音乐的人,她能给出这个评价,说明方小茹和石云来确实唱歌天赋极好。

方小茹身条出众,模样像著名的黄梅戏演员,嗓子亮,高音放多高也不会劈。每年过年扭秧歌,秧歌队都会打场子让她独唱几首歌,她唱后连石姓观众也会跟着鼓掌。方小茹单纯得像一根顶花带刺的嫩黄瓜,碰一下都会出水的样子。她初中毕业后没有上高中,跟着方大珍在大队宣传队排练节目,经常到各村演出,在公社也算小有名气。

石云来腰杆溜直,头发带点自来卷,一双眼睛略微凹陷,看上去面部线条有棱有角。石云来是石家兄弟四个中最顺溜的一个,三个哥哥都长得歪瓜裂枣,唯独出了石云来这么一个标致小伙。石云来在墟里小学教音乐,村里女孩子都喜欢他。石云来除了唱歌好,还会弹扬琴、拉二胡。他用一双小槌颤巍巍敲打扬琴的姿势最迷人,方大珍曾说过,石云来哪里是敲扬琴,分明是在敲女人的心。

当时上级推广新编二人转,意欲改造二人转这种过于通俗的民间曲艺形式。两人被公社文化站选拔到地区群众艺术馆学习新编二人转《红石桥》。《红石桥》这个曲目唱腔流畅、情感浓烈,但再怎么新编也改变不了二人转互相逗唱的艺术形式,一男一女边唱边耍是主要表演方式,男女双方不眉来眼去这戏就没法演。方小茹和石云来虽在一个村子住着,来地区学戏前彼此却形同陌路,到了学习班上想不说话肯定不行,不仅要说,而且一起排练免不了肢体接触。世上的事往往就是这么怪,没啥联系时彼此天各一方,一旦有了关联,就无法预料会往哪个方向发展。学戏三个月,方小茹和石云来竟然背着家人偷偷好上了。这种相好是十足的涉险,悲剧性结局在所难免,好比埋下一粒罂粟种子,开什么花、结什么果已经无法改变。

其实,方、石两姓互不往来的规矩只在墟里管用,离开墟里同族人的视线,这规矩就没了约束力。很快,方小茹和石云来就好得如胶似漆。学成归来后因为要村村互演,两人交往依然便利,可以瞒着家人继续偷着好。但谁也搞不清在何时何地,两人偷吃禁果,方小茹怀上了孩子。那时候姑娘未婚先孕是件捅破天的事,更何况肇事的还是石家的人,方家一旦知道绝对不会放过石云来。

齐大牙说过,如果不是二人转培训,方小茹和石云来是走不到一块的,在墟里他们街上走对脸也不会打招呼,但学唱二人转改变了这一切,这是天意。墟里就这么大,看看当时同龄的小伙子,除了石云来还真没有谁能配得上方小茹。

二人转能催情这是公认的,过去一般都是两口子搭档表演,因为是两口子,怎么咧大臊也没啥,但换成其他搭档就不同了,时间一长,就容易唱出感觉来。最先发现这个苗头的是老金。老金是哨花吹的师父,一个心里满是沟壑的民间乐人,与哨花吹情同父子。哨花吹的喇叭能独当一面,是老金手把手教出来的。老金拉三弦时眼睛不看琴,而是盯着台上演出的演员。老金发现了他俩之间有小动作,石云来在舞扇时用扇子划过了不该划的地方,老金心里一惊,差点拉跑调。老金发现了方小茹和石云来相好,并没对外说,他知道这话传不得,弄不好会出人命。方小茹有三个哥哥,三兄弟脾气和酒量一样大,两姓对垒,各个敢抄家伙、下死手。老金偷偷和哨花吹说:"今天唱二人转,明天就会打群架,三虎对三狼,一出关公战秦琼的大戏免不了要上演。"

哨花吹说他师父啥都好,心地也不坏,就是太好色,五十多岁了看见女人还迈不动腿。方大珍说老金邪行,看一眼就能让大姑娘怀孕,由此给他起了外号叫牛蒡子。但这个外号没叫开,因为大家搞不懂牛蒡子和老金有啥关联。老金经常撩拨方小茹,说唱新版二人转没啥意思,唱《十八摸》《月牙五更》才过瘾。老金还有个怪癖,喜欢摩挲女人的用品,方小茹的演出服就是他坐车时常常下手的对象。方小茹有点烦他,对石云来说担心老金弄脏了演出服,石云来说:"别怕,看我怎么调理他。"老金怕蛇,见到蛇腿肚子就转筋,很多人知道他有这个毛病。一天,镇里组织会演,墟里大队拖拉机拉着宣传队去镇上。石云来不知从哪儿弄来一条绿色软塑料蛇,偷偷放进了方小茹装演出服的包袱里。拖拉机在乡村土路上摇摇晃晃行驶,半睡半醒的老金趁人不注意把手伸进了包袱里,大概摸到了一根软软的东西,拽出一截低头一看,大叫一声就吓抽了过去,蛇也被他甩到了石云来身上。石云来一把抓起假蛇,顺手抛到了车下草窠里。老金缓过神来,眼珠子转得就有些慢,说:"方小茹你也会呼蛇吗?这蛇怎么爬到了拖拉机上?"那天晚上伴奏,老金手里的三弦有点鬼哭狼嚎,好像被野狼追着一样急迫。从这以后老金再也不摸不明之物,正应了那句话,一朝被蛇咬,十年怕井绳。老金坐实方小茹和石云来之间的事很偶然。农村茅房远,有一次夜里演出结束,方小茹竟然不顾忌老金在场,叫石云来陪她去方便。老金说:"哪有大姑娘去茅房让男人陪的?"方小茹说:"晚上去茅房多吓人,云来在外面等着又不跟进去。"老金坏笑一声,道:"你咋知道云来不会进去?"在这一点上老金这人不地道,作为父辈的人不该开这种玩笑。

  方小茹和石云来最后还是出事了。一次到邻村演出,演出后老金看到方小茹到屋外扶着一棵杨树呕吐,当时就猜想方小茹是怀孕了。但老金没说,作为琴师在关口上他还是想保护演员。但这件事让他跟着上火,嘴唇上起了两个大水疱。他对哨花吹说他这两个水疱一个是石云来,另一个是方小茹。哨花吹当时年龄小,不明就里,后来才觉得师父话里有话。方小茹怀孕一事是大队赤脚医生方世铎透露出去的。方小茹偷偷找方世铎想办法打胎,并告诉了方世铎实情,说她这个孩子无论如何不能生下来。方世铎真想帮忙,可惜医术不行,开的堕胎药不管用。眼看着方小茹就要显怀了,再找他,他说自己是照着计划生育手册开的方子,药方不好用他也没办法。方世铎不知从哪里淘来一个偏方,让方小茹回去吃荸荠,方小茹吃了一星期荸荠也不好用。方世铎害怕承担责任,就向方家人说了方小茹怀孕的事,结果,就在方世铎透露消息当天,惨案发生,方小茹和石云来在土豆窖里双双殉情。

方小茹殉情前唯一见的人是哨花吹。那天是腊月二十四,中午,穿着蓝色棉猴、两手抄袖的方小茹来到哨花吹家,把哨花吹叫到院子里,拿出一个小首饰盒。首饰盒是梨木的,很精致,颜色发红,有好看的纹理。方小茹把盒子郑重地递给哨花吹,说盒子里面有一样很重要的东西,将来方、石两家和好的那一天,要把这个盒子当着两家主事人的面打开。方小茹再三嘱咐一定要在两姓仇恨化解的时候当众打开。这件事哨花吹一直恪守秘密。方小茹给他小木盒时眼圈发红,说:"好弟弟你答应姐姐,一定按姐姐说的去做,方世铎误我,你不会负我,你喇叭吹得这么好,音色干净,一点也不猥琐,说明你是个好孩子。"哨花吹那时才十几岁,正跟着老金学唢呐,老金会多种乐器,在墟里带出了一批徒弟,哨花吹算是最出名的一个。哨花吹说他小时候一直看好方小茹,方小茹二人转能唱出一种吸铁石般的魔力来,她一开腔,哨花吹就觉着自己双脚拔离了地面,不由自主地在云里飞。能为方小茹做点事哨花吹心甘情愿,方小茹能选中他来保管这个小木盒对他是莫大的信任。他接过小木盒用力点了点头。方小茹说:"好弟弟你发个誓,要不姐姐死了也不放心。"哨花吹就说:"我要是不照姐姐的话办,吹喇叭嘴起疱,出门遭蛇咬。"方小茹这才走了,走出几步又快步返回,抱着哨花吹冻红的脸蛋亲了一下,说:"我好想听你吹一曲《秦雪梅吊孝》,算了,有机会你再给姐姐吹吧。"哨花吹说那是他有生以来头一次被女人亲,而且还是自己喜欢的女人。当天晚上他失眠了,两眼像电灯泡,把天棚照得雪亮。第二天早晨,他独自跑到望江台对着墟里吹了一遍《红石桥》。半山腰的雪地里,一只狍子被吸引了,傻傻地驻足竖着耳朵听。哨花吹说从那天起他才明白,动物也能听懂喇叭。

从望江台下来,街上传开两个消息:一个是石云来和方小茹私奔了,去向不明;另一个是方世铎家土豆窖被揭了窖门。私奔,在墟里从来没有发生过,大雪封山,滴水成冰,能私奔到哪里?墟里通县城的班车就一趟,再说边境地区有出入证管理,没有大队介绍信想办边境地区出入证很难,所以大家对这个消息的真假有些怀疑。另一则消息也是突破底线的坏消息。在墟里,土豆白菜是一冬的蔬菜,谁家土豆窖如果三九天被揭了窖门,里面的土豆白菜就会受冻,一冬吃菜便没了着落。大冬天被揭了窖门可不是件好事,石、方两姓仇这么大,也没有发生过揭窖门的事,因为墟里人厌恶那些使下三烂手段的小人。哨花吹跟着大家聚集到方世铎家的土豆窖处,看到方世铎站在土豆窖口正捶胸顿足,说:"谁这么缺德,满窖土豆白菜都完了,窖里土豆足足两千斤呢。"有人说:"你哭爹喊娘有啥用,赶快下去看看吧。"方世铎这才扒着窖门下到黑咕隆咚的窖里。突然,窖里传来"妈呀妈呀"的惊叫声,方世铎如水耗子一样惊慌失措地从窖里爬出来,对围观的社员说:"快快快,快找大队干部,窖里死人啦!"

哨花吹说他站在大人身旁目睹了石云来和方小茹被拖上来的全过程。说当时他就哭了,不是吓的,是觉得方小茹太可惜了,昨天还见面的姐姐一夜之间就没了,这到底是怎么一回事?方小茹和石云来都身穿棉衣,方小茹还围着一条红围脖,两人脸上像涂了粉,泛出一种鲜嫩的桃红色。方世铎蹲下身摸了脉,又翻看了眼睑,摇摇头说不行了,人都凉透了。哨花吹说两人本来不应该死,但方世铎打胎不成把事情搞砸了,如果方世铎不去方家说出此事,他俩真有私奔的时间,只要找个理由办一下边境出入证,然后坐班车离开墟里,天下这么大,还藏不下一对有情人?但方世铎透露了这个秘密后,方小茹的三个哥哥就拎着棒子到处找石云来,他俩想走也走不成了。

听哨花吹讲完事情的经过,我问:"公安人员下的结论是什么?是意外还是寻短见?"

"这是个谜。"哨花吹说,"公安人员说是两人下到窖里幽会,不幸一氧化碳中毒而死;老金说是自杀,两人怨恨方世铎多嘴,特意选了方世铎家的土豆窖殉情,也算是对方世铎不负责任的一种报复;方家坚持说是石云来见色起意,强奸不成杀人灭口;石家则说是方小茹作风不正,引诱石云来下窖结果双双丧命。两家闹得不可开交,一度在大队院子里形成对峙态势。"

"方小茹给你的那个小木盒呢?那个东西应该能说明问题。"

"不能打开,两姓世仇未解,盒子不能打开。"哨花吹独自举杯喝了一口,缓缓放下酒杯,眼角腾起些雾气,"说来奇怪,有几次我动过打开小木盒的念头,但晚上方小茹就会托梦给我,她围着红围脖,就那么静静地望着我,一句话也不说。第二天我会感到自责,许下的诺言怎么能违背呢?现在打开这个小木盒对我又有哪些益处?无非是好奇心得到了满足。我有一种感觉啊,就是方小茹没有死,她就在某一个地方游荡,村里有人出殡请我吹喇叭,我只吹《秦雪梅吊孝》,不是我只会这一首,是因为只要喇叭一沾嘴唇,这首曲子就会自动流出来,而当我闭上眼用心吹奏时,围着红围脖的方小茹就会出现在正前方笑眯眯地望着我。后来我想明白了,方小茹的魂魄平时就在那个盒子里,灵魂是一股气,我若是不守信用打开盒子,这股气跑出来就游走了,我再也看不到方小茹了。"

"守信楷模!"我向哨花吹竖起大拇指。

"不瞒你说,为了弄清楚小盒子里装了什么,我偷偷去找齐大牙掐算了一下,齐大牙掐算完说盒子里的东西不在五行之内,没有必要知道。这样一说,我更打消了打开小木盒的念头。"

"这是一出不该发生的悲剧,"我说,"根子在蛇祸上。"

"如果没有方小茹和石云来这件事,两大姓氏之间的仇恨不会变得这么深,两个相恋的年轻人把父辈本已结痂的伤口又生生撕裂了。"

"所以我们要做好说和的工作,遗憾的是,我在解决这件事上无能为力。"我为帮不上忙而自责。

"这是墟里的事,墟里的事只能靠墟里人来解决,不能把包袱甩给外人。"哨花吹语气十分肯定。

我笑了,道:"我可不是外人。"

哨花吹举杯敬酒,说自己不是那个意思,墟里这些旧账新梗他正在着手解决,时候一到,他会像吹喇叭一样,把这些陈芝麻烂谷子一股脑吹掉,让墟里变干净。

我端酒敬他。这杯酒含义很多,不仅为哨花吹刚刚的表态,还为他能把一个秘密保守这么多年,从少年到青年,再到中年,这不是一般人能做到的。方小茹果真没有看错人。

"方、石两姓和好那天,我会当着两家人的面打开盒子,兑现我对方小茹的诺言。"

"那时候你多大?"

"十四岁,正跟着师父学喇叭。"

我欲言又止。十四岁,我十四岁时在干什么呢?整天泡在琼瑶的爱情小说里想入非非,而十四岁的哨花吹却已经担负起一个殉情姑娘的生命之托。

这次吃饭后,有一天我和哨花吹去望江台看工人施工,望乡亭已经建成,正在上第二遍油漆。哨花吹很兴奋,从腰包里拿出那支小唢呐,情不自禁吹了一曲,吹得很动情,涨红的脸如同熟透的苹果。我问这是啥曲子,他说这就是《红石桥》,当年方小茹唱的。每天进出家门都会看见门口那棵香椿树,那棵香椿树总让他联想起方小茹和石云来。

"为什么由香椿树会联想到他俩?"

"你想想啊,哪一棵香椿树能好好生长?春天刚发芽就你掰一枝他劈一截,弄得伤痕累累,香椿树是最悲催的树了,我是由最悲催的树想到了最悲催的人。"

哨花吹的话让我惊讶,他对植物与人的联想力并不比我差。那天在他家门口,我还问为何不把这棵枯树处理掉,原来这棵枯树在他心里有着特殊的地位。我在媒体上看到,国外有的城市开办了植物医院,给人们养的绿植宠物看病调理,生意相当不错,这说明很多人选择了植物陪伴,这是一种多物种相遇理念,是道德培养的一次新实践。我在看到这些报道的时候,觉得这套理论其实并不高深,《全唐诗》里提到的植物达三百九十八种,诗人为什么喜欢写植物,说明人和植物有一条精神的神经相连。

后来,在村里散步时我几次去看那棵枯死的香椿树,每次都会仔细检查一番,从种种迹象看,不排除此树有再生的可能。我还打听了一下方世铎的情况,人们告诉我方世铎在生产队解体后就不当赤脚医生了,改行当了篾匠,专门用江边的柳条编筐编篓出售。土豆窖悲剧发生后,方世铎不再吃土豆,一吃土豆就会噎着。

十五、冻青

冬季墟里山野的植物都处于休眠状态,唯一能呼吸的是冻青。郑高对我说,他感觉站上人就像冬天的冻青,堪比最耐寒的因纽特人。驿站已经消失了上百年,但站上人依然赓续着驿站的传统,包括风俗、饮食和喜爱的事物。

我相信这是郑高的真实感受,因为郑高在墟里体会到了在城市无法体会的人和事。

临近年关,郑高打来电话,说想到墟里过年。

我颇感意外,郑高有家有业跑到墟里过什么年?再说我也没有在墟里过年的打算。郑高说:"你单身一个在哪里过年都是过,就在墟里过吧,城市的年以后年年过,墟里的年你也就过这么一回。"我觉得郑高说得有道理,要是不在墟里驻村,我近几年真没有机会在农村过年。我问:"你来墟里过年家人怎么办?"郑高说他夫人和孩子回老家,他想换个地方过年,找点新鲜感。我知道郑高研究过墟里这条驿路,来这里过年多半是为了搜集段子素材。据说蒲松龄在写《聊斋志异》时,就是以茶换故事。郑高说他听说墟里有个叫金子的留守知青,是当年的传奇人物,很想来墟里见识一下这个人,还说他们处有个干部的父亲叫闫汉年,年轻时也在墟里下过乡,讲过许多故事,对此他很感兴趣。郑高这样一说我更明白了,他是奔着搜集故事来的。

郑高的想法让我很为难,他若来,我只能留在当地陪他,我是家中独子,父母眼巴巴盼着我回去过年,我留在墟里,老人一定不会开心。我给老雷打电话,老雷毫不犹豫地道:"留在农村过年也好,省直几百个驻村干部,能留下过年的估计你是唯一一个。"我问:"唯一一个又能说明什么?"老雷说:"唯一一个才会被组织记住嘛。"于是我想,郑高来墟里过年应该是和老雷商量过的,否则老雷不会持这个态度。既然老雷发话,我只好留在墟里过年了。我和哨花吹说了此事,哨花吹睁大了眼睛说:"过年期间农村人都猫冬,在这里也没事可做。"我说:"郑高是想体验一下农村过年的氛围,来就来吧。"哨花吹说:"那就在我家过年吧,记得你说过这个人模样像我,我俩干脆做拜把子兄弟好了。"

哨花吹吩咐大奎去买了床和被褥,从家里特意拿来一张狍子皮铺在褥子下面。我摸着有点毛糙的狍子皮说:"这狍子皮我褥子下还没有呢,你还是跟这个未曾谋面的干兄弟亲。"哨花吹说:"你年轻火力旺,铺了狍子皮反而会上火。"

郑高和哨花吹一见如故,他到墟里当天就和哨花吹成了无话不谈的好朋友,两人一个会吹,一个能侃,石小东说他二人是前世今生的好兄弟。哨花吹听我说过郑高喜欢嗑毛嗑,特意新炒了松子、毛嗑送来,像安排值班一样,把几天的三餐在几个村委中排好了班。

老毕要第一个请客,他派车将我们接到镇里一家小店吃火锅,要哨花吹、石小东、石大奎和方慧作陪。头一顿饭,郑高就将讲段子的本事发挥到了极致,整个酒桌上笑声不断,方慧几次笑到喷饭,连平时表情单一的石小东也几次笑出了声。郑高看大伙愿意听,讲段子的兴致越发高起来,说他讲一个大伙喝一杯怎么样,众人都积极响应,结果每人都喝了不少。老毕说:"好久没听到墟里人这么笑了,郑处一来墟里就有了欢声笑语。"在郑高讲段子的间隙,哨花吹悄悄对我说:"不是老哥夸你,挂职干部能留在村里过大年的,你是蝎子扈扈——独(毒)一份,不愧是长在树上的冻青——站得高。"老毕接过话说:"凭这一条,小曹给你写挂职鉴定就有下笔的了。"小曹是组织委员曹大姐,比老毕年轻不了几岁,老毕喜欢叫她小曹。我笑了笑,心想,在农村过年只能给人家添麻烦,怎么还成了成绩。

郑高说现在城里年味寡淡,和双休日没啥区别,鞭炮也不能放,已经感受不到古人说的"爆竹声中一岁除"的氛围。老毕道:"农村也不让放,只不过监管不是很严,大过年的,放也就放了,镇里干部懒得管,怕挨骂。"

"过年挨骂可不吉利,一句顶平常十句。"石小东很会补刀。

老毕安排这顿饭下了不少功夫,除了紫铜火锅酸菜涮五花肉,还有几道颇讲究的主菜,一盘辣椒炒猪肺、一盘酸菜心蘸酱、一盘松蘑炖小鸡,外加一钵子老头鱼炖豆腐。除了松蘑炖小鸡吃过,其他三道我都没吃过,尤其那盘辣椒炒猪肺,味道简直妙不可言,能吃出海蜇的口感来。营养专家本来不建议吃猪肺,但农家的猪没有重金属和工业粉尘污染,洗干净后可以放心吃。酸菜心是生的,偌大一棵酸菜只取中间很小一把菜心,用来蘸农家大酱下酒,凛冽开胃,口有余爽。老头鱼炖豆腐堪称绝世美味,这道菜有很强的迷惑性,开始以为是炖豆腐,吃到嘴里发现有河豚的滋味,一问,才知是老头鱼。老毕解释说老头鱼去头、剥皮,剩下来的肉和豆腐一样白,不细看分辨不出来,这道菜是墟里家家会做的待客菜。我恍然大悟,难怪石锁要拿出一块水面养老头鱼,原来老头鱼真的鲜美。

郑高喜欢五花肉涮火锅,说:"在城里吃火锅都是涮羊肉或肥牛,猪五花很少,来墟里才知道原来涮火锅最香的是五花肉,五花肉、酸菜和血肠涮火锅是绝配。"哨花吹说:"五花肉分三层,一口顶三口。"

郑高道:"五花肉这样涮着吃最好,外国人也喜欢五花肉,他们叫培根,但吃法过于麻烦,经过熏腌吃起来又干又柴,味同嚼蜡。"

酒兴上来,老毕四处望了望,见小店里没有其他客人,便问我:"你到墟里后听过震天吹喇叭吗?"我说听过一回,吹的是《红石桥》,邵主任自我要求很严格,当了主任后基本不接吹喇叭的活了,想听也没机会听。老毕说:"这样吧震天,为了欢迎郑处来墟里过年,你就吹两支曲子助兴吧。"

哨花吹并不推托，从腰包里拿出那支小喇叭，用鹿皮仔细擦拭了一下，然后安上嘴子，站起身说："大家看我和郑处是不是相像？说不定前世是亲兄弟呢。为了欢迎郑老弟来墟里过大年，我吹一支过年的喜庆曲子助兴。"他深吸一口气，然后徐徐呼出，伸出舌尖舔了舔嘴唇。我发现哨花吹的嘴唇很红润，这与郑高那带着烟色的嘴唇有很大的区别。简单酝酿了一下后，哨花吹像鱼鹰啄食一样突然叼住喇叭嘴子，流畅的唢呐声顿时扭动起来。他吹的是传统曲目《喜迎春》，旋律激越欢快，其中有许多模仿音，听起来清脆悦耳。哨花吹喇叭绝技果然名不虚传，动听的曲子把厨房里的厨子、几个服务员都吸引了过来，众人围着餐桌欣赏他的表演。胖胖的老板娘是个有心人，忙不迭拿出手机录像。一曲吹罢，大家热烈鼓掌。哨花吹又连着吹了两支曲子才坐下。老板娘走过来说："得，毕镇长，就凭刚才这三支喇叭曲，今晚这桌饭打五折！"老毕认识女老板，急忙摆手说："不行不行，你打折我就犯错误了。"哨花吹也说："对呀，镇长吃饭打折，好说不好听，我看这样吧，你若真喜欢我的喇叭曲，就一支曲子赠一道菜怎么样？"老板娘眼睛笑成了一道细缝，露出对称的一对虎牙说："小意思，我送！想吃什么尽管说。"

哨花吹对郑高说："这个权力给你，想吃啥就点啥。"

我以为郑高会客气一下，没想到他还真点了，菜谱也没有翻，就连着说出三道菜："大拉皮、熘肝尖、地三鲜。"老板娘睁大了眼睛道："这大兄弟点菜挺溜呀，一看就知道是场面人。"

大家接着喝酒，我说："互联网改变最大的群体是农民，现在的农民和过去不一样了，遇事不再随帮唱影，想法越来越超前，观念也越来越市场化。"

老毕微微摇了摇头："其实过去也这样，只是信息不发达，他们的想法不为人所知，以为他们都是心甘情愿做分母，要知道他们从来就不缺少做分子的念头。"

这个观点明显与老雷的看法相悖。老毕的结论肯定来自现实观察，老毕本身就做农村和农民工作，而老雷的结论来自新闻、工作总结和统计数据，两者的区别在于一个来自泥土，另一个来自无土栽培。当然,不能说无土栽培不好,因为靠科技加入了泥土所含的成分。我想进一步探讨一下这个问题,问老毕:"怎样能看出他们做分子的念头呢?"

老毕端起酒杯,端到与目光平齐的位置说:"人的眼睛藏不住心思,方世乾和石洪兵都分别和我吃过饭,我发现他们的目光里有双手,想伸出来抓住什么,我知道,他俩想抓到的是权力,是村委会主任这把椅子。因为坐上这把椅子,官再小也是分子,没坐上这把椅子,有再多的钱、再大的名气,也只能是分母。尽管当分子总是被分母除,是一件苦差事,但乐此不疲的大有人在。"

"我可不想当什么分子,我只想做喇叭匠,是你逼鸭子上架的。"哨花吹很聪明,马上联想到了自己。

"你当然是个例外,"老毕说,"因为你在两大姓氏之外,你姓邵嘛。"

郑高问:"怎么理解农村的分母分子呢?听起来有点糊涂,最好能打个比方。"

老毕眼珠转了转,用筷子往窗外点了点道:"你来的时候除了松树,还有没有发现其他绿色?"

"当然有,"郑高道,"白桦树、柞树和椴树上长着些冻青,一团团的,叶绿果红,是冰天雪地里一道不错的风景。"

"对喽,冻青是槲寄生,冻不死、饿不死是因为有树供养,冻青是分子,那些把它们举起来的树就是分母。"老毕说。

我为老毕刚才的话喝彩,这话要是老雷能听到就好了,冻青和树,多么贴切的比喻,相信这个比喻会深深印在郑高的记忆里。我补充道:"冻青对环境要求非常高,一旦有污染它就不能生存,墟里树上冻青多,说明这里生态好。"

"我明白了,我也是冻青。"郑高举杯敬了大家一杯,"今天长见识了。"

郑高在饭局结束时发表感慨:"在墟里吃饭才是真吃饭,舒服。"

老毕问:"吃饭还有真吃假吃吗?"

郑高道:"城里的饭局大都醉翁之意不在酒,吃了没劲。"

"这个我信。"老毕肯定了这一说法。

饭后,老毕派车将我们送回墟里,临上车时他对哨花吹说:"到了家家户户杀年猪的时候了,去谁家不去谁家,你要当好参谋。"

车子在冰雪路上开往墟里。路过一个叫马场的村屯时,这里家家户户都挂起了红灯笼,除了灯笼杆上,很多人家在大门口、屋檐下也挂上了红灯笼,暖融融的灯光照在厚厚的积雪上,呈现出雪乡独特的景致。这里人家的灯笼杆都立得很高,大都在十几米以上,顶端扎着一簇绿色的松枝。因为高,这些灯笼已经没有照明的作用,就是一个标志。由这些灯笼,我想起了齐大牙说的幌子,我已经和哨花吹商量过,驿路开发时正式把驿乡的幌子挂出去。村有村幌,酒有酒旗,过大年家家高高挂起的灯笼,就是每个人家的幌子,正因为是幌子,谁也不肯把它挂低了。

过了马场,便是靠近山坡的一段弯路,车开得很平稳,忽然,司机踩了一下刹车,坐在副驾驶上的哨花吹说:"好险!"

原来是雪地里一只迷路的狍子跑上了公路,迎着车灯忽然站住,差一点撞到车上。狍子在当地很常见,这种外形像鹿的动物远没有鹿聪明,当地人喜欢在狍子前面加上个"傻"字,因为狍子面临危险时总是跑跑停停,像热衷围观的"吃瓜者",全然不顾自身安危。过去没有禁猎,狍子的这种习性让它们付出了惨重的代价,以至于种群数量锐减。国家实行禁猎政策后,民间枪支被收缴,狍群才恢复了元气。

又走了一段雪路,车灯前忽然跃起两只野兔,野兔像运动员三级跳远一样蹦着跑。都说兔子狡猾,从逃跑的选择上看不出兔子有什么智商,因为两只兔子是顺着车灯照耀的方向狂奔。野兔通体像雪一样白,四肢像安了弹簧,在公路上蹦得比车头还高。司机说:"要是在过去,一脚油门下去,明天就有熏兔吃了。"郑高问:"现在不允许了吧?"司机说:"兔子不属于保护动物,但毕镇长主管林业后把政策加码了,所有山上野生动物,除了老鼠,其他一律不得动,谁动罚谁。"郑高说:"其他政策加码值得商榷,在生态保护政策上加码没错,农村的事就怕开口子,口子一开,想收也收不住。"

第一个请我和郑高去家里吃杀猪菜的是齐满囤。

不得不说,作为墟里前任支书,齐满囤这村干部当得窝囊。在任时,村里大闺女小媳妇谁都能劈头盖脸损他一通,他嘴上不恼,心里却犯硌硬,毕竟是墟里有头有脸的人物,大小也是个支书。但他没有办法改变这种状况,主要原因是"一金三老"不待见他。齐满囤的人缘在卸任后有所恢复,墟里谁家杀年猪都请他去吃杀猪菜,从进入腊月开始,齐满囤就没在家吃过晚饭,轮到他家杀猪,来吃猪肉的自然少不了。这天他在炕上地上摆了好几桌,还特意在里屋给现任村委会干部摆了一桌。

去齐满囤家吃杀猪菜是哨花吹答应的。"满囤家的年猪一定要吃,不吃的话满囤就栽了面子。"哨花吹对我说,"满囤今年养的年猪只有二百来斤,不够吃,为此特意到镇里市场上买了两角子肉回来。"墟里将一头猪分为四部分,前两角、后两角,两角子肉就等于半头猪。

郑高对杀年猪很感兴趣,让哨花吹讲讲杀猪请客的风俗,为啥不够吃宁可去买肉也要办席。

哨花吹说:"杀年猪请客本是满族人的风俗,在墟里则与驿站有关,当时驿站人多是鄂温克族、达斡尔族猎户出身的驿丁。猎户有个不成文的风俗,哪个猎手打到了黑瞎子、四不像、野猪等大型猎物,家家都有份儿。这天会点燃篝火,吃肉喝酒,唱歌跳舞,尽情地耍上半宿。后来,猎物变稀,这个风俗就变成了过年杀猪请客。杀年猪请客讲究礼尚往来,你吃了人家的,自然就要回请,正因为有杀年猪的传统,方、石两大姓氏间才没有完全隔断联系。"

齐满囤家境优渥,院子里打了水泥地面,积雪清扫一空,一台崭新的农用拖拉机占据院子中央。院子两侧是谷仓和鸡埘,院子一角是猪圈,里面还养着两头小猪。靠近大门的地方还有一个架起来的圆形玉米囤,盛满了没有脱粒的玉米棒。迎面是五间朝阳的红砖瓦房,正面一间是厨房,厨房两面各有一个灶台,厨案靠近北墙,厨案边是酸菜缸、水缸和木质的碗柜。灶台上两口十印大铁锅,铁锅没有上盖,锅里正炖着杀猪菜。进到屋内,立马就感觉到热气腾腾,香味扑鼻。杀猪菜有五要素:肥肉、大骨棒、血肠、酸菜、粉条,要反复炖,趁热吃。厨房东西各有两间屋子,每间屋子都有南北炕,杀猪宴就摆在火炕和两铺炕之间的空地上。在满囤家,有方姓也有石姓的村民,村民大口喝酒,大块吃肉,看上去没有不睦的迹象。

让我吃惊的是年事已高的齐大牙也来了。齐大牙被安排在东面最里间的炕上,与村干部一桌,算是主陪。我替满囤担心,都说七十不留宿八十不留饭,把高龄老爷子请来喝酒吃肉,万一出现意外怎么办?

齐大牙兴致不错,在炕上还能盘腿坐着,对每个人都龇一下那颗唯一的门牙,算是打过招呼。因为是第一次见到郑高,齐大牙打量了郑高一番,示意他靠近自己坐着。郑高是个自来熟,并不推托邀请,直接就盘腿坐在老人身边,轻声细语和老人交谈起来。

不得不说,满囤家的杀猪菜确实好吃,我本来不喜欢肥肉,但满囤家的肥肉被酸菜一拿,油腻感大减,吃起来又香又鲜。我对郑高说:"要是老雷来墟里过年就好了,那样他就不会总是以一种无所谓的眼光看待乡村。"郑高说:"老雷不用来,他对农村的事挺明白。"

满囤逐桌敬酒,最后来到里桌坐下时已经有些微醺。从齐大牙开始,他给每个人敬酒。满囤有点酒量,无论敬谁都喝得极实在。方慧在我身边小声说:"满囤是个老实人,老实人不能当官。"哨花吹耳朵尖,听见了方慧的话反问道:"那能当官的就不能老实了?"方慧扑哧一声笑了,望着哨花吹说:"你怎么戗茬儿想问题,我这是就事论事。"石小东说:"没有金刚钻,千万别揽瓷器活,里外不讨好。"

满囤敬到方慧这里,端杯的手微微有些抖,说:"方慧啊,你是苣荬菜的命,白浆巴苦。跟着我干这几年没啥长进,我真想去城里澡堂子把那个老小子绑回来。"满囤说的是方慧名义上的丈夫。满囤的话像鼓槌敲了我脑门一下,怎么说方慧是苣荬菜的命呢?在我的感觉里方慧是蕹白。满囤敬过一巡,大家开始闲聊,谈墟里的过去,谈驿站时的辉煌,谈村民当年怎么帮助抗联,谈集体时期村里的文艺会演,许多往事被大家一件件翻出来,擦拭一新,大家品味着曾有过的荣光。谈得最多的还是驿站人的仗义。齐大牙说当地人称站上人为站棒子,很多人以为这是不敬,其实弄错了,就像叫闯关东的山东人为山东棒子一样,棒子是耿直仗义的意思。当年墟里一带流传这样一句话:从南站到北站,连睡觉带管饭,临走还会送盘缠。这就是说站上人办事敞亮、大气,不抠抠搜搜。齐大牙的话让我想起了一位外国作家的一句话:过去的并不代表会消失,因为它还隐藏在内心深处没有过去。我觉得站上人的精神内核还在,只是被时间的大粒盐腌渍了,要想办法唤醒它、擦亮它。

哨花吹聪明,现场有齐大牙在他很少说什么,只是频频点头回应齐大牙和众人的话。外屋的一桌却比里屋热闹,听着好像在谈论单出头和二人转哪个更好,吵吵了一会儿,忽然消停了,不一会儿,一个响亮的女声唱起来:

> 王二姐坐北楼哇雨泪汪汪啊,
> 叫一声二哥哥呀咋还不还乡啊,
> 想当初咱二人情深一往啊,
> 咱二人洒泪而别你离了家乡,
> …………

"这闺女,高兴起来就喜欢唱。"齐大牙说。他听出来了,唱单出头的是齐琴。吃杀猪菜本来都请户主,齐琴因为要照顾齐老爷子,自然留了下来。酒桌上众人一鼓动,她索性就唱了起来。

听到歌声我暗暗吃了一惊,唱得太棒了,不比专业演员差。郑高说:"我挺喜欢单出头这种表演方式,一个人一台戏,夹叙夹议,随时随地都可以演出,而且演出成本极低,便于普及。可惜的是,这些事在农村没有人经管,会唱的没地方唱,想听的听不到,其中肯定有某个环节断了。"他说完又自言自语道:"也是,现在各级政府精力都在招商引资抓经济上,谁还有工夫搞什么单出头?"

齐琴唱了很长一段,里屋这桌也都放下了筷子,一直听完,然后里外屋一同鼓起掌来。

满囤双手抱拳请齐大牙收杯。齐大牙说:"有村干部在,老朽不能收杯,这是规矩。"

我觉得这个杯自己不能收,站上人尊老重老的传统不能破,便恳请齐大牙发话。齐大牙让村干部收杯也许只是让一让,我一松口,他知道收杯的话还要由他来说。

"人哪,就是活一张脸面。现在谁家也不差这一口吃的,能来吃杀猪菜是给满囤面子,也是给自己一个露脸的机会,咱墟里本来十里八乡都有好名声,现在变味了,名声差了,墟里人出去都觉着没面子,咱得想法子把脸面争回来。马上就要过年了,过年就是翻篇,把窝囊的一篇翻过去,过了年咱把墟里洗刷干净,给站上人长点脸!"

老人讲得太好了,我在鼓掌的同时,浑身涌上一股酒热。

还有三天过年,墟里出了件不大不小的闹心事。石锁被县市场监管局罚了,而且一罚就是十万块。

原因很简单,石锁杀了两头年猪。邻村一个卖糖葫芦的正好遇到,就买了十斤猪肉回去,这件事不知怎么被监管部门获悉,三位执法人员驱车来到墟里,二话不说就开票罚款。石锁打电话把哨花吹叫了去,哨花吹也没辙,把这个情况报给了我。我觉得事情不会这么简单,就拉着郑高一同赶到现场,请三位执法人员到村委会交换一下意见。执法人员中一个戴旱獭帽的,问我和郑高是做什么的,哨花吹介绍说这是省里下来蹲点的两位干部,春节没回省城,在搞乡村振兴调研。旱獭帽一听,态度和蔼了许多,跟着我们来到村委会。我问是怎么回事,大过年的怎么下乡罚款来了。旱獭帽说他们接到举报,石锁存在私屠乱宰和销售行为,他们不得不来。郑高问:"农民杀年猪违规吗?"旱獭帽解释说:"家猪要到集中屠宰点屠宰检疫,石锁私屠没经过检疫的猪,而且还有出售行为,按规定肯定要罚,猪肉也要没收。"哨花吹说:"集中屠宰点在镇里,太远了,村民来回要小一天。"旱獭帽说:"我们也是人性化执法,知道农村家家户户杀年猪,睁一只眼闭一只眼就过去了。但这次有人举报,举报若是不管,就是我们失职。"旱獭帽的意思很明白,因为有人举报,他们才不得不出手。这时,石小东从外面急匆匆赶回来,说:"坏菜了,石锁拎着杀猪刀要去找方世坤报仇,说是方世坤向县里举报了他,要把黑鱼和黑状的账一起算。"石锁怀疑方世坤不是没有道理,两家的矛盾一直捂着,像湿煤压的炉火一捅就着。哨花吹让大奎赶快去安抚石锁,千万不要闹出人命来。这边三位执法人员也有点紧张,哨花吹给他们讲了方、石两家的新仇旧账,石锁这十万块一罚,至少会搭上两条人命,那样的话墟里就捅破天了。旱獭帽皱着眉头说:"这事不是姓方的举报的,关人家姓方的啥事?"哨花吹道:"问题是你能告诉石锁是谁举报的吗?你有责任为举报人保密。"旱獭帽说这事他做不了主,局长有批示,不罚说不过去。哨花吹难住了,扭头看了我和郑高一眼。没等我说话,郑高说:"这样吧,您拨通你们局长的电话,我和他说几句话。"旱獭帽有些犹豫,不想拨这个电话。郑高说:"人命关天,大过年的,真要是因为执法引发一场血案,后果怎样你想过吗?作为当事人你能撇清干系吗?"我说:"郑处长说的对,你年轻,大事还是请示领导拿个主意好。"旱獭帽问郑高:"您是处长?"郑高说:"不信你可以上我们厅网站查呀,我叫郑高,当处长五年了,还是一级调研员。"旱獭帽知道处长和县长、书记一个级别,便掏出电话拨通了局长的电话,简单说明情况后将手机交给郑高。郑高接过电话走到屋外,站在寒风里说了些什么没人听得到。不一会儿,郑高返回来把电话还给旱獭帽,旱獭帽接听电话,一口一个"是",我暗暗数着,旱獭帽一共说了八个"是"。放下电话旱獭帽说:"局长说了,这起案子暂缓执行,春节后再说。"我们一行匆匆回到石锁家,院子里大奎正在比比画画劝石锁。哨花吹走过去说:"行了,石锁你别闹了,这事先翻篇。"三个执法人员看到有村民在用手机拍照,就匆匆上了车,连个招呼都没打就开车走了。执法车一走,冲动的石锁便软了下来,一屁股坐在雪地上,红着眼睛说:"欺负人有这么欺负的吗,这还让不让人过年啦?"哨花吹扶他站起来,说:"这事不是翻篇了吗?回屋好好过年,过年别生气,把这事当成个屁放了吧。"哨花吹又指着郑高说:"是这位领导给你讲的情,你要好好谢人家。"石锁把手里的杀猪刀递给身边的老婆,朝郑高鞠了个躬,说了声谢,眼圈有些泛红。

我不知为何鼻子一酸,把目光从石锁那张黧黑的面孔上移开,看到了屋门上新贴的春联,上联是"人增福寿年增岁",下联是"鱼满池塘虎满栏",横批是"横刀立马"。这横批与对联意思不太搭,我怀疑是买串了,但我不能问,因为石锁毕竟有四角菱之称,哪个角指向什么很难说清楚。回去后我给老毕打电话汇报了这一情况,请老毕帮着斡旋一下,最好年后也不要处罚。老毕说自己不过是个副镇长,就是镇长说话人家也不一定听。我又给老雷打电话,老雷一听笑了,说:"你守着郑高还来找我,郑高和你们常务副县长是党校同学,这就是一个电话的事。"放下电话,我问郑高为啥不说他在县里有关系。郑高说:"能说通道理的事不用找关系,关系是用来疏通道理的。"不一会儿,老雷打来电话,敲打我是不是忘记了他的嘱咐,多做无形之事,少介入杂七杂八的琐事,琐事像韭菜,割掉一茬儿又会冒出一茬儿,累死也做不完。放下电话我想,杀猪刀都抄起来了,这还是琐事吗?

腊月二十八,从未见过面的村民方大光来请我和郑高到家里吃饭,说儿子方舟带着对象从深圳回来过年,希望村领导去家里陪陪,给撑个面子。方大光不胖不瘦,有点谢顶,能看出毛衣里穿着白衬衫,衬衫系着领扣。方大光说儿子对象的父亲是个县团级干部,闺女头一次来墟里,没个干部陪着不上档次。我觉得方大光这个想法很有意思,儿子带着对象回来,一般来说不会希望有外人陪,就问他儿子是否同意这么做。方大光说:"这事不用和方舟商量,墟里长大的孩子,父母的话就是圣旨。再说墟里自古有对等待客的规矩,只要你们两位省里来的干部出面,方舟肯定高兴。"方大光是个一心向往城市生活的农民,他已经在县城买了商品房,只是还没有装修,原因是他的胖媳妇住不惯楼房,商品房没有电梯,他买的房子在六楼,媳妇上一次楼要喘半天。我看了看哨花吹,哨花吹说:"大光是个场面人,孩子在深圳打拼不容易,我们就去给大光抬抬身价吧。"

方大光摆了满满一桌子菜,还备了两瓶葡萄酒。葡萄酒在墟里被称为色酒,村民不屑于喝,方大光买红酒多半是考虑到准儿媳的身份。其实方家准备的都柿酒也属于色酒,方大光特意解释说他家都柿酒是用花园圆曲泡的,花园圆曲是产自双城堡的一种地方白酒,也算小有名气。方舟是个很俊逸的小伙子,在深圳一家动漫企业做设计,收入不菲。女朋友小薇在深圳宝安区一个街道网信办工作。小薇很开朗,聊了几句就和哨花吹聊到了一块。街道工作等于城市里的乡村工作,性质大同小异,所以很多问题和我也能谈得拢。我问她对墟里印象如何,她说:"印象有三:第一是冷,第二是真冷,第三是太冷。"我被她逗笑了,是啊,南方女孩不会适应这零下二十多摄氏度的严寒。小薇很会说话,接着话题一转:"冷有冷的好处,好处也有三:第一是细菌活不了,第二是懒汉活不了,第三是冰箱用不了。"说完小薇自己都笑了。小薇还夸了墟里的地缘优势,说这里要是有口岸就好了,可以做边贸,有了贸易就有了人流,那时候墟里就成了北方沙头角。

"北方沙头角",这个说法有点意思。

我问方舟在深圳想不想家。方舟说:"身在外地想家是肯定的,主要是想吃墟里的驿路菜,每次在公司食堂吃饭都会想起妈妈做的驿路菜,公司食堂的饭菜千篇一律,都甜甜的,早就吃够了。"

"驿路菜?"郑高睁大眼睛问。

"驿路菜是墟里特有的老菜,当年驿站待客用的六道菜。"哨花吹说,"墟里老户大都保留着驿路菜的菜谱,一共有六道,又称驿路六大碗。首道是卤拼,一般有酱猪蹄、卤凤爪、卤鸭掌,寓意是脚力好;二、三、四、五道分别是熘肝尖、粉条炖桦蘑、锅塌豆腐、糖醋鲤鱼,熘肝尖寓意侠肝义胆,粉条炖桦蘑寓意顺溜,锅塌豆腐寓意有福分,糖醋鲤鱼鱼尾一定要高高翘起来,寓意跳过龙门,到达目的地。最后一道菜是清炖鸡,代表下一段驿程大吉大利。驿路菜没啥特殊之处,食材也简单,但寓意好,在民间颇受欢迎。据说当年雅克萨大捷后,站官准备的就是这六道菜,菜谱就此传了下来。"

餐桌上六道菜果然都有,除此之外还有酸菜心蘸酱和江葱炒野鸭蛋。我问这是真的野鸭蛋吗,春天的野鸭蛋如何保存到冬天。方大光说这是土法保鲜,把夏天甸子里拾来的野鸭蛋埋在下屋米缸里,保质期最长可达一年。但江葱没法弄,只能用小葱来替代。

郑高说:"驿路菜这篇文章值得好好写一写。"

哨花吹点点头道:"我正在琢磨,在墟里搞个农家乐专门吃驿路菜肯定行,当年驿站还能吃饭,到了今天,墟里连个饭店都没有,有钱无处花,咱不能老鹰变夜猫子——一代不如一代。"

吃饭间我问方舟将来个人发展有何规划,他说先把工作做好,等收入高了,就在深圳郊区买个房子把父母接过去。方大光接过话道:"郊区不行,要买也得在城里买。"

我打了个寒战,方大光大概不知道深圳房价有多高。

大年三十,从早晨就开始有了零星的鞭炮声。哨花吹夫妇一起到村委会来请我和郑高去他家过年。哨花吹说女儿女婿在大连回不来,家中只有他们老两口,多点人在一起过年还有点气氛,在村委会也没法包饺子。我不想给哨花吹添麻烦,没想到哨花吹早就做了安排,说他还邀请了老毕夫妇,老毕儿子在外地不回来,家中也是两个人。他说能请动老毕,还是打了郑处长的旗号,他给老毕打电话说想不想听郑处长讲段子,想听的话就快点过来。哨花吹笑着说:"老毕可积极了,还要带两瓶北大仓呢。"我与郑高对视了一眼,郑高颇有些得意,有人喜欢他的段子是对他最大的奖赏,他说过,段子是他生活中的盐,没有盐,生活就没了滋味。

我俩随哨花吹来到家里,不一会儿老毕也到了。老毕脸色有些难看,说:"县里要派工作组下来督查各村镇禁止燃放爆竹,早不说晚不说,偏偏大年三十下来督查,谁能保证得了?"

在我的印象里,老毕对县里的指令很少有抱怨,上面说一就是一,贯彻从不走样,现在对禁燃鞭炮这件事他却有些怨气,怪县里指令下得想当然。

哨花吹问:"谁来督查?"

"县里让各乡镇派出所互相督查。咱们镇派出所去太平镇,太平镇派出所来咱们这里。很不幸,墟里被抽到了,成了必检村。"

"必检村意味着什么?"哨花吹问。

"督查组就待在必检村,说白了其他村怎么燃放他们不管,必检村要是有人燃放,那是要处罚的。"

我倒吸一口凉气,要是不让墟里放鞭炮,这年还像年吗?但既然县里有要求,只能抓紧落实。哨花吹当然知道利害,说他这就去安排小东、大奎挨家挨户地通知,申明县里的要求,在督查组驻村的时候切切不可燃放鞭炮,免得遭受处罚。老毕说:"这是件难办的事,也是考验班子凝聚力和战斗力的时候,因为今天是大年三十。"老毕有些忧心忡忡。

好一会儿哨花吹才回来,对老毕说:"督查组来了就到我家吧,把村委会的大门锁上,毕竟他们也要过年吃年夜饭呀,都是些年轻干警,撇家舍业挺不容易。"老毕说:"也好,你家今年过年成会餐了。"

下午五点半,四名公安干警开着警车来到墟里,哨花吹将他们请到家里,说:"镇领导对这件事格外重视,毕镇长来墟里坐镇,应该没啥问题,一会儿大伙就在这里吃年夜饭。"为首的警官说他们有任务,饭不吃、酒不喝,只要村里不燃放鞭炮,他们夜里十一点就回去。哨花吹说:"农村的事你们还不知道?鞭炮都抢先放,大多数人家十点半就开放,连春晚都听不清。"为首的警官说:"要求我们守到十一点,这个时间大都睡觉了,也就没人燃放了。"

哨花吹安排四名干警在西屋看春晚电视直播,备了松子、毛嗑、花生、缓好的冻梨和山楂,泡了一壶茉莉花茶,还准备了一些点心。老毕和我也过来陪着说话。郑高不过来,他和哨花吹在另一间屋的炕上唠嗑。

四名干警很负责,隔一会儿就两人一组出去巡查一番,在十一点前,干警两人一组巡查了三次。接近十一点的时候,为首的警官表扬说:"墟里工作很到位,连零星的鞭炮声都没有,墟里是站上人聚居的地方,能管到这个程度不容易。"

哨花吹说:"有毕镇长在村里坐镇,没人敢放,站上人最大的优点是守规矩。"

十一点刚过,四名干警上车准备离开。临走,为首的警官说:"年后总结的时候县里会表扬你们墟里,你们村是零处罚,我们也想大过年的能不罚就不罚,免得挨骂。"

警车走后,哨花吹笑嘻嘻地说:"今年的年夜饭是名副其实的跨年饭,各位到东屋入席吧。"老毕站起身问:"你个哨花吹,用什么魔法把全村人都罩住了,怎么连个二踢脚的响声都听不见?"

"是啊,老邵你是咋安排的,大伙怎么这么听话?"我跟着老毕问。

哨花吹说:"大家入席,三杯酒过后我再交代。"

六个人在饭桌前坐定,哨花吹抬起手腕看了看表说:"离十二点还差十分钟,这十分钟我们先喝三杯酒,纪念这个非同寻常的除夕之夜。"

酒喝过,时针指向十二点,忽然村里鞭炮齐鸣,刺眼的烟花照亮了院子。我们都呆住了,手上拿着筷子愣在饭桌旁,不知道外面发生了什么事。

老毕放下筷子跑出去,我和郑高也跟着来到院子里。此时,原本安静的墟里鞭炮炸裂般响起,夜空被礼花映成了白昼。礼花鞭炮品种繁多,有旋转升起的冲天炮,有凌空绽放的礼花弹,有四响一咕咚的传统鞭炮,还有遍地开花的大地红。这是在城里看不到的景象,因为禁燃鞭炮已经有两三年了,城市里的大年静悄悄,每家每户只能盯着电视屏幕。郑高兴奋得直搓手,屁股下意识地扭动着,好像要跳舞一样。他用胳膊肘拐了一下我道:"这才叫过年,有年味嘛。"我担心的是离开的警察会不会杀个回马枪,夜晚鞭炮的声音会传出很远。我看了哨花吹一眼,哨花吹没有与我对视,正仰望着天上的礼花出神。

"这是咋搞的?不怕人家回来抓人?"老毕问。

"村村礼花放,家家鞭炮响,抓得过来吗?"

"是你有意安排的?"

哨花吹轻描淡写地说:"我只是给各家各户规定了燃放时间而已。"

"好一个哨花吹,我算服了你,回去,喝酒!"老毕说。

我掏出手机编了条微信发给老雷,在"过年好"之后缀了一句:"想看燃放烟花爆竹吗?那就来墟里吧,今夜这里礼花满天。"

郑高问:"这么晚了你发给谁?"我扮了个鬼脸:"发给老雷,让他羡慕嫉妒恨去吧。"

遗憾的是,过年期间郑高没能见到金子,因为老莫把金子接去县城过年了,让郑高没有打捞到金子的故事。

十六、鬼蜡烛

鬼蜡烛就是北方湿地常见的蒲棒。在蓝湖,远远看去,支支鬼蜡烛像竹扦穿起来的根根火腿肠,竖在周边的蒲草里。我不知道蒲棒为什么会有"鬼蜡烛"这个名字,是因为无法点燃吗?也许是,因为鬼怕火怕光,能点燃的东西鬼会敬而远之。在我心里,"鬼蜡烛"是个贬义词,这个词与喜欢刁难人的谢志远相联系一点不奇怪。

我对鬼蜡烛印象不好,曾在一份资料里看到,抗美援朝时有奸商以此代替棉花充填棉军服,导致许多志愿军战士被冻伤。鬼蜡烛看上去像棉絮,实际毫无保暖作用,纯粹是样子货。这样一种植物原本不该与人产生联想,但当我见到谢志远之后,不知为什么,脑海里一下子就蹦出了"鬼蜡烛"这个概念,可能与谢志远穿了一身褐色衣服有关,除此之外,我没发现谢志远与鬼蜡烛有什么相似之处。

如果世上真有料事如神之人,那一定非老雷莫属。老雷的确有先见之明,他对炊烟的预测相当精准。老雷让我拍炊烟照片时我曾寻思,他是不是过于悲观,炊烟这种东西是说禁就禁的吗?那可是人间烟火啊!没想到转过年来文件就到了,为了控制大气污染,农村秸秆不许焚烧,农户一律灶改气、暖改电。具体来说就是封灶、禁火。

不能不说这是个好消息,实现的话,农村会变得更加干净整洁。但我觉得这步子迈得有点大,农村家家有柴垛,做饭烧炕离不开柴火,一纸文件就禁止烧柴谈何容易。

镇里抓工作有个不变的套路——包干制,用镇长的话说就是谁的孩子谁抱。灶改气工作一个镇领导包两个村,定下完成时限,谁完不成任务拿谁是问。

老毕包墟里,墟里灶改气工作自然落到他的头上。除了墟里,老毕还负责新生村,新生村工作相对好做,不用老毕操心。灶改气的难题主要在墟里,这一点老毕很清楚。老毕几乎天天蹲在新生,因为新生工作进展顺利,待在那里心情也好,墟里工作几乎没啥进展,来了也是干上火,他索性眼不见心不烦。哨花吹给老毕打电话,希望他来指导工作。灶改气有时间限制,墟里无论如何不能扯全镇后腿。哨花吹私下对我说:"灶改气这件事要是秃噜扣,墟里保卫战就失败了,道理很简单,同样一个山头,新生冲上去了,墟里没上去。"我说:"还是要请老毕多指导,至少不能让老毕对咱们失去信心。"

老毕虽然不来,电话却不闲着,一天两遍电话催进度。哨花吹让方慧用村里大喇叭一遍遍广播,又让大奎带人把上级免费发放的液化气罐一家家送到位,但封灶的事没一家愿意干。

"这事太难了,我是参谋皱眉头——一筹莫展。"哨花吹头一次有这么大的为难情绪。

"你还是搬救兵吧,把老毕请来,看看新生的经验可不可以复制过来。"

哨花吹给老毕打电话,说:"封灶禁火是大局,头拱地也得办,但村民想不通咋整,煤气罐到家了也用上了,锅灶就是不封。"老毕说:"你肯定有办法,世界上最难的曲子都难不倒你这个喇叭匠,这点小插曲算个啥,我相信你,镇政府相信你,你就放手抓吧,不获全胜决不收兵。"哨花吹放下电话对我说他头都大了,旧事没清,新事又来堵门,这个七品芝麻官还真难当。

自哨花吹上任后,我还是第一次见他束手无策的样子。老毕一天两个电话,哨花吹的眉心这几天一直在拧着。他低头反复擦拭那支小喇叭，有时举起来比画几下，却不吹。我说："你也别怪老毕，控制碳排放不是他这个级别决定的工作，这是全球性大事。"哨花吹说："道理谁都懂，我就不信欧洲城堡里那些壁炉冬天不烧柴。"我说："这个还真不知道。"我想给哨花吹普及一下气候变暖的危害，想了想没有讲，那些道理他肯定明白，讲多了反而有虚里冒套之嫌。

晚上我给老雷打电话，问老雷是怎么未卜先知的，农村现在真就不许烧火做饭了。老雷说："任何事的发生都有征兆，炸药包还有根导火索呢，科学推理肯定能准确预判。"我说："没想到绵延了几千年的炊烟会被禁止。"老雷说："对此只能报以诗人的感慨了，社会只要前行，总会一路丢下些东西，有些东西丢下无所谓，有些东西丢了让人惋惜。"我问："在遥远的边陲禁止焚烧秸秆，搞灶改气，步子是不是迈得有点大？"老雷说："步子大怕什么，走不稳再退回来嘛。"我说："村民反应强烈，本来一件好事却引来骂声一片，这里面肯定有哪个环节出了问题。"老雷说："这事大方向没错，这是治理大气污染的重要举措，但由于一些地方在执行上有加速度的惯性，容易出现层层加码和不切实际的'一刀切'现象。"我问他该如何对待这项棘手的工作。老雷说："你还是多做无形之事，这种有形的工作多听当地干部的意见为好，这件事与他们的利益密切相关。"

老雷预判对了，封灶禁火县局果然在执行上级政策的基础上再度加码。县局在全县乡村掀起一场轰轰烈烈的"告别炊烟"专项运动，派出十二个督查组逐乡逐村督办封灶。为了加快进度，明确要求由各乡镇组织施工队，排除阻力，入户硬性封灶。

就这样，我认识了被我称为鬼蜡烛的谢志远。

一般来说，肩负检查任务的官员普遍表情严肃，职责让他们不得不保持不苟言笑的姿态。负责督导沿江镇的第四督查组组长谢志远，一副百毒不侵的样子，鼻孔朝天，官气十足，颇有些颐指气使的傲气。谢志远是县局秘书科科长，平时与执法工作无关，在机关里唯唯诺诺没什么脾气。人真是奇怪，一旦有了权力，脾气秉性就会随之发生变化，软塌塌的充气人偶，瞬间就会成为变形金刚。谢志远到沿江镇担任灶改气工作督查组组长后,第一个批评的就是老毕,说老毕手软,不敢强行推进,导致墟里一家锅灶没封。谢志远说他要来墟里,看看墟里的阻力到底在哪儿。老毕打电话给哨花吹,说这个谢志远六亲不认,一定要好生接待。谢志远来墟里时老毕称自己拉肚子没有陪,委托组织委员曹大姐陪同。哨花吹知道老毕是故意回避,老毕知道墟里民风彪悍,强行封灶弄不好会出麻烦。

曹大姐陪着谢志远走进村委会时,我们五位村干部已经悉数到场。曹大姐一一做了介绍。谢志远对每个人都是点点头,没有握手。谢志远没有落座,就背着手站在门口,他上身穿一件咖啡色的肥夹克,下身穿一条瘦瘦的卡其色西裤,上肥下瘦,看起来很不协调。我当时就在想,此人可以与什么植物相对应呢?这件咖啡色的夹克穿在他身上圆咕隆咚的,像一截香肠。谢志远开门见山,说总体情况不用汇报了,他知道墟里封灶工作尚未启动,想问几个具体问题。谢志远问了几组数据:常住户数多少、闲置房屋多少、对封灶有抵触情绪的人多少……这些数字难不倒哨花吹,哨花吹张口即来,全做了回答。谢志远在听到全村有三分之一房屋闲置后,问这个数字是否属实。哨花吹说:"一个带兵的连自己有多少兵还记不住吗?墟里过去是驿站,有人人点卯的习惯,谢组长不信可以派人去数。"

谢志远说:"验收的时候自然要数。"

我心里咯噔一下,刚才哨花吹汇报数字时,我知道数字不是很精准。据我掌握的情况,墟里闲置房屋应该在四分之一左右。

谢志远做指示十分干脆,罐到灶封,令行禁止,工作没有价钱可讲,墟里必须马上推进。他说:"各乡镇换气点已经开始运作,电价折扣优惠政策也已经出台,有气有电,灶坑这落后的东西留着也没有用,要么拆要么封,一定要在规定时限内完成改造任务,否则要被问责。并且镇里将派施工队进村封灶,村里要做好对接工作。"

谢志远说完就去下一个村子督查。曹大姐上车前把哨花吹叫到一边交代了几句,说了些什么我没有听到。

在谢志远开车门的一刹那,我脑子里忽然闪出一支鬼蜡烛来,我忽然有点兴奋,鬼蜡烛!这两者有点神似。

"鬼蜡烛,"望着开走的汽车,我喃喃地说,"怎么觉得这个谢组长像枝蒲棒呢?"

"是有点像,装腔作势,假正经。"哨花吹点了点头。

"这个谢志远挺严肃的,"方慧说,"长着一身厌人毛。"

"这小子说话癞蛤蟆打哈欠——口气不小。"哨花吹抱怨了一句。

"不能小看他,要小心他的施工队,封灶与强拆没啥两样。"石小东有些忧心忡忡。

大家都齐刷刷看着哨花吹,石小东的判断没错,因为谢志远刚才的话已经说得很清楚了,施工队进村,可就不是征求意见了。哨花吹说:"别都这么瞅我,活人不能叫尿憋死就是了。"

封灶告示贴出不到半天,村委会就围了百十来人,骂骂咧咧嚷嚷不停。有的说:"这是谁定的事,封山封河没说的,锅灶怎么能封呢?"还有人说:"封灶这种事闻所未闻,肯定不会封,谁讲也没用。"我想出去解释,被哨花吹一把拉住,示意我不要露面。哨花吹出去了,说了些什么屋里听不清,但院子里的人群慢慢散了。

哨花吹回来后不但没有生气,脸上还带着一丝奇异的笑。我说:"村民来上访你怎么还高兴起来了?"哨花吹说:"外面来的人有石家的,也有方家的,这两大姓一向尿不到一个壶里,这次却聚堆了,说明啥?说明再大的矛盾也是可以调和的。"

大家坐下来讨论封灶这件事该怎么办。施工队进村入户不可避免,做不通工作容易生事端。大奎负责村民调解工作,哨花吹让他先说说。大奎说:"施工队入户肯定会打起来,墟里的汉子一向吃软不吃硬。"方慧说:"毕镇长不来催办,说明他知道墟里村情与别的村不一样,墟里可是历史上有名的'好汉窝',有的锅灶烟囱比齐大牙的岁数都大,怎么能说封就封?"石小东则说:"这事想摆平只能多出钱,钱出到位,别说锅灶,就是把房子拆了也能办成,现在发个煤气罐就想封灶肯定行不通。"石小东是会计,说话离不开钱,但村里确实积累不多,没法拿出大笔资金发补贴。讨论来讨论去也没达成一致意见。

我让大家回去好好想想,明天上午再做商议。

大家回去后,哨花吹说:"走,咱俩找齐大牙去。"

我郁闷的心里透进一丝光亮,是啊,足智多谋的齐大牙或许能有良策。换句话说,即使齐大牙没有良策,能带头封灶也是好事,其他村民的工作就好做了。我觉得石国库家和方大珍家也该去,尤其是石国库,对世界大事一向滔滔不绝,这事肯定会有自己的思考,他的高见可以参考。

哨花吹说:"先去找齐大牙,齐大牙半人半仙,比石国库技高一筹,再去找石国库,方大珍和金子那里就不用去了,尤其金子她是退休干部,不会带头闹事。"

午后的太阳落得快,我俩想赶在晚饭前走完,因为饭时登门有蹭饭的嫌疑,墟里人热情,对饭时赶来的客一定要拉上桌吃饭。

齐大牙正在炕上把玩一枚小东西,原来他唯一的门牙掉了。说来奇怪,这颗牙在,齐大牙说话发音还算清晰;这颗牙不在,齐大牙说话就漏风严重,甚至有点听不清。"末了,不中了。"齐大牙举着那颗发黄的门牙说,"以后煎饼没法吃了。"尽管吐音含混,但我俩还是听清了这两句话。哨花吹说:"牙早晚都要掉的,我前两天还掉了一颗石牙呢。"

齐大牙小心翼翼地摆弄着那颗牙,牙并不好看,牙根已经变黑,牙身呈土黄色,看上去像难看的马牙。哨花吹说了上级要求封灶的事,想听听老人家对这件事的看法。

谁知齐大牙像是没听见一样,盯着那颗牙自言自语:"一半黑,一半白,黑白颠倒,颠倒黑白。"

哨花吹又重复了一遍,齐大牙还是没搭茬儿,依然在含混不清地嘟哝刚才说过的那几句话。哨花吹望了我一眼,我看了看身旁的齐琴。齐琴靠近哨花吹耳朵说:"老爷子牙一掉就魔怔了。"

"多久了?"哨花吹问。

"就这两天,石国库家里烙了煎饼,给老爷子送了几张来,结果把门牙咬掉了,牙一掉,老爷子就像变了一个人,说话开始变得玄乎起来。"齐琴不怕老爷子听到,当着老人的面就敢这样说。

哨花吹知道问不出什么了，便向我使了个眼色要走。哨花吹说："您别上火，过几天到城里镶满口牙，保证还能吃煎饼。"

这句话让齐大牙的目光离开了手上的牙，他用几乎干枯的手往外拂了拂道："你们去国库那儿，看看他牙是不是还囫囵。"

告辞后我俩直接去往石国库家。路上，我说："齐大牙今天不正常，有点怪怪的。"哨花吹说："老爷子本来就怪，不能用常人眼光看他。"哨花吹讲了自己亲眼见过的一件事。那是镇政府食堂的大师傅来墟里买土鸡，买了满囤家八只芦花鸡，大师傅要求满囤给杀了秃噜成白条鸡，满囤刚杀了一只，就被溅得浑身是血。恰好他陪齐大牙来找满囤谈事，见满囤这模样，齐大牙"呸呸"了两声，走过去将鸡背朝地放下按了按，然后用菜刀在鸡头上方地上画出两道杠，待杀的鸡立马就像被施了魔法一样，一动不动了，剩下的七只鸡也用这种方法，这些鸡便呆呆地不再挣扎，被一只只宰掉。哨花吹说这是啥原因他也搞不清楚，齐大牙也从不泄露天机。

这种故事我听郑高讲过，原以为是胡编乱造，哨花吹说自己亲眼见过，那就应该有可信度。我知道自己误会了郑高，郑高的段子看来也不是没有来处，难怪老雷能听进去。

我问哨花吹："齐大牙说的，黑白颠倒，颠倒黑白，好像话里有话。"

"是的，我记住了。"哨花吹说。

来到石国库家，石国库正在外屋摆弄一个带炉箅子的铁皮炉子。石国库硬朗的身体得益于他当兽医的经历，他常说人畜同理，从畜生身上也能得出许多的养生经验。比如善于拉车的马不胖，夜里多喂精饲料；犁地多的牛腿粗，要防止牛多卧。按照饲养役畜的经验，他总结出一套养生秘诀：少吃勤吃，多立少卧。他自己这样做效果还不错，可惜村民没人信服，因为齐大牙对这个秘诀有一句不好听的评语："人不是牲畜。"

哨花吹问石国库摆弄这个古董干什么。石国库洗了手，将我和哨花吹引到里屋坐下，颇有些自信地说："就知道你们会来。"

"您怎么猜到我们会来？"我很惊讶。

"墟里'三老'就剩我一个明白人啦,不找我找谁?"石国库一副舍我其谁的语气,让我感到有些不舒服。我记得哨花吹说过一句话:"满瓶不响,半瓶子才晃荡。"看来,石国库顶多也就是半瓶子醋。不过,石国库知道齐大牙魔怔了,说明他消息灵通。

哨花吹道:"齐大牙只是牙掉了,脑子还好使,咋能说墟里'三老'就你一个明白人呢?"

石国库摇摇头说:"齐大牙的本事都在那颗牙上,牙没了,他的时代也就结束了。"

石国库这样说好没来由,恰恰证明了他心里嫉妒齐大牙,早就有取而代之的想法。哨花吹不想和石国库谈论那颗掉下来的牙,直接说了封灶的事,问石国库有什么好主意。

石国库直了直腰板,清了清嗓子道:"灶王爷乃一家之主,把灶王爷的门路堵死,这是造孽!"

"不用发牢骚,我俩是来讨主意的。"哨花吹说。

石国库说:"得罪上级,乌纱帽戴不成;得罪灶神,上天说你坏话,下界不保你平安。"

"那怎么办?"哨花吹只想听对策,不想听分析。

"办法就在那个铁炉子上。"石国库指了指外屋地上的铁炉子说,"灶是死的,炉子是活的,李代桃僵,瞒天过海!至于外屋的锅灶,想封就封吧,封了正好障眼,反正胳膊拧不过大腿。"

以炉代灶,我暗暗吃了一惊,由活动铁炉子代替固定锅灶,至少能保证烧炕问题。烧炕是墟里人家日常所需,不烧炕,冷冰冰的土炕没法住人,这是村民最不能接受的。简易的铁炉子收放自如,用过后可以收起来,只要时间上错开,检查人员也难以发现。

我问:"墟里家家都有这种铁炉子吗?"

哨花吹点点头说:"铁炉子过去是墟里人家的标配,都有,过去冬天冷,这种铁炉子的作用相当于壁炉,烧水做饭不耽误。"

我知道以自己的身份不宜讨论这个对策,便起身告辞。上级封灶的目的是减少空气污染,不是单纯为了封灶,换成了铁炉子这不是糊弄上级吗？离开石家时，石国库送出院外，底气满满地对哨花吹说："震天啊，以后有啥事吱一声。"哨花吹笑了笑，道："齐大牙没魔怔，是他让我俩来找你的。"

石国库脸色顿时变了，问齐大牙让两位领导来找他干啥。

哨花吹道："看看你的牙是不是囫囵。"

回去的路上我没有说话，石国库出的主意明显是阳奉阴违，违反纪律不说，人品也丢了，无论如何不能这么干。哨花吹走着走着却扑哧一声兀自笑了，道："还啥李代桃僵，石国库越老越苏东坡的屁眼——文绉绉（纹皱皱）起来。"我没忍住也跟着笑弯了腰："你个老邵啊，有这么损一个老人的吗？"哨花吹道："站上人就这习惯，开玩笑不分老少。"

回到村委会，方慧说毕镇长来过电话，说施工队要提前进村，要求村里千方百计做好村民安抚工作。哨花吹坐下来，掏出腰包里的小喇叭，说："我这个人是不是傻？好好的喇叭匠不当，非要干这个破主任，说句粗话您别在意，我想骂自己，这真是没卵子找根茄子提溜——犯贱！"

屋内没人发笑，我知道此时此刻这是哨花吹最真实的心声。哨花吹图什么？一不能提拔，二不能发财，哨花吹答应老毕，一方面是为了交情和名声，另一方面怕墟里被合并，可现在遇到封灶这件事，弄不好会既伤交情，又坏名声。

"不能用犯贱来下结论，"我说，"为墟里做事，至少有个好口碑。"

"口碑？那是浮名而已，宋朝有个文人，人到晚年才活明白，想把一辈子浮名换成喝酒唱曲，我现在回头吹喇叭还不晚。"

我心里一紧，哨花吹是想撂挑子，这时候他要是辞职，墟里肯定会乱成一锅粥，老问题、新矛盾会一股脑冒出来。我想劝又不知如何劝，哨花吹面临的压力我能感受得到，真担心他被压趴下。我这两天也没有睡好，几次深夜想给老雷打电话，看看时间觉得不妥，便没有打，说心里话，我对县里、镇上强行封灶的做法有意见，这种层层加码的行为会把好事办砸。

见我保持沉默，哨花吹知道自己说了过头话，摆摆手道："我这是发发牢骚,作为一个支腿的,我不会半道撂挑子,那样不讲究,我可不是拉屎往回坐的人。"

我长舒一口气,一时感到鼻子有些发酸,便轻轻揉了揉,但眼圈还是红了。

哨花吹道:"我提个建议,现在村里事多,咱俩不能都箍在一件事上,要有个分工,你不是想做驿路开发的文章吗,还要组建农民鼓乐队。这是两个大项目,是发展村级经济、聚拢人心的好事,你来抓正合适。至于封灶、化解矛盾、调解纠纷这些烂事我来做好了,反正我满头是包——不差这两拳。"

我当然明白哨花吹的用意,这是在责任上撇清我。哨花吹平时非常尊重我,这次没等我回话就对石小东说:"石会计你做个记录,这事就这么定了吧。"

"这样好吗?"我问。

"这也是曹大姐的意思,我和曹大姐想到一块了。"哨花吹说。

十七、鼠李

鼠李在墟里被称为臭李子,是北方很多地方常见的小乔木,它耐寒耐碱耐旱不耐涝,果实黑紫,人吃了会长厚厚的舌苔。鼠李被称为臭李子有点名不副实,因为它只是有点怪味,谈不上臭。但事情就是这样,恶名往往会掩盖真相,因为名字不好,这种在《神农本草经》和《本草纲目》中都有记载的树木,遭受了不该遭受的冷遇。在墟里没有人家栽种鼠李,只有鳏夫齐老三是个例外,他家并不大的院子里竟然有三棵茁壮茂盛的鼠李。

哨花吹说啥人栽啥树,不知道齐老三为什么会喜欢臭李子,因为成年人几乎没人吃臭李子味道怪怪的果实。

齐老三是墟里忠于职守的守村人。

在偏远的北地边疆,几乎村村都有一个守村人,老村子有,新村子也有,人们说没有守村人的村子不长久。齐大牙曾下过结论:"别看新生村嘚瑟,它不会长久的。"原因就是新生村没有守村人。

我对齐大牙这个判断不敢苟同,守村人其实是对智力低下的人的别称,新生村没有是好事,何况新生村发展势头迅猛,没有丝毫没落之势,怎么会不长久呢?新生村是老毕包的村,老毕说自己包新生和墟里有冰火两重天的感觉,一个先进,一个后进,两个村能折中一下也好啊。

齐老三智力低下的特征并不明显,主要表现是脑筋不会拐弯。比如有一次清明节,大奎告诉他,防火期不许任何人带火种进山,让他严防死守,他得令后拎着鞭子在村口溜达,赶巧石国库拎着供品和烧纸要上小龙山祭祖,结果被拦下了。他说:"大奎有令,供品可以拿,烧纸和火种不行。"他亲自上手翻遍石国库的衣兜,留下烧纸和打火机,才放行一脸怒气的石国库。石国库不能拿守村人撒气,就去找齐满囤理论。这事被齐大牙知道了,把石国库数落了一顿,石国库才算消停下来。

齐老三鳏居在村东头两间一面青房子里,不大的院落被三棵臭李子树占去了大半。臭李子树皮实,虽然叶子和果实有股冲味,但臭李子的花很耐看,枝叶也规矩,高的能长到七八米,齐老三院子里三棵臭李子,树冠已经盖住了房顶,而且长势不减。齐满囤劝他把臭李子砍了栽几棵沙果树,也好有个果子吃,说臭李子养这么大没啥用。齐老三嘿嘿一笑,说臭李子好,能熏蚊子熏苍蝇。不得不说齐老三这个发现很有新意,我这个学生物的还不知道臭李子有这种功能。臭李子树的花和果实能否驱蚊虫,需要在实践中去考察。

齐老三养了一只叫花花的狗。花花黑地白花,毛色油亮,从不乱叫乱咬。齐老三有好吃好喝的一定先让着花花,人走到哪里花花跟到哪里,一旦花花不在视野里,他就会大呼小叫满屯子喊花花,村民听到喊声,就知道齐老三的花花又开小差了。花花是条母狗,生育能力如同春天的婆婆丁一般旺盛,一年一窝小花狗,墟里许多人家看家护院的狗都出自齐老三那个简陋的院子。

谢志远的封灶施工队在墟里入的第一户便是齐老三家。

封灶施工队仗着有谢志远撑腰,跟村里连个招呼都不打,就长驱直入,直接入户施工。

施工队是从东面入村,村东第一户就是齐老三家。齐老三的房子正面是石头和砖,其他三面都是土坯,这种房子俗称一面青,在二十世纪七十年代以前的东北农村极为普遍,后来渐渐被淘汰。齐老三因为智力有限,行事与常人不同,守着一面青不肯改造。因为有碍村容,齐满囤曾想由村里出钱为他建一处全砖全瓦的新房,但齐老三死活不干。他问齐满囤:"我家漏雨吗?"不漏。又问:"我家透风吗?"不透。最后问:"不漏雨不透风的房子为啥要扒,不怕我拿杀猪刀攮你?"齐老三好赖不分的话一说,村里再也不管他的一面青了。

"守村人"这个称号是齐大牙封的。齐大牙通过石国库和方大珍对外传话,墟里大人小孩谁也不许叫齐老三别的,一律叫他守村人。村民觉得这个叫法不错,渐渐就叫开了。齐老三平日负责巡村,直接领导是大奎,大奎交代什么他做什么,从来没有二话。齐老三在村里巡村时遇到谁家有出力的活就主动搭把手,村里人也都善待他,在吃喝上对他多有关照。每年除夕,齐老三都能吃上三盘饺子,齐满囤、金子各送一盘,齐大牙又让齐琴给送上一盘。

施工队一行五人走进齐老三家院子,带队的光头站在臭李子树下叫屋里的人出来。齐老三正在炕上睡觉,陪他睡觉的花花听到动静跑了出来。看到一群拿着工具的陌生人站在树下,花花勇敢地冲过来想把入侵者赶出院子。光头队长反应极快,抡起工兵锹就拍在花花头上。花花惨叫着往回跑,和往外走的齐老三在门口撞了个满怀。齐老三手里提着一根皮鞭,这是一根熟牛皮编成的短柄皮鞭,长丈余,鞭绳、鞭梢用臭李子汁浸过,抡起来像一条飞舞的黑蟒。这条皮鞭是齐老三巡村时从不离身的武器。

齐老三抱起花花,喝问院子里的人:"谁打了我的花花?"

"谁是花花?"光头队长说,"我们只看见一只狗,狗扑上来咬人,被我拍了一锹。"

"这是花花,不是狗!"齐老三被激怒了,花花是他的伴侣,是他生活的全部,他不允许有人欺负花花。几个施工人员都大笑起来,觉得眼前这个男人有点憨,花狗就不是狗了吗?

这时,花花因为有主人在场,恢复了初始的凶猛,挣扎着跳下地,汪汪叫了几声又朝光头队长扑过去。光头队长早有防备,一个突刺动作朝花花扎过去,工兵锹是尖锹,而且十分锋利,这一锹便扎残了花花的前腿，花花被扎了个嘴啃地。其他施工人员抡锹还要再打，只见一道玄光闪过，啪的一声，光头队长的工兵锹被抽落地上，光头队长"哎哟哎哟"握着手腕蹲在地上。齐老三这鞭子抽在对方的手腕上，眼看着有血水从左手指缝里滴落下来。其中一个年龄大一点的汉子呵斥道："你干什么！我们是镇里派来封灶的，你敢打我们，是不是想找不自在！"齐老三并不回话，扭头回到屋内。众人正惊愕间，只见齐老三握着一把长长的杀猪刀冲出来。齐老三经常义务给村民杀猪，这把刀被磨得飞快，闪着凛凛寒光。五个施工人员知道遇上了硬茬儿，转身撒腿就跑。那把工兵锹成了齐老三的战利品。

五个人跑出去跳上皮卡车就给毕镇长打电话，毕镇长让他们先别施工，赶快到村委会去躲躲，一定要躲开那个守村人。队员们一听心里更是恐惧，开上皮卡车急三火四地往村委会赶。

出了这等事，老毕不得不来墟里了。老毕想过强行入户封灶会遇到阻力，但没想到会出现有人操刀追杀这么严重的情况。

我和哨花吹正和村委会一班人商议封灶之事，五个施工队队员满脸惊恐地跑进来。光头队长做了自我介绍，问那个守村人会不会追到这里来。哨花吹不慌不忙，一边让方慧给受伤的光头队长包扎手腕，一边询问事情的经过。问明了情况，他冷冷地说："你们进村起码要打个招呼吧，就这么往人家里闯？遇到齐老三还算幸运，若是遇到石锁，会把你们当成鳇鱼用滚钩钓。要知道这里不是新生村，这里是墟里村。"我问："是谁让你们入户强行封灶的？"光头说："是谢志远，谢志远给全镇十三个施工队开了个动员大会，会上讲不要碍于情面，要见门就进，见灶就封，一户不落，一灶不留。我们这才直接入户的。"

我明白了，谢志远已经意识到封灶的阻力不仅来自村民，还来自村级组织，所以才有了这般六亲不认的动员。谢志远的做法明显是不相信村级组织，把督办与被督办的关系弄得对立起来。其实这般强势大可不必，所有工作都要靠基层组织来落实，踢开基层组织，封灶工作更难开展。

我问大奎："齐老三会不会追到村委会？"大奎说："伤了齐老三的

花花，这事还真不好说。你们小心点吧，齐老三就是用杀猪刀把你们都捅了，也不会被判死刑，因为他是个守村人嘛。"

"啥是守村人？守村人杀人就可以不偿命？"光头队长举着缠着纱布的右腕，眼睛瞪得像铜铃，不解地问。

哨花吹解释了守村人的来历。一般来说每个村子里都有这样一个人，身体结实，像牛马一样有蛮力，愿意帮人干又累又脏的活，喜欢和小孩子戏耍。他们整天在村里闲逛，像守村的更夫，该管不该管的他都管，遇到外来的陌生人会上前盘问一番。这种人大都心智不健全，惹不起。

光头队长的眼睛依然大睁着，仿佛失去了眨眼功能一样，声音有些颤抖地问："这不就是精神病吗？精神病杀人可不用偿命呀！"

哨花吹点了点头："还真没听说哪个守村人犯罪受到法办。再说了，你们去谁家不好，偏偏去招惹齐老三。"

"我们不知道呀，他家是进村第一家。"光头队长说，"他怎么又要鞭子又耍刀？"

哨花吹说："齐老三当过车把式，会甩绝户鞭，再厉害的牛马他甩上三鞭子就老实，后来没车赶了，他就给村民杀猪，他刀子扎得稳准狠，牲口见了他直打哆嗦。他是个老光棍，养了一只花狗做伴，谁欺负了花花他就会跟谁拼命！"

"不能把矛盾激化了，赶快做做齐老三的工作吧。"我说。

哨花吹让大奎去把齐老三找来，要当面锣对面鼓地把事情解决了。

大奎走后，光头队长站起身说："我们回去了，墟里的灶谁愿意封谁来封，反正我们哥儿几个不干了，大不了这笔钱不挣了，我们马上走。"哨花吹说："别呀，毕镇长来电话了，说一会儿就赶过来。"光头队长摇头道："县长来我们也不干了，命比钱要紧。"说完，五个人忙不迭跳上皮卡车打道回府。不巧的是皮卡车刚开出不远就碰上了一只狸花猫。猫想快速过马路，躲闪不及撞在车门上被弹了出去，打了几个滚又折回去了。司机停下车，查看了一番车门，骂骂咧咧上车开走了。

村委会所有人站在院子里默默不语,谁都知道这事没完,谢志远不会善罢甘休。

老毕驱车赶来,脸上像刷了清漆,下车就问施工队在哪里。哨花吹说施工队刚走,说啥也不在墟里施工了。老毕问齐老三伤到人没。哨花吹说就那个拿铁锹拍狗的光头队长手腕挨了一鞭子。老毕松了口气,脸上的清漆开始剥落,鞭子不算凶器,没啥大问题。他盯着我道:"没吓着你吧?"我摇摇头,说:"施工队做事也不妥,没跟村里打招呼就直接入户,还拍伤了齐老三家的狗。"老毕说他在路上担心的是刀子,扎一刀性质就变成了刑事案件,抽几鞭子问题没么严重。县里只会通报不会抓人。

这时屋外一阵嚷嚷。齐老三来了,怀里抱着花花。原来光头队长那一锹铲断了花花的左前腿,这让齐老三无法忍受。在座的人都清楚,花花断了腿,比齐老三自己的腿被敲断都难受。

"他们铲折了花花的腿,"齐老三说,"我要让他们还花花的腿。"

哨花吹让齐老三坐下,看到花花的腿上还有血,让方慧拿过一卷纱布递给齐老三,让他给花花包扎一下。齐老三怒气冲冲的样子很恐怖,像牛一样喘着粗气。光头队长挺明智,要是待在这里不走,说不准真会挨齐老三一刀。齐老三一身蛮力,发作起来几个小伙子也按不住他。

谁也没有批评齐老三,这件事确实不怪这个孤独的守村人,人家睡得好好的,突然就闯进几个封灶的人,还打伤人家的狗,换了正常人也忍不住会发脾气。

齐老三笨手笨脚,方慧帮他给花花的腿包扎好。花花很可爱,眼睛在人们身上转来转去。狗是通过人的目光来判断周围是否安全的,在场的人目光和善,没有一丝凶气,这让它变得安静起来。包扎好花花的腿,齐老三直起腰问铲狗的人哪儿去了。哨花吹说都走了,这事就拉倒吧。齐老三虽然笨,但冤有头、债有主这种道理还是懂的,轻易不会迁怒于别人。齐老三刚进来的时候,我担心他会冲着老毕去,但齐老三根本不看站在一边的老毕,他想找的是那个光头。齐老三说:"那个马蛋子呢?我要砍折他一条腿。"

"马蛋子知道你要来,早开车跑了。"哨花吹为了缓和气氛,笑着道,"老三啊,你要是能撵上他们,让铲花花那马蛋子还一条胳膊也不差啥。"齐老三坚持说:"不中,就一条腿。"齐老三用黑乎乎的手抚摸着花花的头说:"这些人一看就不是啥好东西,那个马蛋子两个肿眼泡像铃铛,还带着尖锹,我才不怕呢。"

"他们封灶自然要带工具。"哨花吹笑着说。

"尖锹归我了,正好冬天捡粪用。"

哨花吹不开玩笑了,拍拍他的肩膀说:"好好保护那个战利品,不还他了。"

"他来我就要他一条腿。"齐老三说。

"得了,抱着花花回去吧,记住,睡觉要关好院门。"哨花吹劝他。齐老三很听话,抱着花花走了,边走边唠叨:"一命抵一命,一腿换一腿。"

我觉得施工人员无论如何不敢来墟里了,齐老三不仅是个杀猪的,关键还智力低下,被他夺了命好说不好听。估计谢志远以后来墟里也不会自己往村民家里钻了,齐老三这鞭子给墟里封灶赢得了宝贵时间。哨花吹看着齐老三的背影微微摇头道:"臭李子有臭李子的用处。"

大家都坐下来,只有老毕不肯坐,站在那里说:"封灶是县局出台的政策,政策一出,驷马难追,要我说你们必须把这件事拎起来,躲得过初一躲不过十五。"

哨花吹说:"这事村里做了分工,封灶、民事纠纷工作由我负责,书记集中精力抓项目,你有啥不满的剋我就是了。"

老毕说:"你挺会做人,不愧是'好汉窝'的汉子,这种埋汰活还是自己干好一些。说实话这件事我也想不通,烧柈子取暖做饭是祖祖辈辈传下来的生活方式,这个弯拐得太陡,胳膊肘子弯最容易翻车。"

"我们理解你,这么长时间你都不来墟里,我们心里有数。"哨花吹很会说话。

"墟里是典型的山村,封灶压力大,但我也没办法,谢志远天天要进度,书记、镇长也都尿黄尿、嘴起疱、睡不着觉。"

"你得给我点时间,好好想个对策。"哨花吹提起暖壶给老毕杯子里续上水,故意轻描淡写地说,"你也别上火,车到山前必有路,船到桥头自然直。"

老毕说:"不怕你们笑话,我嘴上没起疱,痔疮却犯了,坐都不敢坐。"哨花吹说:"人和人不一样,遇到急事难事有人火往上蹿,有人火往下钻,你属于后者,后者比前者好,至少能把火排泄出去,往上蹿的人就苦了,嘴起疱、流鼻血,弄不好脑子就会短路。"老毕急忙打住他,说:"人家书记、镇长可没亏待你,你别这样咒人家。"哨花吹说:"我劝你宽心点,火走屁股比走脑袋要好。"

"就封灶这件事你得想个点子出来吧,哪怕幺蛾子也成,不能老这么闷着。"老毕说。

哨花吹说:"反正你也坐不下,干脆我陪你到村里转转,你要是喜欢走,我可以陪你到望江台瞅瞅,那儿的亭子已经建好了。"老毕说:"好吧,很久没来墟里了,正好四处转转。"我想陪着一起走,却被哨花吹拦住了,哨花吹说:"你忙鼓乐队的事吧,我陪着转转就行。"

两人不紧不慢走出院子,低头背手,一看就是商量事。石小东靠近我耳边说:"老邵这是有话想对毕镇长说,不想让你听见,估计两人是商量封灶的对策。"我觉得石小东的分析有道理,有些事哨花吹不想让我知道,因为知情就意味着要担一份责任。可是不知情我就能免责吗?我毕竟是墟里名义上的一把手。

今天是我第二次见到齐老三。第一次是去年冬天在街上偶遇。齐老三拉着爬犁在路上捡粪,爬犁上驮着个柳条筐,筐里有一坨坨冻实的猪粪狗粪。齐老三一边拉着爬犁一边四处寻摸。捡粪是东北生产队时期的举动,生产队解体后没人上街干这个活了,因为化肥普遍使用后几乎不施农家肥,齐老三却以守村人的身份保留了这种已经绝迹的职业。那次路遇齐老三我没有说话,因为齐老三看我的目光怪怪的。回到村委会,我问这个捡粪的人是谁。石小东说:"此人叫齐老三,智力低下,但素无劣迹。冬天拉爬犁捡粪成了他的生活习惯,满囤曾劝他不要捡,因为捡了也送不到地里去,反倒弄得他家周围臭烘烘的。但齐老三不干,他每个冬天都会捡不少猪粪,后来猪实行圈养,街上捡不到猪粪,他便捡狗粪。他把捡来的冻粪码齐,然后来村里叫人去量,让村里给他记工分。村领导没办法,就去他家做做样子量粪垛,然后给他点钱算是报酬。问题是粪垛开春即化,化掉的粪他又不管,村里还要安排人把这些粪清理掉,这是一个循环。齐老三每年都重复这项工作。"

这次见到齐老三算是第二次,看他悉心呵护花花的样子,我觉得他的智力问题并不是很严重。但做事执着的齐老三不会忘记花花的腿,这种复仇心理会成为一大隐患。

我问大奎:"你去齐老三家的时候,他在干什么?"

"磨刀,"大奎说,"我让他把杀猪刀放起来,在村里,齐老三只听我的话。"

"他怎么会只听你的话?"我不解。

大奎说:"农村绝大多数守村人有个共同特点,就是忠于给他派活的人。在他们心里能派活的人就是领导,不管这活派得对还是错。我按村里要求让齐老三定时巡村、防盗,我还把复员时带回来的旧军装给了他,夏天给他买水鞋,冬天发给他带毛的大头鞋,齐老三就把我当成了领导。守村人共同的优点是忠诚,对他们来说领导的话就是最高指示,齐老三拿杀猪刀威胁别人,警察发话不一定有我说话好使,因为他心里只认我。"

我想,忠诚不是缺点,通过大奎的介绍,我倒觉得齐老三有几分可爱。

哨花吹陪着老毕走回来,老毕说:"封灶的事我给你们三天时间,我相信你们会有办法,我等你们电话。"老毕上车前来到我跟前问:"听震天说你在抓两个项目,有啥困难找我,墟里确实需要向新生学习上项目。"我点点头,猜到哨花吹陪老毕出去是为我说了好话。老毕上车走了。大家站在院门口望着远去的皮卡车,谁也没有说话。我不知道哨花吹能想出什么辙,心情有些郁闷,如果说禁止燃放鞭炮尚可探讨,那么"一刀切"封灶则明显不留余地。回到屋内我泡了一壶五味子茶,看着五味子叶在热水中缓缓舒展开来,心情却无法舒展,三天,哨花吹难

181

道能搬来神兵天将？

哨花吹没有回屋，他一个人在院子里踱步，一会儿仰脸，一会儿低头，看得出来他很纠结。

这时，石锁来了，站院子里对着哨花吹嚷嚷，说蛇头的事不能无限期拖下去，村里不解决他就自己来解决。哨花吹说："你没听到施工队进村强制封灶的事吗？蛇头是内部纠纷，封灶是外部强拆，你说现在我哪里有时间解决蛇头的事？"这时，院子外又来了一些村民，大家七嘴八舌都对封灶有意见，要村里给个说法。石锁说："得得得，看来你还真挤不出时间来，我就再等等吧，等你把大家的锅灶保住了再说。"石锁转身走了，能看出他腰里鼓囊囊的，好像掖着什么。

院子外拥来的村民为封灶的事议论纷纷，说封了灶咋烧火做饭，是谁出的这个缺德主意。有人说："再看到施工队来撒野，就抡棒子打出去。"

哨花吹费了好一番口舌才把村民劝走。

我从屋里出来，望着哨花吹不知该怎样说，此刻我又能说什么？

哨花吹眉头一直皱着，将一张苦瓜似的脸朝向我道："知道我现在想啥吗？"

"该不是想撂挑子吧？"

"我想墟里三百户人家要是家家院子里都有棵臭李子该多好。"

这个想法很可怕，我知道他想的不是臭李子，而是齐老三手里那根浸过臭李子汁的皮鞭。

十八、达子香

达子香有很多名字,比如兴安杜鹃、满山红、映山红、金达莱等,但在墟里,三百多年前站上人就叫它达子香。达子香是大小兴安岭的报春花。每年初春,北国连绵的山峦尚未摆脱寒气侵扰,性格倔强的达子香就用怒放的粉红来宣判严冬的败退。我见识过都柿滩和小龙山上的达子香,紫云般的花海似乎能治愈所有心灵的冻伤,让僵硬的血管变得柔软,让冷峻的眼神变得温情脉脉。达子香是老天对墟里的恩赐,是驿路冰雪消融阶段唯一展露的笑脸,没有达子香的张张笑脸,墟里的早春将是一片枯黄的寂寥。

把达子香和一个人联系起来,应该感谢金子。金子说:"我是杨铁叶子,寒寒不是,寒寒是达子香,同样报春,但命运不同,一个草本,一个木本,这就好比芍药和牡丹,本质上自带区别。"

那是我为驿路开发一事第四次去拜访金子。在交谈中,金子谈起了女儿寒寒。金子是个谦虚内敛的女人,但在谈起女儿寒寒时丝毫不吝惜赞美之词,这大概是作为母亲的本能吧,在母亲眼里自己的孩子永远最优秀。

我和哨花吹分工明确,我着重抓鼓乐队和驿路开发两个项目。这两件事与封灶、调解纠纷等烦心事比起来至少不会闹心。

组建鼓乐队不仅进展顺利,而且很快小有成效。正如齐大牙说的那样,鼓乐队让打蔫的方大珍又支棱了起来。原本有些抑郁的方大珍听我说了村里要组建鼓乐队的决定后,立马像换了一个人,额头上一根隐藏在皮下的青筋突然显形,枯黄的脸上顿时有了血色。她拍着胸脯表态,组建鼓乐队她不要一分钱,完全尽义务。我夸赞她觉悟高,她摇摇头道:"墟里多年没有鼓乐之声了,没有鼓乐的日子还有啥劲头?"我说:"不是还有哨花吹那支喇叭吗?"她再次摇摇头说:"一支(枝)独放不是春嘛!"

组建鼓乐队要有乐器,有排练场所,有统一服装。这些都不是小事。我给郑高打电话,问他能不能帮忙搞点乐器。郑高说省歌舞团团长是他同学,听说团里新买了一批乐器,旧乐器肯定会替换下来,问我旧乐器行不行。我说乐器不分新旧,哨花吹腰包里那支小唢呐还是民国时期的呢。郑高说他虽然认识团长,但这事要老雷想个办法,老雷不但能把东西要来,还能想出让对方感到"高大上"的理由。于是我又给老雷打电话。老雷说看我是真想抓有形之事呀。老雷埋怨归埋怨,还是给出了个金点子。他让我给省歌舞团写个请示,恳请他们从支持新农村建设的政治高度,给墟里捐助一批替换下来的设备,同时要附一张锦旗照片,锦旗上写两句感谢的话。老雷一点我就通了,省里对省直各单位支援乡村振兴有考核,歌舞团如果这样做,考核上会加分。我按照老雷的办法操作,很快省歌舞团便送乐器下乡,用一台封闭货车将几十种乐器送到了墟里。我把乐器都送到方大珍家暂时保管,同时任命方大珍为鼓乐队队长。方大珍上任第一天,就解决了鼓乐队活动室一事。她一个本家亲属在城里打工,房子闲置多年,她借来简单收拾了一下,正好做鼓乐队活动室。服装问题也是方大珍自己解决的,她有个熟人在塔溪保险公司工作,赞助了几十套红绸演出服,每套服装上都有一排拼音。原来这家保险公司有个养老保险项目,鼓乐队穿这套服装等于给保险公司做广告。方大珍说这是权宜之计,将来自己做演出服,上面就印两个字——墟里。

鼓乐队组建后排练的第一个节目是《打渔杀家》,老毕来看了,说全镇能自己组织鼓乐队、排戏的只有墟里,墟里这次算是露了一回脸。他让镇宣传委员写了篇新闻稿,很快被市报采用,许多媒体打电话要来采访。哨花吹对方大珍说低调点,等排了自己编的戏再宣传也不迟。我赞同哨花吹的想法,的确,《打渔杀家》是旧戏,要想有影响,一定要排自己的戏。方大珍对此颇有信心,她准备编一出反映祖辈在雅克萨大捷中传递捷报的戏,取名《奏捷之路》。我暗暗吃惊,方大珍果然不同寻常,这种重头历史戏也敢上手。

开发驿路须过手续、设计、招商三关,第一关是手续问题。手续难办人所共知,齐满囤曾抱怨:"手续难,难于上青天。"原因是他在任时本想搞个漂流项目,办了一年多也没办下来,他抱怨说现在镇、县两级衙门什么都缺,就是不缺表格和公章,填表格费劲,盖满公章更费劲。为了把驿路开发手续办下来,我又给老雷打电话,有事找老雷成了我的不二选择。老雷说:"你是不碰南墙不回头,有形之事一抓一把毛你知道不?"我说:"不抓不行啊,面对墟里的父老乡亲,我不能做个影子干部。"老雷沉默片刻说:"这样吧,我让郑高帮帮你,天下没有免费的午餐,郑高在你那里过了年,你把他吃干榨净也应该。"我说:"我已经求郑高搞了乐器,驿路开发的事再找他有点不好意思。"老雷说:"年轻人你要记住,当干部最重要的素质是什么?是脸皮厚!"

老雷没有反对搞驿路开发,我心里便不再忐忑。老雷对我来说是导师般的存在,重要的事情不请示老雷,我心里没底。我知道他如果和郑高有所交代,郑高肯定能重视起来。

不久前,我独自再次去走驿路,在都柿滩那条小溪前,我没有涉水过去,几次来都柿滩,我都止步于这条小溪。小溪不宽,枯水期溪水清可见底,有成群的柳根鱼在清水中嬉戏。那天天热,我在都柿滩一棵山丁子树下乘凉歇息。也许是我这个造访者打扰了都柿滩的宁静,有几只黑蜂在头顶嗡嗡盘旋,它们对我很感兴趣,几乎要落到我的鼻子上。我懂得黑蜂的习性,保持静止不动很重要,一旦挥手驱赶,很可能会引发黑蜂攻击。大概看我没有恶意,不一会儿黑蜂便飞走了,但黑蜂这个举动告诉我,都柿滩附近有黑蜂。看着绿草浮动的都柿滩,我心里有一种茅塞顿开的感觉。滩上有数不过来的灌木花草,其中成片的红蓼花格外养眼,还有一些水生植物一时叫不上名字,它们的存在让湿地充满了神秘感。地势稍高的地方长满了乌拉草,这种草捶烂了柔软温暖,冬天可以絮在棉鞋里御寒。乌拉草被站上人视为"东北三宝"之一,可以想象,在缺少御寒鞋袜的驿站时期,乌拉草在防止冻伤上有多么重要。有黑蝴蝶在草地上飞来飞去,一只小老鼠正在一株小叶樟上筑窝,那是一个由干草编成的窝头大小的鼠窝,小老鼠在细小的窝口爬进爬出,不用担心那株小草被鼠窝压折,小叶樟的韧性和支撑能力不可小觑。看着眼前的都柿滩,我想,动植物的天堂也是人类的乐土,墟里人有责任把这块乐土经管好。三十里驿路的下一站是塔溪,塔溪对沿江镇来说,是一个"高大上"的存在,但因为驿路废弃,两地间没有什么联系,金子送我的那幅十字绣上,三十里驿路的尽头是几棵美人松和一尊高高的电视塔,其象征意义十分明显。

  这段时间以来,我深切体会到农民式智慧的可爱,这种智慧的特点是直奔主题,隐蔽性不强却十分高效。比如说哨花吹鼓动我回省城招商,其实是想支开我,他好处理封灶一事。作为名义上的一把手,回城前我还是和哨花吹交代了几句,一是遇事多请示老毕,二是不能鼓动村民闹事。我特别强调要看好齐老三,万万不可出现暴力抗法事件。虽然都是原则话,但我也只能说到这个程度。哨花吹说没问题,但"暴力抗法"这句应该把"法"字改改,因为谢志远发的指令不能算"法"。我说这事你掂量,总之别出事就好。哨花吹说在封灶一事上他好像拿着一支没有眼的喇叭,一肚子气放不出来,只能想辙。我说:"你想出啥辙了?"他说:"没眼现凿眼也得吹啊,否则向谢志远递不上报单。"我说:"真是难为你了。"他说墟里好比一锅煮好的豆浆,只要那么一点点卤水就能做成豆腐,他的角色就是做这么一点卤水。我说驿路开发这一锅豆浆,上哪里找卤水呢。他说找金子呀!不过金子不是卤水,金子是同样能点豆腐的石膏。

  哨花吹的想法与我的不谋而合。

  回省城前我专程去拜访了金子。

金子听到敲门声，出来时手里拿着一本已经飞边的旧书。见到我，她轻轻一笑道："我知道你会来。"我愣了一下，问她怎么知道我会来。"是震天打过电话，他让我多支持你，你年轻，来墟里锻炼这两年应该多做点有声有色的事，这样镇里也好给你写鉴定。"我一时语塞，哨花吹替我想得太多了。多做点有声有色的事与老雷的主张正好相反，看来角度不同观点很难相同。进到屋内，金子指了指窗前方桌边的椅子说："坐吧。"我坐下来。她有些抱歉地说："可是我这棵枯萎的杨铁叶子能支持你什么呢？"她把手里的书放在桌子上，这本毛边书是《柳边纪略》，看来金子在做历史功课。

坐下后我闻到了一股奇特的香气。这香气仿佛带有许多无形的游丝，一旦闻到就挥之不去，我问："是什么香气这么好闻？"金子说："这是满族的拈香，把春天采集的达子香花瓣、叶子晒干磨成香粉，再添加一点秘藏香料焙干即可。"我心里一阵激动，达子香原来还有这般用处！将来驿路开发出来，拈香应该是不错的文创产品。

我说了来访的目的，希望金子能在驿路开发上提点建议。金子说她一直期待着驿路开发这一天，这条驿路对她来说有特殊意义，已经融入她的生命，每次走驿路，她仿佛感到生命完成了一次轮回。驿路上那三道江湾，用齐大牙的话说就是坎卦的三爻，中间一爻就是驿路，坎中满才对，所以更要做好水的文章，三道湾就是将来驿路开发的三个亮点。

金子说："我帮不上你，但有个人肯定能帮你，她帮你也就等于我帮你。她是我的女儿，我的女儿寒寒在省城做旅游公司，这方面有经验。"

"太好了！那我回省城就去找寒寒。"

金子写了张便笺纸递给我，上面有寒寒的联系方式。金子的钢笔字很娟秀，笔画力道十足。

告别金子时，她握着我的手仔细打量了我一番，欲言又止，轻轻点了点头。

"寒寒虽然从小在省城姥姥家长大，但她很有家乡情怀，你开发驿路她会帮你的。"

"遇到您是我的幸运,"我说,"希望寒寒能帮助我们。"

有了金子的推荐,回到省城我第一个去见的就是寒寒。

我们约在一家咖啡厅见面。寒寒年龄与我相仿,说明金子生她的时候已是高龄。寒寒还有个姐姐,在省城做服装生意,生意也相当不错。寒寒开了一家旅游公司,旗下有三家旅行社,主营国际旅游。寒寒染着酒红色的头发,一身牛仔装,身材高挑,体态饱满。我偷偷观察了一下,寒寒浑身充满一种无形的磁力,眼睛如深泉一般澄澈。因为金子事先打过电话,做事干练的寒寒来见我时带了一份事先拟好的驿路开发方案。她把打印好的方案递给我,一双大眼睛望着我说:"我明白您为何能征服我妈妈了,您很帅!"

我的脸猛然火烧火燎起来,躲着她的目光问:"这话从何谈起?我没有征服金子阿姨。"

"我妈妈是一块陈年不化的冰,平时和我们话语都十分吝啬,但电话里谈到您时却滔滔不绝,好像在给我介绍对象一样。"寒寒很率真,一双眼睛始终盯着我。我尚未恋爱,见到同龄女孩子有种本能的腼腆,目光一直在躲闪对方的捕捉。寒寒说她对开发驿路很感兴趣,特别是那条驿路与妈妈有不解之缘,开发驿路等于实现了妈妈的一个心愿。

大概看出了我有些难为情,寒寒笑了笑说:"您先看规划,看完了我们再交流。"

寒寒做的规划分为四季,这显然超出了我的预期。我想到的是春、夏、秋三季,冬季因为寒冷不会有什么游客,所以没想做设计,寒寒却把重点放在了冬季。方案充满了年轻人的朝气,驿路四个板块特色鲜明,春季叫"达子香之约",夏季叫"走进都柿滩",秋季叫"红叶之恋",冬季叫"雪屋盟誓"。看完方案,我心跳有些加速,真想与寒寒击掌相庆,这个方案简直是按照我大脑的想法做的,寒寒似乎在我内心已经潜伏很久,否则怎么会摸透我的心思?

"你真厉害,太专业了!"我一高兴居然把"您"叫成了"你"。

"是妈妈和我说过你的设想。"寒寒也改称"您"为"你"。称呼的改变拉近了我们之间的距离,我端起咖啡说:"我敬你一杯,为了墟里,我们共同加油!"

"共同加油!"寒寒端杯与我碰了一下。

我和寒寒一见如故,整整聊了一个下午。我们谈了许多驿路开发的细节,比如雪屋盟誓的构思。寒寒说这个板块是她在天涯海角旅游时想到的,她发现在三亚,与海誓山盟相伴的是一身热汗,燥热中的人会彼此推开;而雪屋盟誓就不同了,雪屋的寒冷会让两个人彼此贴得更近。她有些激动地说:"想想看,冬天在驿路三道湾搭建起排排雪屋,里面点上冰灯,备好鸭绒睡袋,让恋人在雪屋里相拥共度一夜,爱情就经受住了严寒的考验,以后遇到任何困难都不会分开,冰灯做证,抱团取暖,这是高纬度的爱情誓言。"

我仿佛被寒寒的话带进了洒满橘色灯光的雪屋,脑海里浮现出一对恋人在鸭绒睡袋里相拥取暖的图景。我傻傻地问:"睡雪屋不会被冻伤吧?"

寒寒笑了,说她祖辈上山打猎十天半个月都住雪屋,雪屋没有想象中那么冷,住雪屋很有童话色彩,对年轻人有很大的吸引力。"你若不放心,雪屋建成后可以做第一批游客。"她说。

我的脸又腾地热起来,寒寒太猛了,文文静静的金子怎么会有这样一个性格泼辣的女儿?

这次会面我和寒寒达成口头协议,一旦项目确定,驿路开发项目就由她的公司负责设计和开发。我心里别提有多高兴了,这次谈话等于把驿路开发的后两关一并跨了过去。

驿路开发要感谢老雷的鼎力相助。老雷是个从不在有形之事上花费精力的人,他觉得自己务虚比务实更有优势。但这次真出了力。老雷对我说:"你是代表政研室下去的,你要是在农村一事无成,我脸上也无光。"他把郑高叫来,让郑高帮我办手续。郑高说:"办手续这种事一定要自上而下,自上而下,势如劈竹,自下而上,步步是坎。"

有郑高帮忙,驿路开发的手续很快就办了下来。其中有个插曲,在某个审批环节,有个处长打横,郑高让人捎话过去,说得罪谁也不能得罪段子手,段子手要是给你编个砢碜段子到处讲,你八辈子都翻不了身,儿孙都跟着吃挂落。那个处长一听,麻溜就给办了。段子能让一个人美名流传,也能让一个人遗臭万年,古代有个卫宣公,因为霸占了儿媳妇,被人编成段子到处讲,结果一直臭到今天。

手续到位,接下来就是项目细化了。老雷让我约郑高喝茶,一来感谢郑高的鼎力相助,二来请郑高给驿路开发出出主意。

在咖啡厅,郑高一边吞云吐雾抽着大重九,一边翻看我带来的设计规划。他认真看了两遍,掐灭烟蒂说:"好!这方案有水平,谁做的?"我说:"是个旅游公司女经理做的。"郑高说:"这不是小姑娘做的,小姑娘后面有高人。"我说:"也许吧,小姑娘的母亲就是您想见的那位知青——金子。""难怪!"郑高点了点头,伸出一根食指说,"方案有一处要改,'驿乡风情园'这个名字不亮。"我说:"已经批了,恐怕不好更改。"郑高说:"批了就做副名,再起个正名。"我说:"您看叫什么好?"郑高又点燃一支烟,抽了几口,用十分肯定的语气道:"就叫'驿路·遇见',中间加个隔点。"我眼前一亮,这个名字确实好,尤其对年轻人有吸引力。在驿路上能遇见什么?遇见山光水色,遇见飞禽走兽,还是遇见美人美食?这本身就有噱头。接下来郑高提出了几个好建议,说三十里驿路每一段设施都不要同质化,要分客栈区、农家乐区、民俗歌舞表演区,还要有步行健身区和亲子区,整条驿路都要铺上辅助的木栈道,叫"东北最长木栈道"。我被郑高说得热血沸腾,仿佛看到了"驿路·遇见"游人如织的图景。不得不说郑高肚子里还真有货,不光是奇闻逸事,新点子也一转一个,难怪老雷从不轻看他。郑高说"驿路·遇见"可以拆分开发,整体项目投资过大容易叫人望而却步,有的项目可单独招商,比如都柿滩那座大桥。

我和郑高这顿咖啡没白喝,郑高的建议可谓点石成金。

为了表达谢意,回墟里前我请寒寒吃饭。

吃饭地点选在中央大街华梅西餐厅。这次吃饭,寒寒与上次简直判若两人,她像小鸟一样温柔,我却成了话痨。我把这几天做的事情对寒寒和盘托出,说一纸规划马上就要变成现实,这是我人生中第一次做项目,心里激动得简直想到舞厅跳一番热舞。我问寒寒为什么愿意投资这个项目。寒寒说:"没有为什么,就是满足妈妈一个心愿,再说墟里是家呀,回家做事与我在省城搞旅游并不冲突,完全可以兼得。"我说:"上次见面你直言快语,今天怎么话少了?"寒寒微笑着说:"西餐厅里的主角应该是男士,女孩只有做女主人时才可以表现自己。"

我用格鲁吉亚干红敬了寒寒一杯,真诚地说:"你让我看到了墟里人的坦诚,这坦诚像新鲜的红松木方,带着沁人心脾的芳香。"

格鲁吉亚干红包装很有特点,看上去像麻袋片。

寒寒问:"为什么选了麻袋片干红?有人给你提建议吗?"

我说:"没有,在酒庄看到这款酒包装有特色,就选了。这款酒不好吗?"

寒寒的眼神有些复杂。我问她是不是做东欧旅游项目。她点了点头,说她的公司主要旅游业务面向的是俄罗斯和东欧地区,但她从没有去过东欧,尽管她很想看看布拉格的查理大桥。

饭后送走寒寒,我给金子打电话说了请寒寒吃饭的事,同时还说了寒寒两次见面表现上的差别。金子听后在电话那头笑了,说:"寒寒这丫头是动心了,当一个女孩心里没有你的时候,她说话会肆无忌惮,当她心里在意你的时候,就会变得拘谨,这说明你搞驿路开发与寒寒的心思同频共振了。"

我拿着电话愣了好一会儿,不知道该怎么回话,金子的话在我意料之外。

回城一周,不仅项目有了眉目,还结识了大方可爱的寒寒,这对我来说是一大惊喜、一大收获。对郑高,我也彻底扭转了过去的看法。在此之前我总觉得郑高那些段子像他吐出的烟一样害人。但这次郑高绝对帮了大忙,尤其项目名称,经他这么一改,立马就有了时代感。我想,会讲段子的人大都聪明透顶,至少脑筋比一般人转得快,一个迟钝的人是讲不好段子的。

返回时我没有急着回墟里，而是在县城停留，直接去找石洪兵。路上我给石洪兵打电话说有事登门商量。石洪兵很意外，说："您在哪里？我派车接您去。"我说："已经快到了，见面谈吧。"之前我听齐满囤提起过，说石洪兵曾想在小龙山上修一段木栈道，对游客售票赚钱，因为春、秋两季外地来墟里看达子香和看红叶的游客很多，修上木栈道，一来方便游客观赏拍照，二来上山也安全，至少不会遭蛇咬。但齐满囤没敢答应，因为方姓人坚决反对，小龙山是全村人的财富，凭啥石洪兵卖票赚钱？这事便不了了之。我隐隐感觉石洪兵或许对"驿路·遇见"项目会有兴趣。

石洪兵的公司虽不气派，装修却讲究，走进公司五层办公楼，仿佛走进了一家红木博物馆，连电梯厢都是按中式风格装饰的。石洪兵到楼下接我，带我走进三楼会客室。石洪兵虽然富甲一方，但并不傲气，做事也不高调，上次气球事件的处理虽说两个当事人都做了让步，但石洪兵的让步要大些，给我的印象很深。我们聊了几句家常，石洪兵说："您来墟里不久就建了望乡亭，让在外地的墟里人很感动，其实望乡亭最大的好处在于召唤我们这些走出来的人。听说村里最近还组建了鼓乐队，让病恹恹的方大珍又满血复活了，这是好事，鼓乐之声代表祥和欢庆，墟里不再死气沉沉了。"

"都是些小事。"我客气了一句。

"您是政府官员，来我这里肯定有事，墟里人喜欢直来直去，需要我做什么您直说好了。"

我拿出"驿路·遇见"的效果图给石洪兵看，在对方案做了一番解释后说："石总，现在省里正推行合村并屯，墟里人口日渐外流，这样下去墟里很可能被合并，那个时候你们这些从墟里走出来的人就没有故乡了。"

"是啊，没了故乡，我们死后岂不成了孤魂野鬼？"石洪兵说，"三百岁的墟里，若是断送在我们这一代手上，我们对不起先人。"

"所以要让这条驿路活起来，驿路活、项目多，墟里就会有人气，人气一旺，领导在做合并计划时就不得不考虑考虑了。"

"是啊,说老实话,我们这些人,心心念念的还是这条驿路,这是墟里的来处,也是墟里的根,开发驿路是保住墟里的关键一步。"石洪兵起身拿出一张合影递给我,"这是墟里在外地的几十个老乡,每年都会聚聚,去年聚会是我做的东,当时大家还担心,怕墟里被新生村吃掉,因为新生村发展快,经济实力强,又要搞什么村级开发区。"

"所以说墟里到了生死存亡的关键时刻,而决定墟里命运的只能是墟里人,外来人也只能添点柴、烧把火而已。"

"开发墟里我责无旁贷,去年我参选村主任,目的无非是为墟里做点事,现在条件成熟了,您说吧,让我做什么?"

"我来找您是为了驿路辅助木栈道的事,这是您的长项,能不能考虑一下?当然,回报是长期的,两三年内肯定收不回成本。"

石洪兵没有马上回答,他叫来一个女会计,说了长度、宽度后让女会计算一下,女会计算完报了一个数。石洪兵笑着说:"这个数字有点大,我要和几个合伙人商量一下再定。现在不是流行众筹吗?不行就搞个众筹吧。"

说完木栈道的事,又谈起墟里的世仇,我问这个世仇能不能化解、如何化解。石洪兵长长叹了口气道:"这件事您就别碰了,是个死结。"

"两大家族总是这么耗着,什么时候是个头?"我也叹了口气。

"历史遗留的问题很难说清楚,哨花吹有个说法特形象,本来是个脆生生的卜留克,结果在咸菜缸里腌渍几十年,卜留克腌渍成了又硬又䩞的咸菜疙瘩,解决起来就很难。您是省里下来的,像翻书一样把前半本翻过去不读就好了,世界上有很多事情永远没有真相,成为历史悬案、未解之谜。听说哨花吹正跃跃欲试,想法值得敬佩,但多半是做无用功,虽然我希望他能成功。这一点两大姓氏几个管事的都清楚,也都知道这是一道无解的方程。当然哨花吹没错,人家是好心,从这一点看,选他当主任确实没选错。"

"震天一心想把墟里的事办好,很难得。"

石洪兵点点头道:"哨花吹脑子够用,就拿封灶这件事来说吧,三天时间全部搞定,县电视台采访墟里,那个叫谢志远的组长夸墟里是环保楷模村,在封灶禁火工作上走在了全县前列。墟里能上电视,我们也跟着荣耀。"

我暗暗吃惊,原来这几天哨花吹把封灶难题解决了,他是怎么解决的呢?怎么连个电话也不打?我说:"上周我在省城,对墟里封灶的进展不太了解,邵主任是怎么解决这个问题的呢?"石洪兵说:"他和督查组打埋伏、打游击。他让家家户户把锅灶封起来,另外准备了一个接在炕洞上的铁炉子,把晚饭时间延后两个钟头,督查组下村检查都是在做晚饭的时候,他们站在望江台上看不到一丝炊烟,就心满意足地回去了。"我说:"这件事村里会不会有人向上反映?"石洪兵说:"石、方两姓没人会捅咕他,因为这是为大伙好,墟里人自己闹归闹,对外时能一致起来。"我听后心里却觉得很滑稽,穿咖啡色夹克的谢志远难道真的像枝蒲棒,就是个样子货?这种事只要深入一下就会发现端倪。但我又想,这也许是鬼蜡烛在装睡,而装睡的人是叫不醒的。

又交谈了一会儿我便告辞回墟里,石洪兵要派车送,我婉拒了,说班车很方便,现在出行的人少,班车不挤。石洪兵没再坚持,将我送出楼后他再次表态,木栈道一事他会用心去办,为家乡做事绝无二话。他建议"驿路·遇见"都柿滩大桥项目,最好让方姓人也参与其中,两个巴掌都用力才能鼓掌。

十九、都柿

都柿滩因都柿而得名,可见滩上都柿不少。正所谓一害出也必有一利生,虽然当年山洪冲垮了驿路,这里却形成了一个以都柿闻名的植物王国。因为都柿这种美味浆果的存在,墟里人在春夏之际还会来走这段被遗忘的驿路。

都柿就是常说的野生蓝莓,为杜鹃花科越橘属,高纬度地区的多年生灌木,叶形椭圆,边带锯齿,枝干高可齐胸,果实呈蓝紫色,大小如豆粒,成熟后酸甜可口。梭罗在《瓦尔登湖》里提到过这种浆果,可见同纬度的北美大陆也有都柿。都柿吃多了会醉人,虽然谁也没见过吃都柿把自己吃醉的人,但没有人怀疑这种说法,这是因为都柿的确美味,而美味不可多贪则是公认的道理。在北地边疆,都柿酒比都柿更有知名度,就像左岸的葡萄酒比葡萄更能让人记住一样,浆果酿成酒,是一种生命的升华。都柿酒在腰屯老地榆那里,是酒更是药,他用都柿酒医好了许多人的积食症和胃肠病。老地榆本名莫六枝,是个年过七旬的民间大夫,他一边行医一边和儿子种植中草药材,以种植和深加工地榆出名。莫家加工地榆严格遵循九蒸九晒古法,加工出的成品地榆透着黑亮,卖价不菲。物因人贵,人因物显,莫六枝以此为傲,干脆就自称老地榆。

老毕下乡从来自己备酒,一种用小烧泡制的都柿酒。老毕说都柿酒不仅养人,还能治疑难杂症。老毕的说法得到了齐大牙的认可。齐大牙认为墟里百十年来没有人因恶疾而死,与喜欢吃都柿、喝都柿酒不无关系。老毕说腰屯老地榆亲口对他说都柿有通肠温肠的功效,能补烂肠,说白了就是能把断了的肠子接起来。老毕原本不信,但老地榆举了个病例,他才觉得老人所言不虚。

老地榆说的病例恰巧是老毕的党校同学、县城管局副局长老凯。老凯患肠癌切去一截肠子,手术后出现持久粘连现象,听了老地榆的话每天吃都柿才得以治愈。老毕说人一老身体不是堵就是折,需要一种能通堵接茬儿的东西,这东西就是都柿。都柿可以理解为"都食",都食就是不管什么人都可以吃,吃了有利无害。我觉得这个解释好,尽管都柿的别称很多,有笃斯、杜实、都实、都思等,唯有都食最能体现其价值。

老毕来墟里调研,哨花吹在家里请他吃饭,我作陪。

老毕用一个十斤装白塑料桶装酒,放在皮卡车驾驶室后座。一坐下,老毕就拎出酒桶道:"下酒菜别多整,驿路六大碗上四个就行,顶多再拌块豆腐。"墟里大豆好,水质也好,做的豆腐特别好吃。会吃的并不深加工,只需把豆腐熥热,然后切好葱末、蒜末、姜末、肉末,在锅里热油爆炒一下,然后勾芡浇汁,一道美味即可上桌。

老毕随和,不装腔作势,也不占村民便宜,大家都夸他厚道。吃饭时,老毕突然问:"那个咸菜疙瘩咋样了?"老毕指的是方、石两姓的世仇。

哨花吹道:"快了,心急吃不了热豆腐。"

老毕看看我,又把目光投向哨花吹:"有些事不能无限期拖下去,别小事拖大、大事拖炸,咸菜疙瘩腌渍久了会如石头一般硬。"

"就是今年的事。"哨花吹给出了时间点。

"听说你还有个秘密。"

哨花吹警觉起来,问:"是不是方慧说啥了?"

我知道老毕是指小木盒的事,也不便插话,这件事知道的人有限,老毕是不是从方慧那里听说的不好确定。但既然齐大牙知道,齐琴便有可能知道,齐琴那张嘴是小广播,把秘密传到老毕耳朵里也就不奇怪了。

老毕喝了口酒,很严肃地说:"有秘密武器好,可以出奇制胜,我从不怀疑你的本事,我还记着你说的那句话老虎吃蚂蚱——小菜一碟。"

哨花吹连连否认,说:"方、石两家的世仇还真不是小菜,我也怕自己说了大话。"

老毕说:"听说石锁在家磨滚钩,为啥?"

"有这码事,"哨花吹点点头说,"石锁听说下游抚远渔民捕获了重达千斤的鳇鱼,就动了钓鳇鱼的心思。"

"听说他还买了麻绳做主纲,说道不小呢。"老毕啥事都知道,对于麻绳的事他是怎么知道的,我和哨花吹都感到奇怪。哨花吹点了点头,说有一百多米长的麻绳。

"知道为啥用麻绳吗?"老毕问。

记得这个问题我向哨花吹提出过,但没有答案。

哨花吹摇了摇头。

"作法。"老毕很肯定地说,"过去萨满作法都用麻绳,麻绳一旦浸了猪血鸡血,就能捆住看不见的东西,所以传说中黑白无常看到麻绳就会转身回头。"

我吃了一惊。看哨花吹,他却显得十分平静。我忽然明白了,哨花吹当时一大早来告诉我石锁买了麻绳时就知道这麻绳的用处,只是没有明说。现在老毕把话说破了,他没有必要再隐瞒,就松了口气说:"毕镇长也懂这个,我听爷爷说过,麻绳乃不祥之物,浸上血就变成了索魂绳。"

老毕道:"虽然是无稽之谈,但可以窥见石锁的心理,鳇鱼又不是妖魔鬼怪,用得上蘸血的麻绳?"

"我也觉得石锁翻出老古董不是为了钓鳇鱼。"哨花吹与老毕看法一致。

老毕说:"农村的事说到底还是气顺不顺的事,气顺了、通了,疙瘩就容易开,气不顺,做多少工作也白搭。"

哨花吹一拍大腿:"这话对头,老地榆说人身上的疾病是分开的,疾是外得,病是内生,内生就是两个字——气郁,也就是喜怒哀乐忧惊瘀滞不散所致,气郁能化成火,化成泪,化成瘤子,化成心头的蛇,所以治病的总原则就是理气。"

我吃了一惊,看来哨花吹在老地榆那里没少得真经。

老毕说:"石锁有气在心,才想到了买麻绳,很明显这是冲着方世坤去的,你们要防患于未然。"

我和哨花吹同时举杯敬了老毕一杯,这是一杯决心酒,此时喝一杯酒要比说十句话管用。

老毕和哨花吹喝酒对把子,两人推杯换盏,菜没吃几口,酒却下得跟漏斗一样快。老毕说自己总是放心不下,感觉墟里有颗定时炸弹,说不准啥时候就会爆炸,他听到石锁磨滚钩的消息时格外警惕,觉着这滚钩不是钓鱼用的。哨花吹说你放心,石锁和方世坤之间的疙瘩会解开的,要先安抚,后化解,最后把事情都摊到桌面上,来个一锅端。老毕问三道鳞的事到底和方世坤有没有关系,不给石锁一个可信服的答案他不会罢休。哨花吹说没有任何证据证明蛇头是方世坤投放的,方世坤有狼毒之称,一向横草不过,真要这么干就成了个损人不利已的大傻子。老毕说近期石锁还扬言要到镇里上访,说方世坤建在江汉子的蛇屋是违法建筑,想问问镇里管不管,不管的话他也要在鱼塘边建房子,这件事村里也要妥善处理好,上访是给镇长上眼药。

"蛇屋属于违建是肯定的,"哨花吹说,"但他建在江边草甸子上,不是耕地,也不是宅基地,又不碍着其他村民,我们考虑先别激化矛盾,等有了契机再一揽子解决。如果现在强行拆除蛇屋,一旦方世坤不配合,把蝮蛇都放到草甸子里,后果不堪设想。"

老毕说:"这事你们看着办,但有一点你们要把握好,别让石锁越级上访,镇里正在考虑合村并屯的事,这时候出现越级上访,等于自己给自己判死刑。"

饭吃完了,老毕脸色绯红,让我陪他到村里走走,说有些话想单独对我说。

我猜测老毕想说封灶的事，因为墟里这点小把戏瞒过鬼蜡烛容易，瞒过老毕很难，老毕在各村都有眼线，墟里以炉代灶他不可能不知道。

傍晚的墟里村像个不善梳洗的村姑，看上去有点邋遢。这邋遢不是脏，是因为封灶，家家柴垛都从屋前院外搬到院内屋后，有的柴垛底子没有清理利索，显得格外乱。墟里人家院墙都不高，上面爬满豆角、倭瓜。院门多是铅色的铁皮门，家家户户之间可以不比屋高，可以不在乎几间房，但院门是一定要比的，院门如同人的脸面，院门不好会引来非议。正是晚饭时间，街上却没有饭菜的香味，村民恪守八点做饭的习惯。老毕一进村，村委会几个人就分头传下话去，没有谁家会给村里惹麻烦。墟里曾实行家畜家禽圈养，街面倒是清净，但也显得冷落不少，哨花吹上任后放开了家禽，理由是家禽要到草甸子里捉虫吃草。这件事没人检查评比，村民呼声很高，我也就默许了这一做法。

老毕说："你发没发现村子里少了样东西？"

我不解其意，问："少了什么呢？"

老毕背着手，目光朝面前一排民房的房顶望过去，意味深长地说："炊烟。"

我心里一惊，道："灶都封了，哪里来的炊烟？别的村也一样吧？"

"烟囱成了摆设，这样的墟里还是墟里吗？"老毕说，"看来墟里气数将尽啊。"

"这话怎么讲？"我吃了一惊。

老毕说："我叫你单独出来走走就是想和你说件事，墟里村民纠纷不解决，后进村的帽子摘不掉，恐怕要被合并，镇长和我正式谈过，要把这件事纳入议事日程。"

我感到似乎有点房颤，嘴唇哆嗦了几下，紧咬住下唇，紧张状况才有所缓解。墟里被合并，意味着我成了"末代支书"，真要是那样，我算什么角色？我难道是给墟里送终来的？我又该如何向墟里父老乡亲交代？来墟里两年，结果把一个三百年的古村干黄了，这话好说不好听。

"不行啊毕镇长,这事您要帮我,墟里不能撤并。"我有些急。

"墟里、新生两村相距这么近,只能活一个,你琢磨琢磨吧,新生虽然只有两百多户,经济体量却比墟里大许多,而且发展势头非常好。而墟里啥情况?三百来户人家从没消停过,三天两头闹出点事来,是镇里挂号的不稳定村。你要是当镇长,你愿意保留这个麻烦村吗?"

新生,我一听到这个名字立马就闻到了一股油烟味,新生村给我的印象就是一个临江工业小区,不适合村民居住。但因为有个油脂厂,纳税多,新生成了镇长的心头肉。

"还没最后定,我找你是下点毛毛雨。"

我很清楚,老毕下毛毛雨其实是给我做工作的时间,墟里要想保全,唯一的出路是近期工作有大起色。我说了开发驿路的想法,并说项目已经获批。老毕说这是个反败为胜的好契机,只怕又是个"马歇尔计划",墟里当年搞小龙山国家森林公园一事,至今还是镇里常常提起的笑话。

我俩转回哨花吹家,哨花吹正在鼓捣一支大碗唢呐,明天邻村一个村支书给老母亲办丧事,想请他吹喇叭,他不能拒绝,红白喜事在当地是天大的事,人家开口相求,他只好破例去吹一回。

"你应该收个徒弟,不过现在屯子里基本没有年轻人了,收不到徒弟,你这喇叭绝活怎么传下去呢?"老毕仿佛在自言自语。

哨花吹笑着道:"我们不是组建了鼓乐队嘛,传人已经有了眉目。"

老毕说:"鼓乐队是墟里一个亮点,不像封灶,那是糊弄人的把戏。"

"怎么是糊弄人的把戏呢?我们家家户户灶坑都封了,县局还表扬了我们。"哨花吹道。

"我是看破不说破,你们自己寻思吧。"老毕诡谲地笑了笑。接着,他自言自语道:"我包墟里等于抱着一只刺猬,你们可让我省点心吧,我是快让贤的人了,别总让镇长数落我。"

哨花吹为老毕抱不平:"镇长也是,今天一个口号明天一个指令,啥事都想掐个尖,我听说封灶这事,别的乡镇没有咱们镇管得这么严,咱们镇要争当封灶禁火示范镇。"

"谁抓工作不想出成绩？镇长当然有镇长的想法。"老毕制止了哨花吹的牢骚。

"出成绩也不能拔苗助长嘛！"因为喝了酒，哨花吹明显话多起来，"墟里人对镇政府在新生村搞村级开发区想法老鼻子了，孤零零一个油脂厂能擦亮开发区的牌子吗？"我扯了一下他的衣袖，说："领导把着车门等半天了，你别唠个没完，让领导上车吧。"哨花吹不再多说，帮老毕关好车门，抬手做了个敬礼的动作。老毕的车开走了。看着缓慢驶离的皮卡车，哨花吹忽然说："老毕心头有条蛇，一条大蛇。"我没接话，心想老毕也担心墟里被合并掉，包来包去，把一个经济条件并不差的村包没了是很没面子的事。老毕做事把面子看得比命大，这一点全镇都清楚。

酒后不谈工作，这一点是老雷告诫我的。我不想说新生和墟里可能合并的事，回去要好好想一想，明天上午开个会，加快推动驿路开发，除了这条驿路，没有什么能救墟里。我感觉合村并屯就像一把铡刀，跟在腚后一刀刀咔嚓咔嚓往前切，驿路开发不快点，要命的铡刀就切上来了。

第二天，我召集大家商量驿路开发的事。我说了在省城跑手续和招商的情况，尤其讲了金子女儿寒寒对家乡的感情。大家听了都很高兴，说从墟里走出去的人都惦念着家乡，寒寒在省城工作能对墟里有感情，金子的影响很关键。我说齐大牙有句话对我触动很大，他说路是不能废的，尤其是驿路，废了它就没了来处。我把"驿路·遇见"的规划设计发给大家，说了石洪兵愿意承担木栈道项目的想法。现在制约项目的关键是都柿滩大桥，建桥属于公益，不能让寒寒的公司负责，再说寒寒的公司也没有能力负责，这事需要大家好好商量一下。哨花吹说驿路开发肯定能带活墟里，老菜园不排斥新种子，什么农家乐、渔家乐、土特产市场，只要是能生长的东西都让它在这条驿路上生长。方慧说到时候她要承包一个农家乐，专门经营驿路六大碗。大奎说他承包几个雪屋，因为他用喂得罗冻制冰灯特拿手。石小东则想开个山货经销部，主打小龙山松子。大家聊得不亦乐乎，好像每个人都发现了一条生财之道。在肯定了驿路开发项目后，就大桥建设，哨花吹提出了自己的想法，他说："不就是一座桥吗？咱来个蚂蚁抬虫子——各个使劲，不信建不起来！"

我说："蚂蚁抬虫子这个说法好，可是具体来说怎么抬呢？"

哨花吹建议："找个有影响的人，联系一下所有从墟里走出去的成功人士，动员大家捐资共建这座桥。"

"好主意！"我提高了声音表示赞同，其实我也想到了这办法。

"主要是让方、石两姓有能力的人来出资，利用这座桥，把两姓的人心连起来。"哨花吹停顿了一下，站起身背手在屋里踱着步说，"我最近和齐大牙有过一次交流，通过这次交流我得出一个结论：'人生就是一个不断修复的过程，什么时候放弃了修复，人的生命也就走到了尽头。'村子也一样，一座三百岁的老村，生疙瘩长疖子难以避免，只要用心修复，老村也会活泛起来。"

"建桥把断了的驿路接起来就是一种修复。"我说，"我们给这座桥起个名字吧。"

众人你一言我一语，没有一个名字能让大家都满意。哨花吹对我说："你肚子里墨水多，这事你就沙和尚挑行李——当仁不让吧。"

我想了想道："莫六枝不是说都柿有通肠接茬儿的功效吗？都柿又叫蓝莓，这桥干脆叫蓝莓桥吧，蓝莓桥简称蓝桥，与古代的蓝桥驿同名，有传说有文化。"

大家都没有反对，哨花吹说："那就叫蓝桥，可是找谁去联系呢？"

众人都沉默了，石小东说："最合适的人选是齐大牙，可他年纪太大了，话也说不清楚。"

哨花吹道："还是找找金子吧，这事她来做最靠谱。"

"金子不会干的，"方慧说，"她老人家不愿意掺和村里的事。"

大奎、石小东也觉得金子不会操这个心，再说也没人能说服她。我说："邵主任你去说说吧，金子是个喜欢音乐的人，对你也有好感。"哨花吹摇摇头："金子的眼光在我头顶之上，她对喇叭向来不评价，她喜欢提琴、京胡和手风琴,对其他乐器不感兴趣。"

我觉得这话不无道理,金子欣赏的乐器与她中小学时期的音乐课有关,省城当年的音乐课确实不会教唢呐。忽然,哨花吹把目光投向了我,笑着说:"解铃还须系铃人,这事还是你出面去和金子说,你去或许能说服她。"

哨花吹把话说到这个程度,我只能接下这个任务,好在我对金子充满好感,不打怵登门当说客。

思来想去后,我给寒寒打电话。对寒寒我不敢隐瞒实情,一五一十都做了交代。寒寒说:"你去当说客结果不好说,我太了解妈妈了,妈妈最恨的是被别人当枪使,她这辈子吃尽了被人当枪使的苦头。"我说:"那怎么办?我不去说也没人去说呀,看在同龄人的面子上,你要帮帮我。"寒寒停顿了一下问:"你是真心求我?"我说:"都柿滩可以做证,我是真心求你帮忙,都柿滩对我来说有特殊意义,最重要的是此桥事关驿路开发,而驿路开发又事关墟里存亡,这个项目没有回旋的余地,我必须做成。"电话那边沉默起来,我连着"喂喂"了两声,寒寒才回话道:"你这人挺实在,我来给你当说客吧。"我说:"太谢谢你了,事成之后我一定好好谢你。"我已经想过了,把寒寒的旅游公司介绍给老雷,老雷再组织出境考察,可以让寒寒的旅行社来代理。寒寒说:"不用谢我,我们都是为墟里做事,不管怎么说墟里是我的故乡。"

第二天,寒寒返回了墟里。她自己回的家。怎么劝说的我无法知晓,她没有在墟里住,驾车返回时给我发了一条微信:"妥了,你去见她老人家吧。"

我匆匆忙忙赶到金子家,金子正戴着老花镜看寒寒带回来的一摞旅游画册。见到我,很客气地让座,然后从花镜上面翻出一双眼睛看着我,停顿了两三秒,问:"你怎么把我女儿拿下的?她可是一枝带刺的达子香。"

我的脸又开始发热,心想,我怎么会拿下您的女儿呢?再说,达子香是不带刺的。"您可能是误会了,我请寒寒回来做您工作,是担心我说服不了您。"

"这事我愿意出面,不光是为了墟里,还为了寒寒。寒寒这孩子曾对我说过,她一辈子不会张口求我,她立志要做一个独立的人,包括事业、爱情,还有追求,她办公司没花家里一分钱。这次她回来求我,分明是为了你。"

"寒寒是个有情怀的人,不仅形象美,心灵也美。"我不由自主夸了寒寒一句。

"坐下说话吧。"金子示意我坐在方桌旁,我又一次闻到了那股奇特的拈香,上次我回去查过资料,这种珍贵的拈香一般是宫廷使用,没想到被金子用在了日常。我说:"您点的拈香很珍贵,感觉香气能透进五脏六腑。"金子说这是她在驿路上亲自采摘,又亲自磨制的,自己加工的拈香闻起来格外安神。

话归正题。金子开始细数从墟里走出去的成功人士。墟里走出去的人不少,在外面混得有头有脸的大有人在,有房地产商,有商贸老总,还有国企高管。金子列举了二十八个人。这些名字我从没听过,但金子不仅如数家珍,还都有联系方式。金子说这些人每年元旦都会给她寄贺卡,挂念着她这个落在墟里的孤雁。

"这些人中其他姓氏好说,方、石两姓会不会彼此抵触,出现你捐他不捐的情况?"我说出了自己的担心。

"建桥不是选主任,他们的格局不会那么小。"金子说,"事业有成的人,首先是拿得起、放得下的人。"

我点了点头:"是的,离开墟里再看墟里,有些事确实应该放下。"

"当然,我还要借齐大牙之力,让他给每个人掐算一下,提几句忠告。"说到这儿金子忽然笑了,道,"齐大牙虽然牙掉了,话还是管用的,他是一个象征嘛。"

"齐老是主张驿路开发的人,他肯定支持您。"

"这一点我相信。"金子用肯定的语气道,"人老了,在一些人眼里是负担,在另一些人眼里是宝贝。"

在确定了可以联络的二十八人后,我和金子商谈大桥的设计。我想设计一座带拱的钢结构斜拉桥,与周边景色比较协调。金子没有反对,但对以蓝莓命名此桥提出了异议。她说"蓝莓"这个名字来自国外,是英文的意译,与当地鄂伦春族的叫法没关系。她说:"为什么要用英文意译呢?鄂伦春人称都柿为'吉厄特',达斡尔人称其为'讷日',总的来说是'都食'的意思,为什么?因为这是大自然对人类的馈赠,不论贵贱贫富每个人都可以采撷食之。此桥既然是众筹所建,每个人都可以行走,叫'都柿桥'不是更好吗?"

不得不说金子的建议有理有据。是啊,都柿滩上都柿桥,名正言顺!

"就依您所言,叫都柿桥!"我平生第一次底气十足地拍了个板。

从金子家回来,我给寒寒发了条微信:"我开始崇拜金子阿姨了,阿姨的知识储备令我自叹不如。"

不一会儿,寒寒回了一条:"那你就替我多去陪陪妈妈,免得她一人在家孤单。"

我回了一条微信:"遵命。"

二十、黄波椤

多年前,方世坤家门前栽了一棵黄波椤树,是从小龙山上移植来的。

黄波椤又叫黄檗,是东北最为珍贵的高大乔木。黄波椤还是中医常用的药材。因为木质硬且轻,而且在严寒的冬季赤手握着柔软不凉,村民多用它的幼树或枝杈做镰刀把、铁锹把。方世坤门前的黄波椤长到小臂粗细时,他想砍了做镰刀把,被齐大牙制止了。齐大牙说留着吧,这树有神性,砍了是造孽。齐大牙这样一说,方世坤就不敢砍了。这棵黄波椤长势喜人,村民走过方家门口都会驻足看上几眼,因为黄波椤十分稀少,在山上也不常见。齐大牙不让砍树后,方世坤就在村里传出话来,说这棵黄波椤是吉祥树,他养蛇头之所以风生水起与这棵神树有关,是神树庇佑,生意才兴旺。方世坤为了表示对这棵黄波椤的敬畏,专门扯了红布条系在树干上,红布条让这棵黄波椤更有神秘感。

离黄波椤二十步许有一处泉眼。此泉在很多人家谱中有记载,它冬不冻夏不干,一年四季细水长流。有流水便要有储水之地,离泉眼不远是块洼地,汇聚泉水形成了一个篮球场大小的积水潭。附近村民家养的大鹅常聚此戏水,村民称之为鹅潭。鹅潭水质清澈,周边长满蒲苇和大鹅喜食的苦麦菜。鹅潭南侧有一细沟,状如蝌蚪的尾巴,让溢出的泉水淌至村外的草甸子,潭水因此也算是活水。常来鹅潭的鹅有十几只,其中以方世坤家四只母灰鹅、石锁家一只白公鹅为常客。四只灰鹅貌不惊人,低垂的蛋包说明这是些勤劳的母鹅。石锁家的那只公鹅却气宇轩昂,大有鹤立鸡群的气场。它鹅冠饱满,羽白掌红,叫起来声音洪亮,能震半条街。村民叫这只公鹅为大白,说大白的叫声和哨花吹的喇叭有一比。大白几乎成了黄波椤树的守护者,每天都会到黄波椤树下叫上几声,有鸡鸭羊想靠近黄波椤,它会头贴着地面,两翅张开,凶狠地驱赶。大鹅素有村霸之称,一般家禽家畜都会避开它,让它的扁喙啄着可不是好事。一开始,方世坤很讨厌大白,几次想驱赶,但大白并不走,总是恋着这棵黄波椤,后来他也就懒得管了。大白在鹅潭洗濯后,会扇着翅膀来到黄波椤树下,一丝不苟地清理羽毛。清理完毕后会如哨兵般雄赳赳地站在树下放哨,放哨累了,会单腿独立将头埋进翅膀下休息。

　　鹅潭也引起了我的注意。散步时我会下意识地来这里看群鹅戏水。鹅潭虽小,却让墟里这座古村多了些韵味。它让我联想到王羲之的鹅池,我想应该找题写"望乡亭"的那位书法家再写"鹅潭"两个字,寻一块像样的火山石,刻字立于此处,驿路开发后此处说不定会成为一个网红打卡地。我把这个想法告诉了郑高,郑高夸这个想法很好,还说书法家他来找,不用润笔费。上次"望乡亭"三个字就是郑高找书法家写的,正宗馆阁体,怎么看怎么周正。郑高说他可以给鹅潭编个段子来加持,这是典型的文旅融合。

　　来过几回鹅潭,我发现这里很少有鸭子来,墟里家家养鸭子,墟里的鸭蛋黄红清白,是在草甸子里吃了活食的缘故。但鸭子为什么不来鹅潭呢?按理说吸引鹅也应该吸引鸭子才是。我问过齐大牙,他说鸭子吃肉,要到甸子里觅活食;鹅吃草,在家里吃饱了,到鹅潭是洗澡,因为鹅最讲卫生。齐大牙的说法让我重新打量鹅潭里的鹅,的确,在鹅潭里洗濯过的大鹅各个精神抖擞、干干净净。

　　再后来我发现,群鹅之所以喜欢来鹅潭,与方世坤门前那棵黄波椤有关,因为墟里东、南两个方向的草甸子不缺水泡子,大鹅喜欢吃的青草更多，但它们为什么不去草甸子戏水觅食？因为那里没有黄波椤。每天近晌，石锁家的大白只要往黄波椤下一立，鹅潭里的鹅就会陆续跟过来，如开会一般聚拢在树荫下。如果无人走过，它们会不声不响相安无事，一旦有人或狗经过，它们便会嘎嘎叫个不停。尤其是大白，有时敢不顾一切地驱赶山羊和狗，山羊和狗见到大白都会绕道躲开。我猜想，会不会是黄波椤独有的苦香味对大鹅有吸引力呢？

有了这种猜想后再看这棵树，我就觉得齐大牙说的神性也许不是空穴来风。

其实我很清楚，方世坤之所以不砍这棵黄波椤是有想法的，齐大牙的面子驳不得，驳了，全村人都会说他不懂事。依方世坤的性格，砍掉一棵自己栽的小树不是问题，尽管黄波椤是国家保护树种，但屋前不是山林，黄波椤尚是小树时砍了谁也不会计较。倔强的方世坤不仅听从了齐大牙的话，自己也在各种场合宣扬这棵树如何有神性，他这样做，明面是替齐大牙张目，背后的想法是借这棵树给自己树立威信。我到墟里后隐约发现，齐大牙作为村里的定海神针完全是众人捧出来的，村民都在自觉不自觉地维护齐大牙、神化齐大牙，是众人拾柴，让齐大牙成了墟里不可替代的精神领袖。这个领袖的存在不是坏事，但对村干部来说就是一大掣肘，齐大牙必须欣赏村里的管理者，一旦对村里的管理者有成见，这个管理者就没法干了，齐满囤就属于这样一个管理者。齐大牙的主要拥趸是石国库，伶牙俐齿的石国库在村里用足力气维护齐大牙，无原则地放大齐大牙的预判，为齐大牙的语录背书。石国库这样做也不是没有原因，作为"三老"之一，齐大牙的权威在，他和方大珍的地位就不可撼动，若是齐大牙头上没了光环，另外二老自然会随之暗淡。金子对这种关系看得很透，金子对我说过，不要以为夸赞是为了被夸赞者，很多时候夸赞者是因为在夸赞过程中有利可图才这么卖力。我认可金子的观点，石国库凭人品跻身"三老"之列很勉强，他与方大珍不同，方大珍是个有本事、有专长的女人，而石国库是个不按常规出牌的人，他能被村民高看，是因为他把齐大牙顶在头上。他就像一驮着佛像下山的驴子，拜佛的人拜佛时就会连他一起拜。

有齐大牙的结论,有方世坤的自我宣传,还有石国库的添油加醋,这棵黄波椤树在村里变得玄妙起来。村里甚至出现了这样一个传说:有一天傍晚齐老三独自站在树下喃喃自语,村民问他在和谁说话,齐老三说是和黄婆婆。村民问黄婆婆在哪里,齐老三说刚才还在这里,转眼工夫就没了。村民问黄婆婆说了些什么,齐老三说黄婆婆让他给村子打更时后脑勺上长只眼睛,防着张三下山进村偷鹅。这个传说有鼻子有眼,但无法落实到具体哪个村民头上,齐老三本人也说不清楚。

黄波椤是一种长势很快的树,如果地力足,长到几十米高不足为奇。方家门前这棵黄波椤枝繁叶茂,自然引起了老毕的注意。一次老毕在村里溜达时看到了这棵树,驻足观察后对哨花吹说:"黄波椤长到这个程度就是宝了,我回去让林业站做个编号、挂个牌,私伐它是要吃官司的。"哨花吹说:"没事,有大白看守,没人动得了这棵树。"

哨花吹的自信有点过头,事情有时往哪个方向走很难预料。一天,哨花吹、方慧、方大珍和我四人正在研究鼓乐队要排练的节目,表现雅克萨大捷的拉场戏《奏捷之路》时,大奎匆匆赶回来,进门就对大家说:"哨兵没了,神树危险了。"

我问是怎么回事,他摇摇头道:"可惜了一只通人性的大白鹅。"

原来,石锁把自家那只大白杀了。哨花吹说:"大白被杀不是件小事,很可能是另一件事的引子,方世坤和石锁旧恨未解,又添新仇。"

我说:"石锁杀自家大鹅与方世坤有啥关系,怎么就成了新仇呢?"

哨花吹看了看方慧,说:"这些婆婆妈妈的事你比大奎清楚,你说说吧。"

方慧介绍了事情的来龙去脉。方、石两家,人有世仇,家禽却没隔阂,不仅没有隔阂,两家的大鹅与主人正相反,相处十分亲密。尤其石锁家这只大白,对方世坤有一种莫名其妙的好感。大白很怪,只要在树下看到方世坤,总会扇动翅膀热烈地奔过来,像见到老朋友一样用脖颈在方世坤裤腿上亲昵地蹭来蹭去。方世坤也喜欢这只白鹅,有时从江汊子回来会顺手采几把苦麦菜喂鹅,心情好的时候他还会蹲下身抚摸几下大白柔顺的羽毛,和大白说几句话。大白似乎能听懂他的话,每当他说"回去吧,免得你家主人不高兴",大白就会停止亲热,扭动着身子很绅士地离去。

大白在方世坤面前的表现被石国库发现了。石国库对石锁说:"你小子行啊,方世坤家的鹅蛋,都是你家大白踩的。"在墟里,家禽间用"踩"代表配种,石国库这句话是在夸石锁,但引起了石锁的警觉,凭什么大白要免费给方家配种?这不是便宜了方家那些灰不溜丢的大鹅吗?

石锁偷偷跟踪了两回,发现方世坤每次都蹲下来和大白说话,石锁便觉得这事不简单,一定是方世坤给大白下了蛊。有一次,他看到大白和方世坤在一起,便高声吆喝大白回家,还当着方世坤的面训斥大白说:"再吃里爬外我就吃了你!"大白听不懂主人的话,昂着通红的鹅冠左顾右盼一副茫然的模样。

石锁对这件事产生猜想也有原因。方世坤爷爷方四平不仅会呼蛇,还能和山狸子、獾及水耗子对话。传说有村民看见方四平在小龙山一棵椴树下作法,嘴里发出奇怪的喵喵声,不一会儿,竟有好几只獾子跑来围在他周围讨吃的。石锁就想,龙生龙凤生凤,耗子生来会打洞,既然方四平懂兽语,方世坤会几句鹅语完全有可能,要不自家大白怎么会对他那么亲热?石锁还听说方世坤能和蛇头对话,站在江汉子岸边吼上几声,就会有成群的蛇头游过来。一开始,石锁不信,偷偷观察了几次方世坤喂鱼,才发现这小子果然有呼鱼的本事。石锁就想,方世坤这些伎俩都属于歪门邪道,一定要小心防备,别中了他的蛊。在几次见到自家大白不争气后,石锁觉得大白成了石家叛徒,于是下了狠心,要斩断方世坤伸向石家的黑手。

石锁从鱼塘回来,在村口看到方世坤拎着鱼篓在路上行走,他家那只大白跟在后面屁颠屁颠一副快活的样子,他气不打一处来。石锁心里恼,姓方的糟蹋了石家四万条三道鳞还没个说法,现在又开始打大白的主意,是可忍孰不可忍!当天晚饭前,他将大白一刀剁了,鹅肉下了油锅,鹅头被他趁着夜色丢到了黄波椤树下。早晨,方世坤出门发现了鹅头,说石锁这是找事,杀了大白把鹅头丢到他家门口,简直欺人太甚！

　　方慧讲完了事情经过。哨花吹问方大珍怎么看这件事,方大珍说:"你们商量事情吧,我走了。"哨花吹拦住她道:"别啊,您老说说这事咋办好。"方大珍摆摆手:"我现在一门心思在鼓乐队上,下个月县里有个广场舞大赛,我们鼓乐队准备拿大奖,对什么大白大灰的事没闲工夫想。"说完,摆摆手走了。她穿一套蓝色太极服,面料极富动感,使她的步履显得很轻盈。方大珍自从抓鼓乐队工作后,像打了鸡血一样精神头十足,鼓乐队有二十几个村民,有音乐爱好的村民都想加入进来,方大珍把关极严,为此还有人请齐大牙出面讲情走后门。鼓乐队组建后,墟里不再沉寂,有时人未进村,就能听到阵阵悦耳的鼓乐声。鼓乐队虽然以老年人为主,但也吸收了几个没出去打工的青年男女,有方姓,也有石姓,方、石两家的心头之蛇在鼓乐的世界里进入了蛰伏期。鼓乐队聚拢了一些人气我打电话告诉了老雷,老雷说鼓乐队是有形无形相结合的事,抓抓无妨,乡村振兴关键靠人,人都留不住还振兴什么。我说鼓乐队里有几个年轻人,哨花吹准备从中选个徒弟吹喇叭呢,免得喇叭绝技失传。老雷说带徒弟这种事应该抓,不抓的话将来村里有红白喜事连个吹喇叭的人都没有。放下电话后我觉得老雷也在变,开始他反对我做有形之事,现在他的观点成了有形无形相结合的事抓抓也无妨,下一步会怎么看呢?我想,当驿路开发都柿滩大桥通车的时候,请老雷来做剪彩嘉宾,看老雷会怎么说。当然我心里清楚,老雷不会来的,他的兴奋点不在乡村。

　　看着方大珍离开的身影,哨花吹皱着眉头说:"不能让矛盾升级,咸菜疙瘩到了非切开不可的时候了。"

　　"方世坤找你了?"我问。

　　"是的,他用报纸包着大白的头来到我家,说你看看你看看,大白死不瞑目!我看了一下,大白的眼睛确实睁着,石锁也真下得去手。"

　　"你是怎么答复方世坤的?"我心里有些着急,方世坤可是个有心计的人。

　　哨花吹道:"我能说什么,我说世坤哪,你心头有条蛇正往外吐芯子呢。他说主任你怎么这么说话。我说人家剁自家大鹅怎么就是找事？这鹅头说不准是狗扯猫叼到你家黄波椤树下的，鹅头又不是炸雷子，你怕个啥。方世坤鼻子里蹿出一股气，说他怕啥，别说一只鹅头，就是人头他也不怕，他是觉得大白死得冤，它只是和他亲近了一点。"

  我隐隐约约觉得方家门前那棵黄波椤危险了，石锁剁了大白，自然会迁怒于那棵树，万一趁方家不备砍了黄波椤树，那问题可就大了。黄波椤树长在院子外，对方世坤来说防不胜防，加上方世坤大部分时间住在江汊子窝棚里，无法看护这棵黄波椤。我建议哨花吹去做做石锁的工作，别让他拿一棵树撒气。哨花吹说那样做就打草惊蛇了，还是让大奎去交代一下齐老三，近期由齐老三盯着那棵树，相信齐老三能做好这件事。我觉得哨花吹这个主意好，齐老三脑袋一根筋，只要是大奎交代的，他肯定能像大白一样忠于职守看护好黄波椤。

  哨花吹去找齐大牙，他没让我去，说我的身份不适合去，这种上不了台面的事还是由他出面好一些。很快，哨花吹回来了，说这件事妥了，齐大牙态度很明确，石锁不会伤害那棵树。齐大牙告诉哨花吹，石锁确实去找过他，说那棵树有些邪行，把他家的大白迷惑了，问能不能砍了它。齐大牙说砍不得，那不是一棵普通的树，那是墟里未来的一块活碑，活碑比石碑有灵性，石碑不会长，活碑会一年年长粗长高，活碑在，墟里地气就在，你把活碑砍了，等于破了墟里风水。齐大牙说石锁听了这番话后肯定不会再打黄波椤的主意了。

  我觉得齐大牙学问高深莫测，把寿命可达数百年的黄波椤比喻成村屯活碑不是没有依据，因为黄波椤确实是古老的神奇植物，对研究古地理、第三纪古热带植物极富科学价值。在我的知识体系里它与银杏相似，堪称植物界的活化石，齐大牙说的活碑不就是活化石吗？

  就在大家都以为平安无事的时候，那棵黄波椤还是出了问题。有一天清晨，齐老三巡村时发现黄波椤被盗伐了。齐老三去找大奎，结结巴巴地说了黄波椤被盗伐的事。大奎不敢怠慢，急忙给哨花吹和我打电话。我们来到现场，我让哨花吹抓紧报警，哨花吹说等等，他在大奎耳朵边嘱咐了几句，大奎骑上摩托车一溜烟走了，过了一会儿便赶回来,说昨夜方世坤和石锁都住在各自鱼窝棚里。哨花吹这才让大奎给派出所和林业站打电话。

派出所和林业站的人驱车赶来。他们拍照、勘查现场,得出的结论是盗伐,应该是熟悉墟里情况的人所为,因为外村人很难知道村中间有这么一棵树,而且一般人也不知道这棵树值钱。这时,方世坤回来了,他脸色蜡黄,一言不发,只是冷笑了几声。派出所的民警说这起案子好破,但需要些时日,然后四周看了看对哨花吹说:"你们墟里应该学学新生村,人家村里每条街道都安装了摄像头,天眼一开,谁还敢做不法之事?"

哨花吹张大了嘴,没有说什么。

派出所和林业站的人走后,哨花吹道:"我想起一句话,叫二郎神的脑门——独具慧眼。"

"二郎神在哪里?"我问。

"我要把二郎神请到墟里来,马上就办!"哨花吹语气坚定。

这时,老毕打来电话,通报了一个好消息。那个封灶督查组组长谢志远被诫勉了,县局也做了检查,诫勉原因是执行政策层层加码、搞形式主义。本来县里要求谢志远到沿江镇来消除负面影响,但他称病不来,在家里泡蘑菇呢。

听到这个消息,我脑海里浮现出鬼蜡烛的样子,鬼蜡烛看似剑戟一样坚挺,一旦被秋风吹破,瞬间就会如鸿毛一样随风散尽。看来我这个联想没错,鬼蜡烛要是条汉子,就该亲自来沿江、来墟里向村民道个歉。要知道,他伤的可是乡村千百年来的根。

老毕还透露了一个消息,县里在总结封灶一事的教训时,还提到了春节禁燃鞭炮一事,会上争论热烈,估计政策也会做相应调整。

二十一、毛地黄花

毛地黄花又叫死亡之钟,是一种有毒之花。

毛地黄的花叶花形都不错,曾被人用于殡仪馆做防腐和美化,据说它能让死者的面部显得红润,是亡灵的最佳陪伴。

墟里原本没有毛地黄,不知哪个商旅将毛地黄的种子带到此地,使驿路两侧长了许多这种看起来并不丑的外来植物。舶来的毛地黄与本土的地黄相比有假冒之嫌,我没有留心它也属正常。与毛地黄相比,怀地黄是"四大怀药"之一,在中药材里与怀山药、怀牛膝、怀菊花相提并论。但从外形看,地黄的花不如毛地黄的花美观,地黄的花粗糙,不精致,而毛地黄的花有红有白,状如喇叭,看上去颇为贵气,这也说明了一个怪现象,有时候假比真更具诱惑力。

如果不是石栏山的蛇酒里泡有死亡之钟,我不会关注这种植物。

事情要从哨花吹主动去安抚石锁开始说起。

方世坤认准是石锁盗伐了黄波椤,放风说派出所已经立案,到时候有人会难看。

石锁自然会听到消息,他先下手为强,继续举报方世坤在江汉子违规建蛇屋一事。石锁对大奎说,方世坤得寸进尺欺人太甚,不和他过两招还以为别人怕他。

这种事情无法回避,村里的纠纷看似很小,但每一件都可能是导火索。到了墟里我才深切理解了群众利益无小事这句话。

哨花吹知道自己必须加快解决两姓世仇的步伐,因为时间越长积累的问题越多。他叫上我一起去找石锁。

鱼塘边的石锁戴着草帽,在一把广告伞下磨滚钩。石锁磨滚钩很用力,像木匠在木方上使刨子,哗啦哗啦,动作幅度特大。见到我俩,石锁停下来,吐出一个字:"坐。"

我俩在石锁对面的马扎上坐下。哨花吹道:"磨滚钩是个力气活。"

石锁说:"对付大鱼,不费点力气不行。"

谁都能听出石锁这是话里有话。哨花吹拈起一把滚钩看了看,然后递给我。我接过来一瞧,这锋利的巨型鱼钩太吓人了,别说钓鱼,就是钓河马也足够用。

蓝湖上微微有点波澜,不远处有个垂钓者在挥竿。哨花吹问:"鱼塘对外开放垂钓业务了?镇上发展农家乐,提倡搞垂钓休闲项目。"

石锁撇了撇嘴:"开放啥!是县里来钓鱼的一个退休老人,本来想上江心岛钓船钉子,结果晕船无法上岛,就到我这里来图个乐子,钓上鱼来按斤付钱就行。"

"在蓝湖钓鱼等于在鸡窝里摸鸡蛋,收获肯定不小。"哨花吹望着那个频频抬竿的垂钓者说。

"过去到江汉子钓鱼的人海海的,本村外村都有,墟里八景还有个江畔晨钓,现在倒好,鬼影都不见一个。"

哨花吹说:"其实世坤也从来不阻止人去江汉子钓鱼,村里与他签订的承包合同有垂钓自由这一条,只是钓到养殖的蛇头要放生。"

石锁冷笑一声:"谁敢去?江汉子到处是蛇,那可不是野鸡脖子,是乌苏里蝮蛇,毒性大了去了,别说咬人,就是咬老牛一口也足以毙命。"

我觉得石锁这话有道理,方世坤这么做显然有些过分,他竖的牌子比电网还管用,本村人、外来人,谁都会躲得远远的。哨花吹点点头道:"我们会找世坤谈谈,让他管好蛇屋,一定不能把蛇放出来,否则出了人命他要负责。"

"他负责个屁!"石锁说,"我爷爷被蛇咬死,方家负责了吗?对方家不能客气,只能以牙还牙。"说到方世坤,石锁气不打一处来,开始翻陈年旧账。

"方世坤有不对的地方,大伙都看在眼里。"哨花吹说,"你石锁通情达理,不会像他那么犟,你今天让外地人在鱼塘垂钓,说明你顾大局、识大体,给墟里做了正面宣传。"

哨花吹一表扬,石锁倒有些不好意思,把磨了一半的滚钩放到篮子里,指了指远处江汉子边的蛇屋说:"他建那个蛇屋啥手续没有,我和你们打过招呼,要到镇上告他。"

"蛇屋的事你先别去告,即使拆掉也要等到蛇冬眠的季节,现在要是拆了蛇屋,那些毒蛇还不爬得满甸子都是?"哨花吹说。

"他养蛇就没安好心,他爷爷呼蛇他养蛇,他家上下都和毒蛇有关。"石锁愤愤不平。

"举报是你的权利,蛇屋确实是违建。"哨花吹说,"你要是在他打地基时举报就好了,我们可以阻止他施工,可是现在生米煮成了熟饭,就像产妇生孩子,已经出生落地了,还能掐死不成?"

石锁道:"我本不想给村里添麻烦,这老小子最近不像话,到处说那黄波椤是我砍的,我能砍那棵树吗?别人的话可以不听,齐大牙的话我还是听的,齐大牙告诉我不能动,我能不听吗?"

哨花吹说:"齐大牙也和我们说了你不会去砍树,这一点我们相信。蛇屋的事村里会一揽子解决,你再耐心等等,不看方世坤的面子还要看村里的面子,墟里在镇里印象不好,再出几回事,怕是要被新生吞了。"

石锁点着一支烟吸了两口,缓和了语气道:"你们知道我主要不是对村里,今天你们来找我,我也不能不给面子,好了,蛇屋的事先放放,三道鳞的事我可等不及,都一年了,总该给我个说法吧?"

哨花吹很会做思想工作,当交谈遇到解不开的疙瘩时,他会巧妙地转换话题。他似乎想起了什么:"石锁呀,听说你祖父泡的蛇酒你还当宝贝留着,给多少钱都不卖,有这回事?"

石锁最希望别人和他谈蛇酒,因为这是石家祖上的光荣。哨花吹一问,石锁立马来了精神,眼睛一瞪:"当然,爷爷留下的三蛇酒我怎么会卖呢?三蛇酒摆在家里就能治风湿,你看看我们老石家人,谁得风湿了?你再看看方世坤和其他江边养鱼的那几个,哪个不成沓往家买风湿止痛膏?"

"这是啥道理?"哨花吹顺着他的话往下说。

"当然有道理,酒在地窖里放着会慢慢挥发,我家放酒的地窖就在里屋睡觉的炕沿下,隔几天我就会打开窖门透气。你知道吗?每次打开窖门,满屋子都是酒香,酒香也能醉人,在我家炕上睡一觉就像喝了一盅三蛇酒,自然不会得风湿。"

我被石锁的话吸引了,他的话使我想到了南方一个盛产名酒的小镇,那里一年四季飘着酒香,据说许多流行病从未在那个小镇出现过,说明酒气确实有灭毒杀菌的作用。我插话道:"窖酒散发酒味有道理,尤其用陶器窖藏的酒,能像人一样呼吸。"

石锁没想到我会肯定他的话,便对哨花吹说:"你看看你看看,有文化的大干部就是不一样,我说给毕镇长听,毕镇长说我哨,我有啥哨的?爷爷泡的酒就在地窖里面,几十年没挪过地方。"

哨花吹问:"咋证明那些酒是你爷爷泡制的?"

石锁很神秘地一笑:"爷爷的每罐三蛇酒都带着贴,用毛笔在红纸上写着年份,有的还写着蛇的来处。"

"真的?"哨花吹兴奋起来,一双黑曜石般的眼睛放出亮光。

"我蒙你干啥?"石锁说,"我爷爷有文化,留下的文字之乎者也,我都识不全,地窖里最早的一罐酒标着'民国三十年',最后一罐酒是爷爷被方四平害死那天泡制的,酒罐上红纸黑字写得很清楚。"

"泡酒不是为了卖吗?为什么要收藏起来呢?"我有点不解。

"卖当然是卖的,我听父亲说,爷爷留下的三蛇酒都是用他从前没见过的异形泡的,这些蛇毒性多大爷爷拿不准,所以不会马上卖,怕卖出去把人喝坏了。"

"异形蛇是什么意思?"哨花吹也是第一次听说。

"爷爷说过,医不三世不服其药,蛇有异形损益必分。异形蛇就是那些花纹特殊、双头或短粗的蛇,这样的蛇不常见,有啥说道无法证明。我参说他年轻时看到地窖里一个玻璃罐里泡着一条双头蛇,酒都泡成了酱红色,那罐酒后来因为密封不严全飞了,双头蛇连骨架都没剩下,只剩下一个空罐还在窖里。"

哨花吹接着石锁的话说:"哪天能不能让我俩开开眼,见识一下你家地窖?"

石锁扭头看了我一眼,有些为难:"我家地窖从不让外人进。"

"你别为难,你家有规矩不让看就算了,"我说,"蛇酒毕竟是家传宝贝,你秘而不宣也能理解。"

哨花吹却说:"好东西不给人看,就像珠宝藏在暗室失去了光彩,连国家级文物都要定期展览,你家地窖里的酒让我们见识一下能有啥事?我俩也好向镇里、县里做个宣传,说不准你爷爷就成了'非遗'名人,你石锁当然也就成了名人之后。"

石锁忽然看着我问:"我要是有了名气再去告方世坤,是不是就不一样了?"

石锁马上转到上告的事情上,这让哨花吹哭笑不得,但哨花吹很会说道:"当然不会一样,名人说话是放礼花,普通人说话是放小鞭,现在名人结婚、离婚、生孩子、和谁吃饭都是大新闻,而咱们再大的事也没人搭理,有出名的机会你得抓住、抓紧。"

石锁脑子还清醒,撇了撇嘴:"你别忽悠我。"

我也劝说道:"如果能把墟里失传的三蛇酒宣传一下,对提高墟里知名度有好处,说不准真的可以成就一个'非遗'项目。"

石锁道:"那我就破一回例,等我回家收拾一下就请你俩过去。"

石锁对酒窖松口,这是一件了不得的事,村民把他家酒窖传说成是阿里巴巴的藏宝洞,连"一金三老"都没进去过,里面到底藏着什么外人根本不知道。我听石国库说过,石家酒窖是用青砖砌的,当年建成的时候还请了萨满巫师跳神庆祝。石国库和石锁是本家,这个说法应该是成立的。从墟里地势看,石家屋子地势最高,没有受潮之忧,适合建酒窖。

去石锁家之前,哨花吹骑摩托去腰屯找莫六枝,结果崴了脚脖子。他是拄着单拐去石锁家的。一进石家院门,石锁迎上来盯着哨花吹的伤腿问:"咋还拄拐了呢?你可别说是风湿病犯了。"哨花吹去腰屯找莫六枝这事一直对外保密。

哨花吹道:"不碍事,不碍事。"

石锁变得警惕起来,他担心对方是使苦肉计讨蛇酒,就先用话挡住:"我可没有三蛇酒卖,地窖里的酒是留着的念想,给多少钱都不卖。"

哨花吹哈哈一笑:"石锁你也忒小气了,我这是硬伤,不是风湿,用不着喝蛇酒。"

石锁有点不好意思,道:"不讨蛇酒就好,要不我实在为难。"

石锁领我俩来到里屋。他先打开屋地上一个一米见方的木门,然后起身合上墙角一个电闸,窖口顿时透出光亮来。原来石锁在地窖里安装了电灯。石锁自己先踩着梯子下去,站在下面抬头问:"你这腿脚能下来?"

哨花吹一把丢开拐,道:"别说地窖,就是地狱我也下得去。"

窖门往外冒着凉气,好大一个地窖。透过窖门往下看,窖壁青砖砌成,白灰勾缝,工艺十分精细。哨花吹拖着伤腿,硬是踩着一节节木梯走了下去。我也跟着下到窖里。地窖有十几平方米,中间有两口空缸,青砖铺成的地面上再无他物,四壁一些凹槽里放着些大大小小的玻璃罐和陶罐。让我感到奇怪的是,地窖里不潮,防水做得极好,看来石栏山果真下了功夫。

石锁一罐罐给我俩介绍这些蛇酒。每罐酒上都有一个菱形的红纸贴,上面用毛笔写着制作时间。有一罐上写着"民国三十年六月初六",哨花吹看后咂了咂舌头。这些蛇酒堪称古董,酒色已经十分混浊,想必因为时间太久,酒与蛇早已融为一体。难怪石锁不出售这些蛇酒,因为酒精挥发殆尽,这些液体会给人带来什么,谁也说不清楚。陶罐看不清内容,但透过那些玻璃罐可以清晰地看到酒里泡着三条缠绕在一起的野鸡脖子。

哨花吹一双金鱼眼停留在靠近木梯的一个凹槽处,那里有一封口的玻璃罐,罐上红纸竖写这样一列字:丙申年丙申月己未日。石锁说这个时间换算出来是一九五六年八月二十日,阴历七月十五,中元节。这个时间正是石栏山被蛇咬伤去世那天,因此这是石栏山泡制的最后一罐蛇酒。哨花吹靠近酒罐仔细观察,依稀可以看出一条蛇的骨骼,骨骼成了文殊兰花的形状,这是蛇活着时不断扭动的结果。这罐酒明显有别于其他酒,一是酒体已经变成赭红色,二是酒中只有一条蛇,三是酒中还有五六朵不知名的花,而且花形完整。尽管是蜡封,但瓶中酒还是挥发掉不少。我指着花朵问:"酒中是什么花?"

"这是毛地黄花,我爷爷叫它死亡之钟。"

死亡之钟?我脑海里出现一种钟状的紫色花朵,天哪,酒中毒蛇加毒花,这酒还能喝吗?毛地黄与地黄不同,前者花有毒,后者花是药,一字之差,天壤之别!我没有提出疑问,对蛇酒我知之甚少,不懂就不敢乱说。

"你动过它?"哨花吹问。

石锁摇摇头:"这酒没人动过,地窖平时也不让人进,你俩是领导嘛,当然我不是巴结领导,我看出来领导是真心想见识蛇酒。"

"石锁你看,这罐子下面好像压着一张黄纸。"哨花吹有了发现,他没有动手去碰,而是把这发现告诉了石锁。

石锁探过头来看了看,道:"是有张黄纸,以前怎么没发现?"石锁小心翼翼挪开酒罐,拿出这张叠好的黄纸,像捧着圣旨一样诚惶诚恐,说:"我们上去看吧,窖里光线太暗。"

我们依次爬出地窖,石锁将黄纸放在炕上,关上窖门,匆匆到外屋洗了手,回来慢慢打开折叠着的黄纸,原来是一张信札。石锁念不成句,让我来念。我靠过去,把这封毛笔写的信札一字一句念出来:

  丙申年丙申月己未日,出行吉旦,登小龙山,捕蛇制酒。获蛇六条,归,遇一赤链之蛇横路,遂捕之。此蛇异质,单独制酒一罐,宜久储。获此蛇时，身后有窸窣之音，若风拂衰草，回顾，却不见异常。此蛇浸酒，头昂酒上，不死，甚奇，谨记。

即日　栏山上

信札中描述了石栏山上山捕蛇，路上遇到了一条带有红色花纹的蛇，捕获该蛇时，听到身后有窸窸窣窣的声响，待回头看却又什么也没有。回家后将此蛇泡酒，却见这条蛇能将头昂在酒面之上，很久也未死去。此蛇甚奇，特制作这瓶蛇酒，要长久储存。

"你爷爷被蛇咬之谜，就在这条赤链蛇上。"哨花吹很肯定地说。

"为啥？"石锁瞪圆了眼睛。

"腰屯的莫六枝告诉我，你爷爷应该是捉到了一条蛇王，蛇王被捉，跟随它的蛇便尾随而至，夜晚爬进了你家，你爷爷往外赶蛇时激怒了蛇，遭到蛇咬，通过这封信基本可以排除方四平呼蛇到你家害人的猜测，白纸黑字很清楚。"

石锁摇摇头："我不信，一条小花蛇能是蛇王？"

别说石锁不信，哨花吹的断言我也将信将疑，这封信只是写了捕蛇的过程，并没写群蛇来袭的经过，哨花吹要想让自己的结论立得住，就必须找到令人信服的依据。

征得石锁同意，我俩用手机将信札拍照留存。石锁说要把信札放回原处，爷爷留下的东西他不想动，将来告诉孩子也不要动，蛇酒安放在地窖，好像爷爷就活在家里。哨花吹和我说过石锁是个孝子，他虽然没有继承爷爷制作蛇酒的本事，但总是以爷爷制作蛇酒的业绩为傲。外省一家药酒企业想购买他爷爷的肖像，为他们的产品做宣传，开价不低，但石锁不为所动，这也令村里很多人竖大拇指。

哨花吹笑了笑："现在你可以不信，到时候就会信的。"

"啥时候？"石锁追问。

"快了，我会找个时间把老毕、有名的专家、'一金三老'，还有你和世坤一并请来，咱们在村委会来个'三堂会审'，把这些历史老账都摊到桌面上处理掉，老是捂着盖着也不是办法。"

这是要摊牌了,我想,哨花吹酝酿了这么久终于到了揭盖子的时候。把问题摆上桌面,好歹都会有个结果。其实,很多问题的根子就在于捂着盖着,其实把各自手里的牌都亮到桌面上,让赢者明白,也让输者心服,岂不更好。

石锁说:"'三堂会审'好,让方世坤自己说说他都干了些啥埋汰事。"

离开石家时,石锁忽然追了一句:"'三堂会审'归'三堂会审',滚钩我该下还是要下。会审的日子别在下周一就行。"

哨花吹愣了一下:"你还是把会审时想说的话好好捋捋。"

石锁说:"该说的话要捋,该办的事也要办,我的朋友狗尿苔说过,该办不办,必有后患。"

"狗尿苔是谁?"我第一次听说这个人。

石锁说:"就是江心岛那个打鱼的老堵头。"哨花吹接过话说:"这个老堵头原来是沿江粮库的质检员,因为渎职被开除公职判了两年有期徒刑,出狱后一个人住在江心岛废弃的哨所里,打鱼护鸟,过着与世隔绝的日子。"

"狗尿苔是我的朋友,他打的鱼都是我帮着卖的。他很有头脑,像个修行的道士,很多事都明白,也能看得开。"石锁补了几句。

"你是怎么和他成为朋友的?"我弄不明白石锁怎么会和狗尿苔好起来。

"我们都对方世坤不满。"石锁说,"江心岛在大江上游,离江汉子不远,在方世坤拦断江汉子之前,因为两股水相汇,在那一带形成了渔场,挂网下一回提都提不动,什么狗鱼、鲤鱼、鳌花、鳊花都有,现在不行了,下一回挂网上不了几条鱼。"

石锁送出门外,突然问我:"你是省里下来的,我想问一句,一个人无缘无故打了你两记耳光,你去找人评理又没人管,你说该咋办?"

"怎么会没人管?世上总有说理的地方。"我回答道。

"我看最好的办法是抽回去。"石锁说。

哨花吹在一边道:"石锁你别做傻事,事情总有水落石出的时候,

'三堂会审'会给你个满意的结果。"

回到村委会,哨花吹给老毕打电话,想下周一借用一下渔政站的小快艇。老毕问:"借快艇干啥?"哨花吹说:"书记来墟里一年了还没视察一下江界呢,周一早晨我和书记到江里看看,顺便也上江心岛瞅瞅。"

我问哨花吹葫芦里卖的什么药,哨花吹说到时候就明白了。

哨花吹闪烁其词,我也不便深问,心想权当随他看江景了。黑龙江江景不错,两岸植被茂盛,水质也没有污染,游江是件开心事。

当天夜里,我躺在床上无法入睡,脑海里总是浮现酒罐里那几朵毛地黄花,这些死亡之钟似乎找到了一种永生的方式,半个多世纪过去了,依然绽放在酒里,而那条赤链蛇似乎成了护花使者。我想请教一下金子,因为是夜里,不方便到她家里去,就给寒寒打了个电话,说我想向金子阿姨请教点事,不知打电话是否方便,会不会影响阿姨休息。寒寒说她先打个电话,让我五分钟后再打。

五分钟后我拨通了金子的电话,说了下午看到的蛇酒,想不通石栏山为什么在这罐蛇酒中放入死亡之钟毛地黄花,他是不是错把毛地黄当成了地黄?金子说石栏山是名医,不可能不知百草药性,之所以在酒中加入死亡之钟,是提示后人此酒慎用,因为谁都知道死亡之钟非祥瑞之花,带有未知毒性。我说仅仅是起个提示作用吗。金子说另一层含义就是臆测了,蛇在萨满教中有柳仙之称,有一种说法,泡三条是用,泡一条是供。石栏山泡制这罐只有一条蛇的蛇酒,本来也不是为了用,很可能是用来镇窖,而酒中的死亡之钟应该是对柳仙的配享。

我不知道金子说的有没有道理。

二十二、老地榆

地榆是北方再平常不过的一种植物,属多年生草本,因叶子像榆树叶,故有地榆之称。我去都柿滩踏察,发现了大片长势良好的地榆,因为地力肥沃,地榆的叶子呈墨绿色,花苞像将要成熟的桑葚,看上去十分养眼。

我对地榆有一种特殊的情感。我在农村上小学时,学校经常组织一些勤工俭学活动,活动之一就是上山挖地榆、采车前子。我对采车前子不感兴趣,因为赤手去撸车前子,手会又痒又疼。我喜欢用铁铲挖地榆,每次挖都有一种挖宝的感觉。地榆根茎像模像样,呈纺锤形或圆柱形,弯曲似菱角,细长如沙参,表面灰褐色或暗棕色,粗糙,有纵纹。地榆是难得的中药材,尤其野生地榆堪称抢手货。在都柿滩,这种价值不菲的植物却无人问津。

识货的人总是不缺,墟里人看不上的地榆,在腰屯却成了香饽饽。腰屯的老中医莫六枝对外一直自称老地榆。当听到哨花吹提起老地榆时,我颇感好奇,我一直以为把植物与人相联系是我的专利,没想到在这遥远的边疆,许多人喜欢这样联系。

黄波椤被盗伐后,镇派出所吴所长的大伯病逝,大伯家的人让吴所长来求情,希望哨花吹去给吹吹喇叭。当了主任后哨花吹难请这是事实，我亲眼见他婉拒过邻村娶媳妇吹喇叭的重金邀请。吴所长来请哨花吹，说大伯家会付钱。哨花吹说："吴所长来讲情，这面子无论如何我得给，但钱我不能收，我是看你面子才去捧场的。"吴所长说："行，'好汉窝'的人就是讲义气！"哨花吹去了，吹完后就匆匆赶了回来，这段时间村里事多，他不愿意在外面吃饭。所长很感动，说哨花吹有什么事需要他做，知会一声就行。哨花吹说私事没有，公事倒是有两件，一件是抓紧把黄波椤那起案子破了，另一件是给村里免费安几个摄像头。吴所长说这两件事都没问题，第一件因额度太小不值得立案，所里没腾出时间来办，第二件赶巧县局正在搞天眼工程，报上去就能批。果然，没过两天墟里的探头就安上了，除了村里主要区域，小龙山路口、江汉子、蓝湖也各安了一个，探头是高清的，图像可以储存一个月。这件事让哨花吹特高兴，说吹一回喇叭换来十几个高清探头，等于大赚一笔。

　　探头视频不是谁都能调看的，墟里只有我、哨花吹和大奎可以调看，这是吴所长特意交代的，吴所长有保护村民隐私的意识，这一点难能可贵。吴所长很严肃地对哨花吹说："探头这玩意儿是好东西也是坏东西，关键看谁用。"我觉得这话说在了点子上，说到底探头就是一个工具，就像刀枪，在好人手上是武器，在歹人手上就是凶器。

　　我和哨花吹在观看储存视频时发现了一个异常现象，一连两个雨夜，草甸子里有成群的蛇从江汉子往蓝湖方向爬。因为下雨，图像不是很清晰，但大致能看得清，蛇爬行速度很快，似有人驱赶一样，嗖嗖嗖，风起草动，令人汗毛直竖。这是怎么回事？难道是方世坤在搞鬼？哨花吹盯着屏幕说这事得保密，千万不能让石锁知道。我一时也没了主意。这些蛇太神奇了，无故自己往鱼塘爬。我说："这事怎么办？"哨花吹想了想，问："孙悟空打不过妖怪的时候咋办？"我说："他翻个跟头就去求观世音菩萨了。"哨花吹道："我也要搬救兵。"我问他找谁去，谁能管得了毒蛇。哨花吹说："去腰屯找老地榆。"

　　哨花吹最近总是往腰屯跑，每次都去找老地榆。老地榆因为右手多出根手指头，父母干脆给他取名六枝。他自己则更喜欢称老地榆，因为六枝毕竟是以身体缺陷为名,听起来不雅。老毕说过,莫六枝是方四平死后方圆百里出现的另一个蛇医,名气虽然比不上方四平,但救的人不比方四平少。莫家家境殷实,老地榆除了看病抓药,还有一个发财渠道,那就是靠种植药材赚钱,其中种植和蒸晒地榆占了收入八成以上。

"老地榆有什么本事?"我问。

"此人像一个带松紧、不见底的口袋,不知不觉就会把你装进去。"

我并不怀疑哨花吹这种感觉的真实性。在当地农村,几乎村村都有一两个这样的能人,他们决定着村子的风向,是村屯的压舱石,墟里的齐大牙、腰屯的老地榆都属于这类人。我想哨花吹有事去找齐大牙才对,为什么要舍近求远去腰屯呢?我问:"老地榆和齐大牙谁更神?"

"鸡走鸡道,狗走狗道,各走一筋,各有长短,老地榆是蛇医,问蛇的事只能找他。"

我明白了,齐大牙虽然很神,但对呼蛇、遣蛇之事的了解不如老地榆。

我对老地榆产生了好奇心,想去见识一下这个有名的蛇医。哨花吹摇了摇头,说:"你还是别去了,他一眼就能看出你是大机关的人。老地榆这人有性格,不喜欢和干部打交道,他行医没有执照,用的都是进不了教科书的偏方土法,严格来说是非法行医,给干部看病容易惹麻烦。老地榆这么想也是事出有因,他曾医治过县卫生局一个患蛇盘疮的干部,那个干部一边在他这里涂药,一边问他有没有行医执照。听到老地榆说没有任何执照后,这位干部变得严肃起来,批评他非法行医,按规定要处罚。这件事弄得老地榆挺上火,给人家治好了蛇盘疮,还得感谢人家的不罚之恩。"

我说我去见老地榆想问一件事。哨花吹说想问啥他替我问。我说问他为何自称老地榆。哨花吹说这不用问,莫家种植加工地榆嘛。我说凭感觉事情也许不那么简单,让他替我问问。

哨花吹是骑摩托车走的,走之前告诉我可以到方世坤那里看看,有策略地问问他的蛇屋是不是哪里出了裂缝,要不怎么会出现那么多蛇。

哨花吹走后我就去找方世坤。午后日头正毒,方世坤在江汉子边起虾笼。江汉子盛产河虾,个大饱满,能晒出金钩米来,当然,这河虾也是蛇头的食物。见到我,方世坤道:"来啦!"

我应了一声,过去帮他往水桶里倒虾。河虾在阳光下闪着银光,有的弹出桶外,三蹦两蹦又回到了江里。方世坤并不去捉,见我弯腰去捡,他伸手拦住说:"别逮了,能逃出去的说明不该死,就让它们回江里去吧。"

方世坤起了半桶河虾,把水桶往我眼前推了推:"拿回去煮了吃,不错的下酒菜。"方世坤知道我有时一个人开伙,想把河虾送我。我婉拒了他的好意,站在江边与他聊起蛇来。

"老方,你养的乌苏里蝮蛇安全吗?会不会跑出来?"

"安全肯定是安全,但也会有跑出去的,就像这河虾,总有几只逃回江里,乌苏里蝮蛇逃出蛇屋,爬进甸子里也正常。"方世坤把蛇出逃一事看得稀松平常。

"一条两条无所谓,要是逃出去的多损失就大了,所以要把蛇屋封闭好,蛇这个东西,有缝就会爬。"我提醒方世坤,希望他能听懂。

"没事,蛇屋像铁桶一样安全。"方世坤并不多想。

我一时无语。方世坤十分相信他的蛇屋,在他看来,乌苏里蝮蛇成群逃跑根本不可能发生。

方世坤突然没头没脑地问了一句:"石锁今年的三道鳞咋样?"

我心里咯噔一下,这个问题暴露了方世坤的意图,说明他一直想着三道鳞的事。我说:"我不清楚,还没有起鱼,具体情况要起鱼时才能知道。"

方世坤道:"石锁的鱼塘很深,西南角深达两三丈,大鱼趴在里面不浮上来。"

方世坤对石锁鱼塘了解之深出乎我的预料,我问:"你对石锁的鱼塘很清楚啊。"

"那里过去是蓝湖嘛,我小时候常去那里钓鱼,西南角钓鱼底线至少要放三四度。蓝湖西南角有块沙滩,沙子很细,周边开满钢笔水花,夏天有甲鱼到沙滩产蛋。都怪石锁,他把蓝湖改成鱼塘后,沙滩甲鱼绝迹了。"

我为方世坤有这样的环境意识感到高兴。与石锁相比,方世坤的养殖的确更环保,不破坏江汉子自然原貌,不投放合成饲料,除了蛇头鱼苗外,其他都是绿色原生态。形成对比的是,石锁却把原来一个美丽的蓝湖破坏殆尽,蓝色的鸢尾花变少了,野生甲鱼也绝迹了,方世坤的说法并没有错。不过,方世坤用三道丝网拦住江汉子也是个问题,许多鱼无法洄游,这本身与建了道水坝没什么区别。我说:"你那三道丝网是不是也该考虑一下?自从你拦起江汉子,河口一带重唇鱼几乎不见了。"

"我想过这个问题,的确不能总是拦着。"方世坤并没反对我的提议。

"其实,你们这些养鱼户应该多在一起交流,村里本来想成立个养鱼协会,但因为你们这俩大户老是顶牛,成立不起来。"

方世坤道:"石锁小肚鸡肠,连只白鹅都容不下,想一出是一出,还到处告我,我不稀罕搭理他。"

"你们两姓不能总是这样绷着,俗话说斗则两伤,合则两利,把过去的事情放下,断头的驿路都要连上了,你们两姓有什么不能沟通的呢?"

"这一代恐怕不能缓和了,看看下一代吧。"方世坤对化解两家世仇持悲观态度。

我俩又谈了些黄波椤、大白和鹅潭的事。我一再提示方世坤要看护好蛇屋里的蛇,毒蛇逃出来可是会伤人的,谁养的谁要负责。方世坤说他既然养了,就会管理好,这一点村里可以放宽心。

我离开江汉子时,看到远处石锁正站在那里张望,手拎一个弯弯的器物,不用猜,那是一把滚钩。

傍晚,哨花吹没回来,手机也打不通,我有些着急,乡路路况不佳,哨花吹骑摩托车,万一出现交通事故就麻烦了。我给老毕打电话,说上次哨花吹去腰屯就崴了脚,这次可别出什么问题,希望老毕开他的皮卡车拉我去接一下哨花吹。老毕一听哨花吹骑摩托车去了腰屯,在电话里就放声骂开了:"他是吹喇叭脑瓜吹缺氧了,去腰屯要经过四不漏子他知道不?那里地势多险哪,当年苏联红军打关东军,四不漏子是出名的鬼门关,那里的陡坡像瘦驴背,骑摩托最容易栽到沟里去。"老毕放下电话就坐着皮卡车赶来了,人未下车就喊我上车,赶快去四不漏子。老毕说:"哨花吹要是出事肯定在四不漏子,但愿别伤了筋骨。"我说:"不会那么严重,哨花吹灵活得很。"

皮卡车开得很快,颠簸了二十多分钟,来到曲里拐弯的四不漏子。这里曾是军事要塞,路窄坡陡沟深,人没进沟,就有一种阴森森的感觉,加之天色已晚,往来车辆又少,总让人担心路两边柞树林里会有狼虫虎豹冲出来。皮卡车缓慢开到沟底,果然看到一辆摩托车翻倒在路旁柳树丛边,正是哨花吹的摩托车。我和老毕跳下车,用手电筒在摩托车周围找人。柳树丛后面是一条小河,河水浅急,哗啦啦的流水声很响。我用手电筒在河边照到了哨花吹,哨花吹双手紧紧抱着他随身带的腰包,身上散发着酒气,不知是晚饭喝了酒还是包里的扁酒壶摔破了,酒味很大。看到我们,哨花吹舌头有些僵硬,开玩笑说:"骑摩托车不如骑驴,摩托车会倒,驴不会倒。"我俩没有多说,把他搀到车上,又费力把摩托车抬上皮卡车后斗。老毕冷着脸道:"直接去县医院。"哨花吹说:"不用了,就是腿碰了一下不听使唤。"老毕说:"还是到医院拍片看看好。"哨花吹不再坚持。看得出来他腿很疼,嘴唇抿得有些变形。

要到县医院时,哨花吹突然说:"你们猜,刚才我在沟里半躺着看见了啥东西?"

我说:"该不是狼吧?听说四不漏子有狼出没。"

"我看到了一条蛇,胳膊粗细一条野鸡脖子,这蛇真奇怪,从我伤腿前爬过去,好像我不存在一样,你说怪不怪?"

老毕说:"你没惹它,它自然不会攻击你。"

哨花吹道:"它要是咬我,我就扔在四不漏子了。"

检查结果出来,哨花吹左腿胫骨有轻微骨裂,虽不严重,却需要打夹板、挂拐。

　　我问去搬救兵有没有收获，哨花吹说录像的事老地榆不懂，但他提供了一条很有价值的情报。至于是什么情报哨花吹没有说。我知道哨花吹想留着包袱到关键时刻抖，便没多问。哨花吹有时喜欢卖关子，这是个优点，会让平淡的日子有些起伏。我想问问老地榆绰号一事，看着哨花吹打着夹板的伤腿，又把话咽了回去。

　　老毕临走时嘱咐哨花吹住院治疗，伤筋动骨一百天。老毕还说请神多了，神仙也会打架，有啥事找齐大牙足够了，别再吃着碗里望着锅里，贪多嚼不烂。哨花吹嘿嘿笑着，一再点头称是。老毕走后，他就说住啥院，明天一早就回。我要留下陪护，哨花吹同意了，说："这么晚了你住下也好，明早我俩一起回墟里。"

　　夜晚，我和哨花吹都睡不着，自然就唠起了老地榆。

　　"我问了，老地榆这个绰号还真有些说道。"哨花吹说，"不过，我对他那些说道是擀面杖吹火——一窍不通。"

　　哨花吹凭记忆大致复述了老地榆的所谓说道。

　　莫六枝之所以自称老地榆，是因为《本草选旨》中的一段文字让他感悟很深。书中大意是地榆用来止血，取上半截炒熟了用；用来行血，取下半截生用；用来敛血，与当归、白芍一同用；用来清热，则与当归、黄连合用；等等。老地榆觉得这段话简直就是颠扑不破的真理，是他行医必守的箴言，他因此自称老地榆。哨花吹说与老地榆交流之后，感到自己是土地老坐飞机——神高了。老地榆让他明白了，一支喇叭吹破天也成不了气候，能治病的汤剂从来不是蝎子屁股——独（毒）一份，要多味药一起熬。

　　我笑着说："你们俩唠得好投机。"

　　"乐极生悲，"哨花吹苦笑了一下说，"正因为我俩嗑唠得近乎，我才在他家多喝了几杯，结果把摩托车骑到了沟里。"

　　"看来老地榆这番话对你很有启发。"

　　哨花吹痴痴地望着天花板说："过去啊，我以为腰包里这支小喇叭无所不能，一招鲜，吃遍天，当主任以后总想凭一己之力来改变墟里，现在看来不行,所有的好药都不是一味药熬成的,一支喇叭包打不了天下,应该学老地榆,把什么当归、黄连、茱萸这些配药都用好才是。"

"你已经做到发挥大家作用了,这一点我看得很清楚,你从不独断专行。"

"那只是在形式上,其实在心里我还是想当关云长。"

"当关云长不是坏事,无须自我检讨。"我笑着说。

"老地榆给我讲了一个故事,县里一个领导找他看病,领导说明年县里就要换届了,换届人事安排各种小道消息不断,他上面没有靠山,不知道何去何从,整宿整宿睡不着,白天上班像犯了大烟瘾一样提不起精神来。这个领导是个实在人,心事重,不善与人交流,两眼红红的像两只烂桃子。老地榆给领导把脉、看舌苔、摸颈椎,然后告诉领导这病不用服药,只需按他的办法做就会好。领导说他照做就是。老地榆让他以后每星期要和七位八十岁以上的老人各说三句话,说什么无所谓,只要说就行;每天睡觉前到魁星阁仰望天空三分钟,然后再回家睡觉。领导为难了,魁星阁好办,就在江边一座孤山上,有三百多级台阶可登,但八十岁以上的老人就难找了。老地榆说他是领导,想办到并不难。领导马上想到了民政局的养老院。他让工作人员联系了几家养老院,每天都挤出时间去找老人唠一会儿嗑。你猜怎么样?不长时间领导就睡得下、吃得香,失眠的毛病好了。"

"这是为什么呢?"我有些疑惑。

"我当时也糊涂,后来这个弯转过来了,老地榆对这个领导是心身并治。看孤寡老人,是治其心;每夜爬山,是劳其身,这个办法当然好用。老地榆说许多人失眠都是闲出来的,要是整天奔波劳累,看你还能不能失眠。这个领导因面临班子换届,心里没底,整日与那些得志者攀比,自然寝食难安,当换了一批攀比对象时,他有了极大的满足感、优越感,精神状态就发生了改变。"

"这是个智者,看来你去搬的救兵确实有水平。"

"老地榆还有些话让我脑袋开了窍,他说一病生必有一药治,药与病同生一地。这话意思是说,墟里发生的恩恩怨怨,药方还在墟里,舍近求远不行,靠外科手术也不行,先治心,后治病,墟里总会有痊愈的一天。"

老地榆确实够神的,腰屯规模不比墟里大,却有这样一个和齐大牙不相上下的老人,看来高手在民间这话没错。我想,老雷真应该来这里调研一回,让他知道真实的农村比秀才笔下的农村更生动。我问:"关于群蛇夜里奔往蓝湖的事,他有什么说法?"

"他说了,这事他得琢磨一下,连那罐蛇酒一同会给个答案。"

太好了,真是东方不亮西方亮,哨花吹没有搬错救兵。

二十三、扫帚梅

在一个阳光充足的上午,盛装的人们聚集在都柿滩上,这欢乐的情景让我想到了驿路两旁盛开的扫帚梅。

寒寒接手开发驿路后,做了一件短平快的好事,那就是在平整驿路的同时,在路两侧种满了扫帚梅。因为土质松软,加上扫帚梅生长迅速,很快,荒芜的驿路两侧形成了两条花带。扫帚梅喜光,耐贫瘠,不必修剪,高低错落皆由天成。石洪兵的木栈道已经铺就,栈道旁开满的扫帚梅是栈道最好的装饰,走在栈道上有一种在花海中飘游的感觉。

扫帚梅名字虽不雅,却是北疆最具生命力的景观花。单株的扫帚梅并不出奇,一旦连片盛开便颇具壮观之势,堪称大地最持久的笑容。扫帚梅在青藏高原被称为格桑花,藏语中"格桑"是美好时光的意思,可见在遥远的西部这种花带给人的也是喜悦和幸福。我之所以由眼前的人群联想到绽放的扫帚梅,灵感来自人人脸上的笑容。真诚的笑容是世界上最珍贵的礼物,没有谁会反感笑容,哪怕是一个心存挑剔的不平者。

都柿桥奠基仪式,最耀眼的是金子请来的二十八位嘉宾——都柿桥的捐资人。他们各个喜笑颜开,像自己家里办喜事一样兴奋不已,因为这是他们离开墟里以来第一次回到故乡团聚。二十八,当齐大牙从金子口中得知这个数字时说,这是一个天数,与二十八星宿相合。齐大牙的话通过金子传达给了每一位捐资者,这是一种特别的奖赏,是花多少钱也买不来的荣誉。因为齐大牙还说,对二十八星宿的功德要立碑勒石,世代铭记。二十八位捐资者有的从小出去打拼创业,有的通过高考走出墟里,捐助的资金不一,有的高达百万,有的几十万,金子动员他们的时候没有额度要求,反复强调一句话:"钱不在多少,有一分热发一分光。"金子向每个人都说了驿路不连、墟里不再的严峻形势,世上若无墟里,各位永无故乡,一个没有故乡的人,会像浮萍一样没有根。金子为募集资金付出的努力可想而知,她走出墟里,登门拜访每一个募资对象。二十八人中不乏金子的粉丝,当年金子是叱咤风云的知青领袖,在他们心里金子有一层无法抹去的光芒。道理虽然都懂,但毕竟是往外拿真金白银,金子需要一个个动员,一个个说服。金子的举动感动了这些身在外地的墟里人,他们不禁会想,金子这样做为了谁?金子并不是土生土长的墟里人。在募集资金阶段金子对我说,真是不可思议,她这棵杨铁叶子又返青了,三十年前她就发誓此生不求人,要心无旁骛安度晚年,没想到自己会食言。

  募集资金一度不顺,那时我曾担心金子会打退堂鼓,专门去她家里做工作。路上我给寒寒打电话说了自己的担心。寒寒说:"女儿是天下所有妈妈的软肋,你把我当砝码妈妈就没辙了。"我去了金子家,果然就按照寒寒的说法来坚定金子的信心。金子说她不会半道撂挑子,她会像半个世纪前兑现下乡诺言一样来践诺。在我表示谢意和钦佩之情后,金子很严肃地说了这样一句:"我和寒寒不想被人利用,利用别人的信任会遭反噬的。"我不明白金子这话的含义,回村委会的路上又给寒寒打了个电话。寒寒说这话再清楚不过,妈妈是担心被欺骗、做无用功。放下电话,我在村路上站立了好一会儿,身边就是那个静静的鹅潭。说来奇怪,自从大白被石锁斩首后,其他大鹅不来这里戏水了。

  寒寒在开工现场招呼大家。风趣幽默的寒寒和来宾交谈甚欢,不时发出爽朗的笑声。寒寒举办这种仪式可谓轻车熟路,手下一帮年轻人将仪式安排得有条不紊。在大桥项目落地前,驿路其他工程已经开工,沿江的三道湾上,木刻楞建筑正在崛起,在成片扫帚梅的映衬下,这些木刻楞颇有异域风情。

老毕眼睛眯成了一道缝,都柿桥可是给他长脸的一个大项目。年轻的镇长印堂发亮,来的路上就说你们墟里总算风光了一回,没让镇里投一分钱,就把都柿桥拿下来,说明工作有力度。我说这要归功于邵主任、金子和寒寒。哨花吹很谦虚,说他和我有分工,驿路开发和鼓乐队的事归我管,他管的矛盾调处工作还没有最后落槌。镇长说驿路开发这件事省领导做了批示,表扬我们是挖掘传统资源,文旅融合发展。镇长说一拳打得开,好事连着来,大桥的效应在后面呢。哨花吹问是啥效应。镇长没有正面回答,说他来沿江当镇长两年了,得到省领导批示这是头一回。

寒寒将现场嘉宾一一介绍给镇长。镇长与每个人握手,说墟里真是宝地,出了这么多精英人才,都柿桥项目一上,镇里今年固定资产投资任务就完成了,他代表镇政府感谢大家。寒寒又向来宾介绍了哨花吹,没想到大家都知道这位唢呐高手,很多人小时候听过哨花吹吹喇叭。有人建议说今天这样一个大喜日子,邵主任能不能吹上一曲。哨花吹拍拍腰包说他带了喇叭,奠基动土后他要吹一首《百鸟朝凤》。大家鼓起掌来。

寒寒介绍我的时候带着一丝戏谑,说我采取迂回战术,先俘虏她,然后再拿下她妈妈,这个战术很成功,换了其他任何一种战术,她高傲的妈妈都不会答应。来宾中有一位个子高高的女性,从事体育产业,歪着头问寒寒:"俘虏你是啥意思?该不是求爱成功吧?"一句话把久经沙场的寒寒说红了脸。我知道此时不能解释也不要辩解,感到太阳穴有只小虫子在往下爬。哨花吹说:"两人有没有姻缘,就看驿路通不通了,一通百通嘛。"众人又鼓起掌来,我注意到寒寒偷偷瞥了我一眼,眼里好像贮满了蜜。

哨花吹靠近我的耳边道:"看见没,老石家和老方家的人也都来了。"

我早就注意到了这一点。其实,在大桥集资阶段,金子就分头找了方世乾和石洪兵，两人都赞成建桥，赞助了等额资金。石洪兵比方世乾条件好，想多出一些，金子婉拒了，说你俩出资相等为好。大桥建成后桥头将立碑勒石，不仅要写一篇《建桥记》，还要刻上出资人的姓名和出资额。方世乾在捐资时问金子石洪兵捐了多少，金子说他看你的，你捐多少他捐多少。金子这样做是不想给方世乾压力。

　　这样重要的活动"三老"不该缺席。令我没想到的是，齐大牙没有答应出席奠基仪式。奠基大事缺了齐大牙，这锨土总让人觉得差点什么，更何况齐大牙是驿路开发最重要的拥趸。在和哨花吹商量后，我决定登门去请齐大牙。来到齐大牙家，齐琴笑嘻嘻地出来迎我，见面拉着我的胳膊说："听说金子认你这个女婿了。"我说："哪有的事？我还没有恋爱。"齐琴说："老爷子算了，你和寒寒有一份割不断的情缘，这情缘就是那条驿路。"我急忙纠正道："不能这么说，人家寒寒是省城有名的企业家，有没有男朋友不好说，我不过是一个普通的机关干部，要权没权，要钱没钱，捆绑也捆绑不到一块去。"齐琴说："老爷子从来没走过眼，驿路如果能接上，你俩姻缘肯定能成。"我心里笑了笑，如果真的与寒寒谈恋爱，算不算以权谋私呢？

　　齐大牙除了没有牙，其他状态都不错，齐琴说："老人家早饭能吃三个黏豆包、一碗楂子粥。"我表达了请他去大桥奠基现场的意愿，说："您老人家这锨土非同小可，您不到场村民会说三道四。"齐大牙说这几天他一直为大桥的事高兴，本来他没抱啥希望，没想到还真有了眉目。但昨晚他占了一卦，是火雷噬嗑卦，这卦有点奇怪，奠基仪式他就不去了，等大桥竣工时他再去，那个时候如果需要他这把老骨头，他就上去咔嚓一剪子。我说："奠基去，竣工剪彩也要去，这叫有头有尾。"齐大牙摇摇头道："我这个人从来不干虚晃一枪的事，要干，就得靠谱。"我听出老人家话里有话，就不再坚持，说："那就让齐琴用手机多拍些照片、多录些视频回来放给您看。"

　　回来我和哨花吹说了齐大牙拒绝出席的事，说请他参加奠基仪式和虚晃一枪有啥关系。哨花吹说齐大牙这话是有所指的。原来，十年前市里来了一个年轻驻村干部，小伙子工作有热情，想把小龙山建成国家森林公园。为了造势,村里在小龙山下搞了场申请国家森林公园的启动仪式,那个活动场面整得很大,县、镇、村三级领导都做了讲话。为了引起村民重视,小伙子动员齐大牙上台做了表态发言。齐大牙当时讲得很好,言之凿凿,咬钢嚼铁,他的话很多人都记着,他说村有村幌,酒有酒旗,国家公园一听名字就是国家的牌子,在过去就相当于敕建,是金不换的牌子!谁知小龙山国家森林公园项目后来不了了之,齐大牙觉得自己坐了不该坐的蜡,问题是"村有村幌,酒有酒旗"这句话被人记住了,弄得齐大牙好没面子。还有一件事让齐大牙也十分不爽。县里有个农村旱厕改水厕工作组来墟里调研,工作组要求齐满囤把村中最有威望的人请到场好好谈谈,齐满囤自然就请了齐大牙。齐大牙参加座谈后,整整两个钟头没捞着说一句话,全场都在听工作组的人讲旱厕改水厕的重大意义。齐大牙来座谈成了受教育,好像自己是墟里厕所改革的阻力。散会时他对齐满囤说:"以后办事能不能靠点谱,我这么大年纪了还需要像小学生一样来听课吗?"哨花吹说齐大牙之所以说竣工剪彩来而奠基不到场,主要是怕大桥成为"马歇尔计划",担心自己来铲土奠基会再度成为笑柄。

齐大牙特别看重自己的声誉,在这个七旬老者有限的来日里,他唯一的想法就是让后人记住他。为此,他拒绝镶牙,虽然没有牙导致了消化不良,但他还是坚持不镶牙。他拒绝镶牙的理由很怪,怪到常人无法理解,他说自己讨厌假牙,齐大牙不能变成齐大假牙。哨花吹曾经劝他,说你去镶牙吧,在口腔科那叫义齿不叫假牙,哨花吹还亮出自己口中的一颗磨牙给他看,说这是贵金属材质的,镶上去有口腔杀菌功能。齐大牙不为所动,说啥事都有个水到渠成的过程,时候不到,镶了也会掉。

尽管齐大牙不来现场,但从他的眼睛里我能看出大桥奠基带给他的兴奋,他的目光不时落在窗台上的一个金属物件上,那是金子送他的一个都柿桥模型,是寒寒公司开发的文创产品,"一金三老"每家一个。模型是一座斜拉索桥,主塔高耸,拉索紧绷,桥面平直。模型虽小,却十分精致,将来会在驿路各景点出售。

奠基仪式本来由我主持，我考虑再三，临时把主持词给了哨花吹。哨花吹推辞说："别别别，你知道我这个人唠点逗闷子的嗑还行，念稿我念不成句，上次村里学习，我念报纸念了一头大汗，我宁可吹十支曲子，也不念一张报纸。"我说那就请老毕主持吧，他是包村领导，主持也合适。我俩一起过去找老毕。老毕说："这是露脸的好事，你俩怎么往回缩？"在我俩的央求之下，老毕愉快地接了这个活。

仪式很简洁，老毕主持，寒寒致辞，施工方代表致辞，最后镇长讲话，然后一干人铲土奠基。施工方和镇长都讲了些什么我没记住，寒寒的致辞却句句入心。寒寒说都柿桥不是一座普通的桥，它是一座连接历史和未来的文化之桥，是一座沟通人心的心灵之桥，还是一座焊接命运与情感的友谊之桥。"焊接"一词对我触动很大，感觉身体某个部位真的就像被电焊打了一下，这个词太棒了！寒寒致辞时正站在我前面，我第一次这么近距离地打量一个姑娘的背影。寒寒穿的是白地小红花连衣裙，我觉得这些小红花眼熟，仔细辨认才发现，这不是达子香花吗？不得不说寒寒的背影太迷人了，女人背影所呈现出来的美，才是美的至高境界。

仪式的高潮是鼓乐队的表演和哨花吹演奏的《百鸟朝凤》。在哨花吹演奏的时候，我发现空中先后飞过三拨鸟，先是一拨鸥鸟低空飞过；接着有两只锦鸡在不远处飞起又落下，落下又飞起，雄鸡的长尾翎飘起来，煞是好看；最后有几只丹顶鹤从高空飞向江面，并发出悠长的鹤鸣。

可惜齐大牙没来，他要是看到这个景象，还会纠结什么火雷噬嗑卦吗？

二十四、马桑

马桑树在北地边疆极为罕见,想不到在都柿滩却能活得很滋润。

如果不是一个民工中毒,没有人会注意都柿滩西面一个浅沟旁还有一片马桑树。马桑树不高,枝条柔软,树枝上的累累果实像是粘上去的一样,密实而没有空隙。马桑果实开始是绿色的,后来渐渐变红、变紫、变黑,成熟后很像诱人的玫瑰香葡萄。但马桑果是吃不得的,有毒,而且毒性足以致命。从专业的角度分析,应该是候鸟粪便带来了马桑种子,而都柿滩三面环山形成的小气候让它得以存活。不仅是马桑,其他地方难得一见的绣线菊、红桦也隐藏在都柿滩里。

工地一个年轻民工去树林里解手,无意中看到马桑树上一嘟噜一嘟噜的浆果,这些红色果实着实诱人,他便顺手撸了一把吃了,结果呕吐、昏迷,送到医院洗胃才保住了性命。

寒寒想用铲车把这些马桑树铲除掉,问我的意见。我说:"还是听听金子阿姨的意见为好,都柿滩是金子阿姨的后花园,铲除树木这样的事应该问问她老人家。"寒寒说:"没发现你还挺会溜须拍马的,你比我还在意我妈妈。"我说:"金子阿姨是难得的生态保护主义者,秉持了鄂伦春人的自然信仰,我从心里钦佩她老人家。"寒寒说:"那我就问问妈妈。"结果金子反对铲除马桑树,理由很简单,马桑树长在哪里是它的自由,民工偷吃中毒,责任不在马桑树。

都柿滩的马桑树你不惹它,它不害你,与人总体上相安无事,但生活中的马桑就不一样了,生活中的马桑盯上谁,谁就要出血。这个马桑是县建筑质监站的站长,一个玩熟了权力的官员。马桑曾经在一个酒局上说:"现在以经济为中心,没有真金白银一切免谈。"

一天上午,寒寒恰巧回省城处理公司业务,马桑带着两个手下驱车来到都柿滩。他拿出一个如手电筒一样的工具,朝工地仓库里的钢筋照了照,动作熟练地撕下一张罚单,然后给仓库贴上了封条。罚单上写着钢筋质量不合格。施工方纳闷,都是在正规建材市场采购的钢筋,证照齐全怎么就不合格了呢?马桑不做解释,贴了封条就上车走人,也不说到哪里接受处罚。施工方给寒寒打电话,寒寒把电话打给我,说:"是不是有啥神没拜到,这是地方上的事,只能你和邵主任出面了,停工一天,损失是以万元计的。"我和哨花吹商量了一下,这事只能找老毕,因为质监站是权威鉴定部门,他们说钢筋不合格就是不合格。我给老毕打电话。老毕吃惊地问:"怎么?马桑在工地?"我说:"不是树,是质监站的马站长。"老毕说:"马站长就叫马桑,让他盯上就麻烦了,不出点血看来事情难办。"我很奇怪,这家伙怎么能叫马桑,他不知道马桑浑身有毒吗?老毕说的出血就是掏钱,马桑已然是"吃拿卡要"的代名词。

老毕让我和哨花吹到镇政府去商量一下应对办法,同时嘱咐千万不要撕马桑贴的封条,这家伙惹不起。我俩不敢怠慢,驱车赶到老毕办公室。老毕办公室不大,没有沙发,几把老式折叠椅围着一个长条茶几,茶几上有一个玻璃水壶和几个磨砂玻璃杯。我看了一下办公室的布置,除了两个铁皮卷柜,屋里没有书架,没有绿植,也没有字画,白墙上有不少拍死蚊虫留下的血渍。乡镇办公室与省直机关办公室最大的区别在书报上。在省直机关,哪怕干部不读书不看报,办公室也会堆满书籍,这是一种标配;而乡镇机关则不一样了,即使有书也不会多,更多的是实用器物。老毕办公室应该是根据这一功能布置的,如果立了书柜,摆上"高大上"的理论巨著,来办事的人会变得拘谨,距离感随之而生。

老毕走过来,也在折叠椅上坐下,一边给我俩倒水一边说:"齐大牙这个乌鸦嘴,还真叫他说中了。"

"这里面一定有猫腻。"哨花吹很肯定地说。

"这还用说吗?"老毕叹了口气,道出了马桑干预大桥建设的背后原因。马桑的小舅子开了个冷轧厂,专门将圆钢筋冷轧成螺纹钢,然后卖给建筑工地从中牟利。圆钢筋冷轧成螺纹钢,钢筋就会变脆,影响建筑质量,但因为马桑负责质量检验和工程验收,这事也就没人追究。

哨花吹道:"建桥不是盖房子,把圆钢筋拉长再轧上螺纹的钢筋绝对用不得,要是出现垮塌事件,谁也负不起这个责任。"

我说:"马桑这么干,就没有人管吗?"

老毕说:"马桑主宰着全县所有建筑工地,腚坐锅台手把勺,自己炒菜自己吃,有些事局长打招呼都不好使,都说阎王好见、小鬼难缠,马桑就是活生生的小鬼。"

商量了一会儿,谁也没有好主意,能想的招数都想到了,马桑是个见钱眼开的人,施工方不出点血,封条不会揭下来。

"往上反映一下情况呢?"我提出一个建议。

老毕摇摇头:"不行,那样就撕破了脸皮,马桑三天两头会去找毛病,大桥更没法施工了,要知道他是打着执法旗号去的,官司打到县长桌面上他也会占着理,因为法规由他解释。"

"真要出血才行?"哨花吹皱着眉头说,"建桥那点资金可都是善款。"

"能用钱解决的事不算难事。"老毕说,"马桑是盯上都柿桥这块肥肉了,不行就割点肉给他吧,权当喂了张三。"

我说:"不能喂,行贿的事干不得。"老毕说:"不是行贿,你们用他一点钢筋不就行了吗?但马桑的钢筋不能用在主梁上,辅助工程将就着用一点。"

我和哨花吹都没有更好的办法,只能按老毕说的办,当然,这件事还需要回去和寒寒以及施工方商量。老毕说:"震天呀,和马桑沟通这件事你出面吧,不管怎么说这是咱们县的家丑。"哨花吹说:"当然,我和书记有分工,调解纠纷的事我来负责。"听了老毕和哨花吹的话,我欲言又止,两位兄长这是在保护我,与张三打交道被咬伤是难免的。

从镇政府回来,哨花吹说:"你去工地看看吧,保护好封条,我去齐大牙家一趟。"

我问:"齐大牙能有什么好建议吗?"

"他不是占卜了一个火雷噬嗑卦吗?"哨花吹说,"是卦就有解,我去问问马桑这卦怎么解。"

遇到难题问计于齐大牙在墟里已经约定俗成,据说一心想进城的方大光找齐大牙,问自己进城好不好,齐大牙回答得很干脆,说:"不可,你儿子的事业将来会与墟里有关,你走了,儿子的事业就少了根基。"方大光听后就暂时没往县城搬。不得不说每一次齐大牙对村民的指点都能让人茅塞顿开,这是齐大牙在墟里一言九鼎的主要原因,若是说话不灵,也不会这么受人追捧。由此可见,威信是胜绩的积累,而不是言过其实的宣传。这件事我希望齐大牙能来个仙人指路,在不出血的前提下,把两张封条像揭死蛇一样揭下来。

哨花吹求教齐大牙后回到村委会,说他有点找不准喇叭眼了,齐大牙没有明确意见,只是说了些模棱两可的话。他说了见齐大牙的经过。

齐大牙一看到他就说:"我知道你会来,齐琴告诉我都柿滩工地被封了。"哨花吹说是马桑来找碴,鸡蛋里挑骨头,生生把材料仓库贴了封条,封条上有大红印,毕镇长不让动。齐大牙不知道马桑是谁,哨花吹又介绍了马桑及此人在社会上极差的口碑。齐大牙问镇上有啥指示,哨花吹说了老毕想出点血摆平此事的想法。在齐大牙的世界里,镇上就是天花板了,镇上的态度就是最高指示,所以他只问了镇上的指示。齐大牙听了镇上的指示后,闭上双眼久久没有回话。哨花吹知道齐大牙在思考,没有急着催问。常来齐家的人都知道,别人闭目是养神,齐大牙闭目是接神,接神不能睁眼,一睁眼神就走了。当然这是齐琴的说法,齐大牙本人对此未置可否。齐琴这样说大家自然相信,毕竟齐琴是离齐大牙最近的人。人们求教于齐大牙时一看到他闭眼,会下意识地蹑手蹑脚,不敢发出任何动静。过了一会儿,齐大牙睁开眼睛问:"顽石当道,搬不动、敲不碎,咋弄?"哨花吹说:"只能绕道。"齐大牙摇摇头,说:"还有一个办法,就是挖去顽石下面的土,顽石自然滚蛋。主意我出了,咋办就是你们的事了。"

哨花吹说完齐大牙的锦囊妙计,暗自思忖道:"挖走顽石下面的土,这土指啥?是马桑所在的单位吗?单位谁挖得动?"

我心里忽然灵感一现,齐大牙的建议明显是要从外围下手做文章,这个思路对头,体现了老人的智慧。我说:"齐大牙的锦囊妙计就是农村包围城市,从外围入手做工作,我们可以打听一下马桑的社会关系,看看哪个关系起作用。"哨花吹说:"马桑这家伙横草不过、油盐不进,没人能撬动他。"哨花吹想了想,忽然说:"你去问问金子吧,金子能参透齐大牙的用意。"

我只能再去找金子。好在见金子我不打怵,每次金子对我都很亲。

我给寒寒打电话说了要去见金子阿姨的想法,寒寒说:"你去吧,妈妈说你这个人谦虚不张扬,这是你常去请教她产生的印象,好印象是在交往中形成的。"我说:"此事事关都柿桥项目的成败,齐大牙早就有了预感,只是我没有足够重视。"寒寒说:"你去吧,别忘了替我问候妈妈。"

金子家院子里用笸箩晒了些鲜蘑菇,这是在都柿滩采的野生蘑菇,有三五种。金子昨天刚刚走了驿路全程,她没让人陪同,前两天下雨,驿路上有许多蘑菇,她采了一些回来。金子正在翻晒蘑菇,见到我站起身道:"好事多磨,别上火。"

一句话让我心里暖乎乎的。我工作缺乏历练,遇到这种事确实上火,高高在上的人永远无法体会到底层的难处,随便找个说法就能让你陷入困境。

"我来找您就是来讨办法的。"我说了齐大牙的妙计,但对这个妙计我们揣摩不透。我也说了老毕的想法,但我们不想去做那种违规的事。

"你们对齐大牙妙计的理解是对的,挖土就是从外围入手做文章,也就是说要寻求外力。"

金子把我引进屋内,在方桌前坐下来。她指了指北墙上的一张黑白照片说:"那是我下乡时拍的。"

我走过去认真看了看,年轻时的金子果然漂亮,有种出水芙蓉般的自然美。

金子说:"外力推动有时作用很大,阿姨当年下乡也是借助外力推动。"

我摇摇头:"阿姨说的这个外力指什么?"

"媒体,"金子说,"有人说成也媒体败也媒体,这话有道理。"

我心里一下子明白了,金子是希望我们借助媒体的力量来搬动马桑这块顽石啊!我怎么就没想到这一手呢?我看着金子文雅而精致的脸庞,心里充满感激。金子面孔自带光芒,冷峻中有温情,傲气里带质朴,我忽然就想,寒寒到了这个年龄是不是也会这样?

"媒体主导舆论,当下没有什么比舆论更好用。出了舆情,领导就会有批示,十个马桑也扛不住一个领导批示。"

我说:"这事好办,我可以通过雷主任在省里找媒体,雷主任有一大批媒体朋友,写份内参不成问题。"

金子笑了笑,说:"现在有首儿歌里唱'挖呀挖呀挖呀挖',你就放手挖吧。"

我替寒寒问候了金子。金子听后问:"你对寒寒印象如何?"

我说:"挺好,寒寒给我的感觉是阳光四射、春光明媚。"

金子点了点头说:"我说过,寒寒像初春的达子香,那些喜欢玫瑰、牡丹的人,未必欣赏得了。"

我不能再说什么,再说就有了求婚提亲的味道,便改变话题,和她聊起请她起草《建桥记》的事。金子说《建桥记》她写不了,年纪大了气血不足,说:"这篇文章最好由你和寒寒来写,要写出历史,写出众志成城的精神,写出墟里人割不断的血脉。"金子这样说,实际上是想用一篇文章把我和寒寒联系在一起。真是一个智慧老人,不动声色地暗自实施着自己的想法。

老雷在新华社分社的一位记者朋友当夜就要了工地钢筋的质检合格证书,也要去了处罚决定。次日一早,一份三百字的内参报到了有关省领导的办公桌上,有三位省领导做了批示。据说县长看到批示传真后,把城建局长叫到办公室,将一个保温杯掼在地上,吓得城建局长差点尿裤子。

都柿桥工地仓库启封是城建局长来做的,他再三向寒寒道歉,说:"这件事会落实好省领导批示,严肃处理当事人。"

启封那天马桑没来,我错过了一次见识马桑的机会。尽管我没有见到此人,但内心里,已经把他与植物中的马桑画了等号。

工地启封后,金子给寒寒打电话,说:"都柿滩西面的那些马桑还是移到别处吧,移得越远越好,免得将来有游客误食,腾出来的地方可以移植一些像样的景观树。"

二十五、狗尿苔

我很清楚把狗尿苔列入植物是错误的,因为它是菌子。但考虑再三,还是把它列了进去,我不想把它排除在植物之外。

哨花吹告诉我江心岛那个打鱼的老堵头叫狗尿苔时,我觉得好滑稽,为什么要起这么个难听的外号呢?我想到一句老话——狗尿苔不济长在了金銮殿上。猜想此人一定是坐过他不应该坐的交椅,结果引起群嘲。国人自古以来就对德不配位深恶痛绝,觉得那样安排害人害己。可是,一个处于社会最底层的老光棍能叫狗尿苔,就不是德不配位的事了,因为他根本没位可配。

老毕打电话告诉哨花吹,说石锁每隔三两天就会划橡皮艇去江心岛和狗尿苔厮混,村里要留心点。老毕在各村有许多眼线,是风吹草动的先觉者、先知者,这一点,两个一把手都不得不佩服他。老毕下去听到的都是真话,两个一把手下去看到的都是演练好的节目,原因很简单,想糊弄老毕很难,老毕在沿江镇十三个村村村有酒友,这些酒友就是老毕的信息源。

哨花吹去找石锁,说:"你划橡皮艇上岛太危险,不如弄条舢板吧。"哨花吹很有说话艺术,他把询问变成了关心。石锁没有多想,说:"橡皮艇比舢板安全,有弹性,撞到暗礁上也没事。"石锁主动说自己上岛主要是把狗尿苔打的江鱼带回来卖掉。活江鱼才能卖上价,一旦死掉就会大打折扣。哨花吹说他听过"狗尿苔"这个名字,也知道此人一些情况。他问石锁:"你是怎么和他成为朋友的呢?"石锁说:"我和你说过,我们都对方世坤拦江汊子有意见,方世坤是我俩共同的敌人。"哨花吹摇摇头:"怎么能把同村的乡亲叫敌人呢?有些误会可以理解,对立起来性质就变了。"石锁说:"不谈方世坤了,还是说说狗尿苔吧,你知道狗尿苔原来是吃供应粮的吗?他是沿江粮库的职工,在沿江粮库当质检员,那是个有权的活,谁家卖粮能验几等都是他插钎子。后来出事了,据说是渎职,被判了两年刑,刑满后独自上到江心岛生活,成了岛主。"哨花吹说:"他没有家吗?"石锁说:"两年牢狱把狗尿苔弄得妻离子散,老婆带着孩子走掉了。狗尿苔还是有本事的,他出狱后举报了当初弄他的粮库主任,把粮库主任送进去了。粮库主任兄弟多,肯定不会放过他,他就干脆住在了岛上。江心岛成了他的领地,粮库主任那些兄弟也不敢上来。"

江心岛在主航道一侧,从江心岛往下游六十米许,就是方世坤用丝网隔出的江汊子。当年岛上有一个边防哨所,哨所裁撤留下的房屋像碉堡一样坚固,防弹、防水、防寒,保存也完好,狗尿苔不用花钱就住上了安全的房子。

哨花吹对我说他还打听到了一些情况。有人说狗尿苔和边防有联系,边防派出所每年给他发补贴。还有人说他和爱鸟护鸟协会有联系,奉命承担着护鸟责任。我想前者可能性不大,边防派出所不会雇用刑满释放人员,后者倒是有可能,江心岛上飞鸟成群,以涉禽居多,狗尿苔在岛上禁止捡鸟蛋、禁止打鸟,成为义务护鸟员合情合理。

独居的人一般会养只狗做伴,狗尿苔也不例外,他养了一只黄狗,打鱼的时候黄狗会跟着上船,在舢板前头迎风而立,颇有英姿飒爽的风采。

老毕说过,镇里本来不想让狗尿苔住在岛上,担心出现什么意外,已经派人通知了狗尿苔,限他一个月时间下岛另寻住处。但狗尿苔不知通过什么关系联系了省报记者。记者来江心岛采访,回去写了篇报道，标题是"独守荒岛只为鸟"。狗尿苔上了省报，镇里就没法撵他下岛了，只好睁一只眼闭一只眼不去管他，有这样一个不拿工钱的人看岛也不是坏事。好在狗尿苔在岛上不开荒、不种地，只是打鱼护鸟，不做违规之事，也没有给镇里添什么麻烦。

哨花吹向老毕借来的小快艇很漂亮，船尾还插着国旗，手把船舷坐上去有点领导视察的气派。上次石锁说周一有事，哨花吹一直记在心上。哨花吹说石锁不是一个人搞这件事，背后肯定有狗尿苔的影子。他猜测石锁下滚钩极有可能会选择在江心岛下。

快艇划开平静的江面，像一只飞快的白江豚，十分钟不到就冲到了柳丛密布的江心岛。开快艇的小于见我俩没带任何渔具，好奇地问："你俩不是要逛江景吗？"哨花吹道："今天不逛，直接上岛找狗尿苔。"

"狗尿苔啊，那是个狠人，他把沿江粮库主任送进去了，判了八年。"小于说。

我问："那个主任犯了什么事？"

"贪污。"小于说，"当年是那个主任以渎职罪把狗尿苔送进去的，狗尿苔出来就把主任送进去了，两人谁也没得好。"

"你和狗尿苔熟？"哨花吹问。

"他那德行，见什么骂什么，好像天下人都对不起他似的。"

听了小于的介绍，我有点为石锁担心，近朱者赤，近墨者黑，石锁总是和这种人来往，肯定会受影响。

上岛后我的第一印象是鸟叫声构成了一种混响。岛上涉禽很多，鸣叫声不甚好听。飞禽的体形越大叫声越难听，婉转啁啾之声皆出自小鸟。从鸟叫声可以判断，狗尿苔护鸟工作很尽责，如果飞鸟稀少，这种混响是不会形成的。鸟类聚集与人的聚集一样，多则声噪。在江心岛上，我好像跻身鸟类的高铁站，嘈杂之声不绝于耳。

狗尿苔养的那条黄狗发现了我们，它的吠声正好给我们引路。好在黄狗是拴着的，没有冲过来咬我们。我们在旧哨所前见到狗尿苔时，他正在屋前收拾鱼。两个大号铝盆，一盆是活鱼，另一盆是开膛去鳞收拾好的死鱼。江鱼品种很多，有噘嘴岛子、鳌花、鲤鱼、鲫鱼，还有几条个头很大的花鲢。狗尿苔胡子拉碴,脸几天未洗的样子。见到我们先是喝住汪汪叫的黄狗,然后站起身警觉地问:"你们是谁?上岛来干什么?"问这话的时候,他手里握着一把刮鱼鳞的刀,确切地说是一把锋利的攮子。

小于说:"是我拉两位来的,他们上岛来找你。"

狗尿苔看了看小于,大概想起了小于的身份,就坐下去继续收拾鱼,嘴上却说:"找我?找我做什么?"

哨花吹道:"我们是来找石锁的,看他下滚钩。"

"你们认识石锁?"

"我们是一个村的,墟里村。"哨花吹说。

"墟里村啊,有个叫狼毒的坏人,把江汉子拦死了。"狗尿苔直言快语。

哨花吹道:"你说的是方世坤。"

"坐吧,门口有马扎,石锁还没上岛呢。"狗尿苔语气缓和了一些。

我俩拿过马扎坐下,看狗尿苔收拾鱼。小于背靠着水泥墙刷手机。我观察了一下这个哨所。这是一座圆柱形碉堡,在碉堡朝阳一面探出一块方形雨搭,雨搭面积不小,有点像阳台,一群鸥鸟落在雨搭上,旁若无人地跳来飞去。碉堡东侧有一排木桩搭起的架子,上面晒着几张旧挂网。

狗尿苔收拾鱼的动作娴熟,把鱼鳞刮得一干二净,剜鱼鳃十分麻利。他把鱼内脏、鱼鳃等直接抛到雨搭上,任由群鸟争食。这是个极为环保的处理方法,收拾鱼几乎不剩垃圾。这个十平方米的雨搭顶成了江鱼的往生之所。

哨花吹说:"我们听说过你,你是窗户眼吹喇叭——名(鸣)声在外。"

"你听到的是狗尿苔吧?"

哨花吹笑了笑,道:"没错,你本名我真不知道。"

"叫狗尿苔就行了,反正就是个称呼。"

"不能这么说,真名实姓很重要。"哨花吹想知道狗尿苔的本名,便顺着这个话题说下去。

"狗尿苔比0214好,至少是个玩意儿,0214就是个数。"

我明白了,0214应该是狗尿苔服刑时的号码。

狗尿苔接着说:"对了,狗尿苔不好听,你哨花吹这个名字也不咋的,咱俩半斤八两。"

"你知道我叫哨花吹?"

"我听石锁说过你,你两腮肉厚准是个吹喇叭的,石锁说你吹喇叭挺溜的,能把死人吹活了。"

这家伙眼毒,竟然能看出哨花吹的身份来。我好奇地插话问:"你看我是干啥的?"

狗尿苔头也不抬地说:"你不是庄户人,庄户人没这么白净的。"

这话等于看破了我的身份。

"我这个外号与你的不一样,我姓邵,召耳'邵',花吹是一种喇叭吹法。"哨花吹急着给自己正名,在他解释哨花吹这个外号时总是把"哨"解读为"邵"。

狗尿苔摇摇头:"哨就是耍嘴皮子,地球人都知道,不是有'三吹六哨'这个词吗?我服刑的时候那个管教就特能哨,训话一套一套的。"

哨花吹被噎了个跟头,转守为攻问:"那狗尿苔有啥说法呢?"

"狗尿苔就不同了,嫩的时候可以吃,长大变老才有毒,就像我这个倒霉蛋,四十岁以前是好人,四十岁以后就成了0214。"

我听明白了,四十岁是狗尿苔命运的分水岭,这一年把他分成了有毒、无毒两个阶段,所以他以狗尿苔来自嘲。我又插话说:"从生长过程看,狗尿苔毒素与河豚毒素相似,都是后天形成的毒素,菌子本身没有毒。"

"我不懂你说的学问。我成为狗尿苔是因为有狗尿尿,狗在粮仓撒尿,我不能不管,一管,就把自己管成了狗尿苔。"

狗尿苔这明显是一语双关。哨花吹不想谈狗尿苔被判刑的事,谈一个人的短处容易尴尬。他再次转换话题问:"你是打鱼专家,我想问这江里有鳇鱼吗?"

"没看见。"狗尿苔的回答很干脆。

"那石锁干吗还来下滚钩？"

狗尿苔快速瞄了哨花吹一眼，道："这叫姜太公钓鱼——愿者上钩。"

这时，江西岸传来拖拉机的声响。哨花吹站起身手搭凉棚望了望，对岸一辆四轮拖拉机停在江边，有人正从拖拉机上卸东西下来。狗尿苔说："那是石锁，约好今天来。"

哨花吹说："我们去看看这滚钩怎么个下法。小于师傅在这里等着吧。"狗尿苔说："你们小心点，草地里到处都是拉拉秧。"

岛上荒草齐胸，不仅拉拉秧缠腿，有些地方还存有积水。我俩深一脚浅一脚来到江边。哨花吹说："我们先不露头，看看这个四角菱到底怎么下滚钩。"我俩躲在一丛柳毛子后面，各自折了根柳条，一边拍打瞎蠓蚊虫，一边注视着对岸忙碌的石锁。江心岛景色虽美，但蚊子瞎蠓特有攻击性，落到皮肤上就是一个大包，不一会儿我的脖子已经中招。我很纳闷，刚才狗尿苔怎么不招蚊子瞎蠓。

隐约可见石锁从车斗里搬下一大捆滚钩，滚钩在阳光下不时闪射出道道冷光，像手机忽亮的闪光灯。他在一棵柳树上固定好引绳，然后把大团滚钩抱上橡皮艇，一边划桨一边放钩，划到江心岛时，滚钩刚好下完。泊好橡皮艇，他跳上岸拽着主纲引绳，腋下夹着一截尖木桩往上游走。走到上游十几米处的沙滩，他拾起一块鹅卵石开始打桩，木桩打得并不深，石锁还摇动了几下，然后将引绳拴在木桩上，两手在裤子上擦了擦，吹着口哨往岛中央的碉堡走去。石锁吹的是南斯拉夫电影《桥》的插曲《啊，朋友再见》。从口哨声的音准可以断定，石锁也不乏音乐天赋。

在石锁忙碌的时候，我和哨花吹一直没有说话，只是盯着看，一直到石锁离开后，哨花吹才对我说："走，下去看看。"

我俩来到石锁固定滚钩的河滩，发现那截木桩已经被牵拉倾斜。因为江水有冲力，滚钩拉力很大，江面上呈弧状的主纲甚至兜起了浪花，固定滚钩的木桩眼看就要被拽起来。哨花吹急忙拉住引绳："快快快,别跑了钩!"我俩一齐用力,把引绳拴在近处一棵碗口粗的山丁子树上。险情消除。

哨花吹双手叉腰喘着粗气:"好险,好险哪!"

我似乎也看出了一点门道,问:"一旦跑钩会怎样?"

哨花吹说:"要是跑钩,滚钩就成了江里一条摇头摆尾的铁蒺藜,成了一条浑身是刺是钩也是刀的铁龙呀。你往下看,不到六十米就是方世坤拦江汉子的三层网,滚钩一旦甩上去,靠江水冲力会把三层丝网豁个稀巴烂,那样,方世坤养的蛇头就会冲出牢笼回归大江。石锁这招太要命了!"

我明白了,石锁故意不固定牢木桩,目的就是放走这条铁龙,让铁龙去撕毁拦江网。应该说这是一个意图规避法律惩罚的报复手段,一旦出事,可以归结到自然原因上,作为捕鱼者顶多承担一点民事责任,而公安机关考虑到方世坤的蛇头也给石锁鱼塘造成了损失,最后调解的结果就是不了了之。石锁很聪明,磨了这么久的滚钩,目的原来在此。这一刻,我发自内心地佩服哨花吹,如果今天不上岛,跑钩已成定局。

"牵住了这百米滚钩,等于牵住了一条恶龙啊!"哨花吹说,"真要是跑了钩,方世坤怎能善罢甘休?他蛇屋里可是有成百上千条乌苏里蝮蛇啊!都柿滩刚刚连起来的那点感情也就没了。这损招是石锁想出来的?这背后有高人!"

"是狗尿苔?"我问。

"我一看狗尿苔就觉得这老小子肚脐眼挂大钱——心里有鬼,他是个打鱼的,想出下滚钩的点子来报复方世坤也说得通。"

哨花吹的猜测不无道理。狗尿苔刚才说的话已经流露出对方世坤的不满。

"走,再去会会狗尿苔。"哨花吹摸了摸腰包,耸了耸肩膀。这个动作透出一份自信,我早就发现,一旦哨花吹下意识地去摸腰包里的喇叭,就说明事情已经有谱。石锁的计划落空,主纲一固定,这千把滚钩只能乖乖在江里钓浪花。

我俩沿着刚才石锁走的路往回走。石锁走的路要好很多,草不高,没积水,看得出石锁熟悉路。走到半路,我们迎上了匆匆返回来的石锁。石锁神情紧张地问:"你俩咋来了?"

哨花吹道:"我们想看你怎样下滚钩,这可是稀罕事,百年不遇。"

"有一搭无一搭,我是下着玩。"

"说不准会有收获呢,有狗尿苔做指导,滚钩不能走空。"哨花吹话里有话。

"钓到鳇鱼就赚了,钓不着顶多赔点工夫。"石锁难掩心里的紧张。

哨花吹道:"对了,我俩在沙滩上看见了你固定引绳的木桩不太稳固,怕跑钩,我们替你把主纲拴在山丁子树上了。"

"啊!哦,那就谢谢啦。"石锁说,"我也担心跑钩,急着回来看看,固定好我就放心了。"

"你是怎么认识狗尿苔的?"哨花吹再次提到这个问题。

"是个鱼贩子介绍我们认识的,好几年了,走,我们回狗尿苔那里,他中午炖江鱼,咱们一起吃饭。"石锁替狗尿苔做主邀请。

我们一同回碉堡前。小于还在原处刷手机。狗尿苔在屋里用铁锅炖江鱼,已经有鲜味飘出来。江鱼之鲜非同一般,也不知狗尿苔加了什么作料,这鲜味特吊口水,令人忙不迭往回咽。狗尿苔闻声从屋里走出来,石锁介绍了我俩,说:"这是墟里主事的人,中午在你这儿一起吃饭吧。"狗尿苔点了点头,说:"鱼管吃,酒不够。"哨花吹道:"我俩不喝酒,有鱼吃已经很好了。"

炖江鱼端上桌来,是一大铝盆,主食是在鱼锅上熥热的馒头,馒头不白,个大,一个足有一斤。我们五人围坐在屋内一张不大的餐桌边开始吃饭。狗尿苔和石锁两人各倒了一口杯白酒,酒味很冲,一闻就是刺鼻的劣质小烧。狗尿苔端杯自己一口口喝,也没有欢迎词、祝酒词,他端杯的时候,石锁就配合着跟一下,两人喝法十分默契,一看就操练过多次。

我、哨花吹和小于很快就吃饱了,从燥热的屋内来到屋外透气。水泥碉堡虽然牢固,但因为窗子是窄窄的一条,屋内空气流通不畅,吃饭简直如蒸桑拿一般。

在门口的马扎上坐定,恰好能听到屋内的对话。

"一次钓不着,还有两次、三次,庄稼不收年年种。"这是狗尿苔的声音。狗尿苔声音不高,但穿透力很强,这种低音不知是不是在监狱里练出来的。

"怪我做事马虎,太较真,太嘚瑟。"石锁说。

"人就要较真,不较真只能吃哑巴亏,我当年得罪了主任,他把我送进笆篱子,没想到两年后我出来把他也送了进去,他八年我两年,正好是我的四倍!谁赔谁赚?"狗尿苔话语里带着一丝得意。

我和哨花吹相互看了一眼。我想,能把粮库主任送进监狱,说明狗尿苔证据搜集有分量,法律不是儿戏,没有确凿证据不会将那个主任判八年。

"你怎么就得罪了主任呢?他是官你是兵。"石锁问。

"他二哥送来的大豆我给验了个二等,本来按检验结果那豆子杂质太多,不该收,考虑是主任的二哥我就收了,还给了个二等,结果他还是不满意,做了个扣把我送进去了。"

"够损的。"石锁说。

"他不会料到,他那些屄屄事我都记着呢,我自然不会饶他。对坏人啊,决不能心慈手软!"

两人又说了些江汊子的事,狗尿苔对江汊子被丝网拦死意见很大,说这些年鱼少了与江汊子被拦有关,江汊子与大江汇合处叫老河口,那里原本出重唇鱼,现在一条也挂不到,都是狼毒使的坏。

作为生物专业的毕业生,我很了解狗尿苔提到的重唇鱼。重唇鱼是经济价值很高的冷水鱼,平时喜欢在水流湍急的地方生活,产卵孵化则要到江河沟汊的上游,以防鱼卵被急流冲走。江汊子被三层丝网拦住,实际上隔断了重唇鱼的繁殖孵化之路。

哨花吹把刷手机的小于叫到身边耳语一阵,小于点了点头,又开始刷手机。

狗尿苔和石锁并不恋酒,喝完后也走出碉堡。石锁红着脸说:"你们回去吧,下午我要在这里看滚钩。"哨花吹提高了声音说:"石锁呀,你一定要看好滚钩,如果跑钩,造成的一切损失你要负责,小于说下游嘉荫县有一个跑钩的,刮坏了养殖户的网箱,结果法院判决赔了三十万元。"哨花吹这般大声说话是为了让狗尿苔听清楚,让狗尿苔知道别以为自己蹲了两年大牢就成了法律专家,其实在民法方面,他的认知有限。

石锁道:"你们不是拴牢靠了吗?"

"当然,"哨花吹说,"但我们还是担心有玩耍的不小心给解开。"

小于道:"岛上没人来玩耍,就他们老哥儿俩。"

狗尿苔接过话说:"有石锁在这里看着,没事。"

"那我们就放心了。"哨花吹要的就是这句话,"我们回去了。"哨花吹叫上小于转身往江边走。我和狗尿苔握了握手,白吃了人家一顿江鱼,礼数还是要尽到。我感觉狗尿苔的手很湿,像刚刚从水盆里抽出来一样。我也和石锁握了握手,石锁的手很干,也很粗糙。

回村后哨花吹在村委会有点心神不宁,我问是不是放心不下滚钩。他说是放心不下狗尿苔,担心狗尿苔给石锁另出点子。

"那怎么办?"我也觉得狗尿苔不简单,是石锁的军师无疑。

"我要再上一次岛,一个人,和狗尿苔唠唠嗑。"

我点点头,确实,有些话只能两个人说,有第三者在,说出来就成了场面话。我说:"明天让小于再送你一趟,他可以在船上等你。"哨花吹说:"就这么办,石锁今天上过岛,明天不会再去,我要赶在'三堂会审'前把滚钩的事摆平。"

第二天,哨花吹一人上岛,带了一塑料桶烧酒。他记住了狗尿苔说的"鱼管吃,酒不够"那句话。哨花吹说这十斤烧酒足以叫狗尿苔变成白香菇。

哨花吹上岛后,我在村委会有点坐立不安。方慧问我怎么了,我说:"脑子里总在想狗尿苔收拾鱼的那把刀,刀上带着血渍和鱼鳞。"大奎说:"不行我找条船也上岛吧?"我说:"等等看,下午三点邵主任要是不回来,大奎你真得上岛看看。"石小东说:"江心岛又不是龙潭虎穴,急啥？邵主任会没事的。"

下午两点钟，哨花吹回来了，一进屋两眼就眯成缝，把腰包解下来放到桌子上说："多亏了小喇叭，一支喇叭曲比说一箩筐话都管用。"

哨花吹讲了他上岛的过程。当他把装着十斤小烧的塑料桶递给狗尿苔时，狗尿苔神情平静地说："无功不受禄。"

"你说过鱼管吃、酒不够，我记住了，今天专程带酒来的，我是酒有余、菜不足。"

狗尿苔咧开嘴笑了，他的牙很白，没有烟垢。他拧开塑料桶桶盖，低头闻了闻："好酒，一斤至少十几块钱吧？"

"二十二块钱。"哨花吹说，"这是高粱烧，不是稀烂贱的苞米酒。"

"厚礼之下，必有所求，说吧，你这个大主任两次上岛找我一个草民，到底想干啥？"

哨花吹让狗尿苔坐下，笑着说："我是嗑瓜子吃核桃——不能不求人(仁)。"接下来，他将蛇头与三道鳞一事的来龙去脉讲给了狗尿苔，并讲了两家的世仇。

狗尿苔皱着眉头问："村里没偏没向？"

哨花吹说："我是个喇叭匠，没有必要偏向哪一方，一碗水端平是我当主任的原则，我可不想让人背后戳脊梁骨。"

"那个狼毒办事太绝，怎么能将江汉子拦死呢？"

哨花吹说："方世坤已经表态在今年秋季起鱼后把三层丝网打开，他也认识到这么做不妥。"

"真的？"狗尿苔问。

"我们书记亲自和他谈的。"

狗尿苔站起身开始踱步，走到大黄狗身边弯下腰，摸了摸狗头道："人在做，天在看，哨人不中。"

"你想想，他们就是打到监狱里，与我有啥关系？大不了我还是回家吹喇叭赚钱，我这样做，是不想看到两头犟驴就这么血淋淋咬下去，没人管的话，两个日子不错的家庭就完了。"

"是啊，人一进去，不管有理没理，日子就变了模样。"狗尿苔十分感慨。

"所以不能让石锁感情用事,要往干柴上泼水而不能浇油。"

"你想办的事我帮你办,但我有个要求。"狗尿苔说。

"说吧,只要我能做到。"

"你吹几支我想听的喇叭曲。"

"你喜欢听喇叭曲?"

"我多年没听过喇叭曲了,看看还能不能听进去。"

狗尿苔点了六支喇叭曲,说都是他当年听过的。哨花吹掏出腰包里的小喇叭,说:"咱俩找个高一点的地方吹吧。"狗尿苔说:"我们到雨搭上吧。"两人登上那个喂鸥鸟的雨搭,哨花吹一一吹奏了这六支曲子。六支喇叭曲分别是《扬鞭催马运粮忙》《月牙五更》《十不该》《百鸟朝凤》《一壶老酒》《大悲曲》。六支喇叭曲吹完,狗尿苔哭成了一个泪人。他说:"谢谢你,你这支喇叭让我狗尿苔站在了台面上,我还能听进去。"

狗尿苔留哨花吹吃了午饭。吃饭间,狗尿苔讲了当年粮库的旧事,其实都是些鸡毛蒜皮的小事,一旦上升到法律层面,性质就变了。哨花吹这才知道,狗尿苔是当年地区粮食学校毕业的,那个时候的中专不亚于今天的本科。

下岛时,狗尿苔一句话让哨花吹心里那块石头落了地。狗尿苔说:"滚钩今天就会收起来。"

上船前,哨花吹朝着大江撒了一泡长尿。小于很纳闷,说:"你这是憋了多久呀?"哨花吹说:"我故意憋到江边来撒尿,没听说吗,大河沟子撒尿——交(浇)得宽。"

二十六、南蛇藤

来墟里之前我不知道这里还有南蛇藤。

南蛇藤别名很多,当地人多叫它过山风。这种藤类植物酷似蟒蛇,攀爬在树木或山崖上,常常令人误认为是恐怖的蛇。我第二次看到南蛇藤是在小龙山小龙庙遗址处。废墟之上,黑蛇般的藤蔓相互缠绕,构成一个硕大的绿色球体。球体上有串串红色的小果实,像花椒,又像瓢虫,看上去颇具喜感。

第一次见到南蛇藤是在都柿滩。那天我和寒寒陪金子去大桥施工现场。路上,金子问大桥施工要毁掉多少树木。寒寒说乔木几乎没有,灌木要铲除不少,尤其是都柿棵和南蛇藤,不清理一些没法施工。金子没有多说,到达现场后,她看到了施工现场有些南蛇藤遭到车辆碾轧,便对寒寒交代最好把这些南蛇藤移植到别处,这种东西对鄂伦春人来说是难得的药材。金子这样说,我便留心起这种藤类植物。南蛇藤很有依附性,它的身躯像蛇一样弯曲扭转,遇到什么便拥抱什么,在没有乔木的环境里,它会把一块石头紧紧抱在怀里。在都柿滩,我看到被碾轧断的一根南蛇藤还缠绕在石头上,弯腰提了一下,很重,没有提起来,便笑着说:"一块普通石头有什么可抱的,还抱得这么紧。"金子说:"正因为抱的是一块普通石头,才看出它品质的可贵,如果抱着一方美玉,就另当别论了。"我问："为什么抱着一块普通石头就能证明它品质的可贵？"金子说："你想想，它对一块普通的石头都能不离不弃，对朋友自然不会差到哪里去。"我明白，金子这是在以藤喻人。金子让寒寒把影响施工的南蛇藤移到别处，不要这样碾轧。寒寒照做了。我想，金子对植物的悲悯之心超过了我这个学生物的，这种情感是从何处发轫的呢？作为那个年代在城市出生上学的女孩，下乡前肯定不会有这样的生态观。

到小龙庙遗址来谈事是哨花吹的提议，哨花吹说镇长经常把各村主任叫到新生村现场办公，这法子挺管用，他索性也来个照猫画虎。

方世乾因为氢气球事件获得一笔赔偿款后，三番五次找村里，想用这笔钱做点公益。方慧曾建议他修望乡亭，但望乡亭另有人赞助，这笔赔偿款就一直没有用。最近，方世乾再次找哨花吹，说这笔款子在家里像一副包起来的猪下水，总感到味不对，让他想办法把这笔钱花出去。哨花吹说："这钱是石洪兵赔你的，你自己用不就完了吗？"方世乾说："住院的钱石洪兵已经结了，这笔钱我不想花，花了心里会不踏实，再说我也不缺钱。"哨花吹想到了小龙山的小龙庙，七八十年前，方四平就提议恢复这座小庙，因石家反对没有做成，现在石家已经不开烧锅、不泡蛇酒，自然也就不会再反对了。他对方世乾说了这个想法，方世乾说："好，恢复小龙庙是善事，可以做。"哨花吹让他回去等消息，这事还要和石洪兵商量，要征得石洪兵的同意，因为现在小龙山由石洪兵承包。哨花吹找到石洪兵，石洪兵不仅赞成修小龙庙，而且还主动要求出一部分钱。哨花吹很高兴，眯缝着眼对我说："这下妥了，我要用小龙庙把两头叫驴拴在一个槽子上。"他觉得修小龙庙是让方、石两姓缓和关系的好契机。都柿滩大桥开建后，方、石两姓开始解冻，这一点村委会的几个人都看在眼里。另一个无法解释的现象是，方世坤门前鹅潭里的鹅又多了起来，大白惨遭剁头后沉寂许久的鹅潭出现了新变化。

哨花吹对我说："镇长常常带着一帮人下乡定大事，咱也到小龙庙遗址定定这件大事呗。"我当然赞成，只是不知方世乾和石洪兵愿不愿意碰头。哨花吹说这事他来想办法。

我想象不出哨花吹能有什么好办法，把两头叫驴拴在一个槽子上，打架在所难免。但哨花吹的智慧堪称一绝，他深谙借力发力的道理，硬是把两个人都拢到了小龙庙遗址上。哨花吹先去找了齐大牙，征得了齐大牙对恢复小龙庙的支持，然后问齐大牙怎样才能把方世乾和石洪兵拢到小龙庙上。齐大牙面授机宜，哨花吹如法炮制，方世乾和石洪兵果然都来了。

我和哨花吹提前一步赶到。

小龙庙遗址在卧龙沟。卧龙沟长满苕条、旱柳、榛棵子，沟的深处有不少石砬子，石砬子中间长着些粗壮的柞树。从废墟规模来看小龙庙不大，方圆也就几十米，废墟已经呈荒冢状，土里偶见青砖瓦砾。整个废墟被一团南蛇藤笼罩着，远远看去像一座香火密布的绿冢，香火是南蛇藤星星点点的果实。废墟北侧十步左右，有一棵粗壮的油松，树冠如巨大的绿伞，遮出一片树荫，这便是著名的墟里八景之一——松荫龙庙。油松下是成年累月落下的松针，地毯般松软，站在树荫里能闻到浓浓的松香。我注意到油松下面几乎寸草不生，估计是地下的养分都被这巨树消耗了。我和哨花吹猜测这油松的年龄，哨花吹猜应该是驿站初建时期所栽。因为小龙庙的时间不会超过驿站，先有站后建庙。我猜油松寿命可达三百年，建站时所栽完全有可能，很可惜当初没有立碑。哨花吹说要保护好这棵油松，油松是小龙庙的一通活碑。

出发时哨花吹嘱咐我带上手机自拍杆，说要留几张照片做纪念。我用自拍杆和哨花吹在树前拍了张合影。哨花吹说："小龙庙恢复后，咱们也要栽棵树，若干年后咱们不在了，树还会在。"

在等方世乾和石洪兵的空闲，我和哨花吹席地而坐，唠了些平时没有唠的话。

我说："大伙都知道你当主任挺亏的，不能吹喇叭赚钱不说，还常常着急上火，你说句实话，心里到底咋想的。"

"我确实接了个不该接的遭罪活，这叫王八钻灶坑——憋气窝火。"

"我都看在眼里，你确实不容易，毕竟五十多岁的人了。"

"可我不后悔，来世上走一遭，不能只吹吹喇叭就完事。"

"唢呐是一门专业,用一生来钻研也正常,国内有很多唢呐表演艺术家,穷其一生都在演奏唢呐。"

"说句掏心窝的话,我当这个主任是为了卸下心里一个包袱。"

"包袱?"我有些不解。

"我太爷是驿站马夫,当年有个北行的商旅因行路负担太多,留下一个包袱让他代为保管,说好等次年返程时来取。谁知商旅一去不复还,太爷没有等到来取之人,便钉了个木箱,保管此包袱。木箱没有锁,直接钉死,上面写着这个商旅的名字,吩咐家人有上门报上名号者当即奉还。这个木箱传到我父亲那一代也没有人来取。再后来,木箱交给了政府,我家也卸下了这个包袱。太爷当时留下一句话:承诺如山,不可言弃。这句话对邵家人影响很大,受人之托,理当为人担事。邵家直到包袱交给政府,也不知道包袱里到底是什么东西,金子后来打听到,包袱里是十几册线装家谱,被送到了县图书馆收藏。谁承想祖宗的经历又出现在了我身上,我意外接了方小茹一份嘱托,这嘱托就是个大包袱,压在我心头几十年!为了完成方小茹的心愿,也为了卸下心头这个包袱,我索性就当一届村主任。"

"你不想把包袱留给后人。"

"你知道,我就一个女儿,女儿女婿都在大连工作,我不放下这个包袱,也没人肯接。"

"看来老毕的友情不是你当主任的主因。"

"也不能这么说,老毕的动员有多诚恳你是知道的,这是两相情愿的事,不能烧火棍一头热。尽管那天我去找老毕时心里已经有了三分打算。"

"没想到这里面还有一份诺言在起作用。"

"记住,轻易不要许诺,"哨花吹摇摇头,"许诺容易践诺难。"

我理解这句话的含义,对一个有责任感的人来说,诺言真的如同包袱一样,需要长时间背负。

方世乾和石洪兵脚前脚后赶到。我们四人站在老油松下,哨花吹指着南蛇藤缠绕的废墟说:"今天叫大家来这里不是我突发奇想,这是齐大牙的吩咐,齐大牙表过态的,谁不当回事马上会没好果子吃。"

方世乾和石洪兵都望着哨花吹,他们当然想知道齐大牙吩咐了什么。

"齐大牙说了,潜龙勿用,亢龙有悔,想恢复小龙庙,最要紧的一条是两极相权取其中。打个比方说吧,世乾和洪兵你们俩就是两极,想办成这件事,必须取两极中间的一个点,这样恢复小龙庙才算稳妥。齐大牙说了,缺了任何一极,小龙庙即使建成了也会坍塌。"

方世乾和石洪兵都没有说话,齐大牙的话有点玄,中间这个点是什么呢?

哨花吹说:"中间这个点就是你俩的交叉点。说白了小龙庙要想建起来,必须是你俩联手出力。"

方世乾眉头蹙了蹙,石洪兵却点了点头。

"世乾你名字里有个'乾'字,齐大牙就是用这个字做了解释,乾卦中间位置是第三爻第四爻之间,三爻是警惕,四爻是跃起,两爻合起来就是要小心翼翼把事情办好,办好才能'无咎',这个说法也适用于洪兵。"

"我一百个赞成建庙。"石洪兵说。

哨花吹接着说:"建庙是功德,功德不一定体现在当代,但一定会庇荫后人,是道德储蓄。"

我愣了一下,哨花吹这是在哪里学来的词汇?道德银行、道德储蓄都是不常用的概念。

方世乾道:"我正式表过态,建小龙庙的钱我出。"

石洪兵不甘落后:"施工我来做,保证一流质量。"

哨花吹点点头道:"齐大牙还说无论是出资还是出工,在小龙庙建成时,两方都要在庙门前手植一棵南蛇藤,不要修剪,让藤子自由生长,不过几年,小龙庙上就会虎踞龙盘,不可动摇,成为墟里百姓福祉。"

"啥是南蛇藤?"石洪兵疑惑地问。

哨花吹看着方世乾说:"世乾是有桦树茸之称的大山通,你给说说吧。"

方世乾指着废墟上那团绿色说:"那就是南蛇藤。南蛇藤又叫过山风,因为枝干缠绕的形状像蛇,有了南蛇藤这个名字。"

"为啥要栽南蛇藤?栽松柏岂不更好?"石洪兵说。

"齐大牙说南蛇藤分雌雄,雌雄即阴阳,栽种南蛇藤是取阴阳相合之意。"

毕竟学的是生物专业,我对某些植物有雌雄异株还是了解的,比如樱桃、银杏、红豆杉等。南蛇藤在开花结果之前难分雌雄,一般来说雄性只开花不结果,雌性却能开花结果。我注意看了看小龙庙废墟上的南蛇藤,应该有雌有雄,确实是阴阳相合。

"还有一个原因齐大牙没说,我们都能看出来,就是南蛇藤的形状与小龙庙太搭了,没有其他植物比它更合适。"哨花吹接着说,"南蛇藤寓意也好,代表着人丁兴旺、生意兴隆。"

石洪兵哦了一声,走到废墟旁拨弄了一下藤子,忽然,他像触电一样猛地跳起来,连着后退了三步,大家都紧张起来,不知发生了什么。"蛇!"石洪兵声音有些变调。这时,一条野鸡脖子旁若无人地从藤子上爬下来,吐着红色的芯子钻进草丛不见了。石洪兵按着胸口直喘粗气。小龙庙真是神奇,野鸡脖子缠绕在南蛇藤上极难分辨,要是他的手再深探一下,很可能会被咬伤。

"小龙庙有小龙再正常不过了。"哨花吹说。

刚才哨花吹在讲南蛇藤的时候,我脑子里一直在想这种植物,石洪兵突然一声喊叫把我惊醒过来。蛇缠在南蛇藤上是为了捕食落下吃果子的鸟,南蛇藤鲜艳的果实对小鸟是极大的诱惑,石洪兵这个举动打扰了它,蛇只好悻悻地离开。看着野鸡脖子草遁后,我接着刚才的思路想,齐大牙让两人手植南蛇藤可谓用心良苦,是希望方、石两姓像南蛇藤一样枝叶交织、不分彼此,共同守护着小龙庙。

方世乾和石洪兵都没有深究这个问题,他们认为按齐大牙的吩咐办就是,齐大牙给出的答案从来不附带理由,听不听由你。

哨花吹在方世乾、石洪兵两人明确表态后,说了三点意见:第一,方世乾赞助资金一次性转到村里,由村里按照规定合理合规支出;第二,石洪兵不仅负责施工,还要负责设计,设计费用由石洪兵出;第三,因为没有逐级报批,小龙庙竣工不搞庆祝活动。布置完他问我有什么要求。我摇摇头,哨花吹想得够细,安排也很周到。慎重起见,在谋划这件事时我曾打电话问老雷,老雷说:"你又要搞有形之事了。"我说:"和望乡亭类似,小工程,就山沟沟里一座小庙。"老雷说:"庙再小也是庙,建庙是需要审批的,否则就是违反政策。"我拿不准,只好去请示老毕。老毕问:"这座庙多大?"我说:"就像村村都有的土地庙那么大。"老毕笑了,说:"你们这不是庙,是庙的模型,一个三五平方米的小庙模型,谁给你审批?自己拿主意就行了。"老毕嘱咐不能砍树,不能在那个地方烧纸上香,竣工别大张旗鼓搞仪式。老毕嘱咐的这三条,条条都点在穴位上,砍树违法,烧纸上香跨越了护林防火红线,搞庆祝仪式容易引发舆情。三条指示足见老毕工作经验多么丰富。

哨花吹要求石洪兵施工也要悄悄地进行。

方世乾说:"一件正大光明的事干吗弄得鬼鬼祟祟的?"哨花吹说:"烧香容易引出鬼,包子有肉不在褶上,咱们哑巴脱坯——闷头干就是了。"

石洪兵说:"不宣传可以,但小龙庙落成后,除了栽南蛇藤,是不是还要立一通碑?都柿桥立碑,小龙庙如果不立的话是不是也不公平?"

哨花吹将目光投向我,这是要我拿主意。我说:"应该立,石碑要刻上出资人、施工方、竣工时间,也是对历史有个交代。我们现在无法考证小龙庙建于何年,只能靠这棵老油松来推算,要是当时立有石碑,就不是问题了。"

最后哨花吹提议,现场四个人把手合在一起拍张照片留念。这时我才明白他为什么要我带自拍杆来,哨花吹做事太缜密了,这场戏他导演得几乎没有瑕疵。

回到村委会我对哨花吹说:"今天方世乾和石洪兵的握手是历史性的,没有小龙庙这个载体,这双手不知要等多少年才会握到一起。"哨花吹说:"这都是齐大牙的功劳,齐大牙还给我讲了当年一件事,这件事是我爷爷活着的时候说给他的,我都不知道。"

我让哨花吹赶快讲讲,刚才在小龙山上我就觉得事情不是那么简单,齐大牙说话往往有所保留,后面肯定跟着故事,我觉得后面的故事与南蛇藤有关。

哨花吹泡上一壶五味子茶,把石小东、方慧、大奎也叫到跟前,讲了七八十年前墟里发生的一个真实的故事。

其实,方四平在劝说石栏山不要泡制三蛇酒的同时,也在为石家的生计着想。怎么办?那就是找到一种代替野鸡脖子的东西。可是这东西上哪里找呢?方四平就上小龙山转悠。在小龙庙遗址,他发现了南蛇藤,心想这种像蛇的藤子为什么盘在这里?回家后他翻阅医书,发现此藤有散血通经、祛风湿、消炎解毒的功效,顿时心中大喜,石栏山可以用南蛇藤来代替野鸡脖子泡酒。他先做了尝试,用南蛇藤泡酒给风湿病人试用,反响不错。方四平是个热心肠,药酒的名字他都想好了,把"三蛇酒"改成"蛇藤酒",收益应该不差。他去找石栏山,石栏山不干,说用藤子泡酒那是泡人,这样的酒哪怕真有效也不能用,因为蛇是假蛇,石家做生意讲究货真价实,假货给多少钱也不做。不做也就结了,石栏山还对方四平好一顿数落,说医者仁心,怎么能想出这种馊主意呢。方四平好心被当成驴肝肺,气呼呼地离开了石家。齐大牙说这药方后来方四平无偿送给了腰屯的莫家,莫家不仅一直用南蛇藤泡制药酒出售,还用南蛇藤来医治毒蛇咬伤。

哨花吹讲了这个故事后,大家都唏嘘不已。方慧说方四平已经做到了仁至义尽。石小东说石栏山那样做也可以理解,他认为用藤子代替蛇是糊弄患者。大奎说要是有个中间人给说和说和就好了,方四平也是好心。哨花吹问我怎么看,我说石栏山错过了一次转型发展的良机,这个机遇被腰屯的莫家抓住了,所以莫家一直发展到现在还没有衰落。

哨花吹说齐大牙对这件事的看法很特别,齐大牙说,正是因为南蛇藤没有被石栏山认可,也就是说方四平的建议没有被石家采纳,墟里才保留了这么多宝贵的南蛇藤,不信就上山看看,山上还能找到黄波椤吗?好人难当,好树难留。

大家面面相觑,齐大牙这话太深刻了,深刻到了骨髓。

齐大牙说的是实话,墟里周围的黄波椤已经难得一见。

二十七、一把抓

和哨花吹相处这么久,我一直没有找到合适的植物来形容他。我对他半开玩笑说:"每个熟人都在我脑子里有一种相对应的植物,唯独你,却找不到,你好像会自我屏蔽一样。"哨花吹说他更像动物,比如苏雀、布谷鸟或黑尾蜡嘴雀。我说我从不把人与动物类比,我只对植物感兴趣,我的理想是彻底打通人与植物的精神联系,开辟探究灵魂世界的第三种途径。哨花吹说这可是冷门,打通它有啥意思?我说人类对植物的奥妙缺少研究,比如为什么有的树木难逃害虫噬咬有的树木却百毒不侵?为什么有的草能在戈壁中存活有的草即使水丰土肥也会昙花一现?这些疑问难道不也是人类之问吗?人在灵感匮乏的时候,最正确的选择是走进大自然,留心观察大自然中生生不息的各种植物。走进自然你会发现植物是有情感的,它们会与你呼应,与你对话,它们会把美好的一面毫无保留地呈现给你。这一点我在都柿滩感受深切。

哨花吹点点头:"我喜欢喇叭,你喜欢草木,齐大牙喜欢占卜,这就叫千人千面。"

寒寒约我到大桥工地去一趟,说她想在马桑移走之后留下的空地栽植几棵景观树,让我帮忙选选。

看到天空有不少钩钩云,我担心都柿滩会下雨,便带上一件雨衣,背上装有我给寒寒买的护肤品的双肩包,骑车赶往都柿滩。

我给寒寒买护肤品,此事我没有对任何人说,包括寒寒。

前几天来工地,我发现寒寒脸上晒出了一抹山楂色,心里很是过意不去,寒寒是个精致的姑娘,在暴晒的工地上竟忽略了皮肤保养,对此我应该做点什么? 之前,寒寒起草的"驿路·遇见"文旅融合开发方案被省文旅厅评为优秀方案,列入全省六大文旅重点建设项目。这个消息让镇长喜出望外,专门召开了一次镇村干部大会来推介墟里的经验。镇长让我发言,我推荐了哨花吹和寒寒,我说我在墟里就是一阵子,哨花吹和寒寒在墟里才是一辈子,他们发言效果更好。镇长同意了我的建议,让哨花吹和寒寒发言。哨花吹发言很实在,一五一十地介绍了项目的来龙去脉,尤其介绍了金子,他的介绍让金子在沉寂多年后再次声名大振。寒寒发言没有说已经做成的事,而是把重点放在了未来,她讲了一番冰雪经济的发展前景,讲雪屋计划、冰灯理念,台下一干人如鸭子听雷一般惊愕不已。他们想不到寒寒会拿北方的弱势当优势,用冰天雪地来赚钱。我在台下第一排坐着,近距离的观察让我发现了寒寒肤色上的变化,心里很不是滋味。我第一次在省城见到寒寒时,她如达子香花瓣一般粉嫩的皮肤让我眼前一亮,在北方,这种吹弹可破的皮肤十分罕见。面对寒寒肤色的变化,我想我应该做点什么,回省城探亲时我专门去了一家美容护肤品商店咨询,问女孩子在野外作业最好用什么样的防晒和美容护肤品。服务员是个脸蛋圆圆的小姑娘,她说了好几个牌子,并说了哪些明星用过这些牌子。我觉得寒寒的形象有点像法国女演员苏菲·玛索,就问有没有苏菲·玛索代言的牌子。圆脸售货员说:"当然有,就是有点贵。"我说:"贵就贵点吧,我买。"圆脸售货员在包装前问是不是给女朋友买的。我说是给一个女同事。售货员说她才不信呢,给女同事会买这么贵重的护肤品,这可是护肤品中的奢侈品。售货员包装很用心,用粉色的丝带在外包装上系出一个心形结,我看了看感觉有点不好意思,说:"这护肤品就是我的一点心意,没有其他含义。"售货员说:"没有谁一边送珍贵的礼物一边还说没有想法,您这么说不觉得您自己都不信吗?"我的脸在发烧,觉得这个

267

售货员话太多,结过账拎上护肤品便匆匆逃离。

在工棚,寒寒正在电脑上看图片,我还没落座,她就问:"你说栽什么树好,你喜欢什么树?"马桑被移走后,景观树一直没有移栽,大桥竣工在即,移树不能再拖,工人已经用挖掘机挖好树坑,只等着到山里选树。寒寒说施工队有个懂行的工程师建议,移植树木最好就地取材,外来树种存活率低。

"油松四季常绿,可以考虑。"

"油松、红松我都想过了,总觉得缺点什么。"寒寒双手托腮道,"我想选一种能结果子的树。"

我一时也想不起来哪种果树好,小兴安岭气候寒冷,能存活的果树就有限的那么几种。

"走,我带你去看一种果树。我是在山里无意中发现的,你是专家,帮我鉴定一下看看是否可以移栽。"

"灌木肯定不适合移栽,这个季节不会有都柿、树莓,你看到的是山丁子或山里红吧?"

"不是,是一种我没见过的果树,好看又好吃。"寒寒做了个咀嚼的动作。

我把双肩包放在工棚里,夹起那件雨衣跟着寒寒走出工棚。我俩向西北方向的一片树林走去。这是一片针阔叶混交林,有落叶松、柞树、椴树、杨树和其他杂树。小兴安岭森林里凉爽惬意,没有丝毫瘴疬之气,踩在覆着厚厚松针落叶的林地上,如同踏在席梦思床垫上,让人不禁生出躺下来歇息的念头。寒寒走在前面,她穿一套迷彩工装,脚蹬一双高帮棕色皮靴,长发束在脑后,走路步幅很大,像个英姿飒爽的女游击队员。她走到一棵四米左右高的绿树下,止住脚步,指着树上的果实说:"看,就是它。"

我靠过去,仔细看了看一簇簇红色果实,再看树叶、树干,确认无误后才对寒寒说:"这是光叶山楂,是一种山楂属的水果,成熟后很好吃,你眼光独到,很好!"

"它好在哪里?"寒寒很认真地问。

"光叶山楂不仅能美化环境,还有采摘效益。"我进一步解释说,"光叶山楂在东北叫一把抓,从这个名字就可以看出它是多么受欢迎,老百姓上山看到这种果树会爬上去撸一把吃,故称一把抓。一把抓好处很多,它口感好,酸甜适度,男女老少皆宜,所以又叫面果。它多食健胃,不倒牙,有人吃山楂会酸倒牙,吃一把抓就没事。"

听了我的介绍后,寒寒睁大眼睛说:"这么说,这种树就像哨花吹喽,人好心细,大事小事一把抓。"

寒寒无意中的一句话引爆了我的灵感,哎呀,太棒了!把哨花吹比作一把抓,解决了我的一大困惑,这真是意外收获。想想看,一把抓的优点确实与哨花吹颇为相似,我的感觉被寒寒一句话激活了,打通了哨花吹与这种果树的联系,同时也让我坚定了一个看法:灵感不是凭空想出来的,是走出来、看出来、摸出来的。

寒寒指着树上的红果说:"瞧,上面有熟透的,我好想吃。"

这有何难?我想,上树给女孩摘果子这种事我在小学时就干过。那时邻居家有棵沙果树,沙果变黄的时候,我的女同桌悄悄跟我说她想吃沙果。我的同桌是个鸭蛋脸的小丫头,学习特好,毛病是嘴馋,我上学带的任何小食品她都想吃。我说放学后帮她摘。我之所以敢这么说是因为邻居那几天出门,让我家帮忙喂狗喂鸡,这就给了我监守自盗的机会。我利用这个有利时机,偷偷摘了一把沙果,第二天上学给了女同桌,没想到女同桌只吃了一个脸就变了形,原来沙果虽然变黄,却没有熟透,那种酸涩简直无法形容。这件事我一直记着,女同桌那张变形的脸像苦瓜一样印在我的脑海里。很多年过去,在一次同学聚会上我见到这个女同桌,握手的同时脑海里再次浮现出那张变形的鸭蛋脸。后来有一次聊天我问郑高,有什么味道会让一个女孩脸部变形到极致?郑高说首推苦,然后是辣。我说不对,让女孩脸部扭曲到极致的是酸。

我将雨衣递给寒寒,往手心象征性地吐了口唾沫,像棕熊一样爬上树,在众多红果中找到了格外红透的一串。我觉得这串果实密集,红似玛瑙,看上去会好吃。我将带着果实的一小截树枝掰了下来,带有绿叶观感更好。因为只注意摘果子，没有发现头顶不远处有一个蜂巢，折断树枝的震动惊动了黑蜂，许多黑蜂冲出蜂巢，嗡嗡叫着开始攻击我。我不顾树高，直接从树上跳下来，一手攥着刚折的那截一把抓，一手拉起寒寒就跑。身后的黑蜂紧追不放，我俩跑到一个新挖的树坑前一起跳下去，用雨衣蒙着头以躲避黑蜂的攻击。

　　我从来没有和一个年轻异性靠得这么近，雨衣在树坑里支起一个密闭的空间，我觉得额头火辣辣地疼，一摸，有明显的鼓胀感，我知道自己被黑蜂蜇了。寒寒摸了摸我的额头，歉意地说："很疼吧？都怪我嘴馋。"寒寒手很凉，很奇怪这么热的天手还这般凉。我说："我不怕蜜蜂，只要不是蛇就行，见到蛇，我腿发抖根本跑不动。"寒寒说："我属蛇，也没见你怕我。"我说："你这是偷换概念。"寒寒说："蜇这么大个包，不会破相吧？真要破了相找不到对象可咋办？"我说："那你要赔我。"寒寒说："那我就用都柿桥来赔你吧。"我说："都柿桥不成，我要整条驿路。"寒寒佯装生气地说："胃口还不小呢，看你怎么吃得下。"过了好一会儿，雨衣外已经没有黑蜂的嗡嗡声，我却舍不得揭开蒙在两人头顶的雨衣。寒寒说："蜜蜂是不是飞走了？"我知道不能再蒙着，就一点点揭开雨衣，头上果然没了黑蜂。那串一把抓还在我的手上，站在树坑里，我把那串一把抓郑重地递给寒寒："给你，这是串来之不易的一把抓。"寒寒接过去，闭上眼睛闻了闻，然后睁开眼睛道："闻一下，就像听到了哨花吹的唢呐，可以用两个字来概括——销魂！"说完，她睁大眼睛盯着我的额头，惊讶地说："这是什么蜜蜂呀，毒性真大，这个包快长到鸡蛋大了。"我没有再触摸这个肿包，说："这是黑蜂，此蜂喜欢蜇人，但毒性小于马蜂，如果是大马蜂就麻烦了，捅了马蜂窝，我俩就交待在这儿了。"

　　我俩有些狼狈地回到工棚，寒寒找出药水给我抹了抹，说："你先别回村了，等消肿后再走，这样回去就成了伤病员。"这个建议还是正确的，头顶着这么一个大包回去确实不太好看。寒寒说："大桥的竣工石碑已经定制好，是红色大理石的，现在就缺碑文，写完后好发给厂方抓紧刻制。"

"碑文一般要请德高望重的人来写,村委会来起草不太合适,再说也没人能写。"

寒寒说:"妈妈让你我合作,我觉得也不合适,碑文还是由你来写,你在原单位是专门写材料的,还发表过不少论文。"

"你怎么知道的?"我问。

寒寒有点不好意思,道:"在网络社会,每个人都是透明人,包括你我。"

我说自己从来没写过这种文字,怕贻笑大方。寒寒说:"你不是常把一个叫老雷的领导挂在嘴边吗?请他帮帮忙呗。"寒寒一句话提醒了我,是啊,这事应该找老雷呀,老雷可是名副其实的大笔杆子。

我当着寒寒的面就给老雷打了个电话,老雷答应得很痛快,让我把相关材料提供给他,他来执笔写这个碑文。放下电话我很激动,老雷尽管一再要求我做无形之事,但当我做了有形之事后他还是支持的。有一次回省城,我向老雷汇报工作,其间我问他为什么总是希望我做无形之事,老雷想了想回答说:"什么人不会打碗?"我摇摇头。老雷说:"不洗碗的人自然不会打碗,洗碗越多打碗的概率越大。"我恍然大悟,老雷担心我经验不足,贸然出手会打了碗。我想到了有打碗花之称的齐满囤,打碗,打碎的是威信、声誉和前程。

寒寒说:"邵主任最近让我帮忙联系几个水产专家,是村里要搞水产养殖吗?"

"不是,他应该在处理村里的历史遗留问题。"

"妈妈说在建桥这件事上村里没有任何杂音,连石国库都一再叫好,可见公益才能凝聚人,建桥是化解积怨的良机。"

寒寒说她已经在省里开了次项目推介会,省里各大旅行社都特别感兴趣,冬季组织客源不成问题,初步预测,如果大桥投入不计算在内,"驿路·遇见"项目三年就可以收回投资,包括石洪兵修木栈道的投资。

大桥是捐资修建,自然不能计算在内,如果三年就能收回投资,项目回报率就太可观了。不得不说寒寒真是个优秀的企业家,因为有了寒寒，"驿路·遇见"才由图纸变成了现实。我觉得寒寒的出现是某种天意，金子留在墟里似乎就是为了生下寒寒，而寒寒的使命就是为了复兴这条荒废的驿路。

"'驿路·遇见'正式运营后我就回省城了，这里会委托一个CEO来管理。"

"那个时候我也要完成任职返回省城。"

"与你不同，你一走就不会再回头，我会常回来看看的，这里有妈妈，有我带着就业的一百多个年轻人。"

我想说自己也会常回来看看，但话到嘴边又咽了回去。寒寒的话没错，我离开墟里后，确实很难常回来，哨花吹说过，万万不能轻易许诺。"我也想找个常回来的理由，说心里话，我已经爱上了这座古老的村庄。"我说。

"都柿滩上的植物不是理由吗？你说过都柿滩是你心心念念的植物王国。"寒寒的记忆力很好，我无意中说过的话她记得很清楚。

"当然是，还有小龙山上的红松。不瞒你说，我正在做工作，想把小龙山列为红松天然林自然保护区，这个称号审批权在厅里，老雷说近期批下来没有问题。"

"以前没听你说过这件事呀。"寒寒很惊讶。

"是这样，齐大牙一直对十年前小龙山国家森林公园项目启动仪式耿耿于怀，觉得自己被驻村干部放了鸽子、丢了脸面，因此心有余悸，这次大桥奠基仪式他才不来。如果想办法给小龙山也挂上一个幌子，齐大牙这份纠结自然就解开了。这个业务归郑高他们处管，我和老雷通电话，老雷说这样的有形之事可以做，但不要大张旗鼓，因为很多地方都在申请这块牌子。这件事我和哨花吹碰过头后就悄悄准备材料报到了省厅，最近郑高来电话，这件事马上就要上会，问题应该不大。"

寒寒笑起来，道："少年老成，妈妈没看错你。"

"这也是从哨花吹身上学来的。"和哨花吹共事以来，我越来越发现这个人身上的优点很多，他从不故作高深，却总能抓住本质，他喜欢调侃，歇后语不离嘴，但对严肃的问题总是守口如瓶，从不乱发议论。

"学一把抓没错,学习是个超越的过程。"寒寒说。

我摇摇头,我知道自己很不成熟,与哨花吹相比还有点毛手毛脚。在谋划红松天然林自然保护区这件事上我暗暗做足了功课,用微信给郑高发了大量小龙山红松原始森林的照片,每一次都获得了郑高的点赞。我还给郑高快递了一些小龙山松子,说以后别嗑毛嗑了,改成嗑松子,营养价值更高。我对老雷说小龙山这个红松天然林自然保护区意义重大,因为它和古驿路紧密相连,"驿路·遇见"项目达成后,小龙山将成为中外游客认识红松、了解红松的科普景区。我以宝岛阿里山的桧木为例进一步举证申请红松天然林自然保护区的意义和好处,了解桧木是阿里山游客的必修课,很多人会购买桧木宝瓶做纪念。老雷禁不住我几次动员,同意和主管厅长打个招呼。这件事如果批下来,齐大牙当年被打脸的事也就翻篇了。

"我从来不敢想超越谁,来到墟里我才明白,农民式智慧能够复原所有的高等智慧。"

"能这样夸农民说明你没忘本,一个不忘本的人才是老实人。"

寒寒捏下一粒红果,果子亮晶晶的有点像红樱桃,她放到嘴里。刹那间,我发现这红果与寒寒的嘴唇色泽一样,在红果入口的瞬间,我下意识地咽了口唾液。不幸的是,我这个吞咽的动作被寒寒发现了,她莞尔一笑,捏下一粒红果递给我,她一定认为我是嘴馋这红果了。

我张开手掌,让寒寒将红果放在手心里。看着这粒红果,我忘记了额头的疼痛,心里刮起一股鬼旋风,脑子里有一种柳絮纷飞的感觉。我想了很多,比如"红豆生南国"那首诗,思绪像疯长的南蛇藤,毫无根由地胡乱缠绕。我知道只有吃下这粒红果,心神才会稳定下来。我闭上眼睛将红果投入嘴中,缓慢咀嚼起来。红果味道并不怎么出奇,也许是没有完全成熟的原因,甚至有点酸涩。我顾不得那么多,闭上眼睛美美地咀嚼着,吃下了这粒红果。等我吃完睁开眼睛时,看到寒寒一副惊讶的表情,她说:"吃个一把抓还用这么夸张吗?"

"哦,我刚才有点走神。"

"在想什么?"

"我想到了南国的红豆,还想到了一首诗。"

"红豆有毒,吃不得。"寒寒笑着说,"你想到的那首诗不说我也知道,但现在不是春天,一把抓也没成熟,不能多采撷。"

"我说了是走神,瞎想。"我解释说,"其实将一把抓和哨花吹联系起来还是蛮恰当的,哨花吹在村里工作一把抓,处处能抓到点子上,当初要是他不出山,我不知道这两年日子该怎么过。"

"妈妈说哨花吹做事情像吹唢呐一样,有板有眼不跑调,关键时刻不会掉链子。"

寒寒决定在马桑留下的空地上移植些一把抓和山里红,这样春可赏花,秋可摘果,将为都柿桥增添一处既可养眼又能亲近的景观。

离开工棚时,趁寒寒不备,我从双肩包里把那盒护肤品拿出来放到了她的办公桌上。

第二天,哨花吹问我额头怎么有点红肿,我简单说了一下经过,说我找到了与他相对应的植物,就是一把抓。没等哨花吹回话,身旁的方慧说这个比方好,身为主任,一把手一把抓,他抓别人别人也抓他,说明干群关系好。

哨花吹道:"叫一把抓可以,至少比哨花吹好听点。"

众人都笑了。

晚上,寒寒发来微信:"你是怎么知道我用这个牌子的护肤品的?"

我回了一句:"在网络社会,每个人都是透明人,包括你我。"

二十八、白桦

过了都柿滩前行不足千米,驿路便与大江拉开了距离。这一江段水流平直,两岸无滩。蒿草覆盖的驿路如同一条疲倦的苍龙,大概是嫌弃这段江景过于寡淡,便不顾江水的呼唤,索性扭头扎进森林开始小憩。小兴安岭的森林,每座山头都有自己的调性,这片方圆十几里的林区大都是稠密的白桦树。白桦树是极其有爱心的树,与其他大树树下寸草不生不同,白桦树会尽情呵护它所覆盖的植物,林里苕条、都柿、山葡萄和榛棵子十分茂密,不时可见五味子和南蛇藤。古代采棒槌的人最喜欢白桦林,因为老山参多喜欢隐藏在白桦林里。

金子在给我读的那篇文章中写到了这片白桦林,说白桦林四季景致不同,每个季节都是一首优美的抒情诗。春季的白桦林浅笑顾盼,初发的叶子嫩如少女肌肤;夏季的白桦林将绿意涂抹到极致,是被大自然提纯的绿,能融化所有冬天的心结,让人变得舒展;秋季的白桦林满目金黄,构建起真金白银的奢侈世界,令人恍若打开了阿里巴巴的山门;冬季的白桦林让冰雪变得柔软而温暖,走近它,你会感到原本静卧的雪原陡然间站立起来,站成一道希望你随心创作的白壁,这个时候,哪怕没有绘画天赋的人,也希望手握一支笔在这白壁之上来一番涂鸦。

金子曾亲口告诉我,白桦林里的蘑菇与众不同,甜味十足,自带一种鸡丝的韧劲。对此我毫不怀疑,一个地方的植物与这一地方的居民必然有相通之处,山中的菌子更合口味不难理解,因为同样的水土养育了同样的脾性。

周末,我一个人走进这片白桦林,仿佛走进墟里另一个隐蔽的世界。我在都柿滩采集了一些植物标本后,在工地上游浅水处,跨过那条布满碎石的小溪,走进前方的白桦林。我的造访惊动了林中栖息的动物,不时有飞龙笨拙地飞过头顶。飞龙是珍禽,它们喜欢栖息在白桦林中,以白桦的嫩芽为食。一对山鸡在离我不远的草地上觅食,那只羽毛斑斓的雄鸡警惕性很高,从发现我开始,就不再低头觅食,一直高昂着头四处张望,那只雌鸡却照常刨草觅食。我背靠一棵高大的白桦树享受这森林中清新的空气,白桦林的静谧与温馨让人身心放松,不知名的蝴蝶飞来飞去,也许它们把我当成了一棵陌生的树。我希望丛林中出现狍子、鹿或野兔之类的动物,我胸前挂着单反相机,老雷希望我拍些动物的照片在杂志上发表,特别嘱咐要拍些呆萌的。估计是大桥施工的原因,这些警惕性高的走兽已经远离了这里。与大型动物相比,植物更加忠贞,它们毫无怨言地坚守在都柿滩。我想,三百年前的站上人是不是也像我一样在此小憩过?这片生生不息的白桦林都见证过哪些有情人?白桦树的寿命不像松柏那么长,它速生,回归泥土用时也短暂,墟里人用桦木须剥掉树皮,剥掉树皮的桦木可以长久不腐,而保留树皮的桦木很快就会腐烂,有"桦树不打皮三年烂成泥"的说法。这也是个奇怪的现象,皮本来是护肉的,对躺下的桦树来说,皮却用来催腐,其中是不是有某种深层次的原因呢?

我到白桦林来有两个原因:一个是想看看这片向死而生的白桦林是不是会善待我,另一个是有件事我需要找个静谧的地方想一想。前几天镇长发布了一个招商项目,要在墟里建一次性筷子厂。白桦树木质发甜,适合做一次性筷子,墟里有丰富的白桦树资源,而且白桦树可以伐后再植,资源能循环利用,这便让镇长动了建厂的心思。老毕专门来墟里安排此事,没想到我和哨花吹都反对上这个项目,驿路旁的白桦林是"驿路·遇见"的重要景观,建了筷子厂,景观必然遭到破坏,再说,老祖宗留下来的林子怎么能砍伐做筷子呢？老毕说:"你们可想好了,这个项目是镇长工程。"哨花吹说:"谁的工程也不中,这明显是造孽。"我说:"我去镇里向镇长汇报这个情况,相信镇长能听进去。"哨花吹说:"你不能去,齐大牙不是说有啥难事要从外围入手做工作嘛,有些话咱们请'一金三老'来说。"老毕说:"这个办法好,我随你们去,把'一金三老'的话原汁原味带上去。"我们三人到"一金三老"家里征求意见,结果可想而知,"一金三老"坚决反对建筷子厂,石国库甚至情绪激动骂起了娘。

我们回村再次商量此事,会议刚开始,齐大牙就带着石国库、方大珍和金子来了。"一金三老"一起登门,本身就说明事态严重,因为这四位老人很少一同露面,尤其是低调的金子,很多时候是独行侠。当着大家的面,齐大牙说:"筷子厂不能办,白桦林不能伐,这片林子是老祖宗留下来的,应该留给子孙后代,祸害了林子,对祖宗、对后代都没法交代。"石国库和方大珍没有说话,金子用平和的口吻道:"国家有天然林保护政策,这个项目与国家政策明显相背。"齐大牙说:"如果镇上、县上硬要上这个项目,我们四个就集体去省里讨说法。"村委会一班人面面相觑,老毕脸色有些难看。哨花吹起身说:"这事正在商量,还没有最后敲定,刚才去你们府上征求的意见,毕镇长都记下来了,镇领导会充分考虑的,你们回去等信吧。"齐大牙说:"来之前就此事占了一卦,结论是凶,你们硬要做这种缺德的生意,会遇到大麻烦,到时候会吃不了兜着走。"

"一金三老"走了,大家都等着老毕发话,没想到石小东突然冒出一句:"民心不可违呀！他们可都是土埋到脖子的人,天王老子也不会放到眼里,别说镇县领导。"

经"一金三老"这么一闹,筷子厂不了了之。令我和哨花吹感到意外的是,镇长在权衡利弊后放弃了这一招商项目。保住了白桦林,我心想,白桦林若是与我情感相通,我来到这里应该有所感应才对,于是我便一个人来到这里。

当然,我来这里还有一个目的,是想排遣苦闷和纠结。我发现我爱上了寒寒,但理智告诉我,不能表达这种情感。我多次对自己说:"你是下来搞乡村振兴的,结果振兴了自己的爱情,这如何向老雷交代?"此事我无人商量,希望有爱情象征之称的白桦树能给我些启示。

我坐下来,背靠粗壮光滑的白桦树,身体有些慵懒,一只黑蜂飞来,在头顶慢慢盘旋,它没有攻击我。不知为何,黑蜂几次想落在我脑门上次被蜇的地方,但终究没有落,又慢慢飞走了。黑蜂扇动翅膀的声音似乎有催眠作用,我不知不觉打起了瞌睡。睡梦中,我感觉眼前出现了无数只白天鹅,它们整齐地跳着舞蹈,如同在演芭蕾舞《天鹅湖》,白桦树成了白天鹅,这是多么美妙的一幕!我激动地鼓掌,忽然就醒了过来。我想,这应该是白桦林在向我致意。再看眼前的白桦树,果然就有了一些白衣舞女的风姿。

那么关于个人情感一事,白桦林又能给我怎样的启示呢?可惜我没有再打瞌睡,《天鹅湖》的童话故事无法投射到现实中来,我很清楚,我不是齐格夫王子,寒寒也不是兰妮公主,工作和爱情是两个频道,一旦两个频道交叉,屏幕上将是漫天的雪花。

筷子厂流产后,哨花吹对我说:"一定要想办法把镇长的印象扭转过来,这笔账镇长不会忘,镇里已经开始做合村并屯的方案,生死簿就在镇长案头,能不能画钩就看镇长那支笔了。"我说:"还得请老毕多做工作。"哨花吹说:"光靠老毕还不行,眼前咱得做几件让镇长提神的大事。"我说:"当下三件大事都有了眉目,大桥竣工、'驿路·遇见'开业剪彩和小龙山红松天然林自然保护区挂牌,这些都是给镇长脸上搽粉的事,做好了,肯定会改变镇长对墟里的看法。"哨花吹说:"这三件事还有个前提,那就是化解方、石两姓的世仇,遣走他们心头盘着的那条蛇。"

"你说的'三堂会审'条件成熟了?"我很兴奋。

哨花吹点点头说:"三枪打了二十七环——八九不离十吧。是是非非、恩恩怨怨不能总像地雷一样埋着,这个疙瘩不解开,墟里这团麻拧不成绳。"

我心里感到一阵轻松。要知道哨花吹这句话我等了太久,化解方、石两姓世仇之事真的像蛇一样盘在我心头,我甚至有些悲观,连神机妙算的齐大牙都无计可施,哨花吹难道真能解开这个髎人的疙瘩头?哨花吹这样说,想必是拿到了开锁的钥匙。

"你一直在悄悄地做工作呀。"

"事以密成嘛!你跑小龙山红松天然林自然保护区的事保密工作做得也不错。"

"那是齐大牙的话提醒了我。"

"我也是怕嘴上抹石灰——白说。"

我俩相视一笑。是啊,都说好朋友相处日久容易相像,我和哨花吹虽然年龄、性格、相貌差异很大,行事方式却越来越相近,哨花吹潜移默化地影响了我。哨花吹与老雷、郑高、金子一样,都是我成长过程中的良师益友。

"你想何时搞'三堂会审'?"

"这个周六,我要请几尊菩萨来助阵。"

我没有问他这几尊菩萨都有谁,这是他的包袱,到时候再抖自然清楚,但我说应该请老毕参加,重要历史时刻需要见证者,老毕作为镇领导,与村干部一同见证墟里这个重要的转折点,很有必要。哨花吹说:"老毕你来请,其他的参会人员我自有安排。"哨花吹还安排大奎在村委会挂上了投影仪。

周五下午,哨花吹说自己要闭关一个下午,村委会的会场由方慧、石小东、大奎来布置。大奎认真调试投影仪、播放器,确保设备不会出差错。我则去镇政府向老毕汇报此事并请老毕出席。老毕听了我的汇报很高兴,说哨花吹终于要揭盖子了,这个时刻他也一直在等待,因为镇里合村并屯工作到了紧要关头。老毕答应出席,而且要带曹大姐一同来。老毕问我村里搞"三堂会审"万一炸庙儿咋办,有没有预案。我说要相信哨花吹,共事一年来他办事从没掉过链子。老毕摇摇头,说还是要做到有备无患,他要带上派出所吴所长,万一有什么情况好随机处置。从老毕办公室出来,我给哨花吹打电话说了老毕的想法,告诉他老毕要带曹大姐和吴所长参加。哨花吹说吴所长在他请的菩萨之列,曹大姐能参加最好,年底好给我写挂职鉴定。

前来参加这次"三堂会审"的方姓人物有方大珍、方世乾、方世坤；石姓代表是石国库、石洪兵、石锁；镇政府方面是老毕、曹大姐、吴所长；村里有头有脸的人物是齐大牙、金子、齐满囤。另外，还有腰屯的老地榆、市水产局一个姓董的水产专家、省城农学院的蛇类专家胡教授。看着名单，我心想，好家伙，哨花吹请来的果然是各路菩萨。

哨花吹让我主持会议，我说："还是你来主持好，这件事除了你谁也当不好审判官。"哨花吹又让老毕主持，老毕说："这又不是大桥落成剪彩，搞'三堂会审'不用别人主持，你就按照拟好的谱子自己吹拉弹唱吧。"哨花吹说："那我就当仁不让了。"

哨花吹的开场白句句都像钉子钉在地面上。

"墟里的事不用多讲，在座的都清楚，根源在哪儿就像秃头上的虱子——明摆着。方、石两大姓氏间有历史和当下各种矛盾，简单归拢一下就是三件事：早年间的蛇祸、二十世纪七十年代的横祸，还有今天蛇头和三道鳞之间的灾祸。当然，其中还有些杂七杂八，都是马尾提豆腐——提不起来的小事，比如方世坤门口那棵黄波椤被盗伐一事，还有采松子气球跑路纠纷等，有的解决了，有的还悬着，今天咱就一并做个了结。"

哨花吹停顿了一下，会场鸦雀无声，所有人的脸都绷着。

"咱们先说第一件。村里一直有种说法，是方四平呼蛇袭击了石家，导致石栏山被毒蛇咬伤不治。那么事情是不是传说的这样呢？我记得一位专家有过一句话，说文物是会说话的，就看我们能不能听懂。我们在石锁酒窖里发现了一罐蛇酒，这罐酒是石栏山亲自泡制的，罐子下面还有一封信。老爷子留下的这封信，让一个历史悬案找到了答案。石家认为群蛇来袭是方四平呼蛇所致，但是，呼蛇是有条件的，我们请胡教授讲讲这个问题。"

胡教授头发花白，脖子上挂着一副花镜，看上去颇有学究气。他的讲述不紧不慢，像是给学生上课一样。他说："呼蛇是一种古老的、带有传奇色彩的法术，它有一定的科学道理，不是什么巫蛊之术。呼蛇要借助某种植物制成的蛇香，就像猫薄荷能让猫神魂颠倒一样，有些植物制成的蛇香也能让蛇俯首帖耳。方四平在野外空旷地带,用这种蛇香吸引群蛇到来,这是因为野外不会有其他气味掺杂,蛇香能传播得开。从这个道理分析,方四平无法到别人家来实施呼蛇行为,一则他不可能潜入石家呼蛇,二则石家开有烧锅,酒糟的浓味会冲淡蛇香,自然无法呼蛇。"

石锁问:"那攻击我家的蛇是怎么来的?"

哨花吹请胡教授落座,对大家说:"石锁提出的问题由老地榆来解释。"

老地榆颤巍巍站起身,对大家拱拱手,说他本不想来,是邵震天三番五次去找他,他也觉得有必要出来说句公道话,就来了。他说方、石两家这起蛇祸,其实他早就听说过,作为蛇医他也有自己的看法,在看到石栏山留下的信和那罐酒的照片后,这个看法进一步得到了印证。这蛇是怎么来的呢?应该是石栏山在小龙山上抓到了一条发情的蛇,一路带回家里,结果引来了群蛇。蛇在发情期发出的气味对同类是一种不可抗拒的呼唤,石栏山回家,一路上未对气味做处理,恰好给群蛇留下了路引,群蛇到家里来是来寻找那条蛇的,不是来攻击人类的,如果是攻击,其他人也难以幸免,石栏山应该是在捉住蛇往窗外抛的过程中,被自卫的蛇咬伤。老地榆拿出一份抄件对大家说:"我把这封信念一遍,你们再想,就能想明白了。"说完,他把那封短信一字一句地念了一遍。

没有人质问什么,老地榆已经把事情说得很清楚了。

哨花吹扶老地榆落座,又让大奎放幻灯片,是那封发黄的信和那罐蛇酒的照片,酒中的蛇虽然浸泡多年,但仍能看出此蛇与其他蛇类不同,有明显的花纹。石栏山确实捕到了一条不一般的蛇。

哨花吹指着照片中的酒罐说:"看到酒里有些花了吧?这花是毛地黄花,又称死亡之钟,石老爷子放进这种有毒的花,是告诉后人要慎用此酒,因为他也无法确定这条异形蛇的毒性。"

哨花吹面朝大家说:"早年间的蛇祸真相就是如此,这是一场误会,是当时无法解释的误会。头一件事基本清楚了,一九七五年的横祸我们放到最后来说,接下来再说说当下蛇头和三道鳞的灾祸。我之所以说灾祸,是指天灾,也就是说这件事绝非人为导致。我们先看一段监控拍下的视频。"

大奎开始播放视频。视频是在一个阴雨天拍摄的,可以看见草地里模模糊糊有许多蛇从江汉子向蓝湖方向移动,而且移动速度很快。哨花吹让大奎按下暂停,屏幕上是一幅固定下来的蛇在游走中的画面。哨花吹请来自市水产局的董工讲解其中原因。

董工年轻,说话带有京味,一看就是科班出身。他说:"你们一定认为自己看到的是蛇,但是眼睛欺骗了你们,这不是蛇,是蛇头,也就是黑鱼。渔民传说中,黑鱼会飞、能借助云雾迁徙,这话虽然有点言过其实,但也不是没有道理,因为黑鱼确实有在草地上迁徙的本事,它们迁徙的目的是觅食,黑鱼食量大,栖息地饵料不足时,就会成群结队另寻栖息地觅食。江汉子里的黑鱼不投喂饵料,这就导致食物相对匮乏,而蓝湖的三道鳞每天都要投喂,饵料气息自然会随风传导到黑鱼那里,有些勇敢的黑鱼会冒着生命危险往蓝湖迁徙。黑鱼在没有水的旱地上可以存活很长时间,这让它们的迁徙有了很高的成功率。由此可以断定,蓝湖里的黑鱼,是自己偷偷在雨夜从江汉子迁徙过去的。另外,黑鱼迁徙的去向不仅仅是蓝湖,江汉子附近的其他几家鱼塘里也有少量黑鱼,因为少,才没有给鱼塘造成大的损失。"

令人很难相信,如果没有监控,这个问题肯定无解。哨花吹让大奎重新播放了一次视频,大家再看,确认草丛里移动的确实是蛇头而非蛇。

监控已经说明问题,蓝湖的蛇头不是方世坤投放,董工一番解释,让这个误会彻底消除。谁也没想到方世坤说话了,他说:"虽然蛇头是自己跑的,但毕竟是从我这里出去的,我还是有责任的,就像我养的狗咬了人,这个账我认。"石锁没有接话,一个劲地捏着下巴观看屏幕上那个固定的画面,上面那条黑鱼呈"S"形,从监控的角度看,离蓝湖已近在咫尺。

董工讲完后,胡教授又补充了几句,说:"蛇头生命力顽强,哪怕池水抽干了它也能'坐橛子'存活一段时间,要想清除鱼塘的蛇头,得好好消杀一番才行,蓝湖里应该有水深的地方让蛇头过冬。"

"这个事情能水落石出,首先要感谢派出所,是他们给墟里无偿提供了高清探头,我们才解开了这个死结,探头不会作假,时间都精确到分秒。"哨花吹不忘表扬一下吴所长。

吴所长站起来说:"这里我通报一下,在墟里盗伐黄波椤的犯罪嫌疑人也已抓获,是个走街串巷卖耗子药的外地人,抓到他也是探头的功劳。"吴所长这样一说,等于把石锁的嫌疑撇清了。

哨花吹用征询的口吻问石锁:"石锁对此怎么看?"

石锁昂着脖子说:"刚才世坤已经承认了一份责任,我也就没啥说的了。"

众人鼓起掌来。倔强的石锁能有这个态度,说明方、石两姓间的坚冰开始融化。

"最后说说横祸吧。"哨花吹停顿了一下,用手背揉了揉鼻子接着说,"我最不想说的就是这件事,这场横祸加深了两姓间的误会。如果没有这场悲剧,方、石两大姓氏不会持续对立。这个悲剧本来不该发生,但因为当时赤脚医生方世锋把消息告诉了方小茹的几个哥哥,马上就要引发一场械斗,两个年轻人觉得走投无路,才不得不寻了短见。这件事我有发言权,'一金三老'也都是亲历者,不赞成尸检的就是齐老爷子。我当年还是个半大孩子,跟金师傅学喇叭。金师傅是给方小茹和石云来伴奏的琴师,和遇难者最熟。我从金师傅嘴里知道了这一悲剧的来龙去脉,还亲眼见证了两位遇难者从土豆窖里被抬出来的过程。"说到这里,哨花吹声音有些沙哑。

方世乾说:"这件事没啥悬案,两个人关系好不假,但方小茹是一个未婚姑娘,主动下土豆窖说不通。"

方大珍附和着说:"小茹是个腼腆的女孩,平时开个玩笑都脸红。"

"现在无法还原两个人是怎么下去的,但有个物证到了该拿出来的时候了。"

哨花吹朝方慧摆摆手,示意她把东西拿过来。方慧打开一个黑布包,拿出一个暗红色的小木盒,双手端着,郑重地递给他。哨花吹双手接过木盒,高高托着展示给大家看。众人表情疑惑,不知道小木盒里是什么东西。我也是第一次看到这个小盒子,知道这就是他保守了几十年的秘密。

方大珍惊讶地说:"世坤妈妈有个同样的小木盒,记得她还和我说过小木盒原本是一对,无缘无故就少了一个,不知是不是这一个?"

齐大牙问:"这个盒子你从来没打开过?"

"您说了,盒子里的东西在五行之外,我不敢打开。"

齐大牙说:"难得,重诺之士,诚信楷模!"

哨花吹朝齐大牙鞠了一躬,举起小木盒说:"这是方小茹让我保管的,她对我有过交代,说等到方、石两大姓不闹矛盾的时候,再把它打开。我答应了方小茹,一直遵守这个诺言。不瞒大家说,我有过打开小盒子的念头,还去问过齐老爷子。老爷子说盒子里的东西不在五行之内,我就打消了这念头。当然,最主要的是方、石两姓的矛盾一直没有化解。我常常想,九泉之下的方小茹一定期待着小木盒打开的这一天,而打开这个木盒的前提是方、石两姓修好。"

"方小茹为什么信任你?"方大珍问。

"因为我吹喇叭没有杂音,方小茹亲口对我说,人心里干净,演奏的音乐才会清纯,她喜欢我吹奏的曲子,觉得我可以托付。另外,她肯定也听说过我家给商旅保存包袱的事,我想,我不能让她失望,也不能辜负她的信任。诺言这个东西别看就是一句话,有时候会化作人形活生生浮现出来,我每次给人家白事吹喇叭,就感觉方小茹真真切切站在我的面前,我知道她在等我的回话。为了卸下这个包袱,我才答应出来当这个费力不讨好的村主任。我不想像我太爷那样,把包袱一代代往下传,再说我也没有儿子可接这个盒子,我下决心在我手上了结这件事。"

众目睽睽之下,哨花吹用钥匙打开了那把已经有些锈迹的小铜锁。

木盒打开,里面只有一张黑白照片,照片上是方小茹和石云来的半身合影,合影右上角写着"革命友谊万岁",下面署着"反修照相馆"

五个字。照片中方小茹穿列宁装,没有笑容,一脸严肃,眼睛却如星星一样有神,两条粗黑的辫子自然垂在胸前。石云来穿着不戴领章的军装,梳三七分头,狮眉剑目,脸部棱角分明,很像京剧《沙家浜》里的主角郭建光。

照片背面,有几行钢笔写的字,字迹娟秀,笔画轻盈,应该出自方小茹之手:

石云来(1952.7.1—1975.2.4)
方小茹(1953.3.28—1975.2.4)
愿我们的生命,化作方、石两姓鸿沟上一座红石桥,两姓后人从此不再坠入仇恨深渊。如果两姓有尽释前嫌那一天,请把我俩合葬在都柿滩的白桦林里,那里是我俩灵与肉贴得最紧的地方。

哨花吹念出这段简短的文字后,在场的每个人都哭了,谁都想得出来,方小茹在交给哨花吹小木盒时,已经决心赴死。

方世乾要过照片,看着照片中风华正茂的小姑,抽泣着说:"小姑啊,你为啥要走上这一步?不值得呀!"方世乾把照片递给石洪兵,很诚恳地道:"我们方家不该埋怨石云来,他和我小姑是真心相好。"

石洪兵双手接过照片,眼含泪花看着照片道:"这是在当年县城的反修照相馆拍的,两位长辈是以死来劝告后人应该和好。"

我忽然明白了齐大牙所说的不在五行之内的含义。五行之外的物质一般指光风雷电,而照片是光与影的凝固,老人家因此说它不在五行之内。难道齐大牙当时就猜到了盒子里是照片,他是怎么知道的呢?我扭头看了齐大牙一眼。他没有牙的嘴在嚅动着,两眼一直看着哨花吹。

齐大牙说:"一九七五年二月四日是腊月二十四,这天正是立春。"

哨花吹用征询的目光看着大家,问:"咋办?"

齐大牙站起来大声道:"还有什么可商量的?照办就是了。"

石洪兵道:"迁坟的钱我出。"

方世乾说:"大理石石碑我负责。"

齐大牙一锤定音："就这么办，立碑落款就五个字——站上人后裔。"

老毕站起身，曹大姐、吴所长也站起来，三位领导不约而同鼓起掌来。"对墟里来说，这是一个有重要意义的历史时刻，在都柿桥竣工通车前夕，两大姓氏之间的心之桥率先竣工，人心齐，泰山移，墟里的未来不可限量啊！"老毕激动地发表了感言，并和在座的每一位握手。握到金子这里，他问："您怎么看今天这件事？"金子道："天下没有解不开的难题，关键看谁来解、怎么解。"

我走到齐大牙跟前说："过两天都柿桥将举办通车剪彩，您能不能出席呢？"

"我做梦都想去。"齐大牙笑了，没有牙齿的笑容让他看起来像婴儿。

方小茹和石云来的合葬墓选在白桦林中一块不大的空地上，具体方位自然是齐大牙圈定的。齐大牙所选的墓址墓冢不是正南正北，而是东南朝向，后面是一片挺拔的白桦树，前面可以看到雄伟的都柿桥，东西两侧都是低矮的都柿丛和红蓼花。墓地周边没有植树，四周都是茂密的天然白桦林。

"方小茹真会选地方啊，"寒寒说，"白桦在俄罗斯象征着美好的爱情，白桦是爱情之树。"

迁坟和下葬时墟里能去的人都去了，我没有想到的是，在外地的方、石两姓人士也大都赶了回来，全村人在白桦林见证了这一肃穆的时刻。当坟封好，墓碑立就之后，哨花吹从腰包里掏出那支小喇叭，他没有吹《秦雪梅吊孝》，而是吹奏了一支十分陌生的曲子。我身边的方大珍说："这是《红石桥》啊！四十多年前的曲子了，哨花吹还这么熟悉！"我在望江台听过一次《红石桥》，这次再听感受明显不一样，上次，哨花吹的小喇叭冲着蓝天，而这次，哨花吹的喇叭一直对着墓冢。这支二人转曲子旋律相当优美，听着让人有一种要扭动起来的感觉。我知道这是哨花吹吹给方小茹的。再看听演奏的村民，大家穿着以白色为主的素装，规模不小的阵形看上去就像一片壮阔的白桦林。

二十九、美人松

美人松即樟子松。

美人松多生长在大兴安岭,小兴安岭一带较为少见,但在驿路接近塔溪的末端,却有大片的樟子松林,蔚为壮观。说来惭愧,几次走古驿路,我都止步于都柿滩,最多跨过溪流走到白桦林。而金子每年走驿路一定要走完全程,即使现在身体状况不佳,她也要徒步走到塔溪。

都柿桥竣工前夕,我陪寒寒去看望金子。金子说驿路有两处风景不能忽略,一处是草海,另一处是樟子松林。草海里主要是小叶樟,有风的时候草海会给人一种"麦浪卷晴川"的壮美之感;樟子松林连片起伏,松涛阵阵,大有排山倒海之势,是这段驿路的完美收官。

我当即表示要去草海和松林看看。

次日一早,我就和寒寒去往草海和松林。驿路在离塔溪大约五里处,便是金子说的草海。草海不算很大,呈放射状,茂密的小叶樟向每一道、每一片沟塘扩张,足见这种草的繁殖力。齐大牙提起过小叶樟,说当年驿站站官不允许烧窑,驿站每一楹房屋的屋顶都用小叶樟苫成,小叶樟因此又叫苫房草。小叶樟苫房几十年不烂,比黑瓦更加冬暖夏凉。墟里的苫房草主要来自都柿滩和草海,小龙山低洼处也有生长,但不成规模,加之那里有野鸡脖子,村民不愿意去打草。

"西南有个景区叫草海,知名度很高,我们可以打造个东北草海相对应,肯定有吸引力。"寒寒说,"草海富有诗意,可以开发滑草、骑马等旅游体验项目。"

我赞成寒寒的想法,林间草海确实很美,由眼前的草海,我想到了天山南麓的森林与牧场。

从草海前行,驿路像一条巨大的绳索缠绕在一座平缓的山冈下。这座让驿路兜了个圈子的山冈上,全是高大伟岸的樟子松,这便是本段驿路的收官之处了。金子所言不虚,樟子松林给人一种大气的美,它所呈现的绿是一种有亲和力的墨绿。

樟子松有美人松之名,应该是形神皆与美人相似之故。这种常绿乔木枝干的色彩真的如同艳丽美人,红如肌肤,入眼入画。而蓬松的树冠犹如美人初醒的发髻,云鬟雾鬓,慵懒中透出万种风情。

"金子阿姨很有审美眼光,就小兴安岭的乔木来说,最好看的还是樟子松。"我不由得赞叹起金子。

寒寒说:"以前兴奋点只在三道湾和白桦林上,没想到还有这样两个值得开发的好景点,妈妈以前为什么不说呢?"

我说:"是不是因为这片松林和草海的权属不在墟里呢?"

寒寒说:"与权属关系不大,妈妈是个内心对情感十分吝啬的人。"

"为什么这么说?我和阿姨接触没发现她有这个问题呀。"

"那是对你,"寒寒说,"妈妈对你这般例外连我都感到奇怪。"

我说:"金子阿姨把这两个景点藏在心里,也许是格外看重,不舍得分享吧。人都喜欢把最珍贵的东西放到最后,哨花吹到了'三堂会审'才把那个宝贝木盒拿出来。"

寒寒忽然想起了什么,端详了一下我,微微摇了下头,道:"对了,妈妈说你长得像一个人,你们的五官简直一模一样。"

"我长了一张大众脸,像谁不奇怪。"

"妈妈说看到你第一眼就想起了这个人,说你简直就是这个人的克隆版。"

"那真是太巧了,我很想知道这个人在哪里、在干什么。"

"这个人因公牺牲了,妈妈说的。"寒寒表情严肃。

我一时无法应对。我原来像一个故去的人,那么这个人是谁不重要了,与我也没有什么关系。我说:"金子阿姨名气很大,我们厅里的段子高手郑高还打听她呢,说有机会要来拜访阿姨。"

"她不会接受这种猎奇式的拜访,妈妈自称是过季的杨铁叶子,早就完成了自己的使命。当然,如果是你,走后门这事可以商量。"寒寒说完笑了。

"我今天就得走后门,你无论如何要替我美言几句,郑高曾多次帮过我。"我没有笑,说的是实话。

寒寒说:"放心,帮你就是帮墟里嘛。"

我和寒寒观点一致,在驿路北段开辟草海、松林两处观景台作为游客的打卡地,让"驿路·遇见"观光恰好在高潮处收官。

我和哨花吹把"一金三老"请到村委会,通报了大桥竣工通车剪彩仪式的安排,对草海和美人松林两个项目也做了说明。我注意到金子听完项目介绍后,眼圈有些泛红,金子的建议被采纳她应该高兴才是,而且投资的还是自己女儿,作为母亲还用这么激动吗?我心中颇为不解,金子是个看破红尘、宠辱不惊的高人,今天为什么会如此敏感?

齐大牙说:"墟里三十里驿路南头是大甸,北头是草海,源于草,归于草,圆满!"

"这个说法好,可以写进导游词。"我补充道。

齐大牙突然问:"你们可知道这草是什么吗?"

"小叶樟呗。"石国库抢先说。

齐大牙摇摇头,目光看向方大珍,方大珍也摇摇头,齐大牙有些话让人琢磨不透。方大珍最近一直忙着为大桥竣工通车剪彩仪式排练节目,村里给她拨了一笔演出经费,鼓乐队士气高涨,村里鼓乐之声一直响个不停。

齐大牙说:"这草就是我等草民,我们长得好,飞禽走兽才有地方栖身。"

石国库说:"当苫房草挺好,躺也躺在房顶上。"

众人都笑了，石国库都这把年纪了，还整天想着上位。

大桥竣工通车剪彩仪式日期确定后，小龙山红松天然林自然保护区的牌子先颁发了下来。郑高受厅里委托会来墟里授牌。我和哨花吹专程去邀请齐大牙参加授牌仪式。齐大牙闻信笑得合不拢嘴，吩咐齐琴炒些小龙山松子来招待我俩。齐大牙说："都说福无双至、祸不单行，墟里这不是两大喜事连上了嘛。"他说这件事是他一个心结，现在解开，他死而无憾了。

哨花吹说小龙山项目获批、都柿桥建成、"驿路·遇见"项目开业是三喜临门。齐大牙说为了庆贺三喜，他准备做三件事，一是给镇上写一封表扬信，二是把自己保存多年的手抄本《驿程日录》捐给村里，三是去县里镶一口义齿，他想吃煎饼。

我说："表扬信就不要写了，《驿程日录》十分珍贵，好好研究一下可以增加'驿路·遇见'的文化底蕴，镶义齿很有必要，镶了之后想吃什么就吃什么。"齐大牙说："写表扬信不光表扬你，还要表扬这届村委会，表扬毕镇长，表扬出资建桥的墟里游子们。"

齐大牙这样说，我就无法拒绝了。

齐琴将炒好的小龙山松子端上来，松子各个张口笑着。小龙山松子不仅颗粒饱满，而且带有一股薄荷香。我问松子怎么会有这种奇特香味。齐大牙说这与小龙山的土质有关。小龙山的土是细土，能烧瓷。驿站时期有个流人后代想在小龙山开窑烧瓷，被站官喝止。站官说小龙山不能开土烧窑，开窑口就是偷盗列祖列宗的家业。墟里世代故人全都葬在小龙山，站官不仅不让在小龙山取土，还立下站规，禁止站上人进山伐木。站官的环保意识很超前，开窑就要挖山取土、伐木烧窑，这个口子一旦开启，小龙山的红松林早就被伐光了。

郑高来了。因为考虑到安全问题，村里没在小龙山现场搞活动，而是在村委会院外的小广场上搭了台子，做了背景板，举行授牌仪式。无须组织观众，方大珍的鼓乐队一热场，全村男女老少都闻声赶来。哨花吹让大奎在台下摆了些长条凳，这样，齐大牙、石国库、金子等年纪大的村民就可以落座观看。事先，哨花吹想把仪式搞得排场大一些，还想请县领导参加。我打电话请示老雷,老雷说:"低调一点吧,这属于有形之事。"我说:"厅里都批了,还用低调吗?"老雷反问:"这件事县里往厅里打请示了吗?严格来说程序上是有瑕疵的,你本身又是厅里下派的,容易让人产生联想,懂吗?"老雷一番话让我顿悟,正确的事一旦程序不对也不行,很多时候程序比结果重要。

授牌仪式由老毕主持。仪式先是哨花吹表态发言,接着镇长讲话,然后郑高给镇长授牌,授牌后郑高讲话,最后是方大珍鼓乐队的激情表演。这一次,哨花吹没有吹喇叭,而是由他新收的女弟子石小艺登台演奏。石小艺是石坚的女儿,幼师教员,鼓乐队骨干成员,哨花吹终于有了传人。石小艺吹奏了三支曲子,果然是得到哨花吹真传的徒弟,一支唢呐被她吹得裂石流云、激情四射。

仪式结束后,郑高说想去拜访金子,让我帮忙联系一下。金子也来参加了仪式,正要往家走,我紧赶几步追上去说了郑高的想法。金子说她不喜欢和陌生人聊天,再说也没有什么可聊的。我说郑高是我的同事,为这次授牌做了大量工作,去年他在墟里过年,对墟里印象不错,愿意帮墟里做点事,"驿路·遇见"项目他就出了不少力。金子说:"寒寒知道这件事吗?"我说:"是寒寒建议我来找您的。"金子笑了,说:"那就来吧,我们一起回家说话。"

走进金子家,在窗台前那张纤尘不染的方桌旁坐下,金子泡了五味子茶,从外屋拎来一张方凳自己坐下。屋内只有两把椅子,我走过去和金子换了位置,让金子到方桌前落座,这样便于说话。金子没有拒绝,坐在椅子上与我正好面对面。

金子对郑高说:"你们这个小伙子情商很高,实在。"

郑高说:"他什么都好,就是胆子小。"

"胆子大有时也不是好事。"金子并不认为胆子大是优点。

我们唠了些驿路的传说,唠了驿路六大碗,还唠了都柿滩这个植物王国的形成。让我吃惊的是,金子对都柿滩的形成做过考证。她认为是一九三二年八月黑龙江发生洪灾,小兴安岭出现特大山洪,冲垮驿路,形成了簸箕状的都柿滩,自此驿路就成了断头路。

闲谈了半个钟头左右,郑高忽然话锋一转,问:"我们处有个干部,他父亲闫汉年当年在沿江公社腰屯大队下乡,您还记得吗?"

金子愣了愣,摇摇头:"不记得了,毕竟半个世纪前的事了。"

"闫汉年记得您,夸您当年在知青心里是一棵常绿的樟子松。"郑高像黑曜石一样的眼睛望着金子,看得出来他特别想了解金子的故事。

"我哪里算樟子松,我就是一棵杨铁叶子,早就枯萎了,当柴烧都没人要。"金子摆摆手,端起白瓷杯徐徐喝了一口,一绺头发倏然垂下来,差点浸入茶水。她一手端着茶杯,一手拢了拢头发,静静地观察着我。金子为什么这样看我?我心里有点忐忑,是怪我不该把郑高带来吗?

郑高接着说:"闫汉年在医院住院,我去探视时,他说到一个叫叶洲的知青,您熟悉这个人吗?"

金子一听,端杯的手忽然有些抖动,茶水几乎要溅出来。她把茶杯放到桌子上,点点头:"当然认识,我们是一起战斗过的好战友。"

"闫汉年说叶洲是为了抢救集体财产而溺水,所谓集体财产也不过是几根电线杆,现在看来有点不值。"

"这话是那个姓闫的说的?"

郑高点点头。

"看来他下乡是白下了,人哪,不能自己作践自己,每个有信仰的人都应该得到尊敬。"

"怎么讲?"郑高眼睛闪了一下。

"生命是不能搞等价交换的。我们那个时代提倡集体主义,叶洲跳进滔滔洪水的时候,他不会去算自己的生命等于几根电线杆的价格,他要保护的是集体财产。打个比方吧,战场上一个战士负伤倒在敌人的火力射程之内,战友是选择救还是选择放弃?不用说,我们的队伍肯定会有战友过去抢救他。战场上经常发生这种情况,有时为了救一个伤员,甚至牺牲了几位战士,这是什么?这是一种集体主义精神,谁能说抢救伤员不值?"

"我理解，集体主义精神是集体利益高于一切。"

"当然，那个姓闫的后来看法有了变化也能理解，世界上没有什么能一成不变，变化最大的是人，驿路还是那条驿路，不同的是那些走驿路的人。在这条已经断头的驿路上，有的人走着走着就散了，或者回头不走了，可有的人会一辈子走下去。"

"老闫就是一个半途折返者。"郑高说。

"不能怪老闫，他是无数落叶中的一片。"

"他用等价交换原则来看待英雄，根子还在自私上。"

"自私永远理解不了无私。"金子无奈地摇摇头，"自私的尽头是纠结的自卑。"

"这个叶洲是个什么样的人，您能谈谈吗？"能看出来，郑高对这位知青烈士产生了浓厚兴趣。按理说，一个被评为烈士的知青，当地报纸应该大张旗鼓宣传才对，但几乎查不到关于叶洲的资料。

"叶洲是一个有爱心的好知青。"金子说，"叶洲出身书香门第，父亲是上海一所大学的生物学教授。他文质彬彬，在知青点脏活累活从来都是抢着干，思想也单纯。他下乡第二年就入了党，我有幸是他的入党介绍人，这是我唯一一次做入党介绍人。对了，叶洲的脸庞、发型和身高都有点像他。"金子指了指我，马上补充了一句，"挺帅的。"

我愣了一下，明白我像谁了。

"叶洲因公牺牲的经过很壮烈吧？"郑高开始细问。

"其实是个意外。"金子说，"一九六九年八月，墟里一带发大水，县邮政局存放在江汊子边捆绑电线杆垛的绳索断了，堆放的电线杆随时有被冲到江汊子里的可能。我和叶洲等四位知青巡查汛情，发现了这一情况。叶洲说电线杆冲到主航道就弄不回来了，一定要想办法把断开的绳索接上。我派一个知青回去找绳子，我们三人则开始把散开的电线杆往一起归拢。这时，垛上有两根电线杆滚落下去，直接掉进了江汊子里。叶洲见状，脱了雨衣就跳进水里，游到电线杆旁往岸上推。我让他要小心，江水太急了。他在水里还开玩笑，说他从小就在黄浦江游泳，这点水没事。就在他把两根电线杆都推到岸边草丛上时，岸上的电线杆垛忽然崩塌,电线杆接二连三地滚落到江里,已经靠岸的叶洲不幸被电线杆砸中,在急流中不见了踪影。"说到这里,金子有些哽咽,端起茶杯抿了一口。我走过去,给她茶杯续了水,在她肩膀上轻轻拍了拍,示意她不要太激动。

"叶洲应该是被砸晕冲走了。当我们在江汉子与大江交汇处找到他时,已经过去了两个多小时。他用尽全身最后一丝力气摆脱了江水的阻力,爬到一片红蓼花丛旁,便昏死过去。我们把他送到公社卫生院,他一直处于昏迷当中。作为战友,我焦急地在病床边陪伴着他,多么希望他能好起来。叶洲是第一个让我动心的男子汉,我俩曾一起捕获过重达数百斤的鳇鱼,又一起将大鳇鱼放生。不瞒你们说,如果叶洲不出意外,我俩很可能相爱成为恋人。叶洲喜欢我,偷偷给我写过三首情诗,这在当时是十分危险的行为,我心脏差点从嗓子眼跳出来,读过后我就像地下党烧情报一样烧掉了。我只记住了这样一句,'如果必须上一千次山,我愿与你一道攀登;如果必须下一千次乡,我愿与你一路同行'。我很后悔把诗烧掉,我之所以后来喜欢收藏老物件,就是因为这个教训。"

"多么优秀的知青,真是天妒英才。"郑高发出感慨。

"电线杆根根浸过沥青,黑乎乎的令人讨厌。"金子微微摇了摇头说。

"如果是现在肯定能救活,当时医疗条件不行。"郑高惋惜地说。

"医生说是颅内出血,而当时公社卫生院根本不具备开颅的条件。"金子说,"第三天,叶洲苏醒过来,和我说了几句话。我以为出现了奇迹,心里别提有多高兴,哪里知道他和我说完几句话后,便永远地走了。那时我年轻,很多事不懂,齐大牙说这是回光返照,我要是知道就会多和他说几句,我有好多话没来得及说,我好后悔!"金子抽泣起来。

我再次走过去,轻轻拍了拍她的肩膀道:"过去的事情不要这么伤心,身体要紧。"金子攥住我的手,很用力,我能感受到一种来自胸腔的共振。

过了一会儿,金子平静下来,示意我回去坐下。她深吸一口气慢慢呼出,然后道:"齐大牙说了,万般皆是命,半点不由人,这个命就是时势,就是那场洪水。叶洲因公牺牲后,我们很快整理了事迹材料上报,这时才知道,同时间距离我们不远的逊河公社也出了一位烈士,也是上海知青,也是因抢救集体财产电线杆被洪水吞噬而牺牲。上级考虑到两位烈士的同质化,便突出宣传了那位上海知青,那位知青由此变成家喻户晓的英雄,叶洲却很少有人知道,成了无名英雄。"

"那位知青的事迹我知道,我们上学时语文课本里有他的事迹。"郑高说,"组织上的选择可以理解,那位知青的英雄事迹也确实能代表叶洲。"

我插话问:"叶洲苏醒过来后和您说了什么?"

金子望了我一眼,放低了声音道:"他说很想去驿路走走,因为听我说过驿路很美,有都柿滩,有草海,有美人松,他说最喜欢美人松,还说如果他死了就葬在驿路的尽头,生没走完那条路,死后也要走一回。他还说,不要把他一个人孤零零丢在那里,他害怕,害怕夏天的野鸡脖子,害怕冬天的大烟泡,害怕侵略者来了身旁没有战友、手中没有武器。如果有人去扫墓,就在他坟前放一把绿色的美人松松枝,绿色在,他就在。叶洲去世后,公社尊重他本人的意愿,将他安葬在驿路尽头的塔溪烈士陵园,他的墓碑朝向那片樟子松林。"

我鼻子一酸,感到脸颊上有两道热泪在流淌。我明白了为什么金子每年都要走一趟驿路,为什么每次一定要走到终点。我也明白了,原来我的长相与叶洲相像,这是金子对我有好感的缘由所在,金子一定把我当成了从时光隧道穿越而来的叶洲。

"我是无神论者,不相信人世有轮回,但进入晚年,我越来越相信心灵感应,心心念念,真的必有回响,每次去叶洲墓敬献松枝时我都会默念几句,祈祷这条驿路能早日连通,没想到这个愿望变成了现实。"

"如果驿路不断,当时叶洲肯定会走一趟驿路的。"我说,"断路留下了遗憾。"

郑高严肃地说:"我这个人不相信有什么高尚之人,但今天您让我明白,这个世界从来就不缺乏高尚之人,缺乏的是对高尚品质的见证。

我会整理一下,把叶洲的故事讲给更多人听,不是讲段子,是讲历史。"

离开金子家的时候,我和郑高都拥抱了一下这位风烛残年的老人。金子在拥抱我时说,自己有些行动不便了,大桥通车那天她要徒步从都柿桥走到塔溪,折一束松枝献给叶洲。她要告诉叶洲,以后恐怕不能年年来看他了。我说:"不要紧,有人会替您去。"

送郑高回省城时,郑高嘱咐我,看看叶洲的坟墓是否有损毁,如果有,他可以募集些资金好好修葺一下。另外,墓碑如果是水泥的,就换成抗风化的大理石。我第一次见到以讲段子见长的郑高如此严肃认真,我对自己把郑高与牵牛花相联系产生了怀疑,我觉得,此时此刻郑高更像一朵花火交融的向日葵。

都柿桥竣工通车剪彩仪式在中秋节这天举行。

仪式由老毕主持。剪彩嘉宾是镇长、哨花吹、我、寒寒、项目方经理,另外还有村民代表齐大牙、金子、方世乾和石洪兵,共计九人。齐大牙说不要超过九人,九人剪彩,长长久久。令我和哨花吹感到意外的是,镇长还带来了两个人,一个是穿藏蓝色夹克的青年人,镇长介绍说这是县里新派到新生村的第一书记,另一个是个面色发红的中年人,和我、哨花吹都熟,是新生村村委会主任。镇长并不解释为什么带这两人来,哨花吹笑哈哈地与新生村第一书记握手说:"咱们是新媳妇和面——人生面不熟,不过很快咱就是扳脖子搂腰的好兄弟啦。"尚未通车的桥面成了方大珍鼓乐队的舞台,他们正在表演新排练的拉场戏《奏捷之路》。年轻演员石小艺的唱腔像天使一样纯净:

　　康熙大帝下决心
　　浩浩荡荡发大军
　　驱除罗刹手不软
　　奏捷之路传佳音
　　驿路六碗香喷喷
　　都柿酒暖不用温
　　畅饮三杯快上路

京城千里策马奔
....

镇长西装革履,酒红色的领带像浸过水一样,那湿红似乎要流出来。镇长的笑容一直挂在脸上不肯谢幕,他与墟里每一个认识或不认识的村民都点头示意。有的村民想和他合影,他也主动配合,甚至举起了剪刀手。

老毕身穿藏蓝色西装,系一条黑色领带。寒寒悄悄对我说:"领带是男人品位的体现,你送我那么好的护肤品,作为回报,我给你买了一条领带放在妈妈那里,她会转交给你,希望你能喜欢。"

齐琴搀扶着齐大牙来到现场的时候,齐大牙主动与我握手,咧开嘴一笑,露出满口比玉还白的义齿。他吐字清晰地说:"我又能吃煎饼啦。"

寒寒穿了一件白地红花连衣裙,在九位剪彩嘉宾中衣着最为鲜艳。我觉得以寒寒的形象气质,任何场合都挺得起、立得住。

剪彩仪式结束后,另加了一个给石碑揭幕的小仪式。这个仪式是我提议增加的,我想通过这个仪式,把石锁和方世坤焊接在一起。这个小仪式由我主持,揭幕嘉宾当然是石锁和方世坤。值得一提的是,起过鱼后方世坤在江汉子边的蛇屋已经拆除,原来他根本就没有养蝮蛇,蛇屋是装网具用的。此外,他还正式向村里保证,明年要采取网箱养殖,把拦住江汉子的三层网撤掉。

仪式先由石小艺朗读碑文,然后由石锁和方世坤共同揭开红绸,最后由哨花吹演奏一曲《好日子》。

石小艺从县职高幼师专业毕业,学过朗诵,老雷撰写的碑文被她读得有声有色:

都柿桥建设碑记

古驿墟里,距今三百年矣!自古山河毓秀,民风淳厚,乐善好施,贤达辈出。因山洪夺江,驿路夭折,古村抵牾频生,美誉日渐暗淡。乡村振兴，承前启后，凡益之道，与时偕行。经乡贤倡议，墟里籍有识之士凡二十八位，捐资建设都柿桥一座，接驿路，连民心，利商旅，通振兴。既彰党之宗旨，又可敦风厉俗，如三老四少之所愿，应域外游子之所望，功在当代，泽被后人。立碑记之，昭示未来，唯愿墟里里仁为美，和睦不逆，守望相助，共襄未来。

墟里村民委员会　立
壬寅中秋榖旦

接下来，石锁和方世坤共同揭开了系在石碑上的红绸子。两人还在石碑前握手合影留念。

仪式结束，鼓乐队还在演出，镇长回去前让老毕把村委会的人召集到车前，他郑重宣布："鉴于墟里各项工作卓有成效，镇里研究并报县里批准，在墟里组建墟里新生合作区，现在的墟里村主要规划为生态生活区，原新生村居民分期分批迁往墟里，新生村腾出的地块用来规划建设农产品加工区和沿江临港工业区，县里的想法是通过老村新村强强联合，打造东北边疆第一村！"

众人一片欢呼！站在外围的村民自动鼓起掌来。

我的心跳明显加快，这样一个结果完全出乎我的意料。我感到眼眶有些湿润，自发围上来的人群就像枝叶繁茂的树林，一股生发之气在树冠上蒸腾。

送走镇长和老毕，我和哨花吹简单交代了几句，然后过去拉起金子的手，微笑着说："走吧，金子阿姨，我陪您通过大桥，去走下一程。"

这时，我手机收到一条微信，是方大光的儿子方舟从深圳发来的，说公司领导从网上看到"驿路·遇见"这个项目后特感兴趣，想以冰雪为背景做动漫项目，方舟让我帮忙与项目法人对接一下，他想回来洽谈。由方舟的微信，我忽然想起那个深圳女孩说的三点印象：第一是冷，第二是真冷，第三是太冷。同时，我也想起了那天吃饭时联想到的植物——冻青。

我抬头寻找寒寒，却发现寒寒的越野车匆匆离开了工地。我问金子寒寒是不是有急事,怎么连个招呼都不打就走了,金子说她急着回省城,她姐姐给她介绍了个男朋友,已经一年多了,因为忙这个项目,连个面都没见,现在大桥竣工,她也有了时间,约好今天晚上见面。我愣住了,望着金子傻傻地问:"男朋友?谁?是做什么的?"金子用诧异的眼神看了我一眼,轻轻舒了口气说:"是一个企业家,做东欧红酒进口生意。"我愣了一下:"做麻袋片干红代理?"金子说:"红酒我不懂,但寒寒是该有个男朋友了。唉!我一直希望都柿桥能成为传说中的蓝桥驿,能留下裴航、云英一段佳话,可惜落花有意随流水,流水无心恋落花。也罢,不过我可记住了你说过的话,每年都会替我去看叶洲。"

我用力点了点头,这确实是我许下的诺言。

走在刚刚竣工的桥上,金子忽然停下了脚步,凝视着远处问我:"你猜我看到了什么?"

"树林、草地、溪流、都柿秧,还有数不过来的野花。"我如实回答。

"再猜猜。"金子又说。

我站在桥上三面环视了一圈,摇了摇头。金子说:"我看到了无数正在张望的人,有古人、有今人、有男人、有女人、有老人、有孩子,密密麻麻全是人,天上地下总是对应的,与天上的星星一样,地上的每一棵草木,都代表一个人。"

我一时没有接上话,心里默想:我把人看成草木,而金子把草木看成了人。